《当代作家评论》创刊40周年纪念文集

当代社会与文学现场

主编 韩春燕
副主编 李桂玲

北方联合出版传媒（集团）股份有限公司
春风文艺出版社
·沈阳·

图书在版编目（CIP）数据

《当代作家评论》创刊40周年纪念文集：全5册／韩春燕主编． —沈阳：春风文艺出版社，2023.10
ISBN 978－7－5313－6536－5

Ⅰ．①当… Ⅱ．①韩… Ⅲ．①作家评论—中国—当代 Ⅳ．①I206.7

中国国家版本馆CIP数据核字（2023）第181485号

北方联合出版传媒（集团）股份有限公司
春风文艺出版社出版发行
沈阳市和平区十一纬路25号　邮编：110003
辽宁新华印务有限公司印刷

责任编辑：姚宏越	责任校对：于文慧
封面设计：选题策划工作室	幅面尺寸：155mm × 230mm
字　　数：1643千字	印　　张：113.5
版　　次：2023年10月第1版	印　　次：2023年10月第1次
书　　号：ISBN 978-7-5313-6536-5	
定　　价：340.00元（全5册）	

版权专有　侵权必究　举报电话：024-23284391
如有质量问题，请拨打电话：024-23284384

《〈当代作家评论〉创刊40周年纪念文集》编委会

编委会主任： 杨世涛

编委会成员： 杨世涛　韩春燕　李桂玲　杨丹丹
　　　　　　　　王　宁　周　荣　薛　冰

主　　编： 韩春燕

副 主 编： 李桂玲

一份杂志与一个时代的文学批评
——序《〈当代作家评论〉创刊40周年纪念文集》

王 尧

在我们不断追溯的20世纪80年代,产生了许多影响深远的历史事件。1983年那个寒冷的初冬,我在苏州的吴县招待所为陆文夫创作研讨会做会务,那是我第一次在现场感受"作家"和"作品"。当时我尚不知道,在遥远的北国沈阳,有几位先生正在紧锣密鼓地筹备《当代作家评论》的创刊。1984年与读者见面的《当代作家评论》第1期,刊登了《寄读者》和《编后记》。今天重读旧刊,《编后记》中的"江南草长,塞北冰融"一句,仍然让我动容。编辑部诸君说:"在编完了这本刊物第一期的时候,已经到年终岁尾。春来了,我们仿佛已感到了她的气息,听到了她的脚步声。"这样的修辞,简单朴素甚至稚嫩地传递了一个时代文学理想主义者的情怀。流光如箭,因循不觉韶光换,如果从1983年筹备之时算起,《当代作家评论》40年了。

这份跨世纪的刊物,在改革开放大背景下与中国当代文学同频共振,给中国当代文学批评史和中国当代文学史都留下深刻痕迹,堪称中国当代文学史上的"文学事件"。不妨说,读懂《当代作家评论》,便能读懂近40年中国的文学和文学批评。应运而生的《当代作家评论》是80年代文学与思想文化的灿烂景观之一,它当年未必特别引人注目,但近40年过去了,它依然保持着80年代文学的理想、情怀和开放包容的气度,这一点弥足珍贵。90年代以后,《当代作家评论》经受住了消费主义意识形态的考验,其不断增强的"专业"精神守护住了"文学性"和"学术性"。在文学回到自身的80年代,在文学守住自身的90年代,以及在其后的时间里,《当代作家评论》避免了起落,以自己的方式稳定发展出鲜明的气质,在同类刊物中脱颖而出。同时我们看到,一些曾经风骚一时的刊物出于各种原因消失了,一些原本专业的刊物转向了。今天仍然活跃着的几家刊物,如《文艺争鸣》《小说评论》《当代文坛》《南方文坛》和《扬子江文学评论》《中国文学批评》《中国当代文学研究》等,与《当代作家评论》交相辉映,构成了中国当代文学批评的良好生态。中国当代文学的阐释和中国当代文学批评的成熟,我说到的这些刊物功莫大焉。

　　在这样的大势中,《当代作家评论》成为"文学东北"的一个重要文化符号。我这里并不是强调这份杂志的"地方性",近几年来文学研究的地方性路径受到重视,包括地方性文学史料的整理也逐渐加强。在现有的期刊秩序中,刊物通常会划分为"国家级"和"地方级",而"地方级"刊物通常又被"地方"期待为"地方"服务。我觉得《当代作家评论》近40年以自己的方式突破了这样一种秩序。作为辽宁省主办的刊物,它自然会关注辽宁和东北的文学创作,重视培养东北的批评家。《〈当代作家评论〉30年文选(1984—2013)》中有一卷《新生活从这里开始》,专收研究辽宁作家的文论,许多东北批评家的成长也与《当代作家评论》密切相关。但无论辽宁还是东北文学都是中国当代文学整体的一部分,《当代作家评论》以更开阔的视野关注当代文学创作的重大问题,从而使这本杂志集结了中国和海外的优秀批评家,赢得了广泛的学术赞誉。我曾经关注海外中国文学研究,在国外大学访问时会专门去看看东亚系的图书室,常在杂志架上看到《当代作家评论》,当时的感觉就像在异国他乡遇到故人。这些年东北经济沉浮,振兴东北成为国人的强烈期待。正如马克思主义经典作家论述的那样,历史上,某一国家或地区的经济发展和文化发展有时是不平衡的,恩格斯说经济落后的国家在哲学上仍然能够演奏第一小提琴。因此,换一个角度看,《当代作家评论》不仅在文学上,在文化上对辽宁和东北都极具重要意义。

文学期刊也是"现代性"的产物。多数当代文学批评刊物的创办和成熟都是在20世纪八九十年代,几本后起的刊物如《扬子江文学评论》和《中国文学批评》则在近十年。20世纪八九十年代是文学相对自觉和学术转型的年代,21世纪之后得以发展的刊物在很大程度上是因为传承了20世纪八九十年代文学和学术的基本精神。在文学制度层面上考察,文学批评杂志作为文学生产与传播机制的一部分,它的办刊方针无疑会遵循文学制度的原则要求,但批评的"学术体制"则需要刊物自身的创造。在这一点上,《当代作家评论》经过40年的探索,形成了其成熟的文学批评生产机制。以我的观察,这个生产机制至少有这样几个层面:主管单位指导而不干预;主编的学术个性事实上影响着刊物的气质;以学术的方式介入文学现场,在场而又超越;即时性的批评与文学研究的经典化相结合;像关注作家那样关注批评家;等等。这一机制的产生,显示了当代学术刊物作为文学"现代性"产物的成熟。在当下复杂的文化现实中,干扰刊物的"非学术"因素很多,而办刊者如何坚守学术理想、良知和责任,在很大程度上维系着这个机制的运转。我是在20世纪末和林建法先生相识的,他背着一个书包出现在我的面前。在短暂的交流中,我感觉他除了说杂志还是说杂志。在此后将近20年的相处中,我们是非常亲近的朋友。我在写这篇序言时,重新阅读了我们之间的邮件,回忆了相处的一些细节,发现几乎都是在谈杂志、谈选题、谈选本,也臧否人物。我本来是一个温和的人,后来有了些锋芒,可能与建法的影响有关。曾经有朋友让我劝劝建法不必那么固执,我直接提醒了,建法不以为然,说若是不固执,刊物就散了。韩少功先生在文章中好像也说到建法的这一特点。

我曾经提出这样的观点,一份杂志总是与一个人或几个人相关联。在《当代作家评论》创刊40周年之际,我们要记住那几位已经在我们视野中逐渐消失的名字:思基、陈言、张松魁、晓凡和陈巨昌。这是20世纪80年代主持《当代作家评论》的几位主编,他们的筚路蓝缕和持续发展的工作,值得我们记取。我现在知道的是,原名田儒壁的思基早年奔赴延安,毕业于鲁艺;陈言,新四军战士;张松魁、晓凡和陈巨昌都曾在辽宁省作协任职,各有文学著述存世。余生也晚,和几位先生缘悭一面。我不熟悉他们的写作,但他们最大的作品应该是《当代作家评论》。当年大学毕业时,我和几位青年同事组"六元学社",在《当代作家评论》发过一篇对谈,因此知道陈言先生是我的盐城同乡。2010年10月陈言先生在沈阳病逝,林建法先生致电我,我停车路边,斟酌建法写的挽联。从建法平时零零碎碎的叙述中,我知道这几位老先生一直心系杂志,陈言先生在晚年偶尔还看看稿子。新文学史上有许多同人刊物,当代称为同人刊物的大概只有昙花一现的《探求者》。《当代作家评论》当然不是同人刊物,但和许多杂志不同的是,这份杂志具有鲜明的主编个人风格。《当代作家评论》创刊时,林建法先生在福建编辑《当代文艺探索》,两年后他从福州到沈阳。从1987年1月担任副主编,到2013年卸任主编,林建法先生的青年和壮年以及老当益壮的晚年的全部心血都用在了《当代作家评论》上。这份杂志的成熟和发展一直是林建法先生念兹在兹的事,他因此赢得了文学界的尊重。我和高海涛先生在林建法先生组织的一次活动中相识,后来他联系我,希望我们这些老作者继续支持杂志。那次活动是我主持的,我特地说到辽宁省作协对主编的尊重,因为这是办好杂志的条件之一。我第一次见到韩春燕教授是在渤海大学,那几年《当代作家评论》在这所大学办过几次活动。2016年韩春燕教授离开她任教的学校到《当代作家评论》当主编,在我的意料之外,又在意料之中。这六七年思想文化语境发生了深刻变化,韩春燕主编倾心尽力,保持了《当代作家评论》的气质,又发展出新的气象。

在某种意义上说,文学批评刊物的主要功能是介入文学现场,在与创作的互动中推介作家作品,以及在作家作品和文学思潮现象的阐释中推动文学批评自身的成熟和发展。重读40年的《当代作家评论》，我们可以发现它对文学现场的介入是深度的。今天我们在文学史论述中提到的作家作品，《当代作家评论》几乎没有遗漏，尽管这些最初的论述未必是精准的，但至少是最早确认这些作品价值的文字之一。敏锐发现作家作品的意义，是当代文学批评刊物最重要的职能，也是《当代作家评论》最大的学术贡献。在文学现场中发现作品和引领文学思潮现象，成为《当代作家评论》作为文学批评刊物的主要研究内容，也使其在文学批评刊物中脱颖而出。特别值得我们重视的是，《当代作家评论》是近40年来中国当代文学批评初步经典化的主要参与者之一。这种参与的方式是主动的和学术的，刊物、作者和作家的良性互动，成为文学经典化的重要环节。要摆脱非文学非学术因素的干扰，主编及其同人的学术眼光便十分重要。在这一思路中看，《当代作家评论》的最大贡献是介入文学现场的同时参与了作家作品最初的经典化工作。选择什么研究对象，呈现的是一个杂志的价值判断。《当代作家评论》不乏批评的文字，但它最大的特点是在对研究对象的选择上，选择什么，放弃什么，这本身便是褒贬。《当代作家评论》最早出现的栏目是1986年第5期的《新时期文学十年的经验（上）》和第6期的《新时期文学十年的经验（下）》，严格意义上说这个栏目其实是专题文论。一份杂志的成熟，很大程度反映在栏目的设计上。从这一点考察，我们可以看出《当代作家评论》的"主旋律"和"多样化"。确定什么样的栏目，是学术刊物视野、品格的直接体现。

在当代中国的文化结构中，大学、研究机构和作家协会，是文学批评的主要学术来源，在社会主义市场经济体制确立之后，文学批评的自由撰稿人也越来越多。我注意到，近40年来，重要的文学批评刊物，多数是作协创办的，少数是研究机构创办的，大学学报人文社科版基本都是综合性的。作协办批评刊物，与当代文学制度最初的设计有关，文学批评一直被置于文学生产的重要环节。20世纪五六十年代，承担文学批评功能的报刊主要是《文艺报》，以及1957年创刊的综合性刊物《文学研究》（1959年改为《文学评论》），一些文学作品刊物如《人民文学》《上海文学》等也设有文学批评的栏目；另一方面，大学和研究机构，特别是大学在很长时期内并不掩饰它对文学批评的偏见，将文学批评排除在文学研究之外，或看轻文学批评的学术含量。但在中国当代文学批评的发展进程中，作家协会的批评家、研究机构的学者和大学的教授，实际上都参与其中。"文革"结束后，文学创作和文学批评的秩序重建，作家协会、大学和研究机构的批评家都异常活跃，《当代作家评论》在办刊的最初几年便呈现了这样的气象。如果做大致的比较就会发现，作家协会的批评家更擅长于作家作品论，特别是作品论；大学的批评家则善于专题研究，习惯在文学史的视野中讨论作家作品和文学思潮现象。

20世纪90年代以后，文学批评的作者结构、文学批评自身的特征都发生了诸多变化。随着大学对文学批评的再认识，特别是中国当代文学作为"现当代文学"学科的一部分，越来越多的批评家都具有了在学院接受文学批评训练的背景。作家协会的批评家仍然十分活跃，但这些批评家中的多数也是"学院"出身。这条线索便是文学批评"学院化"的进程。中国作协和中国现代文学研究会联合主办的《中国现代文学研究丛刊》，这些年也出现了批评和研究的融合，从作协转入大学的批评家们，其文学批评也逐渐体现学院体制的规范要求。在诸多刊物中，《当代作家评论》始终把与大学的合作作为办刊的主要路径，是文学批评"学术化"的倡导者之一。这一办刊特点，催生了越来越多的兼具学者和批评家身份的文学研究者。《当代作家评论》从一开始便重视发表作家的创作谈和访谈录，这构成了中国当代文学批评的另一个重要内容。近10年来，很多作家成为大学教授，这一方面改变了大学文学教育的素质，一方面也促使许多作家兼顾学术研究和文学批评。

当我这样叙述时，自然而然想到"学术共同体"这一概念。《当代作家评论》和当下许多文学批评刊物一样，已然成为文学批评的"学术共同体"。我觉得这是考察中国当代文学批评史的一条重要线索。在改革开放之后，与海外学界的人文交流增多，因而海外学者也成为《当代作家评论》等杂志的作者。除了直接发表或译介海外学者的文章外，关于海外汉学的研究也成为《当代作家评论》的新特色。这样一个变化，最重要的意义不仅是观点和方法的介绍，而是建立更大范围学术共同体可能性的尝试。我在和韩春燕主编合作主持《寻找当代文学经典》栏目时，也注意译介海外学者的相关成果。这几年，《当代作家评论》和《南方文坛》《小说评论》等杂志先后开设海外汉学译介和研究专栏，我以为是一个值得坚持的学术工作。尽管在百年未有之大变局中，全球化、地缘政治和人文交流等都有新变，但跨文化的学术对话无论如何都应当持续而不能中止。就像我们以批判的态度对待西方批评理论一样，对海外汉学的批判也是建构学术共同体的题中之义。

一份成功的学术刊物总是会集结一批优秀的作者，甚至会偏爱这些作者。《当代作家评论》的40年，也是一大批批评家成长发展的40年，不妨把它称为文学批评家的摇篮。任何一份刊物的学术理想都需要通过批评家的实践来落实，《当代作家评论》的成功之处便是吸引了一批优秀批评家来共同完成其学术理想。将批评家作为研究对象，也是《当代作家评论》的用心所在。已经实施了十多年的"《当代作家评论》年度优秀论文奖"和"中国当代文学优秀批评家奖"，无论是评奖程序还是颁奖仪式，都体现了杂志对文学批评和批评家的尊重。我们只有把文学批评和散文小说诗歌一样视为"写作"，视为思想与审美活动时，文学批评才能创造性发展。集结在《当代作家评论》的几代批评家，如吾辈也会感慨时光静好，可我老矣。《当代作家评论》的活力既体现在壮心不已的资深批评家的写作中，但更多来自青年学人的脱颖而出。这些年来，从事文学批评的学人也会抱怨"内卷"，发论文、申报项目和获奖之难困扰无数中青年学人，这一问题的解决需要重建学术评价体系，也需要学人摆脱学术的急功近利，同样也需要学术刊物为青年学人优秀论文的发表创造条件。《当代作家评论》一直重视青年批评家的培养，翻阅这些年的杂志我看到了越来越多的陌生面孔，我知道他们是《当代作家评论》的"青年"。

《当代作家评论》创刊30周年时，林建法先生出差南方，在常熟顺便开了一个座谈会。我在会上建议林建法先生编选出版一套创刊30年文选，他接受了这一建议，后来在文选序言中谈到这次会议和他对如何办杂志的理解。这套由辽宁人民出版社出版的10卷本文选，包括《百年中国文学纪事》《三十年三十部长篇》《小说家讲坛》《诗人讲坛》《想象中国的方法》《讲故事的人》《信仰是面不倒的旗帜》《先锋的皈依》《新生活从这里开始》和《华语文学印象》。这10卷文选各有侧重，或20世纪中国文学史研究和史料整理，或小说家的讲演和文论，或诗歌研究，或莫言研究专辑，或港澳台作家及海外华人作家研究，或当代辽宁作家研究，大致反映了《当代作家评论》创刊30年的主要成果。林建法先生给我初选目录时，我和他讨论，可否做一卷当代批评家研究卷，建法觉得以后考虑。

倏尔10年，接到韩春燕主编邀为40年文选作序，我一时恍惚。这10年，文学语境发生深刻变化。《当代作家评论》一如既往在文学现场，我们现在读到的由韩春燕、李桂玲主编的《〈当代作家评论〉创刊40周年纪念文集》，大致遴选近10年文论，分为《当代社会与文学现场》《语境更新与文化透视》《文学气息与文化气象》《批评大义与文学微言》和《文学旅踪与海外风景》5卷。纪念文集5卷中的文章，我平时也读过，现在再读，觉得这5卷可以和之前30年文选10卷作为一个整体来阅读。40年和40年中的10年，既有整体性，也有差异性。前30年讨论的许多问题仍然延续在后10年之中，但今夕非往昔，文学批评所处语境和面对的问题都和前30年有了不同。在这个意义上，创刊40周年纪念文集正是对"不同"的回应。

《当代作家评论》创刊后的一年我大学毕业，我没有想到自己经由这本杂志认识和熟悉了"东北"以及当代文学。人在旅途中会遇见不同的风景以及风景中的人，和《当代作家评论》的相遇，不仅是我，也是诸多批评界同行的幸运。时近秋分，听室外风雨瑟瑟，忆及过往，心生暖意，不免感慨系之。我断断续续写下这篇文章，谨表达我对《当代作家评论》的敬意。

目录

失去青春的中国文学
——当下中国文学状况的一个方面 ·············孟繁华 / 001
守成启蒙主义的文化理念与文学言说 ·············李建军 / 022
论当前文学创作中的"成长写作"与"反成长写作"······徐　勇 / 046
世界文学语境中的中国当代文学 ·············王　宁 / 062
重建中国当代文学批评的价值维度和趣味维度 ·········沈杏培 / 086
"重返八十年代"的"新左翼"立场及其问题 ·········张　慎 / 099
当代文学中的"潜结构"与"潜叙事"研究 ·········张清华 / 112
《机电局长的一天》《乔厂长上任记》与新时期的"管理"问题
——再论新时期文学的起源 ·············黄　平 / 133
身份遗传及其产生与再生产：近20年来文学的阶级叙事
·············陈舒劼 / 159
"50后"作家何以仍是中流砥柱？ ·············黄　灯 / 176
《白毛女》进城与革命文艺的传播和示范 ·········王秀涛 / 195
在中国发现"现代主义"
——晚年施蛰存与李欧梵的学术交谊 ·········李浴洋 / 208
中国乡土小说研究的百年流变 ·············丁　帆　李兴阳 / 224

当代文学的"网—纸"互联

——论《繁花》的版本新变与修改启示 …………… 罗先海 / 238

论中国当代科幻小说的"新历史书写"

——以新世纪前后中国历史科幻创作为例 ………… 汪晓慧 / 257

中国现当代文学瘟疫叙事的转型及其机制 …… 赵普光　姜溪海 / 270

从网络性到交往性

——论中国网络文学的起源 ………………………… 黎杨全 / 287

失去青春的中国文学
——当下中国文学状况的一个方面

孟繁华

中国新文学自诞生始,一直站立着一个"青春"的形象。这个"青春"是《新青年》,是"呐喊"和"彷徨",是站在地球边放号的"天狗";是面目一新的"大春哥""二黑哥""当红军的哥哥";是犹疑不决的蒋纯祖;是"组织部新来的青年人",是梁生宝、萧长春,是林道静和欧阳海;是"回答""致橡树""一代人",是高加林、孙少平,是返城的"知青"、平反的"右派";是优雅的南珊、优越的李淮平;当然也是"你别无选择"和"你不可改变我"的"顽主";同时还有"一个人的战争",等等。20世纪90年代以后,或者说自《一地鸡毛》的小林出现之后,当代文学的青春形象逐渐隐退以至面目模糊。青春文学的变异,是当下文学被关注程度不断跌落的重要原因之一,也是当下文学逐渐丧失活力和生机的重要原因。那么,青春形象对文学来说究竟意味着什么,是什么原因和力量改变了文学的青春,今天重建文学的青春形象有怎样的意义?这是我们要讨论的问题。

一、青春形象与价值观

青春形象的塑造,不仅要创作出不同时代具有"共名"性的青春人物,同时,它也与不同时代的价值取向有着密切关系。共和国文学的初始阶段,由于文化实践条件的变化,使跨入共和国门槛的作家一时还难以适应社会主义初期的文化实践,他们的迷茫状态还难以找到属于自己的文学创作路向。因此,当萧也牧、路翎、何其芳等试图用自己原有的情感方式书写生活的时候,他们显然并不理解那个时代究竟需要什么样的文学。他们或过于乐观,或仍在情感范畴展开想象,或面对新的生活仍然犹豫不决。因此,他们惨遭批判的命运虽在意料之外却在宿命之中。新中国成长的第一批作家,在20世纪50年代中期开始了自己的文学之旅,他们那时风华绝代涉世未深,以初生牛犊的姿态亮相的"青春写作",虽然有所顾忌但也初具风骨。这些作品,在思想内容上主要表现在两个方面:一是对外部世界或社会生活做出反映的,可以称作是"干预生活"的创作;一是走进人性深处,表达年轻人对爱情的理解,并以此维护个人情感和价值的,可以称作是"爱情小说"。前者有王蒙的《组织部新来的青年人》,耿龙祥的《明镜台》,李国文的《改选》,刘绍棠的《田野落霞》,耿简的《爬在旗杆顶上的人》,荔青《马端的堕落》,白危《被围困的农庄主席》等;后者有宗璞的《红豆》,邓友梅的《在悬崖上》,陆文夫的《小巷深处》等。这些带有鲜明青春气息的写作,不久就遭到了激烈的批评。他们被认为是"修正主义的思潮和创作倾向",被质疑"干预生活""写真实"的实质是什么?[①]此后相当长的一段时间里,"干预生活"和表现人性、人情、爱情的创作,因被

---

① 李希凡:《所谓"干预生活""写真实"的实质是什么?》,《人民文学》1957年第11期。

视为"创作上的逆流"而成为禁区。

因此，社会主义初始阶段的"青春形象"，并没有在这样的作品中获得确立。其原因就在于，这些作品塑造的青春形象，与社会主义寻找和建构的价值观存在巨大差异。事实上，塑造什么样的文学人物和青春形象，从早期共产党人到共和国执政者，一直注意从外部寻找资源。而苏联作为社会主义的成功范本，也首先创造了具有社会主义典范意义的文学和理论，在文艺创作和理论上向苏联学习，就是一种合乎逻辑的选择。据《中国新文学大系史料索引》和《翻译总目》记载，"五四"后的8年间，187部单行本的翻译作品中，俄国就有65部。《新青年》《晨报》译介的各国小说中俄国小说的数量均占第一位。在中国的读者中，普希金的《驿站长》、莱蒙托夫的《当代英雄》、果戈里的《钦差大臣》、屠格涅夫的《父与子》《猎人笔记》、契诃夫的《樱桃园》、列夫·托尔斯泰的《复活》《安娜·卡列尼娜》、高尔基的《母亲》、法捷耶夫的《毁灭》、奥斯特洛夫斯基的《钢铁是怎样炼成的》《大雷雨》等作品，几乎被长久地阅读着。新中国成立后，对苏联文学，特别是苏联作家创作的青春形象的介绍，更显示出了空前的热情。短短几年的时间，《青年近卫军》《真正的人》《早年的欢乐》《水泥》《不平凡的夏天》等，被先后译介并迅速为我国读者所熟悉，它们被关注和熟知的程度，几乎超过了任何一部当代中国文学作品。高尔基、法捷耶夫、费定、奥斯特洛夫斯基成了最有影响的文化英雄，保尔·柯察金、丹娘、马特洛索夫、奥列格成了青年无可争议的楷模和典范。

这些青春形象虽然在意识形态的意义上满足了我们建构社会主义价值观的需要，并在文学上给我们以示范意义。但是，那毕竟还不是中国的"青春形象"。因此，在一个时期里，我们陷入了一个巨大的矛盾、焦虑和悖论之中。1953年9月24日，在中国文学艺术工作者第二次代表大会上，周扬的报告肯定了4年来文艺工作"不容忽视和抹杀的"有益"贡献"之后，也对存在的问题作了如下概括：

"许多作品都还不免于概念化、公式化的缺陷,这就表现了我们文学艺术中现实主义薄弱的方面。主观主义的创作方法是严重存在的。有些作家在进行创作时,不从生活出发,而从概念出发,这些概念大多只是从书面的政策、指示和决定中得来的,并没有通过作家个人对群众生活的亲自体验、观察和研究,从而得到深刻的感受,变成作家的真正的灵感源泉和创作基础。这些作家不是严格地按照生活本身的发展规律,而是主观地按照预先设定的公式来描写生活。"[①]同年,冯雪峰在《关于创作和批评》的长文中也批评了公式化和概念化的问题,他甚至点名批评了刘白羽编剧的电影《人民战士》。认为这部作品不能感动观众,是"因为作品根基不是放在现实的真实的斗争基础上,而是放在作者观念上的斗争的基础上的缘故",这些看法,是当时文艺界领导人关于"文学性"焦虑的明确表达;[②]另一方面,关于如何塑造社会主义新人,同样是这些领导者的焦虑的一部分。在同一个报告里,周扬提出:"当前文艺创作的最重要的、最中心的任务:表现新的人物和新的思想"。冯雪峰也在《英雄和群众》一文中说:"创造正面的、新人物的艺术形象,现在已经成为一个非常迫切的要求,十分尖锐地提在我们面前。"[③]由此我们就会明白,为什么当《创业史》《青春之歌》《欧阳海之歌》等作品出现后,获得了那么高的赞许和评论。其中最重要的原因,就是在这些青春形象身上,建构了社会主义初始阶段的价值观和崭新的文化空间。

我们知道,《创业史》受到肯定和好评最重要的原因,就是塑造

[①] 1953年9月24日在中国文学艺术工作者第二次代表大会上,周扬的报告肯定了4年来文艺工作"不容忽视和抹杀的"有益"贡献"之后,也对存在的问题作了上述概括。见《周扬文集》第2卷,第241—242页,北京,人民文学出版社,1985。

[②] 冯雪峰:《关于创作和批评》,《冯雪峰文集》(下),第40、37页,北京,人民文学出版社,1981。

[③] 冯雪峰:《英雄和群众》,《冯雪峰文集》(下),第68页,北京,人民文学出版社,1981。

了梁生宝这个崭新的中国青年农民形象。这个"崭新"的形象，既不同于鲁迅、茅盾等笔下的麻木、愚昧、贫困、愁苦的旧农民形象，也不同于赵树理笔下的小二黑、小芹、李有才等民间新人。梁生宝是一个天然的中国农村"新人"，他对新中国、新社会、新制度的认同几乎是与生俱来的。在塑造梁生宝这一形象时，柳青几乎调动了一切艺术手段来展示这个新人的品质、才能和魅力。作家为他设定了重重困难：他要度过春荒，要准备种子肥料，要提高种植技术，要教育基本群众，要同自发势力歪风斗争，要团结中农，要规劝没有觉悟的继父……但一切都难不倒梁生宝。他通过高产稻种增产丰收，无言地证实了集体生产的优越性，证实了走社会主义道路的优越性。梁生宝不是集合了传统中国农民的性格特征，他不是那种盲目、蛮干、仇恨又无所作为一筹莫展的农民英雄。他是一个健康、明朗、朝气勃勃、成竹在胸、年轻成熟的崭新农民。在解决一个个矛盾的过程中，《创业史》完成了对中国新型农民的想象性建构和本质化书写。因此，当时的评论称赞说："在梁生宝的身上，我们可以看到：一种崭新的性格，一种完全是建立在新的社会制度和生活土壤上面的共产主义性格正在生长和发展。"梁生宝这个形象，"应当看作是十年来我们文学创作在正面人物塑造方面的重要收获。"[①]但这一评价似乎还显得表面一点。倒是姚文元的评论显示出了某种时代的"高度"：梁生宝"从进入青年时代起，就生活在无产阶级掌权的光明的新社会里，他用不着一个寻找党的领导的过程，他用不着再经历长期的从自发斗争到自觉斗争的摸索过程，而是一开始就在党的领导下参加了轰轰烈烈的土地改革运动，接着就是以百折不挠的毅力，领导下堡乡的农民为实现农业合作化而进行了坚决的斗争。老成持重的青年人梁生宝的性格中，继承着老一辈农民勤劳、坚韧的品格，也继承着新民主主义革命时期'穿上军衣的庄稼人'的武

---

① 冯牧：《初读〈创业史〉》，《文艺报》1960年第1期。

装革命的斗争精神,我们从这些方面不难找到他同朱老忠精神上的联系。但突出地吸引广大读者的,是梁生宝身上发出的崭新的社会主义思想的光辉,是他身上具有的作为社会主义革命事业带头人的无产阶级的政治觉悟"。①姚文元是"从文学作品中的人物看中国农民的历史道路"的,在他看来,中国现代文学作品中的农民人物谱系,只有到了梁生宝这里,才真正完成了中国农民革命从自发到自觉的过程。当然,年轻的梁生宝显然喻示了社会主义中国无限广阔的锦绣前程。这是梁生宝得到肯定的价值原因。

但是,没有人想到,从梁生宝、萧长春、高大泉等喻示的这条道路上,中国共产党和广大中国农民并没有找到他们希望找到的东西。1979年,当周克芹的《许茂和他的女儿们》出版,我们发现,许茂和他的女儿们的目光、神态以及体相等,与阿Q、华老栓、祥林嫂、老通宝等并没有区别。半个多世纪以来,真正的革命并没有在中国广大农民身上发生。社会历史发展的现状,使梁生宝、萧长春、高大泉等青春人物的塑造难以为继,他们彻底失去了存在的现实依据。

另一方面,我们发现在社会主义初始阶段文学作品中成功的青年人物,在文学上大都不是那么成功的青春形象。这一点是否具有普遍性我们还难以断定,但可以肯定的是,梁生宝、萧长春、林道静等青春形象,从诞生之日起,对其文学性的质疑和批评就没有终止过。不同的看法是,梁三老汉这个形象比梁生宝更有血肉、更生动和成功。1960年12月,邵荃麟在《文艺报》的一次会议上说:"《创业史》中梁三老汉比梁生宝写得好,概括了中国几千年来个体农民的精神负担。但很少人去分析梁三老汉这个人物,因此,对这部作品分析不够深。仅仅用两条路线斗争和新人物来分析描写农村

---

① 姚文元:《从阿Q到梁生宝——从文学作品中的人物看中国农民的历史道路》,《上海文学》1961年第1期。

的作品（如《创业史》、李准的小说）是不够的。"①在大连农村题材短篇小说创作座谈会上，他又说："我觉得梁生宝不是最成功的，作为典型人物，在很多作品中都可以找到。梁三老汉是不是典型人物呢？我看是很高的典型人物。"②邵荃麟的观点不止是对一个具体人物和一部小说的评价，事实上他对流行的文学观念和批评标准产生了疑虑。

这些材料尚未公开之时，严家炎对《创业史》作了系统的分析和评价，他连续发表了4篇文章，对作品的主要成就提出了不同看法。在他看来，《创业史》的成就主要是塑造了梁三老汉这个人物，这一观点与邵荃麟不谋而合。他在《关于梁生宝形象》一文中明确指出，《创业史》中最有价值的人物形象是梁三老汉而不是梁生宝，"梁三老汉虽然不属于正面英雄形象之列，但却有巨大的社会意义和特有的艺术价值"，他是"全书中一个最有深度的、概括了相当深广的社会历史内容的人物。"他同时认为："艺术典型之所以为典型不仅在于深广的社会内容，同时在于丰富的性格特征，在于宏深的思想意义和丰满的艺术形象的统一，否则它就无法根本区别概念化的人物。"③在这样的表述中，严家炎实际上已经隐约委婉地对梁生宝的形象提出某种质疑，甚至批评。

杨沫《青春之歌》的出版，在那个年代应该是一个奇迹。知识分子在那个时代的身份是不明的，而工农兵作为文学表达的主体，其内在结构也隐含了对知识分子的排斥或拒绝。因此，林道静这个形象虽然有意见不同的争论，但仍是几代青年无比热爱的文学偶像，特别是改编成电影之后。对小说正面评价的主要理由，说它是知识分子思想改造、走向革命的成功范本。当然，《青春之歌》的出版时间与同是表现知识分子命运的《财主的儿女们》相比，晚了10年，

---

① 《关于"写中间人物"的材料》，《文艺报》1964年8、9期合刊。
② 《关于"写中间人物"的材料》，《文艺报》1964年8、9期合刊。
③ 严家炎：《关于梁生宝形象》，《文学评论》1963年第3期。

这10年对于中国知识分子来说是至关重要的，他们经历过的一切，足以从根本上改变他们的心态和精神面貌。在路翎的时代，他还幻想以自己的真诚写出知识分子追寻革命，同时又必须进行自我搏斗的矛盾和痛苦，还幻想以自己的真诚捍卫艺术的真实性原则，捍卫自己理解的现实主义精神，内心还荡漾着不能换取的冲动。到杨沫的时代，这种冲动早已被视为异端多次被批判过。公允地说，杨沫内心的冲动也许比路翎还要激烈。不同的是，杨沫走出了路翎的困惑，她不再有内心矛盾冲突的苦痛，她已放弃了"小资产阶级知识分子"由高级文化培育出的犹疑、多虑、患得患失以及敏感纤细等情感特征，她内心激荡的是经过改造和过滤之后的对更崇高、更神圣、更纯洁境界的向往和追求。《青春之歌》正是知识分子完成了自己思想改造后，对其思想改造必由之路的确认并通过个人的心路历程得到确证的一个文学文本。

与《财主的儿女们》中的蒋纯祖不同的是林道静在成长过程中的情感和角色。前者始终没有放弃个人主义的立场，作为一个进步青年，他同时也始终拥有个人的精神空间，对革命他热情向往，但又不能克服甚至不能掩饰与"革命者"在思想情感上无法相通的固执。因此他始终是革命的一个边缘人，他没有改变他作为"财主的儿女"出身的小资产阶级知识分子的"主观主义"和"个人主义"，他也因此没有进入革命的中心，他目送着革命队伍渐渐远去，自己仍挣扎于灵魂的痛苦深渊直至死亡。林道静不是这样，在她的成长道路上，她没有犹疑、徘徊，没有痛苦和矛盾，她的道路上铺满了不断来临的、可以预知的欣喜，每一次的欣喜都预示着精神解放的临近。不同的是，作家有意不断地暴露了这位小资产阶级知识女性的弱点，而这正是她之所以需要不断改造的依据，她的心理对这一帮助、导引完全没有疑虑或排斥、反感，恰恰相反，林道静与这些内心崇拜并渴望的人物总是不期而遇，并从他们那里不断地获取思想情感转变的资源与动力。这一情境自然预示并规定了林道静的角色归属,她最后成为共产党员,并因这一"命名"而完成了思想改造的过程,被塑造成为凯旋式的英雄。后来,学者戴锦华认为,《青春之歌》之所以受到举荐,是因为它是"一种特殊的读本:一部知识分子的思想改造手册。"[①]因此,青年形象的塑造,在那个时代一直与价值观的建构密切相关。

二、从"失败的青春"到沉默的青春

历史进入1978年之后,是青春的星星之火点燃了新时期文学的燎原之势。但是,这簇青春之火不是郭小川的《闪耀吧,青春的火光》《向困难进军》,不是贺敬之的《西去列车的窗口》《雷锋之歌》等青春颂歌,而是卢新华的《伤痕》、北岛的《回答》、靳凡的《公开的情书》、赵振开(北岛)的《波动》、礼平的《晚霞消失的时候》等充满怀疑精神的青春文学。这种怀疑精神不是青年作家无病呻吟的空穴来风,而是经历过"文革"之后一代人发自内心的切肤之痛。这个新生的文学是批判的文学,也是站立着青春形象的文学。从某种意义上也可以说,20世纪80年代的文学,是一个青春帝国的文学:伤痕文学潮流过后,高加林、白音宝立格、孙少平,以及知青形象、"右派"形象、现代派文学中的反抗者、叛逆者形象等,一起构成了20世纪80年代文学绵延不绝的青春形象序列。这些青春形象同那个时代的港台音乐、校园歌曲,以及崔健的摇滚、第五代导演的电影等,共同构建了20世纪80年代激越的文化氛围和扑面而来的、充满激情的青春气息。任何一个时代的文化心理、氛围和具有领导意义的潮流,都是由青年担当的。因此,没有青春文化和没有青春形象的文学,对任何时代都是不能想象的。

---

① 戴锦华:《〈青春之歌〉历史领域中的重读》,《再解读》,第148页,香港,牛津大学出版社,1994。

值得注意的是,与社会主义初期青春形象建构价值观的诉求完全不同的是,20世纪80年代建构的青春文学形象,几乎没有"成功者"或"凯旋者"。这种状况不仅符合生活逻辑,而且更符合文学逻辑。青春就是成长,就是自以为是,就是以理想的方式看待世界,就是激情、热情大于理性,作为文学人物的他们是精神的孤儿,他们犹疑、徘徊、彷徨、迷茫。另一方面,当文学以典型或个性化处理青春形象的时候,青春的个性特征不仅得以表达,重要的是,作家要用夸张的方式进一步凸显他的人物特征。如果是这样的话,青春形象从一开始就与世俗世界构成了紧张关系,抑或说,青春人物的诞生,就是为挑战世俗世界而来的。这一点也被文学的历史所证实。比如德国的"烦恼者"维特,法国的"局外人"阿尔道夫、默尔索,"世纪儿"沃达夫,英国的"漂泊者"哈洛尔德,"孤傲的反叛者"康拉德,曼弗雷德,俄国的"当代英雄"毕巧林,"床上的废物"奥勃洛摩夫,日本的"逃遁者"内海文三,中国现代的"零余者",美国的"遁世少年"霍尔顿及其他"落难英雄"等,用世俗尺度考量这些人物,他们都与成功无关。但他们却是成功的文学人物。不过,值得我们注意的是,80年代过去之后,中国文学的青春形象,由超拔飞跃、激情四射突然变得落寞了。沉默的青春使当下文学失去了生机和生气。一些重要的青年作家和值得注意的作品,以另一种面貌出现在我们面前:这就是放弃价值和感情的虚无主义的流行和被反复书写。

吴玄的作品并不多,至今也只有十几个中篇和一部长篇。因此他不是一个风情万种与时俱进的作家,而是一个厌倦言辞热爱修辞的作家。今天对这样一个作家来说不是一个恰逢其时的时代。但吴玄还是写出长篇小说《陌生人》。关于《陌生人》先得从中篇小说《同居》说起,这部中篇小说对吴玄来说重要无比,他开始真正地找到了"无聊时代"的感觉,何开来由此诞生。何开来这种人物我们也许并不陌生,他就是这个时代的"多余人"或"零余者"。当中国的"现代派"文学潮流过去之后,"多余人"的形象也没了踪影。为什么在这个时候吴玄逆潮流而动,写出了何开来?吴玄对何开来的家族谱系非常熟悉,塑造何开来是一个知难而上正面强攻的写作。对此,他一直是有自己独立的看法的,他说:"我写的这个陌生人——何开来,可能很容易让人想起俄国的多余人和加缪的局外人。是的,是有点像,但陌生人并不就是多余人,也不是局外人。多余人是19世纪批判现实主义的产物,是社会人物,多余人面对的是社会,他们和社会是一种对峙的关系,多余人是有理想的,内心是愤怒的;局外人是20世纪存在主义的人物,是哲学人物,局外人面对的是世界,而世界是荒谬的,局外人是绝望的,内心是冷漠的;陌生人,也是冷漠绝望的,开始可能是多余人,然后是局外人,这个社会确实是不能容忍的,这个世界确实是荒谬的,不过,如果仅仅到此为止,还不算是陌生人,陌生人是对自我感到陌生的那种人。""对陌生人来说,荒谬的不仅是世界,还有自我,甚至自我比这个世界更荒谬。"[①]何开来和我们见到的其他文学人物都不同,这个时代几乎所有的人都对生活充满了盎然兴趣,对滚滚红尘心向往之义无反顾。无边的欲望是他们面对生活最大的原动力。但何开来对所有的事情都没有兴趣,生活仿佛与他无关,他不是生活的参与者,甚至连旁观者都不是。

因此,《同居》里的何开来既不是早期现代派文学里的"愤青",也不是网络文化中欲望无边的男主角。在这个令人异想天开的小说里,进进出出的却是一个无可无不可、周身弥漫的是没有形状的何开来。"同居"首先面对的就是性的问题,这是一个让人紧张、不安也躁动的事物。但在何开来那里,一切都平静如水,处乱不惊。何开来并不是专事猎艳的情场老手,重要的是他对性的一种态度,当一个正常的男性对性事都失去兴趣之后,他还会对什么感兴趣呢?

[①] 吴玄:《陌生人》自序,重庆,重庆出版社,2008。

于是，他不再坚持任何个人意志或意见，柳岸说要他房间铺地毯，他就去买地毯，柳岸说他请吃饭需要理由，他说那就你请。但他不能忍受的是虚伪或虚荣，因此，他宁愿去找一个真实的小姐，也不愿意找一个冒牌的"研究生"。如果是这样，作为"陌生人"的何开来的原则是不能换取的，这就是何开来的内部生活。

长篇小说《陌生人》可以看作是《同居》的续篇，主人公都是何开来，也可以看作是吴玄个人的精神自传，作为作家的吴玄有表达心理经验的特权。《陌生人》是何开来对信仰、意义、价值等"祛魅"之后的空中飘浮物，他不是入世而不得的落拓，不是功名利禄失意后的委顿，他是一个主动推卸任何社会角色的精神浪人。一个人连自我都陌生化了，还能够同什么建立起联系呢？社会价值观念是一个教化过程，也是一种认同关系，只有进入到这个文化同一性中，认同社会的意识形态，人才可以进入社会，才能够获得进入社会的"通行证"。何开来放弃了这个"通行证"，首先是他不能认同流行的价值观念。因此在我看来，这是一部更具有"新精神贵族"式的小说。吴玄是将一种对生活、对世界的感受和玄思幻化成了小说，是用小说的方式在回答一个哲学问题，一个关于存在的问题，它是一个语言建构的乌托邦，一朵匿名开放在时代精神世界的"恶之花"。在这一点上，吴玄以"片面的深刻"洞穿了这个时代生活的本质。有思考能力的人，都不会怀疑自己与何开来精神状态的相似性，那里的生活图像我们不仅熟悉而且多有亲历。因此，何开来表现出的是一个时代的精神病症。如果从审美的意义上打量《陌生人》，它犹如风中残荷，带给我们的是颓唐之美，是"今宵酒醒何处？杨柳岸，晓风残月"的苍茫、无奈和怅然的无尽诗意。

李师江最初引人注意的小说是《比爱情更假》和《爱你就是害你》。读这些作品的直觉告诉我们，李师江是这个时代的文学奇才。他的小说和我们曾经习惯了的阅读经验相去甚远。这两部长篇小说，就其题材和叙述方法而言有某些相似性，但这些作品都是非常好看的小说，他的题材几乎都与当下，特别是他那代人独特的生活方式和处境相关，与他观察世界的方式和话语方式相关，在社会与学院的交结地带，过去被认为最纯粹的群体所隐含的或与生俱来的问题，被他无情地撕破。知识分子群体，无论是青年还是老年，他们中某些人的琐屑、无聊、空洞和脆弱，都被他暴露得体无完肤。他的残忍正是来自他对这个群体切身的认识和感知。在只有两个人存在的时候，生活尚未展示在公共领域的时候，人没有遮掩和表演意识的时候，本来的面目才有可能被认识。李师江处理的生活场景，有大量的两个人私密交往，这时，他就为自己创造了充分的剥离人性虚假外衣的可能和机会。在他的作品中我们不仅看到了不曾被揭示的灵魂世界，而且看到了更年轻一代自由、松弛和处乱不惊的处世态度。因此在今日复杂多变的生活中，他们才是游刃有余的生活的主人和青春的表达者与解释者。

  李师江的长篇小说《逍遥游》，①延续了他一贯的语言风格：行云流水旁若无人，出人意料又在情理之中，幽默智慧又奔涌无碍。它不是"苦情小说"，但表面的"逍遥"却隐含了人生深刻的悲凉，它不是"流浪汉小说"，但不确定的人生却又呈现出了真正的精神流浪。在漂泊和居无定所的背后，言说的恰恰是一种没有归属感的无辜与无助。这种评价虽然也可以成立，但好像过于"西方"。如果我们从另一个角度阐释这部小说的话，我认为这是一部当代的"文人小说"。"文人"是一个本土的说法，它既不是古代"为万世开太平"的官僚阶层，也不是"以天下为己任"的现代知识分子，他们不明道救世，不启蒙救亡。他们只是社会中的一个边缘群体，既生活于黎民百姓之中，又有自己的趣味和交往群体。他们落拓但不卑微，我行我素却有气节，明清之际的文人群体是最具代表性的。《逍遥

---

① 李师江：《逍遥游》，呼和浩特，远方出版社，2005。

游》中的李师江、吴茂盛等就有这种"文人气"。他们有各种让人不能接受的习气和生活习惯，无组织无纪律，言而无信，不拘小节。但他们又都多情重义、热爱生活和女人。他们没有稳定的生活，似乎也不渴望，更不羡慕"成功人士"。他们更像是生活的旁观者，一切都可遇不可求，虽然漂泊动荡为生存挣扎，但也随遇而安得过且过。他们经常上当受骗但绝不悲天悯人，自艾自怜。生活仿佛就在他们放肆的话语中成为过去。李师江、吴茂盛们没有宏大抱负，大处不谈国家社稷，小处不谈爱情。这些事情在他们看来既奢侈又矫情。因此李师江笔下的人物都很放达，很有些胸怀。这就是小说的"文人"的气质，评论李师江小说的文字，都注意到了他很"现代"的一面，这是对的，但他对传统文化的接续和继承似乎还没有被注意。在李师江这里，小说又重新回到了"小说"，现代小说建立的"大叙事"的传统被他重新纠正，个人生活、私密生活和文人趣味等，被他重新镶嵌于小说之中。作为作家的李师江似乎也不关心小说的西化或本土化的问题，但当他信笔由缰挥洒自如的时候，他确实获得了一种自由的快感。于是，他的小说是现代的，因为那里的一切都与现代生活和精神处境相关；他的小说也是传统的，因为那里流淌着一种中国式的文人气息。

青年女作家娜彧的成名作是《薄如蝉翼》①。这是一部展示当代青年虚无主义的小说范本：作家"我"、凉子、叶理、郑列、钟书鹏等人物，无论是闲得无所事事还是忙得焦头烂额，都心里空空没有着落。男女性事是他们之间的主要关系，"我"的前男友是凉子现任男友，我的现任男友又和他朋友的女友上床。这些人处理的主要事务就是床上的事务。主要人物凉子应该是20世纪80年代先锋小说式的人物，她的基本存在状态似乎只在讲述与身体有关的故事，"做爱"是她毫不避讳挂在嘴上的词，她不只是话语实践，而是切实的

---

① 娜彧：《薄如蝉翼》，《十月》2010年第2期。

身体实践。她最后还是死于做爱之后,理由是"做完了以后发现更没意思"。凉子的这一结论令人震惊无比。我们知道,现代主义文学叙事一直与身体有密切关系,吸毒、性是现代主义文学和行为艺术的拿手好戏。即便在20世纪80年代的中国,《绿化树》《荒山之恋》《锦绣谷之恋》,一直到90年代的《废都》《白鹿原》等,也一直视身体解放为"现代"或"先锋",或是精神世界沦陷之后自我确认的方式。"女性主义文学"在这方面更不甘示弱,其大胆和张扬有过之无不及。当这一切都成为过去之后,由凉子宣布其实"更没意思",确实意味深长。虚无主义至此可以说达到了登峰造极。当然,这一现象早已构成症候。虚无主义的再度流行,是这个时代精神危机的重要表征。《渐行渐远》应该是《薄如蝉翼》的续篇。小说从凉子之死写起,然后迅速改变了方向:"我"的男友叶理与凉子很早就在日本交往了,而且竟然有12年之久。12年里,两人的故事不能说不感人,其间发乎情止乎礼的克制和友爱,已几近19世纪的浪漫小说。但是,从小说开头凉子的"殉什么也不能殉情啊"的宣言,到最后"我"梦醒之后"的确什么都没有"的确证,我们发现,小说还是在虚无主义的世界展开并结束的。值得注意的是,在《渐行渐远》中,娜或为人物提供了虚无主义世界观形成的土壤——一个在异国他乡谋生存的女孩,经历的生存景况大体可以想象。有这样刻骨铭心经历的女孩,还会有别的价值选择吗?即便男人叶理,他所面对的现实生活是:"我去的时候那叫个前程似锦啊,飞机飞到了天上,感觉自己多么伟大,未来多么美好。用你的话说,那叫理想对吧?可是只过了半年,我他妈的想到理想之类的词就觉得自己幼稚,我完全沦落到了以打工挣钱为目的的境地。我开始后悔,我的父母一生的积蓄我凭什么毫不犹豫地就交到了我完全不认识的人手里?我为什么要把钱交给他们还要受他们的气?……你在日本看到新闻里那些杀人的、骗钱的中国留学生,可恶吧?不,一点也不可恶,他们跟我一样准是后悔了,但是他们比我有血气,他们不想让人白白地欺侮,他们要拿回自己应得的。谁过得好好的想着去杀人骗钱?"①因此,娜彧小说的虚无主义是有内在逻辑和现实依据的。

这些青年作家书写的几乎是同一个主题,就是这个时代青年对生活认知的无聊、无意义,甚至绝望感。作家东西说:"我们不屑于抒情,抒情没了。我们不屑于写感动,感动没了。我们认为故事不够现代或后现代,故事没了。我们故意粗鄙,不屑于思想,思想没了。于是,文学只剩一堆字,歌曲只剩一堆怪声音。"②这个说法我们不见得全部接受,但它确实从一个方面表达了这代青年作家对生活的认知和心理状态。因此,上述作品也塑造了大体相同的"共名"人物,即这个时代的——"多余人"的形象。应该说,这类作品和人物是当下文学中最有深度的青春形象之一。但是,由于严肃文学的日益小众化,以及与狂欢的各种青春娱乐节目诉求的背道而驰,它们难以被更多的青年读者接受。更多的青年在践行着作品人物的生存状态,而书写他们的作家作品却无人问津。这就是我们这个时代的文学生活。

三、重建中国文学的青春形象

不可否认,今天在青年中流行的价值观发生了巨大变化。不然我们就不能解释为什么那些消费性的文化产品受到如此热情的欢迎和追捧。由此我们想到,是什么力量支配了今天的青春文化生产?今天的青春文化的读者和观众发生了哪些变化?各种现象表明,支配今天青春形象生产的最大的隐形之手是金融资本。当文化作为一种"产业"被开发以后,文化也同时成为攫取剩余价值的资源。既然是一种产业,就要遵循商品生产和消费规律。这样,文化产业一

---

① 娜彧:《渐行渐远》,《作品》2011年第6期。
② 东西在2013年10月9日微博发表的言论。

开始就不是以文艺或文学生产规律来要求行业的。在今天，包括文化产业在内的商品生产，出新猎奇吸引眼球是第一要义。"注意力经济"已经广为人知深入人心。要达到这样的效果，文化产业要生产什么样的文化产品就不难理解了。比如，2011年，E·L·詹姆斯的《五十度灰》出版以来，在西方出版市场炒得沸沸扬扬，出版十个月后，一举冲上纽约时报畅销小说榜，上榜第一周即占据榜首。纸质书和电子书的销量居高不下，英美主流媒体包括网络争相报道，对其议论的热情至今仍经久不衰兴致盎然。它被称为是一部"继《达·芬奇密码》后，兰登书屋再次创造的图书销售神话"的小说，是"二十一世纪的口耳相传"取得巨大成功的小说，并且在英国国家图书奖评选中获得了"年度图书"大奖，等等。那么，《五十度灰》究竟是一本什么样的小说，是什么原因使这部小说如此吸引读者的眼球并获得巨大的市场效益？

从小说的角度看，《五十度灰》本是一部并无惊人之举相貌平平的通俗小说：21岁的文学女青年安娜斯塔西娅·斯迪尔临近毕业的同时也面临就业危机。此时，她受病休室友凯瑟琳之托，代表校报去采访格雷集团首席执行官克里斯蒂安·格雷。在宏伟壮丽的格雷集团大厦内，初出茅庐的斯迪尔谨小慎微，她发现她的采访对象是一个典型的"高富帅"，令她大感意外的是自己的一见钟情。她试图忘掉他，回到勤工俭学的郊区五金店上班，没想到的是在这里与格雷邂逅重逢。光鲜照人的亿万富翁亲临这个名不见经传的五金店，亲自购买华盛顿州难寻的稀有商品：绳子和胶带。于是两人迅速陷入情网。小说如果沿着这条线索展开，最多也就是一个耳熟能详的浪漫爱情故事。但是，走近格雷的斯迪尔发现，格雷不仅是一个腰缠万贯的企业帝国的王者，而且还是一个会品酒，会弹钢琴，有教养的优雅男士。而斯迪尔的美貌也让格雷一见倾心，欲罢不能。但是，格雷很快就向斯迪尔展示了他另一面的与众不同：格雷有一间精心设计的"密室"，这间密室成为两人性爱活动的主要场所。于是，虐待与被虐待等情节成为小说集中讲述的内容并且不厌其烦。值得注意的是，在格雷的调动下，斯迪尔从不适、恐惧，逐渐到接受，甚至渴望。她在与格雷不正常的接触中也发现了另一个自己，抑或说是格雷塑造了另一个斯迪尔。小说最后一定是一个感伤的结局，这不仅因为《五十度灰》沿用了浪漫主义感伤小说的基本元素，重要的是，那与人性相悖的性行为一开始就预示了危机的存在。这一点与中国古代白话小说的始乱终弃模式并不相同。是斯迪尔主动离开了格雷，不是格雷抛弃了斯迪尔。斯迪尔在格雷的诱导下对性虐虽然也产生了兴趣甚至期待，但是斯迪尔的承受力终究还是有限的——当格雷对其诉诸暴力之后，斯迪尔再也不能忍受，她主动提出了分手。因为格雷给她的皮带撕咬肉体之痛，"与这场蹂躏相比根本不在话下"。

　　本书的作者在介绍中说，E.L.詹姆斯"从小就梦想能创作出人人都爱看的小说"。由于要照顾家人和自己的事业，这一梦想只能束之高阁。直到四十五岁方鼓起勇气动笔写了自己第一部小说《五十度灰》，并随后出版了《五十度黑》和《五十度飞》。这里的关键是E.L.詹姆斯所理解的"人人都爱看的小说"是什么样的小说。应该说《五十度灰》从一方面揭示了人性的多面性和复杂性，格雷表面上与常人没有区别，他年轻富有帅气，博得女孩子好感甚至青睐都在情理之中。但是，这一外表掩盖下的性趣味却是常人无论如何难以理解的。但是，恰恰是没有任何性经验的天真的女大学生斯迪尔遇到了他，关键是斯迪尔不仅接受了格雷的趣味而且越陷越深不能自拔，她获得的快感也被表述得一览无余。因此，如果"常人"是被社会观念塑造出来的话，那么，"趣味"显然也是被诱导或塑造出来。在这个意义上可以说，小说对人的不确定性和多种可能性的揭示或表达，并非是空穴来风。但是，小说的本意显然不在这里。

　　小说全篇毫无遮掩的情色场面和描写，既是小说备受争议的焦点,也是小说在市场畅行无阻的核心要素。我们知道,无论是贝塔斯曼、兰登书屋或全球其他知名出版商,他们对大众文化的敏锐嗅觉几乎无人能敌。有资料说:"兰登书屋在捕捉到具有市场潜力的小说内容后,发挥传统出版商的优势,主动与作者沟通并迅速签约,同时获得了纸质书和电子书的双重出版权,通过多角度和途径积极推广两种版本的图书。为庆贺《五十度灰》取得的巨大成功,兰登书屋传承贝塔斯曼与员工分享利润的合作伙伴精神,在新年来临之际奖励了全体员工,每人分得五千美金作为分红奖励。"《五十度灰》的市场神话并非独一无二。此前,在全球图书市场创下销售神话的《哈利·波特》系列小说被翻译成74种语言,在全世界200多个国家累计销量达5亿多册,居历史上非宗教图书市场销售第一;《达·芬奇密码》被誉为"阴谋与惊悚被巧妙地糅合到诸多精心设置的悬念当中……众多的难解之谜,环环相扣,构成一个令人着迷的神话",在营销中大获全胜;而《暮光之城》系列的故事虽然简单,"但其中隐含的情感足以震撼人心"。这些不无夸张的评论本身就是市场营销的一部分。因此,《五十度灰》的神话也是策划、营销和制造出来的。它是西方文化产业——图书营销策略的产物,是以不同的方式夺取读者注意力的具体实践。创意产业是不可复制的,试想,当《哈利·波特》《达·芬奇密码》《暮光之城》的奇异之光即将黯淡之后,还有什么内容能够再次激起读者兴奋的神经呢?只有情色,甚至变态的情色。情色与暴力是大众文化永远取之不尽用之不竭的源泉。而《五十度灰》正是以极端的方式再次利用了这一资源。它从一个方面也表达了创意产业如果一味关注市场和利润,它究竟能走多远可能会成为一个问题。在这个意义上,《五十度灰》应该是一个值得认真分析、解剖的个案。它或许会成为我们从"文化产业迷思"到"文化产业超克"过渡的一个起点或诱因。

另一方面,今天的文学读者,已经从过去的趣味、知识、审美阅读,改变为"粉丝阅读"。作家偶像化、读者粉丝化已经成为常见的现象。或者说,一部作品写了什么并不重要,重要的是谁写的。比如,《哈利·波特》的作者罗琳2013年出版了侦探小说《杜鹃在呼唤》,罗琳故意化名"罗伯特·盖尔布莱斯",想看看自己的名字和内容哪个好卖。结果这本书上市3个月,只卖出了1500册。而就在这时,"罗伯特·盖尔布莱斯就是罗琳"的消息被披露,《杜鹃在呼唤》的销量顿时猛增,在亚马逊销售排行榜名列第一。①这种情况在当下中国也并不陌生。由同济大学文化批评研究所等单位发起的"中国出版机构暨文学刊物十强"评选中,郭敬明主编的《最小说》以6835票高登文学期刊十强之榜首,而纯文学的重要期刊《收获》仅以459票名列第六,青春文学期刊超过了《收获》及《人民文学》等文学大刊。张悦然的《鲤》也名列第九。品牌纯文学期刊居然没有新生的青春文学期刊受欢迎。②青春文学作家不仅在青春文学期刊上风光无限,其领军人物郭敬明也登陆纯文学期刊。2006年《人民文学》刊登了郭敬明的小说《小时代2.0》,中学生纷纷购买这本期刊。③《文艺风赏》的主编笛安认为:"我们相信今天的年轻人能够做出真正的好文学,相信在当下的都市生活里有深刻的情感表达与精神诉求,相信在功利、急躁的时代我们能够延续'文学'那缕柔软、抒情,宁为玉碎、不为瓦全的魂魄。"④

这是一种全新的文学生产格局。这一现象表明,任何一种文学生产方式在当下都难以统摄全局,霸权话语不作宣告地被削弱之后,多元的、游牧式的文学生产方式已经发生并根深蒂固。但是,需要强调的是,真正的文学不是满足快感的领域,文学要处理的依然是

---

① 《上海青年报》2013年7月24日。
② 魏晓虹:《论青春文学杂志的出版策略及发展前景》,萧然校园文学网,2011年11月30日。
③ 魏晓虹:《论青春文学杂志的出版策略及发展前景》,萧然校园文学网,2011年11月30日。
④ 魏晓虹:《论青春文学杂志的出版策略及发展前景》,萧然校园文学网,2011年11月30日。

人类的情感和精神事务。如果是这样的话，我们有必要强调重建中国文学的青春形象。

另一方面我们也注意到，那些有深度、有鲜明青春个性特征的经典作品，还在受到读者的欢迎和阅读。而近年来，村上春树的《挪威的森林》、库切的《青春》、菲茨杰拉德的《了不起的盖茨比》等，仍然是当下文学读者的核心读物，它从一个方面表明：文学可以呈现生活的可能性，同时，也可以呈现生活中的"不可能性"。由浪漫、想象、虚构建构起来的文学王国，也可以满足我们生活中的缺憾和不可能。作家杰出的想象力弥补了我们生活中的不满足，让我们在想象中拥有另一个世界。这也是我们强调重建中国文学青春形象的期许和基本诉求。

本文原刊于《当代作家评论》2014年第1期

守成启蒙主义的文化理念与文学言说

李建军

一

启蒙是20世纪新文化运动的核心任务,而启蒙主义则是这一运动的主旋律。虽然由于种种干扰,"启蒙"先后被"救亡"所压倒、被"蒙启"[①]("蒙昧主义"与"反启蒙"的代名词)所瓦解,但是,以"五四"为标志的新文化运动,依然将"民主""科学""平等""自由""个性解放"等现代的理念,播种到中国人文化意识的土壤里。然而,进入21世纪,当我们经历了严重的文化脱序,尤其是经过"文革"的沸反盈天的"蒙启",20世纪的单极性启蒙文化所存在的问题,便显得越来越突出,所造成的后果也越来越严重。

一个良性的启蒙文化结构,必然具有多元性的特点,需要有左

---

① 李泽厚:"在我看来,如果'五四'那批人是'启蒙',那么现在一些人就是'蒙启':把启开过的蒙再'蒙'起来。""'五四'是启蒙,'文革'是'蒙启',两者在精神上是背道而驰的。"(《要启蒙,不要蒙启》,《书摘》2007年第5期)

翼，也需要有右翼，需要有前锋，也需要有后卫，需要有激进的启蒙主义，也需要有守成的启蒙主义。然而，在五四新文化运动中，启蒙主义者往往都表现出一种简单化的情绪与绝对化的姿态——那些以为只有自己掌握了绝对真理的激进启蒙主义者，通常总是表现出一种"唯我独尊""唯我独是"的文化霸权主义做派，表现出一种排斥不同声音、抵拒不同主张的狭隘的文化性格。布隆纳在批评欧洲的启蒙主义的时候说："启蒙思想家无法跳出自己的时代。他们许多人都流露出精英论和种族论的痕迹：他们不重视非洲，反犹思想也很普遍。"①中国现代启蒙主义者也有自己不曾跳出的局限，他们自始至终都拘囿于一种"单极化"的文化格局里。

所谓"单极性启蒙文化"就是指以西方现代文化为指归——包括以"苏俄"经验为绝对真理——的激进启蒙主义。这种向外寻找资源的启蒙文化，对中国传统文化的内部资源，特别鄙夷和不屑——他们将复杂多元的中国文化，笼而统之地命名为"孔家店"，视之为一无是处的、需要彻底清算的"封建文化"和"落后文化"，对具有守成主义倾向的文化派别，他们更是视若寇仇，大有"屠其徒，火其书"之势。那些激进的启蒙主义知识分子，无论是留学东洋的，还是负笈西洋的，几乎都对中国固有的伦理道德全盘否定，都对中国的传统文化深恶痛绝，主张不读"中国书"，主张废除"汉文"，"改用罗马字书之"，②将汉字说得一无是处。③更极端的，则以

---

① 斯蒂芬·布隆纳：《重申启蒙：论一种积极参与的政治》，第36页，南京，江苏人民出版社，2006。
② 钱玄同：《通信》，《新青年》第4卷第4号，1918年4月15日。
③ 瞿秋白在《学阀万岁!》中说："汉字存在一天，真正的'人话文'——现代中国文（就是完全用白话的中国文字）就一天不能彻底的建立起来。……要彻底的用'人腔'白话来代替'鬼腔'文言，还必须废除汉字，改用拼音文字，就是实行'文字革命'。"（《瞿秋白文集》文学编，第3卷，第178-179页，北京，人民文学出版社，1989）；然而，在林鹏看来，"汉字是最为珍贵的中国文化遗产。汉字的科学性无可比拟。吴宓说：'爱国者必爱其国之文字。'谩骂汉字是近百年来殖民主义者的家常便饭。"（林鹏：《遐思录》，第185页，北京，商务印书馆，2013）。

阶级话语解释一切社会现象，①以"阶级性"排斥"民族性"，以"阶级认同"代替"民族认同"，对代表"无产阶级利益"的某民族文化大加赞美，却视自己民族的文化若粪土，就像瞿秋白在《学阀万岁！》中所说的那样："……用文艺的手段，更深入群众的心理和情绪，企图改造他们的民族固有道德，摧残安分守己的人性，用阶级意识来对抗以至于消灭民族意识。"②更有甚焉者，反认他乡是故乡，甚至喊出了"武装保卫苏联"的口号。经过了数十年的文化迷失，中华民族和中国文化的"逆子贰臣"，终于踏上了还乡之路，终于开始寻找和体认自己文化的根脉："二十世纪中国走了一个圆圈，又走回来了。经过许多周折，许多巨大的牺牲之后，中国应该认识到这一点了。但在二十世纪初期，中国遍地都是革命者，即假洋鬼子，再即阿Q，即群氓，革命、革命喊个不停，到后来发展为造反有理的高论。文学革命出乎胡适的预料成了政治革命，并且发展为叫嚷废除汉语汉字的狂吠，并且叫嚷与传统决裂，打倒孔家店，打倒三纲五常等吃人的封建礼教。这种情况是令人沮丧的，是与中国古典文化背道而驰的。"③

事实上，传统文化内部本来就是由"启"和"蒙"两部分构成的，甚至在某一家文化里面，也存在"启"和"蒙"两方面，例如，儒家文化固然有"天尊地卑""男尊女卑""思不出其位""不俟驾而行""民可使由之"的"蒙文化"，但占主体的，却不是这个，而是

---

① 例如，瞿秋白就极为随意地将商人化了的绅士（事实上，这类人在中国只是人数很少的一部分人），界定为"绅商阶级"，进而将这一"阶级"界定为一个民族，并得出这样一个结论："绅商阶级，应当叫做'绅商民族'。……绅商就是民族，民族就是绅商。"（《瞿秋白文集》文学编，第三卷，第181页）他将"无产阶级的文学"，即普罗文学，自豪地命名为"大反动文学"，认为这种文学"才是真正'以阶级反对民族'的文学"（同前，第195页）。

② 瞿秋白：《瞿秋白文集》文学编，第3卷，第195页，北京，人民文学出版社，1989。

③ 林鹏：《遐思录》，第76页，北京，商务印书馆，2013。

"仁者爱人""仁者无敌""天下为公""选贤与能""民为贵,君为轻""视君如寇仇""望之不似人君""诛一夫纣""视刺万乘之君若刺褐夫""民无信不立""己所不欲,勿施于人""自强不息""士不可以不弘毅""匹夫不可夺志""可杀而不可辱""老吾老以及人之老,幼吾幼以及人之幼"的"启文化"——后一方面的文化不仅培养了中国知识分子"养吾浩然之气"的独立不迁的人格精神,也培养了心怀恻隐、兼济天下的利他主义的人文精神——从司马迁的《史记》和杜甫的诗歌里,我们就可以看到这种伟大的文化情怀,可以看到辉照千古的启蒙主义价值理念。因此,我们有必要改变那种将中西、古今对立起来的激进启蒙思维定式,改变那种浅薄、躁锐的否定一切的幼稚的思维方式。换言之,我们要把传统的启蒙文化看作"新启蒙"的土壤和武库,要从传统文化里开掘启蒙性的文化资源。我们可以将这种"替往圣继绝学"的启蒙主义,叫作"守成启蒙主义"或"保守启蒙主义"。按照布隆纳的说法,无论面对怀疑传统的"批评性知识分子",还是面对崇尚传统的"赞同性知识分子",对其进行评价的标准,只能是"知识分子是否愿意对新事物进行实验,还是愿意满足于事务现状",而不是别的,所以,我们不应该不加分析地就给"守成启蒙主义"贴上"守旧""落后",甚至"反动"的标签。

就近年的守成启蒙主义文化现象和文学现象来看,林鹏无疑是一个值得注意的典型个案。对一个文化转型和文化重建的时代来讲,他的文化随笔和小说文本中所包含的成熟的"保守启蒙主义"思想,有着特别重要的意义,很值得关注和研究。

林鹏(1928—),字翮凤,号蒙斋,河北易县南管头村(今狼牙镇)人,1941年参加革命,1958年转业到山西工作,1990年离休;是著名的学者、书法家和小说家,也是继顾准、李慎之、王元化之后又一位重要的启蒙思想家。

几乎所有的启蒙主义者,都是特立独行、拒绝随顺的人。林鹏也不例外。耿直的个性，使他从一开始便是一个"异类"。在一首打油诗里，他这样给自己画像："吊儿郎当小八路，自由散漫一书生。命中注定三不死，胡说八道老来风。"

偏险而悖乱的现实生活常常使林鹏深感困惑。他因此上友古人，开始读书和思考。他要通过读书来自我"解惑"，弄清楚中国历史内里的真相，弄清楚生活到底在哪里出了偏差，弄清楚中国文化应该选择的正确路向。他的志念和抱负，是为中国文化的未来重建，理出一个头绪，寻找一个出口。

他把文化思考和文化研究的基点，从外部视角转换到了内部视角，从他者立场转换到了自我立场。他试图回到自己民族的文化本体，从社会现实和历史事实出发，而不是从外来的种种教条出发，鹦鹉学舌，数典忘祖。他反对中国人对西方学者的观点生吞活剥，"在名词概念上打转转，硬把韦伯的名词概念搬到中国文字中……"，因为，中国没有宗教，"中国古代的政只是管理职能，所谓教也只是文教，首先是家教，如此而已，岂有他哉！"①他在《中国人得的是皮毛病》中说："不能让中国人见到个什么新东西，一见就拥上去抱住不放，至死不渝。本来是外国流行一时的什么玩意儿，昙花一现，外国人玩一阵都丢了，中国人抱住不放，一辈子坚持不渝，甚至两辈子、三辈子，以至无穷……有人批评某些歌唱家，一辈子就会唱一个歌儿，至死不变。我想，岂止是歌唱家哟，这是中国人的习性。他们批判旧道德，可是却按旧道德办事，至死不渝。"②

在林鹏看来，文化与道德的发展和建设，并不是一刀切断、推倒重来。新的来源于旧的，没有旧的就没有新的，"要说新的事业，古今中外没有全新的东西，尤其是道德，不可能有全新的道德。说是建立'新道德'，完全是骗人的鬼话。抛开旧道德就没有革命的理

---

① 林鹏：《遐思录》，第67页。
② 林鹏：《遐思录》，第65页。

由，比如说反对压迫，反对剥削，保护私有财产，耕者有其田，就是为此起而革命的。"①启蒙并不是简单的排斥和否定，更不是以别国的"先进"的"新兴"的文化，来取代甚至消灭自己民族的古老而伟大的文化。启蒙文化固然要对民族的固有文化进行反思和评判，但这并不意味着要将它彻底推倒、全盘否定。林鹏的保守启蒙主义主张，对于克服全盘否定固有文化的"拜新教"倾向，对于纠正激进的文化虚无主义，有着很宝贵的价值。

二

法家学说是中国的帝王主义赖以形成的意识形态基础。治污必先清源。林鹏的反抗帝王专制主义的文化启蒙之旅，合乎逻辑地从批判法家文化开始。法家文化就是赤裸裸地为皇权辩护的专制主义文化，就是冷冰冰的缺乏人道主义精神的暴力主义文化，就是贱兮兮的甘为暴政做鹰犬的奴才主义文化。林鹏要把法家文化的本质揭示出来，帮助人们认识中国集权主义政治的真面目，为人们认识儒家文化的价值，认识士君子文化的伟大，提供一个异质性的参照物："儒法是对立的，这就是士人文化与帝王文化的对立。"②

法家的词典里没有"善念"和"信任"这样的字眼，那些"智法之士"教唆帝王说："人主之患在于信人，信人则治于人。"③这种阴暗的权术理论，极大地刺激并助长了专制帝王雄猜多忌的病态心理。法家乜斜着阴鸷、怀疑的目光观察生活和人性，看世界一团黑，看一切皆是恶，怀疑人性的善良和美好，怀疑人的道德自觉和改过迁善的可能——人与人之间，即使父子、兄弟、夫妻之间，除了赤裸裸的利益关系，除了互相利用和互相算计，没有别的，于是，便

---

① 林鹏：《蜾思录》，第86—87页。
② 林鹏：《蜾思录》，第37页。
③ 韩非：《韩非子·备内》。

主张用残酷的手段，来对付险恶的人心。

　　几乎所有具有民主精神和博爱情怀的知识分子，都对法家"意忌内深"的心性状态及"与人为恶"的政治理念深恶痛绝。顾准就批评韩非"根本没有考虑人性中善良的一面，而且这是从动物式的本能中发展出来的。……韩非的利害学说，是专制君主立场上的利害学说，这是他的特点。……我十分厌恶这点。"①他认为，韩非"在中国史上没有起一点积极作用，而他本人在道义上也毫无可取之处"。②

　　虽然郭沫若后来成了一个畏忌讳谀、不敢端言的人，但是，在早年，他却对法家文化和极权主义政治，做过猛烈而尖锐的批评，认为韩非的学说"以变例为一般，那是诡辩，那是横道理"。③

　　林鹏对法家也同样没有什么好感，曾经写过《讨厌韩非》④等文章，对法家和法家文化大加抨击。所谓"法家之徒"，在他看来，就是"追求个人前途，统治者好什么，他就来什么，多半是急功近利、好大喜功、严刑峻法、立竿见影之类。"⑤他看见了"法家"的法律的虚伪性和欺骗性。法家提倡法律面前人人平等，然而，"这话从一开始制造出来，就是为了骗人的。怎么只敢提王子，不敢提国王呢？难道国王就不可能犯法吗？"⑥

　　作为一个保守的启蒙主义者，林鹏的思想具有反抗性的伦理精神——这一点，既体现在对法家文化的整体性的抨击上，也尖锐而集中地体现在他对"帝王文化"的具体批判上。"帝王文化"是中国特色的专制主义暴政，是造成中国社会黑暗和人民苦难的罪恶的渊

---

① 顾准：《顾准文稿》，第425页，北京，中国青年出版社，2002。
② 顾准：《顾准文稿》，第427页，北京，中国青年出版社，2002。
③ 郭沫若：《十批判书》，第351页，北京，东方出版社，1996。
④ 林鹏：《遐思录》，第156页。
⑤ 林鹏：《遐思录》，第47页。
⑥ 林鹏：《读书记》，第13页，北京，商务印书馆，2013。

薮。抓住"帝王文化"这个线索,就抓住了解剖极权主义暴政的关键,也就抓住了解析中国历史的密钥。林鹏对"帝王文化"的理性断制,尖锐而深刻,往往能直中肯綮,是自司马迁、方孝孺、黄宗羲、唐甄、梁启超之后,较少听到的弥足珍贵的启蒙声音。

法家与帝王的心是相通的,而法家文化与帝王文化则是高度同构的。在前现代的极权主义社会里,拥有权力的人,其心理也往往诡谲而多疑,而且,权力越大,地位越高,对人性善的一面,便越是不信任,便越是倾向于用恐怖、残忍的手段,来对付民众,来巩固、维护自己的权力。秦始皇就是这样一个冷酷无情的"法家"帝王。所以,林鹏批评秦始皇的政策,"完全是商韩的一套,这是富国强兵的一套,也就是霸道的一套,它既可以把国家引向强大,同时也可以把国家引向灭亡。商韩的药方,不过是强力春药罢了。所有后来的帝王,在帝王思想的支配下,着急了都是这样饮鸩止渴而亡的。"[①]

在"外儒内法"的诡异历史和"评法批儒"的纷乱现实中,林鹏发现了这样一个事实,那就是,千百年来,中国的政治伦理和制度建设,几乎全都循着法家的理念和精神来展开。法家的法术势,总是会受到历代极权统治者的认同和接受;他们明里可以不讲,暗里总是要用一用的。韩非子说,"上古竞于道德,当今争于力气",真可谓见道之语:"自从有了皇帝以后,无一不是迷信暴力的,所以随时都离不开法家,随时都离不开酷吏,一时一刻也少不了的。有统治阶级存在,有帝王存在,严刑峻法是不可或缺的。这就造成一种政治态势,法家永远站在帝王一边,他们是帝王思想帝王文化的实施者,他们的学说就是法、术、势,最后就只剩势而已,势者,权势也。暴力是权势的标志,没有暴力就没有权势。权势在暴力中

---

① 林鹏:《退思录》,第86页。

生,在暴力中亡。杀人如麻,血流成河,至死不悟。"①总之,"只要帝王存在一天,帝王之术就存在一天,统治阶级存在一天,统治之术就存在一天,血是不会少流的。"②

一部中国历史,大半可以被看作帝王任性妄为、"瞎折腾"的历史。林鹏说:"自从有了皇帝以后(应该从秦始皇算起),占统治地位的文化,就是帝王文化。"③"帝王文化"的本质,"不过就是流氓文化",④而"流氓文化的特点是:没有过去,没有未来;只顾眼前,不管其他;说了不算,算了不说;说过的话,做过的事,过后不准提起;只有眼前的权和利是真实的。权利就是一切。不过也毋庸讳言,他们的权利是盗窃来的,是赃物。"在专制集权的环境里,皇权必然导致人性的异化和道德的堕落,"宝座具有无边的魔力,无论多么优秀的人,一旦坐上去,立刻就变质,变为庸俗不堪的小人。"⑤皇权必然使最高统治者陷入极端的自我中心主义和疯狂的享乐主义:"自从有了皇帝以后,小人得志必做皇帝,英雄得志必做秦始皇。一旦做了皇帝,只关心两件事:一、穷极饮食男女;二、追求长生不老。为此,一保密,二保卫,此二者可谓生命线。秦始皇发现李斯减车,因此杀死所有从者。保密如此重要,保卫如此残酷。"⑥

林鹏洞察到了中国专制暴政的本质,也看到了专制暴君的真面目。在争权夺利的过程中,暴君始终按照一个原则,为了一个目的,无恶不作,无所不用其极;他们只有一副道德面孔,只有一个道德形象,所以,林鹏对那些为暴君回护的辩词就特别不以为然,拒绝认同那种关于暴君的"两截论":"说某人的一生,前半生都正确,

---

① 林鹏:《遐思录》,第48页。
② 林鹏:《遐思录》,第49页。
③ 林鹏:《遐思录》,第179页。
④ 林鹏:《遐思录》,第183页。
⑤ 林鹏:《遐思录》,第180-181页。
⑥ 林鹏:《遐思录》,第56页。

功劳盖世，后半生都是错误，罪恶滔天。这就要问，前半生真的都是正确的吗？这正确是怎么来的？后半生都是错误的吗？又是怎么来的？对一个历史人物，如此机械，如此切割，一刀两断，颇为随意，太随意了。"在他看来，把巨大的"功劳"归于一人一家一姓，是完全错误的，因为，"它是千百万人民的意志和千百万人民的流血建成的。至于罪恶，众人不能负责，凡是罪恶都是个性造成的。首先是自私自利之心，越是位高权重，自私自利之心越重。这是不可否认的。"[1]林鹏发人所未发，言人所未言，尤其"罪恶都是个性造成的"一语，深刻地揭示了这样一个被长期遮蔽的事实——巨大的社会动乱的造衅者和人民苦难的遭祸者，就是那个作为首恶罪魁的独裁暴君。与那种将世间一切功德和荣耀，皆归于帝王的蒙昧主义不同，林鹏将反思和批判的剑戟，直指专制帝王和最高统治者，显示着一个彻底的启蒙主义者才有的清醒和深刻。

三

如果说，法家意味着冷酷无情的凶暴和虐杀，而法家学说是专制政治的最理想的意识形态和最有效的统治工具，那么，儒家则反对以猛治国，反对滑贼任威的不教而诛，强调仁爱的价值和德性的作用，力求建立一种基于忠恕精神与道德感化的仁政。林鹏将儒家文化视为法家文化的解毒剂，尤其强调士君子在社会政治生活中的作用。

在《我的文化宣言》中，林鹏表达了自己对"国学"的认识："国学就是经学，经学就是儒学，儒学就是仁学。仁者人也，仁者爱也；仁慈，仁政，仁以为己任，仁者爱人，仁者无敌……当今中国

---

[1] 林鹏：《遐思录》，第96页。

学术应该回到国学上来。只有立于国学，中国学术才有发展。"[①]林鹏的守成启蒙主义的突出特点，就在于他不仅将儒学当作"国学"与中国文化的主体，当作文化重建的根本资源，而且着重强调了"仁爱"的价值和意义。也就是说，他将"仁爱"当作中国文化的灵魂和精神，当作未来文化重建的重要基础和最终归依。没有"仁爱"，就没有方向，就没有归宿，就什么都谈不到。为此，林鹏反复申说"仁者无敌"的伟大意义，视之为"颠扑不破的伟大真理"：所谓"无敌"，绝不是"战无不胜"的意思，因为，"偶然胜一回，也是侥幸而已，算不得什么胜利。仁者无敌的真正意义，是仁者根本没有敌人。……而不仁者有敌，有敌则必有一败，一败就是一败涂地"。[②]"仁者无敌"的确是伟大的真理，但只有那些深刻洞察了历史本质的人，才能看得到，而更多的人，则更相信短暂的表象性的"战无不胜"。千百年来的大量表面性的事实，似乎也都在证明这样一个铁律：谁越是残忍，谁越是无耻，谁越是迷信刀与枪的力量，谁就越有可能成为最后的胜利者和成功者。"恶者无敌""忍人无敌"，似乎远比"仁者无敌"更切近事实。所谓"忍人"，就是残忍的人、硬心肠的人，《左传·文公元年》："初，楚子将以商臣为大子，访诸令尹子上。子上曰：'……且是人也，蜂目而豺声，忍人也，不可立也。'"可见，在春秋时期，人们对"忍人"还有着清醒的认识，还保持着警惕的态度。然而，到了后来，随着"忍人"的行为被涂抹上正当而神圣的色彩，暴力斗争中傲慢的胜利者，便被当作英雄和圣者来崇拜，而悲惨的失败者，则受到尖刻的嘲笑和无情的羞辱。"成王败寇"的庸俗哲学已经成为庸人们评判历史的绝对尺度和唯一标准。如此一来，要让那些迷信"暴力"的人接受"仁者无敌"，无疑是一个极为艰难的说服工作。

---

① 林鹏：《蒠思录》，第3页。
② 林鹏：《蒠思录》，第112页。

那么，在风雨如晦、鸡鸣不已的时刻，靠谁来砥柱其间？在四维断绝、混乱无序的时代，靠谁来承担文化重建的托命？

林鹏的回答很简单：没有别的选择，只能靠"士君子"。

所谓"士君子"就是一群人格独立、道德高尚、仁以为己任、任重而道远的人。他们心中装的是"天下"，对他们来讲，"所贵于天下之士者，为人排患、释难、解纷乱而无所取也"。①他们常常被称为"国士"或者"天下之士"。他们鄙弃商人的唯利是图的德性，赋予自己的行为以超功利的高尚的性质。林鹏赞美式夷的舍己为人，在他看来，"此种有觉悟的士，已经变成了全新的士，全新的人。他们可以毫不迟疑地为别人的利益去死，过去是为统治者的利益去死，现在是为普通人（即使是不肖人）的利益去死，这不是简单事情。"②林鹏之所以对《吕氏春秋》评价极高，其原因就在于这部著作具有极为先进的"天下观"："天下，非一人之天下也，天下之天下也。阴阳之和，不长一类；甘露时雨，不私一物；万民之主，不阿一人。"③吕不韦及其门人全面地弘扬了"士君子"文化，高度赞美"国士"之风，表现出宝贵的启蒙主义精神："士之为人，当理不避其难，临患忘利，遗生行义，视死如归。有如此者，国君不得而友，天子不得而臣。大者定天下，其次定一国，必由如此人者也。故人主之欲大立功名者，不可不务求此人也。贤主劳于求人，而佚于治事。齐有北郭骚者，结罘罔，捆蒲苇，织萉屦，以养其母，犹不足，踵门见晏子曰：'愿乞所以养母。'晏子之仆谓晏子曰：'此齐国之贤者也。其义不臣乎天子，不友乎诸侯，于利不苟取，于害不苟免。今乞所以养母，是说夫子之义也，必与之。'"④正像有的学者所指出的那样："'士'是主体人格，不是从属人格，这一点对于今天的国

---

① 《史记》卷八十三，《鲁仲连邹阳列传》。
② 林鹏：《读书记》，第10页，北京，商务印书馆，2013。
③ 《吕氏春秋·孟春季第一·贵公》。
④ 《吕氏春秋·季冬季第十二·士节》。

人来说尤其重要。通观《吕氏春秋》全文，可以感受到中国古典之'士'浓烈的主体性，而这也是其他经典文献中十分罕见的。"①

一个真正的士，是一个有着独立人格和自由意志的人。他不是权力的奴仆，从不卑己自牧地服从他者的意志。他是敢于"逆命"的人。《礼记·表记》中说："子曰：'唯天子受命于天，士受命于君。故君命顺则臣有顺命；君命逆则臣有逆命。'"林鹏特别强调"士君子"对帝王个人独断专行的"逆命"（不服从）精神，视之为儒家文化最可宝贵的精神财富："儒家特别强调这一点，强调天下不乏正人君子，不乏特立独行之民，有不臣之士，有不使之民，即指挥不动的臣民。这是国家强盛的重要标志，这是天下稳定的重要因素。也许有人要说，儒家这个理论不好，这是极端民主，这将办不成任何事情，这很不方便。是这样，然而这仅仅是暴君的不方便，并且仅仅是使阴谋集团干不成任何事情，不过如此而已。这种不方便，将迫使普天之下，上至君王，下至臣民，都服从仁义道德，这才是无往而不胜的道理。"②在阐发"逆命"意义的过程中，林鹏还尖锐地批评了"唯物主义者"王夫之对"逆命"的误解，否定了他的"臣皆受焉""逆亦安之"的谬说。

林鹏高度认同阿克顿勋爵在一次演说中所表达的观点。阿克顿说："赞颂乃是历史学家的破产。"在这位英国思想家看来，一个优秀的历史学家，要与权力保持距离，对胜利者、权势者（例如光荣革命的胜利者，英国国王威廉三世）所持的批评尺度，要更加严格。这些观点对林鹏产生了极大的影响："这一切，是如此鲜明，如此尖锐，如此激烈。这些话，使我们感到震惊，以往我们连想都不敢想。"③事实上，林鹏自己的头脑中，本来就有这样的思想。在林鹏的

---

① 郭智勇：《被遗忘与曲解的古典中国——〈吕氏春秋〉对中国传统学术的投诉》，第102页，桂林，广西师范大学出版社，2012。
② 林鹏：《读书记》，第31页，北京，商务印书馆，2013。
③ 林鹏：《遐思录》，第180页。

理解中，士君子文化就是一种行动的文化。它不仅拒绝顺从权力，而且还积极地抗争："历史上的士文化，就是抗争文化，谁敢抗争，谁就有成果。谁抗争得巧妙，谁的名气就大。笨拙的遭受迫害，不敢抗争的遭到唾弃。"①向谁抗争？向权力抗争，而最根本的抗争，则是向最后的胜利者、最高的权势者——皇权抗争。

林鹏的"士君子"思想最独特、最闪光的地方，就在于他重新阐释了士君子中的"烈士"之风，高度肯定了向帝王"报仇"的英雄气概和道义力量。他的《报仇之制》是一篇英风凛凛、浩气沛然的雄奇文章，读之令人胸胆开张，鄙吝顿消。林鹏从《孟子》中，提领出了"视刺万乘之君如刺褐夫；无严诸侯，恶声至，必反之"，从中看见了"个人尊严"。在《学记》的"仁以爱之，义以正之"之后，他极为深刻地引申出了"报以平之"："平者，治国平天下之平也，不平则鸣之平也，平反之平也。报仇之制的原则，杀人偿命、欠债还钱，就是为了拉平、摆平。这就是社会公正。"②他通过对史籍的梳理，阐述了古人对"报仇"的肯定，也为伍子胥的"敢为天下先"的报仇行为，做了令人信服的辩护。有必要指出的是，林鹏所赞扬的报仇，不是宵小之徒的睚眦必报和斤斤计较，不是一般意义上的泄愤和报复，而是具有正义感和牺牲精神的神圣的复仇："报仇之制的基础是人人平等，它的核心是个人的尊严。"③伟大的"报仇"所针对的，是为害于天下的极端形态的恶，是罪恶滔天的昏暴的帝王。一般人的寻常意义上的罪错，是可以被原谅和宽恕的，但是，对独夫民贼的罪恶，则必须报复和惩罚。这是因为，帝王的行为具有极强的示范性和影响力。"上有所好，下必甚焉"，帝王的道德行为和人格状况，总是极大地影响着国民的道德意识和道德行为。一个暴君，就是巨大的文化破坏力量，就是巨大的道德污染源，其恶

---

① 林鹏：《退思录》，第180页。
② 林鹏：《读书记》，第19页。
③ 林鹏：《读书记》，第17页。

德、恶言和恶行，将不可避免地给全社会的道德环境造成极大的破坏，其影响将是持久而深远的，需要花费很大的力气和很长的时间，才有可能最终克服。原谅十恶不赦的暴君，就等于纵容最可怕的恶，就会对善的原则和社会正义，造成极大的伤害和破坏，就会遗患无穷。为什么伍子胥放过了"此人极坏"的费无忌，而专对楚平王掘墓鞭尸呢？林鹏的回答是："我们只能认为这是在春秋战国之时，士人们对报仇之制的一种认识。即报仇要找罪魁，找当权人，找有权力决定这桩罪行的人，这就是国王。春秋战国的这一思想，非后世人们敢有。"[①]所以，向"为人上者"报仇，就具有"以怨报怨，使民有所惩"的道德提示的作用和意义。林鹏所发掘出来的"报仇之制"，无疑具有深刻的启蒙意义。它给我们带来这样的启发：冤有头，债有主，在一个绝对性质的集权主义社会里，所有的苦难都是最高统治者造成的，所有正义的惩罚，首先要加诸握有绝对权力的暴君；如果我们为了目光短浅的权宜之计，而仅仅找出几个替罪羊蒙混了事，那么，这种"葫芦僧错判葫芦案"的惩罚，将带来这样的严重后果，那就是，暗示所有公民：恶是可以不受处罚的，作恶越多，罪孽越是深重，获得豁免权的可能性便越大——这无疑给那些无法无天的恶人，提供了一种法律保护和精神支持；更为严重的是，全社会将因此陷入一种没有正义感的道德氛围里，而这必将给一个社会带来严重的威胁与巨大的灾难。

刺杀暴君是维护社会正义的有效手段，是解构君权神话的启蒙行为。杀死一个暴君，不仅可以抑制极端形态的恶的泛滥，解民于倒悬，拯民于水火，而且，还可以在人们的心中点燃希望与正义的火焰，破除他们膜拜帝王的愚蒙意识。也许，正是因为这个缘故，林鹏才在多篇文章中谈到"刺杀"形式的"报仇"，才高度评价和赞美刺杀暴君的义士。在《秦始皇杂记》中，关于荆轲的刺秦，他这

---

① 林鹏：《读书记》，第23页。

样说道:"中华民族的历史总算没有辜负中华民族,总归是出了一个燕丹,出了一个荆轲,干了一件惊天动地的大事。事情虽然没有成功,精神可嘉。"①刺杀暴君是终结暴政的积极行为,是"诛一夫"而利万民的义举。例如,秦始皇的极权暴政就给中国人民带来极大的痛苦:"秦为乱政虐刑以残贼天下,数十年矣。北有长城之役,南有五岭之戍,外内骚动,百姓罢敝,头会箕敛,以供军费,财匮力尽,民不聊生。重之以苛法峻刑,使天下父子不相安。"②贾谊在《过秦论》中也曾这样批评秦始皇:"秦王怀贪鄙之心,……禁文书而酷刑法,先诈力而后仁义,以暴虐为天下始。"而继武始皇的秦二世,似乎也好不了多少,"繁刑严诛,吏治刻深,赏罚不当,赋敛无度,天下多事,吏弗能纪,百姓困穷而主弗收恤。然后奸伪并起,而上下相遁,蒙罪者众,刑戮相望于道,而天下苦之。"如果不幸生活在秦始皇和秦二世的统治之下,那无疑是极为悲惨和不幸的事情。林鹏说:"善良的中国人遇上一个暴君,除了盼望他早些死掉,还有什么别的办法呢?可以说,没有。这时,人们就想起了伟大的英雄荆轲。……他没有成功,他是个失败者。但是,他却受到了意想不到的、长期的传颂,这种现象特别发人深省。历史学家们的生花妙笔,应该在这种地方狠狠地着墨。《战国策》的精彩篇章,被太史公照抄下来,载入他的辉煌巨著《史记》之中。后世的文人墨客,将荆轲刺秦的故事刻在砖石上,并且编成戏文,流传至今。"③事实上,"复仇之制"乃是中国士人的一个宝贵传统,不仅司马迁在《刺客列传》里对它大加弘扬,而且,直到唐代,还依然被当作一种值得颂扬的义举。杜甫的伯父杜并忠勇孝烈,为了替父洗冤和复仇,惨死于乱刃之下,年仅16岁,新旧《唐书·杜审言传》对此均有记载。后来,杜甫在《义鹘行》里,讲述了一个替苍鹰向吞噬其雏的白蛇复仇的

---

① 林鹏:《读书记》,第147页。
② 《史记》卷八十九,《张耳陈余列传》。
③ 林鹏:《读书记》,第158页。

义鹊的故事,赞美了义鹊"功成失所往,用舍何其贤"的高尚品质,同时肯定了"报复"的正当性:"物情有报复,快意贵目前。"[1]在杜甫的意识中,不仅可以报复和报仇,而且最好是现世报。对一个民族来讲,最大的耻辱,就是让一个暴君没有受到报复便寿终正寝。

林鹏关于"士君子"文化和"报仇之制"的思想,包含着极其宝贵的思想价值和启蒙意义。事实上,林鹏的所有形式的写作,都是针对现实而发的"喻世明言",都是"思想对时代的批评",而这种批评所表达的"思想",按照徐复观的界定,就是"指对时代某些成熟了的情势、事物,采取一种否定或怀疑的态度,因而从理论上促成某些事物的崩溃,或者加以纠正,并希望诞生更好的事物的思想而言。"[2]林鹏的"思想",无疑也具有这种"批评"的性质和功能。

四

除了思想随笔和学术文章,林鹏也写古诗和小说。他将小说当作载道之具。他写小说不是为了表现自己不受拘牵的想象力,不是为了芜杂地堆砌琐碎的细节,而是为了表达他的启蒙主义文化理念。《咸阳宫》是他唯一的虚构性叙事作品,也是极为少见的批判暴秦的长篇小说。

萧公权说:"秦灭六国为吾国政治上空前之巨变。政制则由分割之封建而归于统一之郡县,政体则由贵族之分权而改为君主之专制。"[3]暴秦的君主专制,既是中国帝王主义极权暴政最终形成的标

---

[1] 王嗣奭评论这首诗说:"是太史公一篇义侠传,笔力相敌,而叙鸟尤难。……'快意贵目前'一语,令人快心,令人解颐。"(王嗣奭:《杜臆》,第71页,北京,中华书局,1963)

[2] 徐复观:《徐复观文集》第1卷,第197页,武汉,湖北人民出版社,2002。

[3] 萧公权:《中国政治思想史》上册,第279页,台北,联经出版事业有限公司,1982。

志,也是千百年来集权主义政制衍变的母本。正因为这样,林鹏才强调说,"必须找出最重要最关键的人和事,历史才变为可以理解的。我认为,中国历史中最关键的人是秦始皇,最重要的事是焚书坑儒……。"①我们实在可以将《咸阳宫》视为他的"刺秦书"。②如果说,荆轲用匕首刺秦,那么,林鹏则用小说刺秦;如果说,荆轲的刺秦是失败的,那么,林鹏的刺秦则是成功的——他用自己的小说文本,将人格畸形、性情古怪、暴戾阴毒、自私贪婪、狂妄自大、无法无天的秦始皇,永远地捆绑在历史的审判席和耻辱柱上。

从与权力的关系看,《咸阳宫》与替秦始皇暴政大唱赞歌的张艺谋电影《英雄》,与形式粗糙、思想浅薄、格调卑下的长篇小说《大秦帝国》,③构成了极为鲜明的对照。林鹏反对为强者说话,反对为不择手段的胜利者说话,反对为当权的"圣人立言"。他认为应该"以千秋论英雄",而不能"以成败论英雄":"对历史人物,尤其应该注意此点。"④他之所以要写《咸阳宫》,就是要为失败了的英雄吕不韦辩护,就是要将秦始皇一类胜利了的"英雄",还原为人格上的病人和政治上的庸人,还原为真正意义上的"失败者"。

像他的思想随笔一样,林鹏在小说《咸阳宫》里所探讨的问题,依然是士君子文化与专制的帝王文化的冲突。他在长篇小说《咸阳宫》的情节事象里,细致地展示了以吕不韦为代表的士君子与以秦始皇为代表的帝王集团的冲突和交锋,展示了帝王文化的"胜利"

---

① 林鹏:《遐思录》,第184页。
② 周宗奇称之为"自成一家的,国家级的,超越前人而烛照来者"的"思想刺秦"(周宗奇:《大声林鹏》,第155页);最重要的,他是站在人民伦理和人道主义的立场来刺秦,正像周宗奇所指出的那样,他跳出了以前的刺秦者为"新秦始皇"而刺"老秦始皇"的"怪圈","以是否对大多数老百姓有利为唯一评判标准"(同前,第170页)。
③ 关于这部作品的细致解剖,见李建军:《怎可如此颂秦皇——从〈大秦帝国〉看当下历史叙事的危机》,《南方文坛》2010年第3期。
④ 林鹏:《遐思录》,第36页。

与不义,展示了"士君子"文化的"失败"与伟大。

萧公权认为《吕氏春秋》是"反秦之书":"一切惨刻督责之术,在所不取。故吕书之政治意义为立新王以反秦,其思想之内容则为申古学以排法。"①吕氏及其宾客"已对申韩学术及商鞅政治作正面之攻击,实不啻'过秦'思想之陈涉。虽事败身死,其发难之功诚不可没也。"②关于吕不韦和《吕氏春秋》,林鹏同样有着几乎完全相同的看法和评价。在林鹏看来,吕不韦实为千百年来有着远大政治抱负的、敢于批评帝王的启蒙主义知识分子,而《吕氏春秋》则是一部足以光耀千古的启蒙主义著作。他是如此认同和欣赏《吕氏春秋》,以至于读其书想见其为人,将书中所表现的"知识""思想"与作者的"人格""性情"等同起来,通过沿波讨源的逆推,将吕不韦想象为人格高尚、道德完善的人。林鹏甚至否认司马迁的《史记》对吕不韦的复杂化叙事,"我一向怀疑《吕不韦列传》不是太史公的手笔",③"即使《吕不韦列传》是司马迁的真笔,也是败笔"。④其实,在一部学术著作里,作者的知识及思想与他的人格及道德,并不总是同质同构的,也就说,既有若合契符的时候,也有严重错位的情形。在战国那样一个极为纷乱的时代,吕不韦其人,很有可能就像司马迁所写的那样复杂,很有可能就是一个思想伟大而人格渺小的政治家,就像恩格斯在批评歌德的"二重人格"时所说的那样。

在林鹏的小说叙事中,作为一个理想化的人物,吕不韦的性格呈现出一种纯粹的单一性——他的学术思想是伟大的,他的人格境界也是高尚的。然而,小说是需要"复杂性"的。小说家的本领,便在于能深刻地洞察并巧妙地处理"复杂性"。所以,就小说艺术来讲,林鹏所选择的,乃是对自己极为不利的叙事策略,但是,对一

---

① 萧公权:《中国政治思想史》上册,第359页。
② 萧公权:《中国政治思想史》上册,第360-361页。
③ 林鹏:《读书记》,第235页。
④ 林鹏:《读书记》,第220页。

个旨在弘扬启蒙主义文化遗产的小说家来讲,他的选择,却又是可以理解的。

其实,让林鹏高山仰止的,与其说是吕不韦,不如说是《吕氏春秋》,与其说是吕不韦人格的完美,不如说是《吕氏春秋》思想的伟大——这部著作对帝王的大胆而尖锐的批评,实在太让他激赏和崇敬了:"世主之患,耻不知而矜自用,好愎过而恶听谏,以至于危。耻无大乎危者。"①在吕不韦的观念里,帝王如果逆道乱常,为非作歹,是完全可以通过武力将他诛杀的:"兵之来也,以救民之死。子之在上无道据傲,荒怠,贪戾,虐众,恣睢自用也,辟远圣制,謷丑先王,排訾旧典,上不顺天,下不惠民,征敛无期,求索无厌,罪杀不辜,庆赏不当。若此者,天之所诛也,人之所仇也,不当为君。今兵之来也,将以诛不当为君者也,以除民之仇而顺天之道也。"②这样的思想,即使现在来看,也依然具有深刻的启蒙性和超前的先锋性。《吕氏春秋》还对傲慢自大、自以为是的君主的心理和人格,进行了深入的解剖和批评:"亡国之主,必自骄,必自智,必轻物。自骄则简士,自智则专独,轻物则无备。无备召祸,专独位危,简士壅塞。欲无壅塞,必礼士;欲位无危,必得众;欲无召祸,必完备。三者,人君之大经也。……人主之患,患在知能害人,而不知害人之不当而反自及也。是何也?智短也。智短则不知化,不知化者举自危。"③这种对"人主"的"傲慢"的批评,一针见血,极为深刻。吕不韦直面秦朝的现实政治,对它发出了近乎声讨的批评:"当今之世浊甚矣,黔首之苦不可以加矣。天子既绝,贤者废伏,世主恣行,与民相离,黔首无所告诉。世有贤主秀士,宜察此论也,则其兵为义矣。天下之民,且死者也而生,且辱者也而荣,且苦者也而逸。世主恣行,则中人将逃其君,去其亲,又况于不肖者乎?

---

① 《吕氏春秋·似顺论第五·似顺》。
② 《吕氏春秋·孟秋季第七·怀宠》。
③ 《吕氏春秋·恃君览第八·骄恣》。

故义兵至，则世主不能有其民矣，人亲不能禁其子矣。凡为天下之民长也，虑莫如长有道而息无道，赏有义而罚不义。"①至于《吕氏春秋·简选》中"刑罚不避天子"之类的话，更是引发了林鹏的强烈共鸣。

就《吕氏春秋》来看，吕不韦将儒家的"仁政"和"民本"思想与道家的"自然""无为"思想融合到一起，建构起一个限制君权、宽以待民的政制模式，试图为未来的秦国设计一个合理的行之有效的建国方略。在林鹏看来，有了这样的建国方略，即使国王低能一些、糊涂一点，都可以"无为而治"。总之，"人民厌恶战争，盼望和平；厌恶穷困，盼望幸福；厌恶残暴，盼望一种比较合乎养生之道的生活。……谁也不要争权夺利，天下自然就要进入一种保合太和的境界。纵然有非凡的聪明才智，只是没有使用它的地方。这就是老夫为什么辛苦多年编辑一部大书的目的。所以，老夫也不怕有什么人争夺我的权利。水就湿，火就燥。天下万事，贵在顺应自然。"②小说中的吕不韦，坚信"仁者无敌"，"主张王道，主张爱民、利民，主张新型的禅让和封建，主张天下为公，……因为长期受到三晋民主思想的熏陶，所以喜欢说一些违背当时统治阶级利益的话。"③然而，面对秦王和嫪毐结成的强大的保守势力，他最终还是失败了，不仅政治理想没有实现，而且还被赶出咸阳，自杀于流亡途中。"王者废矣，暴君幸矣，民望绝矣。"④在作者林鹏看来，吕不韦的失败和死亡，是一个巨大的悲剧，因为，这不仅意味中国历史失去了正确的方向和美好的前途，而且，从此进入看不到尽头的"卡福丁峡谷"——中华民族将为此付出巨大的代价，将为此流淌河流一样的眼泪和鲜血。从暴秦开始，"暴君代作"，率兽食人。唯我

---

① 《吕氏春秋·孟秋季第七·振乱》。
② 《咸阳宫》（上），第57页。
③ 《咸阳宫》（下），第729页。
④ 《吕氏春秋·仲春季第二·功名》。

独尊、无法无天的帝王,通过酷虐无度的集权主义暴政,给全社会制造无穷无尽的灾难,给全体人民带来无穷无尽的毁灭:"自从有了皇帝以后,两千年来,小人得志,则非当皇帝不可。庶民在暴政之下,被压得粉碎,他们丧失了一切。他们丧失了自由,丧失了个性,丧失了尊严,丧失了道德,丧失了一切生动活泼的东西。一切属于个人的东西都遗失了,都彻底地泯灭了。战国结束,英雄时代也随之结束,并且是永远的结束了。此后的历史索然乏味,令人不能卒读,庸俗透顶,无聊至极。此后的历史再也无法产生出真正的英雄和伟大的圣哲,只能产生出各种各样的小丑。人们只能把各种各样的小丑当英雄,就像把玻璃球当作宝石一样。那堂堂的吞并八荒的秦朝,竟至没有一个正人君子,没有一个忠臣烈士,没有一个敢于放响屁的人。如果要追究中华民族变为愚昧落后是从什么时候开始的,看起来这样的问题非常深沉,回答起来非常困难,其实一语道破,倒也非常简单:这就是从有了皇帝时开始的。"[①]作者的议论,如燃烧的火焰,如喧豗的飞瀑,你也许会嫌它辞气外露,你也许会嫌它过于激愤,但是,你也会被他那强烈的情绪所感染,被他的道德义愤所打动,你会看到,在他的议论性话语里,包含着对吕不韦人生悲剧的惋伤,对他的政治悲剧的痛心,表现着对千百年来帝王集权主义的强烈愤怒和不满,更显示着对中华民族命运的深切关怀和隐忧。唉!如此庄严的愤怒,如此深沉的情感,如此坦率的思想,在现在的小说作品中,已经很少读到了。

在关于暴秦和秦始皇的历史叙事中,林鹏贯穿了自己对历史的基本认知,彰显出一种与流行的观念迥乎不同的历史观。几乎一切为帝王文化辩护的意识形态,都要在神化帝王的同时,制造一种近乎神秘主义的理论体系:原始的,可称为"天命论",现代的,可称为"决定论"。这两种理论虽然有别,但是,却都是为强化帝王极权

---

① 《咸阳宫》(下),第827–828页。

的合法性辩护的。然而，林鹏更倾向于接受雷蒙·阿隆的观点——"历史决定论构成邪恶"，进而说道："我有一些感觉，历史上没有必然性，有的只是各种各样的不可思议的偶然事件而已。完全是由人，由个人，由个性，由千奇百怪的个人癖好、低级趣味、自私自利，总之都是病态造成的。"①林鹏通过自己的小说叙事文本，彻底地解构了"天命论"和"决定论"的粗鄙的奴才主义历史哲学。在《咸阳宫》的叙事语境里，历史根本没有理性，没有什么规律，没有什么天经地义的合法性："……在社会生活中，到处都是偶然，人们简直就是生活在各种各样意想不到的偶然事件之中。甚至可以这样说：没有偶然就没有历史。"②而且，历史并不是线性延展的，不是"一去不复返"的，而是恰恰相反："历史的车轮是在不停的反复中前进的，它留下的印迹几乎永远是一样的。"③所以，人们在谈论历史的进步和发展的时候，一定不要陷入简单的进化论的幻觉，而是应该把古往今来所有的历史，都纳入同一个视野来审视和研究，这样才能发现历史的被表象遮蔽的本质。行进中的历史诡谲多变，很难认知，很难把握，它"仿佛是魔鬼把持的险滩……如果你侥幸通过，也不要宣传你的经验。那所谓经验，对别人没有任何价值。而不幸覆舟的人，也用不着懊丧，你不是第一个，也不是最后一个。无论多么高深玄妙的哲学，都不足以解决具体的历史难题。"④面对历史的迷局，谁也不要冒充先知："历史一直是在黑暗中发展着，谁也不要夸说自己看到了什么。"⑤

文体形式反映着作者的文学趣味和心意状态。过度的雕琢和浮华的绮靡，是文学上的低级趣味，是情感苍白和思想贫乏的一种表

---

① 林鹏：《遐思录》，第117页。
② 林鹏：《咸阳宫》（上），第116页，太原，三晋出版社，2012。
③ 林鹏：《咸阳宫》（中），第467页，太原，三晋出版社，2012。
④ 林鹏：《咸阳宫》（下），第735页，太原，三晋出版社，2012。
⑤ 林鹏：《咸阳宫》（下），第629页，太原，三晋出版社，2012。

征,而真诚的情感和切实的思想,则呼唤朴实的文体。最能直抵人心的文学语言,往往是朴素无华的,甚至是有着石头般的粗砺质感的语言。林鹏不屑于追逐以技巧的新奇险怪为上的文学潮流。历史叙事尤其忌讳炫奇弄巧。就文体风格和叙事方式来看,林鹏喜欢鲜明而直接地表达自己的思想,语言质朴而敦厚,近乎所谓的"强质如木石然"。他在谈论自己的小说写作理念的时候说:"在文学上我反对玩弄技巧,这个主义,那个主义,陷没在永远说不完的公式化概念化的泥淖中……我主张平铺直叙,不留悬念、不卖关子。《咸阳宫》服从基本的历史事实,没什么叙事技巧可言,在情节上没有武打,没有性爱,没有什么吸引人的描写。但是,只要是对历史有兴趣的人,只要是一个善于思考的人,就能看得下去。我首先是一个历史学家,其次才是一个作家。"①

他不是为了所谓"纯文学"而写小说,而是为了"文化的焦虑"和"历史的困境"而写小说。对林鹏来讲,小说乃载道之器。他用小说来表达守成启蒙主义的文化理念,来表达自己对中国历史的思考、对中国现实的祈向。《咸阳宫》是一部思想性和历史感大于小说性和文学性的小说。它的情节和描写,也许缺乏那种所谓"纯文学"的唯美色彩,但是,它的思想却像坚硬的磐石一样,耐得住时间风雨的剥蚀。

本文原刊于《当代作家评论》2014年第2期

---

① 林鹏:《咸阳宫》(下),第849-850页,太原,三晋出版社,2012。

论当前文学创作中的"成长写作"与"反成长写作"

徐 勇

一

如果说新时期以来的文学是对"十七年"文学的反拨和推进的话,那么"反成长写作"是这一文学新变的重要表征。成长小说写作是20世纪50~70年代中国文学中极为重要的一脉,《青春之歌》《红旗谱》《三家巷》《创业史》,以及白刃的《战斗到明天》等"十七年"文学作品即是重要代表。"文革"期间,这一写作倾向仍有延续,如刘心武的中篇《睁大你的眼睛》、李心田的《闪闪的红星》等等,也是如此。所谓成长小说,并不仅仅是指那些表现成长主题的小说,成长小说作为一种类型,其来有自,在西方文学中有自己的传统和脉络。最为熟悉的莫过于歌德的《威廉·迈斯特》。如若按照巴赫金的说法,最有代表性的成长小说——"现实主义成长小说"中,表现出的个人成长与时代/国家的进步息息相关。时代和个人往往偶合在一起,"这已不是他的私事。他与世界一同成长,他自身反映着世界本身的历史成长。他已不在一个时代的内部,而处在两个时代的交叉处,处在一个时代向另一个时代的转折点上。这一转折寓于他身上,是通过他完成的"。①换言之,主人公的成长并非仅仅是一个人的成长故事,它还是民族国家的命运的象征或缩影。

虽然说各个时期的"现实主义成长小说"面貌不尽一致,但在对个人与时代之间关系的处理上,是一以贯之的。个人与时代构成作品的互动的两极,时代精神推动着个人,个人在这一背景下成长,两者之间是一种互相协调的良性关系。新时期文学虽然对"十七年"文学传统多有反拨,成长小说写作仍被一定程度地延续。王蒙的《青春万岁》是其最有症候性的代表。这部小说成于20世纪50年代中后期,直到80年代以后才出版问世;这一时间上的跨越两个时代,并不影响小说的受欢迎程度,足可说明成长小说的写作之于不同时代的共同意义。20世纪80年代的成长小说写作在改革文学写作中表现最为明显而集中。鲁彦周的《彩虹坪》和蒋子龙的《赤橙黄绿青蓝紫》是其典型。两篇小说完整而形象地表现了青年一代如何从被愚弄被怀疑进而转变为"四化"建设需要的人的这一过程。解静、刘思佳(《赤橙黄绿青蓝紫》)和吴仲曦(《彩虹坪》)都是属于被愚弄被欺骗,而非充满罪恶而等待被历史审判的青年,对于这样一些青年,无疑是可以拯救也可以被拯救的。吴仲曦心地善良,但又十分软弱,他伤害过人,但这种伤害并不是有意的,他没有自己的主见,但也并不是十分盲目和冲动,这一切决定了他既容易被迷惑和愚弄,也可能被警醒和召唤,而他最终走向农村,投身农村的改革事业,也正是在这种召唤之下完成的。对于改革小说来说,其任务

---

① 〔俄〕巴赫金:《教育小说及其在现实主义历史中的意义》,《巴赫金全集》第3卷,第228页,石家庄,河北教育出版社,2009。

似乎就是要重新把这些被欺骗的青年,重新召唤进主流意识形态中来,这一最好的意识形态无疑就是现代化以及现代化所代表的意识形态。从这点来看,解静所谓的学习"掌握一门实实在在的本领",以及刘思佳的对电工技术的学习,无疑就是现代化所内在要求的,而他们有意无意地倾向于此,也无不说明现代化意识形态的内在召唤力量之所在了。在这两部小说中,青年的成长显然同时代的主题和国家的进步联系在一起。

由前面的分析可以看出,成长小说的写作大凡出现在新旧交替及其之后蓬勃向上的年代,这一时段的特点正好说明了成长小说之于时间的意义。换言之,成长小说表现在时间上即那种昨天——今天——明天的线性时间观,这一时间观中,新的事物总能战胜旧的事物而蓬勃成长,青少年的成长即是这一新生事物的表象。虽然说,新旧交替除旧迎新可以用时代的转折来表征,但时代的转折,其对于个人的成长而言,同样可以意味着回复、循环,甚至颓败向下。苏童的长篇《河岸》(2009)即是这样一个例子。小说以"文革"后期这一转折时代为背景表现库东亮的成长过程,但这一成长却是与时代背道而驰的:库东亮既非罪大恶极,也非时代英雄,他的成长在表明了新旧时代转折之于青少年主人公的暧昧不明处。由此可见,时代转折在不同时代的作家眼中,其意义并不总是一致,而"反成长写作"也大都以这样的时代转折作为背景或前景出现。时代转折对于"反成长写作"而言,在于提供了一种有别于主流意识形态之外的认识自我与世界的新的可能性图景。

在这个意义上,余华的《十八岁出门远行》(1986)可以视为"反成长写作"在当代中国的滥觞之作。王德威在分析这部小说时指出:"《十八岁出门远行》如果有什么教训,这一教训是对阅读与书写价值观念的叛变,以及由此而生的暴力及虚无循环。摆荡在启蒙及背叛、成长教育及反教育、共产及资产的轴线间,小说第一人称的叙事姿态尤显暧昧。借着'我'的愈行愈远,余华仿佛暗示叙事主体——'我'——自我疏离，才是一切叙事秩序崩溃的症结"。①在这部小说中，虽然时代作为投影式的存在，并没有具形显像，但其作为"他者"，却是促使主人公"我"出门远行的助力和动力。"我"之所以选择在十八岁出门远行，是因为十八岁意味着成年，意味着可以自主选择，但选择的结果却是无目的无方向的远行。无目的无方向在这里即已表明了对此前意识形态的怀疑和反抗。反讽的是，当主人公坐在汽车上朝来路返回时，却遇到了暴力抢劫。唐小兵在分析这部小说时也指出，年轻的主人公"他对暴力的体验，粗暴地压缩了经典式成长小说中所规范好的发展过程，在那里，或者经由一个幸福的婚姻，或者以成熟的个体性格的形式，在叙事的结尾，小说所关注的主人公总是会被适当地社会化，从而稳妥地步入成年。而在《十八岁出门远行》中，暴力施加给主人公一个新的自我认知，带来一个关于他和外部世界的关系的新认识……为了抵抗暴力，为了与现实世界中的背叛和将自己物化的异己势力相抗衡，主人公不得不通过挖掘他自己的世界（也就是说，他的主体的内在性）来确认他的自我，来肯定他的存在。因而，这篇故事可以说是……所有既存的语言与意义系统充分地显示出其无法解释和负载个人经验的时代。"②这种重新认识自我与外部世界的关系，以及通过返诸自身以确认和肯定自我的方式，正是"反成长"叙事的重要特征。余华在《十八岁出门远行》中，以对成长小说的范式的戏拟模仿象征地预示并表明了"反成长"叙事的可能。

"反成长写作"的出现，并不是偶然的。传统的成长小说是一种线性时间观的表征，这样一种时间观保证了理性、进步和对美好将来的承诺。青少年主人公通过自身的努力，总能寻找真理和信念，

---

① 王德威：《伤痕即景，暴力奇观》，第131页，北京，生活·读书·新知三联书店，2006。

② 唐小兵：《英雄与凡人的时代——解读20世纪》，第162-163页，上海，上海文艺出版社，2001。

主人公在这一成长过程中也逐渐成长为时代的主体——成长小说表现的正是个体成长为主体的过程。这一过程呈现的是一种被称为"作为文明史阶段的现代性"（也即世俗的现代性）的表征，世俗的现代性"它大体上延续了现代观念史早期阶段的那些杰出传统。进步的学说，相信科学技术造福人类的可能性，对时间的关切（可测度的时间，一种可以买卖从而像任何其他商品一样具有可计算价格的时间），对理性的崇拜，在抽象人文主义框架中得到界定的自由理想，还有实用主义和崇拜行动与成功的定向——所有这些都以各种不同程度联系着迈向现代的斗争，并在中产阶级建立的胜利文明中作为核心价值观念保有活力，得到弘扬"。[①]可见，世俗现代性的视阈是保证成长小说出现的重要前提，而只有在世俗的现代性被置于怀疑和否定时，"反成长写作"才会有可能。"反成长写作"的出现，某种程度上也意味着对世俗现代性的拒绝和否定。这是一体两面的过程。就当代中国的思想状况而言，"文革"的结束是一个重要的分水岭，虽然说"文革"及其结束开启了改革开放的进程，但同时也孕育了存在主义式的荒诞的人生体验，宗璞的《我是谁?》和北岛的《波动》即是这种意义上的代表。这一荒诞体验表明了疏离与背离的可能和倾向，某种程度上成为日后"反成长写作"的重要前提。虽然说，这一人生体验很快被后来的改革书写表现出来的时代最强音所取代，但并不妨碍其后的王朔和苏童等作家念兹在兹的"反成长"叙事。王朔的《动物凶猛》、苏童的《刺青时代》《城北地带》，以及《河岸》等小说，大都把背景置于"文革"后期并非没有道理。

在这里，综合考察王朔和苏童这些小说的写作时间（即20世纪90年代初）和小说表现的时间（"文革"期间）是很有意思的。如果说"文革"前后的荒诞体验很快被取代，主要是缘于彼时激动人心

[①]〔美〕卡林内斯库：《现代性的五副面孔》，第48页，北京，商务印书馆，2002。

的现代化的伟大构想的话,这一浪漫主义和理想主义话语随着八九十年代之交的政治事件迅即破灭,而市场经济的到来也并没有如愿地进入现代化社会,这一物质和精神两个层面的打击,最终导致了怀疑和否定思潮在20世纪90年代的盛行。应该说,苏童和王朔的20世纪90年代初的"反成长写作"正是这一怀疑和否定思潮的表象和表征。以20世纪90年代为背景的书写和被书写,某种程度上成为"反成长写作"的重要标志。王朔和苏童的小说属于前者,而路内的《少年巴比伦》(2007)、《追随她的旅程》(2008)、《花街往事》(2012)和《天使坠落在哪里》(2013)等长篇小说,则是这后一方面的最主要代表,他以他的写作代表了新时期以来的"反成长写作"的种种可能及新变。围绕20世纪90年代,往前可以回溯到80年代中后期,往后则可以推延至新世纪前后,出现了中国当代文学史上比较集中而明显的"反成长写作"倾向,在这当中,被称为"伪现代派"的徐星的《无主题变奏曲》和刘索拉的《你别无选择》,以及陈村的《少男少女,一共八个》,李晓的《继续操练》,陈建功的《鬈毛》,都属于前一种情况;而像石一枫的《红旗下的果儿》(2009)和《节节最爱声光电》(2011)等,则属于后一种范畴。

二

虽然说成长小说与"反成长写作"都涉及成长主题,但对成长的表现,并不必然等同于成长小说或"反成长写作"。近几年来方兴未艾的"80后"青春写作,一个核心的主题就是成长及其成长中疼痛的表现,但这样的成长写作,既不是成长小说,也无关"反成长"叙事。"80后"青春作家中的成长,更多时候展现的是"小时代"中的个人成长,在他们的小说中,看不到或很少有时代及宏大叙事的投影,他们讲述的也大多是身处宏大叙事解体后的"小时代"中的个人的成长及其创伤体验,其既与民族国家的命运无涉,也不可能从民族国家的角度加以解读,①充其量也常常只是"个人传记"意义的成长。郭敬明的《小时代》、春树的《北京娃娃》和笛安的"龙城三部曲"等,都是这方面的代表。

"反成长写作"常常以成长小说的面貌出现,但其实是对成长小说的反叛与背离,苏童曾坦言他"所有的成长小说没有一个以完成成长而告终,成长总是未完待续",②此时若再沿用成长小说的惯例来阐释便很难有效,而恰恰也是这种"未完待续"表明了某种"反成长"的可能和存在。如果说成长小说写作在个人和世界之间设置了一个障碍,个人通过自身的努力,而最终达到个人同世界的融合的话,"反成长写作"则不同。反成长写作虽然也表现个人的成长历程,有一个个人与外界的关系结构,但个人与世界始终是分裂的,个人的成长并不能与世界最终偶合,相反则是距离愈来愈远。"反成长写作"置身于成长小说的框架中,却是对成长小说的反叛——"反成长写作"首先意味着对成长惯例的重写和改写。"80后"的青春成长写作,虽不断表现出成长的疼痛,但并不针对成长惯例,更遑论什么重写的冲动了。这样来看,就写作模式而言,"反成长写作"首先是对成长写作的模仿、戏拟和重写。这种模仿后的重写,在后殖民理论看来,是一种可以称之为"模拟"(mimicry)的文本策略。这是一种"利用其对手提供的套路去创造新的具有个性的风格"的策略,"当自我表达的其他渠道被堵住以后,对主宰性的象征形式的模拟,至少还能让殖民地的作家发出一点声音"。③而事实上,就文本策略而言,通过模仿而达到原作或"前文本"——也即"成长小说"——的颠覆和反抗,也是最为有效的手段之一。余

---

① 徐勇:《形式实验与经验再造》,《上海文学》2014年第5期。
② 苏童、王宏图:《苏童王宏图对话录》,第80页,苏州,苏州大学出版社,2003。
③ 王先霈、王又平主编:《文学理论批评术语汇释》,第748页,北京,高等教育出版社,2006。

华的《十八岁出门远行》通过对成长前史的象征重写,最终完成了"反成长"的主题。更多的作品则是直接以对成长过程的重写来达到对成长惯例的颠覆。苏童的反成长写作集中表明了这种重写的冲动,《你好,养蜂人》(1989)是其中最有代表性的一篇。小说中的主人公是一个大学肄业生,曾因不喜欢上课而被大学赶出来,但他却想奉流浪途中偶遇的陌生人/养蜂人为自己的导师。我们知道,"十七年"的成长小说中,典型如《青春之歌》,大都有一个引导者的形象,没有这个引导者,主人公便不能顺利地成长;而在遇见这个引导者之前,成长主人公也并非漫无目的地流浪,相反,而是处于一种反抗和寻找的痛苦状态,①引导者的出现和意义即在于把主人公从一种无意识向有意识的状态推进。但在《你好,养蜂人》中,主人公"我"遇见养蜂人之前,是一个"无所事事心怀奇想"没有目的地的流浪者,即使是在遇到养蜂人并决定要随养蜂人养蜂后,也并不知道为什么要去养蜂。选择"养蜂"既然属于偶然而荒诞,"养蜂人"的引导者位置也就岌岌可危:"养蜂"和"养蜂人"的存在在这里实际上已然构成对"十七年"成长小说传统的反讽。"养蜂"既无关革命崇高或理想大义,也没有任何意义可言,毋宁说这只是一种游荡的姿态,一种对现存秩序的有距离的疏离和抗拒:

> 我看着他狂笑的模样,一刹那间我想起了家乡小城中患精神抑郁症的大哥。他偶尔笑起来也是那样毫无节制,碎石般带有强烈的破坏性。所不同的是养蜂人身上有一种古怪的超人气息,它不让我惧怕反而让我敬畏,我羞于承认的事实是我已经被养蜂人深深地迷惑……我看见了成群结队采蜜的蜜蜂自由地飞翔,不思归巢,它们的翅膀在阳光下闪着荧光。你想象不出我的心情是多么复杂,多么空旷。

---

① 参见李杨《〈青春之歌〉——"成长小说"之二:"性"与"政治"的双重变奏》,《50—70年代中国文学经典再解读》,第94页,济南,山东教育出版社,2003。

"破坏"和"自由"是理解这段话的关键词，也似乎是主人公为什么想要去养蜂的原因所在。更其反讽的是，即使连这样的养蜂人，其实也是虚幻不实的。"养蜂人"在整部小说中犹如"戈多"一样，似有似无若隐若现："我有时候怀疑养蜂人的存在，其原因来自我思维的恍惚和动荡，我经常把虚幻视为真实，也经常把一些特殊的经历当作某个梦境"。这样来看，养蜂人的形象只是主人公"我"所想象虚构出来的存在，是"我"对自己的流浪给出的合法性理由。小说通过反写引导者"养蜂人"的形象表明，这是一个不需要引导者也无须引导的"反成长"的年代，我们所需要的只是一种自我引导而非他引。

如果说"反成长写作"是通过对成长写作的模拟而达到颠覆的话，这一"反成长"也意味着主流意识形态询唤的失败和主体的裂痕，或阿尔都塞意义上的"坏主体"的出现。《你好，养蜂人》中的主人公"我"被学校赶出来即表明了是这样一个"坏主体"。阿尔都塞指出，"把个体询唤为主体是以独一无二的、占据中心位置的另一种主体的'存在'作为前提的"，①就中国当代语境而言，意识形态即是这"占据中心位置的另一种主体"——"大主体"。"坏主体"的出现，也意味着意识形态"大主体"的询唤的失败，两者之间是互为前提的关系。在这里，意识形态表现为一种反作用力的形式。这样来看，"反成长写作"中必须要有宏大叙事及其背景的出现，但这一宏大叙事并不能保证个体的成长，相反，宏大叙事的询唤作用使得个体越来越远离"大主体"。时代投影在主人公们个人的日常生活之中，却只是使他们更加远离民族国家或理想信念等宏大叙事的怀抱。在他们身上，时代和个人之间显然是分裂而难以弥合的：宏大

---

① 〔法〕阿尔都塞：《意识形态和意识形态国家机器》，《外国电影理论文选》，第734页，北京，生活·读书·新知三联书店，2006。

叙事的无力无能使他们一个个走向堕落和深渊，小说中的青少年主人公们呈现出叛逆、不合作、无所事事，或沉浸在抽烟、打架、敲诈、打游戏和泡妞的状态中，正说明这点。这也是为什么苏童的《刺青时代》《城北地带》《河岸》等小说中要把时代背景置于"文革"中的缘故。"文革"意识形态的失效，是小说中青少年主人公成长必不可少的背景存在，舍此则不能有效地阐释他们的"反成长"过程。路内的《追随她的旅程》则最为集中地表现了这一分裂和分离的过程。路小路所在的化工技校，即是这样一个时空隐喻。学校广播里经常播放的对"资产阶级自由化"的抵制和对四项基本原则的宣传，即是主流意识形态的表征。但这样的意识形态的询唤机制无疑已经失效，它们不能有效地询唤出意识形态的主体，而只能表现出一种失效后的无力的命名或阐释：主人公路小路因为"打架斗殴迟到早退旷课早恋"，而被班主任视为"资产阶级自由化"写进了评语，即是典型。但作为国家机器仍能运作，于是乎青少年主人公一个个或被学校开除（苏童和路内的小说），或被关押投监。

可见，"反成长写作"中以成长的姿态呈现出来的，其实是成长的堕落，时代和成长主人公之间往往以一种反讽的结构形式并存。这是两条呈反方向运行的路线，两条线之间虽偶有相交，但却是以反向作用的形式呈现。苏童的《城北地带》中公判大会的现场广播一幕极富象征意味：广播中的现场批判大会表明了意识形态的存在及其运作，但其却以"罪犯——坏主体"的形式表征。而事实上，意识形态的运作和青少年们的有效行为之间是背道而驰彼此隔绝的。

也正因为这种失效和失败，"反成长写作"总体上呈现出一种颓废（气质）与狂欢（精神）兼具的风格特点。如果说成长小说整体呈现的是一种朝气蓬勃轻松明快的风格的话，"反成长写作"则恰恰与之相反。这样一种"颓废"，首先是一种与时间有关的整体意识。时间不再被体验为向前发展的进步，相反，时间变得迟缓了，原地踏步，甚或某种倒退或循环，这是一种"时间被当成一个'衰退过

程'来经验"①的整体意识。路内的《追随她的旅程》中有一段主人公"我"的自白:

> 初中老师说我们是七八点钟的太阳,初中毕业就是八九点钟的,老了以后是夕阳。这种算法很光明,把人生视为白天,要是倒过来看,人生是黑夜,那么十八岁那年我正处于黄昏最美的时候,然后是漫长的黑夜,某一天死了,在天堂看到红日升起,这种计算的方式可能更接近神的逻辑……
> 当时有一种很真实的感觉,以为生命起始于十八岁,在此之前,世界一片混沌,世界在我那个曝光过度的大脑中出现满版的白色,每一天都像夏季最明亮的夜晚,光线过剩,所有的声音都纠缠在一起。

若此,成长只能是一种叙事效果,且只是叙事中的一种,而事实上完全可以另起炉灶重新讲述;这样一来,成长,即已意味着人生的下降和堕落,历史在十八岁这一节点上表现出一种分裂的景观:这之前的"成长"过程虽然也是一种递升的过程,但并非前进,而是接近零的起点。可见,"反成长写作"是以"非线性前进"的时间历程来表现成长的主题,成长并不必然表现为一种进步,而毋宁说是负增长,是朝向零点的推进。看不到希望的成长,是"反成长写作"中的颓废风格的重要表征,表现在成长中的青少年主人公身上,则是一种游手好闲、无所事事和无所适从的失落与失重。石一枫的小说中,主人公的"在路上"的姿态即是这种颓废的典型,《b小调旧时光》(2007)和《红旗下的果儿》是其代表作。

但也是这种"非线性"的特征,同时也意味着束缚与规范的失

---

① 亨利-夏尔·皮埃什,转引自卡林内斯库《现代性的五幅面孔》,第162页,北京,商务印书馆,2002。

效后的解放和敞开。"反成长写作"某种程度上是一种狂欢化的写作。这是成人象征秩序所不能覆盖的领地,是苏童们常常说到的"童年记忆"的一部分,因而也是别样的风景,"童年时期对'文革'的记忆与社会学中'文革'的含义完全无法等同。在别人眼里极富悲剧性的事件,在我们的童年记忆中可能连一点悲哀的影子都找不到,甚至还会呈现出某种欢快的基调……孩子的记忆没有什么价值判断的成分"。[①]陈村的《少男少女,一共八个》、王朔的《动物凶猛》、苏童的《城北地带》和《刺青时代》,以及路内的《追随她的旅程》等都是如此。而《少男少女,一共八个》中租住的房子更成为规范之外的一种狂欢的空间的象征。

三

"反成长写作"并不意味着青春主人公可以无限地堕落和继续下滑,主人公们虽可以无视宏大叙事的伟大承诺,无视历史时间的变迁,但同样需要精神上的自我救赎和慰藉:"寻找"仍是"反成长写作"一贯的主题。这毋宁说是一种"带着缺陷"的"寻找":"带着缺陷"正表明了青少年主人公的"反成长"倾向,而"寻找"则意味着一种自我救赎的努力和韧力。路内的小说创作某种程度上完整地表现了这一过程,其在一个名叫路小路的主人公身上得以呈现。路小路是路内的3部长篇《少年巴比伦》《追随她的旅程》《天使坠落在哪里》中的主人公。路内在《追随她的旅程》的"引子"中表白,他推崇一种"带着缺陷"的"寻找","寻找,就其本质来说,游离于爱和死之外,它所具备的神话逻辑总是使之朝着另一个方向飞去,但有时也会坠落,被引力撕裂,成为徒劳的幻象,成为爱和死的奴隶"。这既是一种朝向引力相反方向的寻找,无关意识形态,而只指

[①] 苏童、王宏图:《苏童王宏图对话录》,第84—85页。

向或导向个人的自我救赎；也孕育了各种可能，其既可能向上飞升"也会坠落，被引力撕裂"，因而寻找同时也意味着失落与失重，悲壮或决绝。

"寻找"某种程度上也是一种"在路上"的状态，但与"在路上"又不尽一致。石一枫的《红旗下的果儿》等小说，是一种典型的"反成长写作"中的"在路上"的姿态的存在主义式的隐喻。小说的主人公陈星热衷于不断的行走，不停歇的没有目标的行走，其实就是某种存在主义的宣言。他们既表现出同主流意识形态的抗拒和疏离的姿态，又无意义进取，以至于连对生活的基本热情都消失殆尽。但即使如此，"在路上"也意味着自我救赎的渴望。他的小说主人公们在走向自我救赎的过程中，大都有一个"在路上"的必经一环。《我在路上的时候最爱你》（2011）中，"我"同莫小萤最后相遇之前，有"我"重走莫小萤父亲生前走的路的仪式。《红旗下的果儿》中，"在路上"同地震偶合在一起，"在路上"因而就有凤凰涅槃劫后重生的意味了，这种重生就是一种自我救赎完成的标志。《恋恋北京》（石一枫，2011）中，叙述主人公"我"赵小提也是在远行路上的一次车祸后有所醒悟并悔悟的。应该说，这种"在路上"的状态反映的毋宁说是中国"后现代"语境下的青年一代的典型心态：目标缺失后的无望与彷徨。上一辈人的理想信念显然已经失去凝聚力，他们又不愿意流俗或追求物质上的享受，故而往往处于一种介于精神和物质之间的中间状态："在路上"就是这种中间状态的最好表征。

"在路上"虽表明了一种疏离和困惑，但不是"寻找"；"寻找"也不是某种不合作的反叛和怀疑的姿态。以徐星的《无主题变奏》、刘索拉的《你别无选择》、陈村的《少男少女，一共八个》、李晓的《继续操练》和陈建功的《鬈毛》为代表的"反成长写作"所呈现出来的，毋宁说也是一种过渡状态。这些小说中的青少年主人公们并不知道自己真正需要的是什么，他们既没有人生目标，又不甘沉沦，既有反叛的激情，又不知道反叛之后的路，故而往往以一种愤世嫉俗桀骜不驯的姿态呈现出来。相反，路内的小说则集中地表现了时代与个人分裂之后的个体的彷徨、无助和反抗，乃至寻找的漫长之旅。而这也是作者为什么要在前后三部长篇中沿用路小路这一主人公的原因。就故事情节而言，三部长篇之间自有其前后延续性，《追随她的旅程》表现路小路的青少年成长过程中的经历，而《少年巴比伦》和《天使坠落在哪里》则以主人公路小路成年后的人生作为小说的主体，成长在其中是作为前史出现的。但这种前后延续性只是就主人公而言的，三部小说之间，只有主人公路小路的名字是始终如一的，小说中的其他主人公的名姓并不相同。

即使如此，若从"寻找"的主题来看，路内的三部长篇之间仍是一个整体，而只有把它们放在一个整体的框架内才能有效地阐释。路内小说中的"戴城"是一个隐喻，某种程度上可以看成是彼时（20世纪90年代）中国的象征。这是一个沉闷单调而迟缓的空间，没有希望也看不到希望，时间也似乎呈现为一种无可奈何般的宿命和循环：子承父业，老死戴城。这是一个悖论：他小说中成长中的青少年们，虽一个个想着出走或离开，但又不思上进，不爱学习，他们无所事事，一个个沉迷于打架斗殴、抽烟、泡妞、打游戏中。这一系列行为，一方面表明他们不合作的叛逆姿态，另一方面也意味着他们最终只能深陷其中，并不能真正做到出走。《追随她的旅程》中的小奇到上海的短期学画画的尝试，也只表明这种努力的徒劳而无力。这样来看，《追随她的旅程》便可以看成是"寻找"的前半部分，他们虽不是困兽犹斗，但也是无力而无能；而到了《天使坠落在哪里》中，这种"寻找"则表现为一种自我救赎的渴望与激情了。"寻找"不能指向外界，不能寄托于意识形态的宣传，故而只能是返诸自身和对自身的反思，自我救赎即是这种返回自身的成长的努力。

小说中多次出现"天启的神"这一说法，即是这种自我反思关系的表征。临近结尾，杨迟被作为人质扔弃在大水围困中的屋顶上，遇到一个年轻的姑娘：

  姑娘划着浴盆走了。杨迟心想，这姑娘真可爱，简直不是可爱能形容的，而是圣洁，有如天启的神。但这神居然是养鸭的，还是坐在浴盆里，什么意思？（《天使坠落在哪里》）

  主人公们一直都在寻找这一每个人心中或决定每个人命运的"神"，但"神"又似乎并不理解体谅人类，甚至戏弄人，令人困惑不已。小说中，这一绝境式的大水很有意思。这一意象明显带有灾难降临后的世界末日的宗教意味。反讽的是，挪亚方舟变成了"浴盆"，"神"并没有拯救自己于即将的毁灭。"到了这个份儿上，他（指杨迟——引注）想，神真是不顾一切，要用这种方式令无数人心地清明，灾民，士兵，大堤上的小干部，还有他这个误入水灾深处的农药贩子。然后他又想，也不一定，有些人不会心地清明，比如包部长和朱康，让他们再死一次，他们也还是原来的样子，改不好了。"看来，真正能救赎自己的，并非什么"天启的神"，而是自己本身。"神"既不庇佑好人，也不惩戒恶人。"天使"就在每个人的心中，在每个人对自己童年经历的精神上的审视与自我救赎之中。天使并没有坠落，天使深藏于人的内心。《天使坠落在哪里》以一种精神分析式的方式最终完成了个体对自己的自我救赎之旅。

四、结语

  虽然说，"反成长写作"表明了意识形态询唤的失败和宏大叙事的解体，但从另一个方面也意味着某种解放和可能。"反成长写作"把青少年的成长进程置于大时代大历史的语境与历史时间中，这是"青春写作"中的微小叙事所不可同日而语的；它既直面时代历史的转折、意识形态的无力，也直面成长中的种种困境、困扰和困惑。

相比青春写作中"无病呻吟"式的渲染和夸大,"反成长写作"中的成长之痛也就有了某种深度、厚度与力度,别具历史感和认识价值。

此外,"反成长写作"是作为一种风格和倾向,而不是文学上的分类出现的。其既包括余华苏童式的先锋/后先锋写作,路内式的现实主义写作,也包括被称为现代主义或"伪现代派"的写作。这对此前文学写作中的现实主义、现代主义或浪漫主义式的文学分类是一种突破。"反成长写作"作为文学写作上的新的风格的代表和"审美的现代性"的重要体现,丰富了我们对文学写作与当下现实之间关系的新的认识。

本文原刊于《当代作家评论》2014年第5期

世界文学语境中的中国当代文学

王 宁

讨论世界文学语境中的中国当代文学无疑是一个大的跨学科领域的题目,同时也是比较文学和世界文学研究的一个重要理论课题。它牵涉到三个问题:其一,中国文学与世界文学的关系;其二,如何重新根据世界文学发展的格局对中国当代文学进行定位和分期;其三,如何将中国当代文学置于世界文学的语境下来考察,因而有助于新的世界文学版图的绘制。关于第一个问题,我已经在其他场合作过详细论述,此处不再赘言。①第二个问题我虽然也早已在不同的场合做过初步的阐述,但由于当时特定的时代氛围而未在国内学界产生反响。②本文主要聚焦第三个问题,也即将中国当代文学放在一个更为广阔的世界文学语境下来考察、定位和研究。要做到这一点,首先要弄清楚中国文学究竟与世界文学有一种什么样的关系;其次,它在世界文学的版图上占有何种地位;再者,中国当代文学

---

① 见王宁:《世界文学的双向旅行》,《文艺研究》2011年第7期。
② 见王宁:《世界文学格局中的20世纪中国文学史断代》,《文艺研究》2001年第6期。

的内涵和外延的重新界定；最后探讨中国当代文学在世界文学中的地位和未来前景。

世界文学版图上的中国文学

本文之所以要在世界文学的版图上探究中国文学的地位，其目的是要让国内学者知道，中国文学在世界文学的版图上究竟处于何种地位。经过仔细的考察和研究，我的初步答案是，中国文学在世界文学版图上的地位是相对边缘的，尽管它曾经有过自己的辉煌时期，但后来一直江河日下。近三十年来，也即中国进入改革开放时代以来，随着越来越多的中国文学作品被翻译成世界上的主要语言，中国文学的地位逐步上升，但是依然不十分尽如人意。它与中国这样一个大国的身份是不相称的。那么，也许人们要接下去问道，中国文学中究竟有多少作品已经跻身世界文学之林？它对世界文学产生了何种影响？我的答案是，过去很少，现在已经开始逐步增多，但与中国文学实际上应有的价值和意义仍是很不相称的。众所周知，由于中国在世界上拥有最多的人口，中国作家的数量也是世界上任何一个国家的作家数量所无法比拟的，中国文学每年的出产量也是巨大的，但主要在中文的语境下流通。这样便涉及本文作者在今后数年内将致力于从事的一项工作：努力通过各种途径将中国文学推向世界，使之在世界文学的版图上占据越来越重要的位置。关于中国文学在当今的世界文学版图上的地位问题，我首先举一个西方学者提出的例证。受过比较文学、文学理论和汉学等诸学科训练的荷兰学者佛克马在为《全球化百科全书》撰写的"世界文学"词条中指出，在由来已久的西方中心主义的主导下，世界文学的版图的绘制是极不公正的：

雷蒙德·格诺（Raymond Queneau）的《文学史》（*Histoire des Literatures*，3卷本，1955-1958）有一卷专门讨论法国文学，一卷讨

论西方文学,一卷讨论古代文学、东方文学和口述文学。中国文学占了130页,印度文学占140页,而法语文学所占的篇幅则是其12倍之多。汉斯·麦耶(Hans Mayer)在他的《世界文学》(*Weltliteratur*, 1989)一书中,则对所有的非西方世界的文学全然忽略不谈。①

针对如此带有偏见的世界文学布局,连佛克马这位来自欧洲的学者都觉得有失公允,那么我们将采取何种策略有效地使中国文学跻身世界文学之林?这正是本文首先所要探讨的一个问题。

确实,在过去的一百多年里,在西方文化和文学思潮的影响下,中国文学一直在通过翻译的中介向现代性认同进而走向世界。但是这种"走向世界"的动机在很大程度上是一厢情愿的,其进程也是单向度的:中国文学尽可能地去迎合(西方中心主义的)世界潮流,仿佛西方有什么,我们中国就一定要有什么。这样造成的一个错觉就是,那些本来曾对中国文学情有独钟的西方汉学家便认为,中国现当代文学并不值得研究,因为它过于"西化"了,值得研究的只是19世纪末以前的中国古典文学。而实际上,一般的大众则更希望了解当代中国的社会和文化,在这方面,阅读中国当代文学作品无疑有助于他们了解中国。因此,在中国的保守知识分子看来,面向世界的开放性和引进西方的现代性不啻是一种将中国文化和文学殖民化的历史过程。在这方面,五四运动开启了中国的现代性进程,破坏了由来已久的民族主义机制。对于许多人来说,在这样一种"殖民化"的过程中,中国的语言也大大地被"欧化"或"西化"了。但在我看来,这无疑是不同于西方的另一种形式的现代性——中国的现代性的一个直接后果,其中一个突出的现象就是大量的外国文学作品和理论思潮被翻译到了中国,极大地刺激了中国作家的创造性想象。中国现代文学与世界文学的距离变得越来越近

---

① Douwe Fokkema, "World Literature," in Roland Robertson and Jan Aart Scholte eds., *Encyclopedia of Globalization*, New York and London: Routledge, 2007, pp.1290-1291。

了。虽然，这种大规模的翻译只是单向度的，也即中国的翻译界和文学界不遗余力地将国外，主要是西方的，文化学术理论思潮和文学作品译成中文，而西方则很少将中国的人文学术著作和文学作品译成他们的主要语言，这样便使人们产生了一种错觉：要想让中国文学走向世界，就得通过翻译来了解世界，而不是让世界了解中国。应该说这是中国翻译界的一大失误。而近两年内发生在翻译界的两件大事则有力地改变了这种单向度的状况：2012年莫言荣获诺贝尔文学奖在很大程度上得助于美国汉学家和翻译家葛浩文的翻译，当然，没有他的翻译别人也可以去翻译，但那样一来莫言的获奖就会大大地延宕，或者说很有可能使他与这一崇高的国际性奖项失之交臂，这样的事情在20世纪的世界文学史和诺奖史上可以举出很多。另一件令人振奋的事情是，2014年中国翻译家许渊冲获得国际译联的最高翻译大奖"北极光"翻译奖，主要是为了表彰他同时将中国文学作品译成英文和法文，此外，他还将一些优秀的英法文学作品译成中文，在这方面葛浩文也是无法与之相比的。

另一方面，我们也不得不承认，早在"五四"时期，一些新文学作家，如胡适和郭沫若等，就通过翻译大量西方文学作品强有力地解构了传统的中国文学话语。经过这种大面积的文化翻译，中国现代文学更为接近世界文学的主流，同时，也出现了一批中国现代文学经典：它既不同于中国古典文学，也迥异于现代西方文学，因而它同时可以与这二者进行对话。在编写中国现代义学史时，我们应该充分认识到翻译所扮演的重要角色。但是这种形式的翻译已经不再是那种传统的语言学意义上的语言文字之间的转换，而更是通过语言作为媒介的文化上的变革。正是通过这种大面积的文化翻译，一种新的文学才得以诞生并有助于建构一种新的超民族主义。应该说，这只是中国文学走向世界的第一步，而且是十分必要的一步，但它却不是我们最终的目标。因为这样大面积地翻译外国文学，并没有从根本上改变世界文学的版图，也没有扩大中国文学在这张版图上所占的比重。

当然,世界文学作为一个旅行的概念,始终从中心向边缘旅行,在其旅行的过程中,某个特定的民族/国别文学的作品具有了持续的生命和来世生命。这就使得世界文学有了不同的版本。这一点尤其体现于中国近现代对西方和俄苏文学的大面积翻译。我们可以说,在中国的语境下,我们也有我们自己对世界文学篇目的主观的能动的选择。[①]当然,我们的判断和选择主要依据马克思主义经典作家对一些西方作家的评价,现在看来,对于西方20世纪以前的经典作家,这样的判断基本上是准确的。但是对于20世纪的现代主义和其后的后现代主义作家作品的选择,则主要依赖我们自己的判断,同时也参照他们在西方文学研究界实际上所处的客观地位以及他们的作品本身的文学价值。正是这种对所要翻译的篇目的能动的主观选择才使得世界文学在中国不同于其在西方和俄苏的情形。这也是十分正常的现象。

在当今的全球化时代,超民族主义和世界主义成为一股不可抗拒的潮流,而这在旧中国则是令人不可想象的。确实,当中国处于贫穷境地、中国文化和文学由于自身的落后而难以跻身世界文学之林时,我们的作家只能呼吁大量地将国外先进的文学翻译成中文,从而让中国现代文学得以从边缘向中心运动进而走向世界;而在今天,当中国成为一个经济和政治大国时,一个十分紧迫的任务就是要重新塑造中国的文化和文学大国的形象。在这方面,翻译又在促使中国文学更加接近世界文学主流方面起到了更为重要的作用。但是在当下,中国的文学翻译现状又如何呢?可以说,与经济上的繁荣表象形成了鲜明的对比:迄今只有为数不多的古典文学作品被译成了外文,而当代作品被翻译者则是凤毛麟角。有的作品即使被翻

---

① 关于中国的文学翻译实践的实用主义目的,见 Sun Yifeng, "Opening the Cultural Mind: Translation and the Modern Chinese Literary Canon," *Modern Language Quarterly*, Vol.69, No.1 (March 2008), pp.13-27.

译成了外文，也大多躺在大学的图书馆里鲜有问津者。英语世界的两大世界文学选——《诺顿世界文学选》和《朗文世界文学选》的主编在近十多年里为中国文学跻身世界文学之林作出了很大的努力：在前者中，中国已有20多位作家的作品入选，而在后者中，中国则有30多位作家的作品入选。①当然，这还不包括中国当代作家的作品。在这方面，我们仍要继续努力，通过世界通用语——英语的中介和美国的图书市场，有效地将中国当代文学推向世界，使得现有的"西方中心主义"占主导地位的世界文学版图得以改变。

现在再回过头来看"五四"的成败得失。如果我们从今天的角度来重新审视五四运动带来的积极的和消极的后果，我们则可以得出这样一个结论：在把西方各种文化理论思潮引进中国的同时，"五四"作家和知识分子忽视了文化翻译的另外一极，即将中国文化和文学介绍给外部世界。同样，在砸烂孔家店的同时，他们也把传统儒学的一些积极的东西破坏了，这便预示了中国当代出现的"信仰危机"。②对此我们确实应该深刻地检讨五四运动之于今天的意义。在中国语境下的文化全球化实践绝非要使中国文化殖民化，其目的倒是恰恰相反，要为中国文化和文学在全世界的传播推波助澜。因此在这一方面，弘扬一种超民族主义和世界主义的精神倒是符合我们的文学和文化研究者将中国文化推介到国外的目的。因为正是在这样一种世界主义的大氛围下，世界文学才再度引起了学者们的兴趣。③但人们也许会提出另一个问题：在把中国文学和文化推介到国外时，翻译将扮演何种角色？虽然我在这方面已经发表了大量著

---

① 关于中国文学入选世界文学选的问题，见王宁：《什么是世界文学？——对话戴维·戴姆拉什》，《文学理论前沿》第八辑，233-248页，2011。

② 关于全球化语境下儒学的重建，见王宁：《"全球本土化"语境下的后现代性、后殖民性与新儒学重建》，《南京大学学报》2008年第1期，第68-77页。

③ 尤其应该指出的是，由于哈佛大学和耶鲁大学的领衔作用，世界文学的教学也进入了一些西方大学的课堂，尽管目前在很大程度上仍依赖翻译的中介。

述,①但本文仍要进一步讨论这个问题。

重建世界文学的中国版本

既然我们承认文化全球化带来的更多是一种文化上的多样性,那么我们同样可以推论,世界文学这个概念也并非只是单一的模式,它也在不同的时代和不同的地域有着不同的形式。如前所提及的佛克马批评的那种"西方中心主义"式的世界文学版图以及《诺顿文选》和《朗文文选》所绘制的世界文学版图就有着很大的差异。但是有一点可以肯定的是,不管在什么样的世界文学版图上,中国文学所占的比重正变得越来越大,对此我们应该感到欣慰。

另一方面,作为一个理论概念的"世界文学"自20世纪初通过翻译的中介进入中国以来,经过一大批中国文学理论家和学者们的阐释和推进也发生了变异,出现了与西方不同的世界文学的中国版本,②并在其后的一百年里不断地影响着中国比较文学和外国文学的教学与研究。由此可见,作为一个来自西方的理论概念的"世界文学"一旦经过翻译的中介进入其他文化语境,也就自然会发生变异乃至产生自己的新的形式或版本。这种变异实际上也有力地消解了"单一的世界文学"(singular world literature)之神话,使得对世界文学的表达既可以是单数(作为总体的世界文学),也可以是复数(强调各民族文学之独特性的世界文学),并为一种多种形式和多种版本的世界文学的出现铺平了道路。

---

① 关于翻译之于中国文学国际化的问题,见王宁:《民族主义、世界主义与翻译的文化协调作用》,《中国翻译》2012年第3期;王宁:《翻译与文化的重新定位》,《中国翻译》2013年第2期;王宁:《翻译与跨文化阐释》,《中国翻译》2014年第2期。

② 关于世界文学概念在中国的接受和流变,见张珂:《"世界文学"观念在中国的演变及实践》,《文学理论前沿》第十辑,第127-167页,2013。

正如我在讨论赛义德的"理论的旅行"时所提到的，理论的旅行确实对于一种理论在另一种语言和文化语境中的新生会起到重要的作用，这一点我们也完全可以从现代性这一来自西方的理论概念在中国的变异见出。①它既是一个翻译和引进的西方概念，同时也在中国的文化思想界有着丰厚的接受土壤，它带来的一个直接后果就是使得中国更加开放，同时也为诸如世界主义、世界文学等西方概念的引进铺平了道路。一般认为，"世界文学"这个概念始自德国作家和思想家歌德与青年学者艾克曼的谈话，在那次谈话中，歌德提出了自己带有鲜明的乌托邦色彩的"世界文学"假想。但根据现有的研究，我们发现，歌德并不是最先使用这一术语的人，在他之前，哲学家赫尔德、文学理论家施罗哲和诗人魏兰也都曾在不同的场合使用过类似的术语。但可以肯定的是，歌德是最早全面阐述世界文学内涵的人，而且，由于他本人巨大的文学声誉和影响，他的世界文学概念也最广泛地为人们所引用，因而所产生的世界性影响也最大。

不可否认的是，在过去的一百多年里，世界文学深深地打上了欧洲中心主义和西方中心主义的印记，许多人甚至认为，由于欧洲出现了许多世界著名的作家和作品，因此欧洲文学实际上就等于是世界文学的另一名称。这一点在歌德那里也有着明显的"德意志中心主义"的意识：一方面他通过翻译阅读了一些非欧洲文学作品，从而提出了"世界文学"的假想，另一方面，他又对那些前来朝拜他的青年学子们说，只要学好德国文学就等于学好了世界文学。这一点恰恰与中国学者将中国文学排除在世界文学领域之外的做法迥然不同。在欧洲学界，长期以来从事世界文学研究的只是极少数精

---

① 关于现代性在西方和中国的不同版本，见王宁：《消解"单一的现代性"：重构中国的另类现代性》，《社会科学》2011年第9期；并载英文专著 Wang Ning, *Translated Modernities: Literary and Cultural Perspectives on Globalization and China*, Ottawa and New York: Legas, 2010, especially pp.13-20。

英比较文学学者,他们懂得多种欧洲语言,甘愿封闭在自己的小圈子里自娱自乐。而早期的比较文学学者基本上是将比较文学当作一门文学的国际关系学,根本未覆盖文学研究的各个方面。尽管世界文学在很大程度上起到了比较文学的雏形作用,但正如意大利裔美国学者莫瑞提(Franco Moretti)所讥讽的,"比较文学并没有实现这些开放的思想的初衷,它一直是一个微不足道的知识事业,基本上局限于西欧,至多沿着莱因河畔发展,也不过仅此而已。"①但是毕竟世界文学作为一个理论概念通过翻译的中介还是旅行到了世界各地,并于20世纪初进入了中国,因而我们也就有了世界文学的不同版本。

显然,歌德和艾克曼对世界文学的讨论实际上是将世界文学与包括中国文学在内的各民族/国别文学链接起来了。今天,基于世界文学的视野,我们可以提出这样的问题:世界文学是否仅仅是传统意义上的精英文学的缩略词?如果不是的话,它是否各民族/国别文学的简单相加?当然也不是。那么世界文学究竟是什么?它在今天这个全球化的时代再度浮出历史的地表究竟意味着什么?同样,正如莫瑞提所总结的,"世界文学不能只是文学,它应该更大……它应该有所不同",既然不同的人们的思维方式不同,他们在对世界文学的理解方面也体现出了不同的态度,因此在莫瑞提看来,"它的范畴也应该有所不同"。②他进一步指出,"世界文学并不是目标,而是一个问题,一个不断地吁请新的批评方法的问题:任何人都不可能仅通过阅读更多的文本来发现一种方法。那不是理论形成的方式;理论需要一个跨越,一种假设——通过假想来开始。"③确实,在今天的

---

① Franco Moretti, "Conjectures on World Literature," *New Left Review*, 1 (January-February 2000), p.54、55。

② Franco Moretti, "Conjectures on World Literature," *New Left Review*, 1 (January-February 2000), p.54、55。

③ Franco Moretti, "Conjectures on World Literature," *New Left Review*, 1 (January-February 2000), p.54、55。

全球化语境下,世界文学已经形成了一个问题导向的理论概念,它频繁地出没于国际性的学术研讨论题和比较文学和文学理论学者的著述中,从而不断地引发比较文学学者以及专事民族/国别文学研究的学者们的讨论甚至辩论。而我们作为中国学者参与世界文学的讨论和建构,就要基于中国的视角,将中国文学当作世界文学的一部分来讨论,同时也要在我们对世界文学这一概念进行建构和重构时彰显中国文学的地位。这应该是我们不同于美国的世界文学学者的立场的一个关键。我清楚地记得,当我邀请美国哈佛大学世界文学研究院院长戴姆拉什出席中国比较文学学会第九届年会(北京,2008)并作主题发言时,他毫不犹豫地提交了一个题为"作为世界文学的美国文学"(American Literature as World Literature)的发言提要,并在中国的比较文学学会年会上大力弘扬美国文学的世界性。受其启发和激励,我于2012年10月在美国国家人文中心发表的演讲中,也以"作为世界文学的中国文学"(Chinese Literature as World Literature)作为发言的题目,引起了与会欧美学者的强烈反响。

确实,中国作为世界上古老的文明国之一,有着悠久的文化与文学的历史和丰富的文学资源。早在盛唐时期,中国文学已经达到了世界文学的巅峰,而那时的西方文学的发源地欧洲却处于黑暗的中世纪。蜚声世界文坛的西方作家但丁、莎士比亚、歌德、巴尔扎克和托尔斯泰的出现也远远晚于与他们地位相当的中国作家屈原、陶渊明、李白、杜甫、李商隐和苏轼。可以说,中国古代文学的发展基本上是自满自足的,很少受到外来影响,尤其是来自西方的影响,这显然与当时中国的综合国力不无关系。受到儒家文化影响的中国人曾一度认为自己处于一个幅员辽阔、人口众多的"中央帝国",甚至以"天下"自居,而周围的邻国则不是生活在这个"中央帝国"的阴影之下,就是不得不对强大的中国俯首称臣。这些国家在当时的中国人眼里,只是"未开化"的"蛮夷",甚至连欧洲文明也不在中国人的眼里。曾几何时,这种情况却发生了戏剧性的变化,昔日处于黑暗的中世纪的欧洲经历了文艺复兴的洗礼和资产阶级革命,再加之英国的工业革命和美国的建国等诸多事件,到了19世纪末和20世纪初,一跃而从边缘进入世界的中心,而昔日的"中央帝国"却由于其腐朽无能的封建统治而很快沦落为一个二流的大国和穷国。经过第二次世界大战的洗礼,美国成了世界上最强大的超级大国,历史很短的美国文化和文学也摆脱了英国的阴影,从边缘走向中心。而在中国的国际地位急转直下的情况下,中国文化和文学也退居到了世界文化和文学版图的边缘地位。因为在一般人看来,弱国无文化,弱国无文学,即使有优秀的文化巨人和文学大师也很难得到应有的重视。这就是造成中国文化和文学走向世界步履艰难的原因,不看到这一点,盲目地乐观和自大是不可能实现将中国文学推向世界的既定目标的。

我们现在回过头来看世界文学的中国版本——外国文学在中国的境遇,大概就不难得出结论了。为了更为有效地推进中国文学的国际化进程,我们首先应该将中国文学视为世界文学的一部分,而且中国文学应该在世界文学中占有重要的份额,同时发挥重大的影响。其次,中国的文学研究者应该参与国际权威的世界文学选的编选工作;在目前中文尚未成为世界上的通用语言的情况下,我们应充分介入在英语世界有影响的世界文学选集的编选工作,使那些编选者充分重视中国文学的世界性地位和影响。如前所述,在我们和西方学者的共同努力下,目前英语世界最有影响的两大世界文学选集《诺顿世界文学选》(马丁·普契纳任总主编)和《朗文世界文学选》(戴维·戴姆拉什任总主编)中中国文学所占的份额已经越来越大。当然,这并非我们的最终目标。我们最终的目标是编选一部基于我们自己的遴选标准的《世界文学选》,从而使世界文学也有中国的版本。这样我们就涉及了第三个方面,即我们根据什么样的标准,确立哪些作家和作品堪称世界文学。关于这一点,我曾提出一个尝试性的评价标准,我的评价基础是经典性和可读性的完美结合。据此，我认为，判断一部文学作品是否属于世界文学，仍然应该有一个相对客观公认的标准，也即按照我前面讨论过的如下几个原则：(1) 把握了特定的时代精神；(2) 它的影响力是否超越了本民族或本语言的界限；(3) 它是否被收入后来的研究者编选的文学经典选集；(4) 它是否能够进入大学课堂成为教科书；(5) 它是否在另一语境下受到批评性的讨论和研究。在上述五个方面，第一、二和第五个方面是具有普遍意义的，而第三和第四个方面则带有一定的人为性，因而仅具有相对的意义。但若从上述五个方面来综合考察，我们就能够比较客观公正地判定一部作品是否属于世界文学。①

既然世界文学的中国版本被称为"外国文学"，这样也就人为地将中国文学与世界文学的大背景相隔绝了，所导致的后果就是在相当一段时间内，在国内大学的中文系，世界文学课程由一些既不精通外语同时在中国文学方面也缺少造诣的中青年教师来讲授，他们往往使用一本教材，从古希腊罗马时期的文学一直讲到20世纪的现代主义和后现代主义文学。而在外国语言文学系，教学的重点则是所学的国别/民族文学的语言，或者至多是通过阅读那种语言的原作品来欣赏国别/民族文学，极少涉及世界文学的全貌。②这就造成了长期以来中国的世界文学研究处于主流的中国文学研究之外，只是偶尔才能发出一点微弱的声音，根本无法影响中国的文学理论批评和文学研究。因此，我们应该改变这种状况，在编写世界文学史的时候，充分考虑到中国文学的影响和地位，这样才能恰如其分地在世界文学的版图上为中国文学作出准确的、令人信服的定位。

---

① 关于这几条评价标准的详细阐释，见王宁：《世界文学：从乌托邦想象到审美现实》，《探索与争鸣》2010年第7期。

② 这里需要提及的是，笔者自2001年开始在清华大学外文系用英语开设了一门题为"比较文学导论"的研究生课程，其中比较多地涉及英语文学以外的欧洲文学和东方文学。

世界文学与中国现代文学

在一个世界文学的大语境下讨论中国现代文学,必然首先涉及现代性问题。既然我们承认,现代性是一个从西方引进的概念,而且又有着多种不同的形态,那么它又是如何十分有效地在中国的文化土壤中植根并进而成为中国文化学术话语的一个有机组成部分的呢?我想这大概和一些鼓吹现代性的中国文化和文学革命先行者的介绍和实践密切相关,而他们的介绍和实践在很大程度上又是通过翻译的中介来完成的,当然这种翻译并非只是语言层面上的意义转述,而更是文化意义上的翻译和阐释。因此从翻译文学的视角来重新思考中国文化和文学的现代性无疑是可行的。[1]在这方面,鲁迅、胡适、梁实秋、康有为和林纾等新文化和文学先行者的开拓性贡献是不可忽视的。

诚然,我们不可否认,中国的现代性开始的标志是五四新文化运动的兴起。鲁迅作为中国新文化运动的先驱和新文学革命的最主要代表,不仅大力鼓吹对待外来文化一律采取"拿来主义"的态度,而且自己也从事翻译实践,为外来文化植根于中国土壤进而"为我所用"树立榜样。他的这些论述和实践至今仍在学术界的讨论中引起一定的理论争鸣。我们今天的比较文学学者和翻译研究者完全有理由把"五四"时期的翻译文学当作中国现代文学的一个不可分割的组成部分,因为就其影响的来源来看,中国现代作家所受到的影响和得到的创作灵感更多地是来自外国作家,而非本国的文学传统。这一点在鲁迅谈自己的小说创作时即见出端倪。[2]可以说,鲁迅的陈

---

[1] 见乐黛云、王宁主编:《西方文艺思潮与二十世纪中国文学》,北京,中国社会科学出版社,1990。

[2] 鲁迅:《我怎么做起小说来》,《鲁迅全集》,北京,人民文学出版社,1989。

述在某种程度上也反映了相当一批"五四"作家的创作道路，他们不满日益变得陈腐和僵化的传统文化，试图借助于外力来摧垮内部的顽固势力，因此翻译正好为他们提供了极好的新文化传播媒介，不少中国新文学家就是从翻译外国文学开始其创作生涯的。

毫无疑问，在将现代性作为一个西方概念引进中国方面，康有为、梁启超、胡适等人均作出了重要的贡献。如果说他们在理论上为中国的文化和文学现代性作了必要准备的话，那么林纾（1852—1924）的文学翻译实践则大大加速了中国文化和文学的现代性进程。尽管林纾本人并不懂西文，而且他涉足翻译也纯属偶然，但他却依靠和别人合作翻译了大量西方文学作品。林纾一生所翻译的世界文学名著数量之多且至今仍有影响，在中国文学史和翻译史上都是极其罕见的。他常常将自己的理解建立在对原著的有意误读之基础上，这样实际上就达到了用翻译来服务于他本人的意识形态之目的。因此，他对原著文本所作的有意的修改和忠实的表达常常同时存在于他的译文中，实际上起到了对原文形象的变异作用。如果从字面翻译的意义来说，林纾的译文并不能算是忠实的翻译，而是一种改写和译述。对此翻译界曾一直有着争论。但正是这样的改写和译述却构成了一种新的文体的诞生：翻译文学文体。"五四"时期的不少作家与其说在文体上受到外国文学影响颇深，倒不如说他们更直接地受到了翻译文学的影响。如果说，从语言的层面上对林译进行严格的审视，他并不能算作一位成功的翻译家，但从文化的高度和文学史建构的视角来看，林纾又不愧为一位现代性话语在中国的创始者和成功的实践者，相当一批"五四"作家的文学写作话语就直接地来自林译的外国文学名著语言。因此从当今的文学经典重构理论来看，林纾的翻译至少触及了这样一些问题：翻译文学究竟与本国的文学呈何种关系？翻译对经典的构成和重构究竟能起何种积极的和消极的作用？应该承认，不少在我们今天看作是经典的西方文学作品最初正是由林纾率先译出的。因此，在钱锺书先生看来，林纾翻译的一个最大的成功之处就在于其将外国的文字"归化"为中国的文化传统,从而创造出一种与原体既有相似之处又有更大差异的新的"欧化"了的中国现代文学话语。①钱锺书虽未点明林译在文化建构意义上的贡献,但却为我们今天重新评价林译的积极意义奠定了基调。我这里想进一步指出的是,在今天我们大力推进中国文学走向世界时,完全可以借鉴当年林纾的翻译实践,当然,我们今天有着数量众多的精通中外语言的翻译者,因此我们不需要通过口译来转述原文的内容,我们需要的是能够将中国文学作品准确地翻译成地道的外国语言的翻译大家。而在外国读者尚未有那么迫切地了解中国文学的愿望时,我们可以通过译述和编译等不同的方式在有限的篇幅内将中国文学的精华译介出去,当国外读者不满足这种删节或改编过的译述或编译时,便会花费时间和精力将优秀的中国文学作品完整地翻译。我想在这方面,我们同样可以借鉴林纾的翻译实践,但反其意而用之:由中国译者译成相对准确但却不十分道地的外语,然后再由国外汉学家修改润色使其符合国外读者的阅读习惯。我认为这是当前有效地将中国文学译介到国外的一种方法。

翻译文学和重写中国现代文学史

最近30多年来,在西方和中国的文学研究领域,重写文学史的呼声日益高涨,对于文学史的重新书写,不仅仅是文化现代性的一个重要任务,同时也是每一代文学研究者的共同任务。因为从一个长远的历史观点来看,每一代的文学撰史学者都应当从一个新的视角对文学史上的老问题进行阐释,因而应当写出具有自己时代特征和精神的文学史。对于重写文学史的合法性我们是毋庸置疑的,但是究竟从何种角度来重写文学史,则是我们首先应当选定的。就20

---

① 钱锺书:《林纾的翻译》,第26页,北京,商务印书馆,1981。

世纪中国文学所越来越具有的现代性、世界性和全球性而言,我们不难发现,在20世纪西方各种批评理论中,接受美学对重写文学史有着最重要的启迪,尤其对于重写中国现代文学史的意义更是应该引起我们的注意。对此,我已另文专述,此处无须赘言。①我在这里仅想再次指出,在整个漫长的中国文学史上,20世纪的文学实际上是一个日益走向现代性进而走向世界的一个过程,在这一过程中,中国文学日益具有了一种整体的意识,并有了与世界先进文化及其文学进行直接交流和对话的机会。一方面,中国文学所受到的外来影响是无可否认的,但另一方面,这种影响也并非消极被动的,而是更带有中国作家(以及翻译家)的主观接受—阐释的意识,通过翻译家的中介和作家本人的创造性转化,这种影响已经被"归化"为中国文化的一部分,它在与中国古典文学的精华的结合过程中,产生了一种既带有西方影响同时更带有本土特色的新的文学语言。同时,另一方面,在与世界先进文化和文学进行对话与交流的过程中,中国文化和文学也对外国文化和文学产生了不可忽视的影响。②因此可以预见,在当今的全球化语境之下,翻译的功能非但没有丧失,反而会更得到加强,只是体现在文化翻译和文学翻译中,这种取向将发生质的变化:翻译的重点将体现在把中国文化的精华翻译介绍到世界,让全世界的文化人和文学爱好者共同分享中国文化的博大精深。在这方面,"五四"的新文学先行者所走过的扎实的一步至少是不可缺的。

在认识到20世纪中国文学史断代的必要性和基本策略之后,我们便可基于对20世纪具有国际性影响的几种文学理论思潮的回顾,尤其对德国学者尧斯等人的接受美学对文学史写作的见解的发挥,

---

① 见王宁:《世界文学格局中的20世纪中国文学史断代》,《文艺研究》2001年第6期。

② 关于中国现当代文学在西方的翻译、介绍和研究之现状,参阅拙作《中国现当代文学研究在西方》,《中国文化研究》2001年第1期。

结合对中国现代文学的考察，提出一种新的设想。我认为，以往的中国现代文学史和当代文学史的写作中一个最大的毛病就在于将文学与政治相等同，将文学史的断代依附于某个特定的政治事件，因而忽略了文学自身的内在逻辑和运作规律。而我所要提出的一种断代策略则在很大程度上是基于文学发展的文化因素和审美因素，兼顾社会政治事件对文学史断代的影响。尤其与众不同的是，我的断代策略是首先将20世纪中国文学当作一个时代的代码，并将其置于一个广阔的世界文学的格局之下，由此得出的结论是，20世纪的中国文学实际上是一个中国文学不断走向世界的过程。众所周知，进入20世纪以来，中国文学越来越意识到自己在世界文学格局中的边缘地位，它需要从边缘步入中心，进而重现古典文学时期的辉煌，因此它所采取的一个实际策略就是向西方强势话语的认同，所采取的手段就是大规模地将西方的文化学术理论思潮和文学作品译成中文。这种大面积译介外国（主要是西方）文学的尝试推动了中国现代文学的国际化或全球化进程。但可惜的是，这种现代化、国际化乃至全球化只是单向度的，并未形成一种双向的交流和平等的对话。由于在20世纪的世界文学格局中，实际上是西方话语处于强势地位，因此中国文学的走向世界实际上在某种程度上就是一个不断西化的过程，有点类似文化的由西向东的全球化运作，但在这一过程中，本土的民族文化的制约也时强时弱，与这种全球化形成了一种互动的作用，也即一种"全球本土化"式的运作路线。不认识到这一点，片面地强调某一方面的作用而忽视另一方面的反作用都无法准确地把握当今世界文化和文学的发展走向，更无法准确地对中国现代文学史进行断代了。

　　平心而论，尽管在"五四"之前，林纾、梁启超、鲁迅、胡适等人就大力主张译介西方文学及其理论思潮，但直到五四运动前后，这种大规模的"全盘西化"才达到高潮。我们今天的比较文学学者和翻译研究者完全有理由将这一时期的翻译文学当作中国现代文学的一个不可分割的组成部分，因为就其影响的来源来看，中国现代作家所受到的影响和得到的创作灵感更多地是来自外国作家,而非本国的文学传统,这也许正是为什么一些恪守传统观念的学者对"五四"大加指责的一个重要原因。从历史的角度来看,任何一种新思想的诞生或艺术上的创新在一开始总会经历一段漫长的"不合法"(illegitimate)阶段,而随着时间的推移和实践的检验以及它本身的"合法化"(legitimization)努力,这种不合法便逐渐变得合法进而从边缘进入中心。

我曾经提出一种20世纪中国文学的新的断代构想:1919年仍作为中国现代文学的开始,而中国现代文学的结束则放在1976年"文革"的结束。[①]我的理由是,今天的中国现代文学研究者,不管其对"五四"的态度如何,大概不会对"五四"作为中国现代文学的开始持怀疑态度了,因为这一历史分期是泾渭分明的。而中国现代文学的下限延至1976年"文革"的结束也有充分的理由,这不仅从时间上来说,当代中国文学至今才有30多年的历史,比较符合文学史的断代逻辑规律,更重要的是,从世界文学的大格局来看,这也比较合乎实际,因为自1976年以来,中国文学掀起了第二次"开放"和"走向世界"的高潮,也即一些海外人士所称的第二次"全盘西化"。所导致的结果就是使中国当代文学更为接近世界潮流,并且更加自觉地在走向世界,与世界各国文学,尤其是西方文学,进行对话,并且力图成为世界文学的一个重要的组成部分。而在西方文化界和文学界,始自20世纪50年代末60年代初的关于后现代主义问题的讨论此时也正经历着从北美的文化和文学批评界逐步向欧洲的思想界和哲学界的运动。[②]参加这场讨论的批评家和学者几乎都认为或隐约

---

① 见王宁:《世界文学格局中的20世纪中国文学史断代》,《文艺研究》2001年第6期。

② 如果说,后现代主义理论争鸣始自北美的标志是欧文·豪、苏珊·桑塔格、莱斯利·费德勒、伊哈布·哈桑等批评家开始著述批判或建构后现代主义的话,那么其进入欧洲思想界的标志则显然是法国哲学家让-弗朗索瓦·利奥塔出版于1979年的专著 La Condition postmoderne: rapport sur le savoir。

地感觉到,早已于二次大战之后衰落的现代主义已经终结,作为一种新的认识观念(episteme)或文化主导性(cultural dominant)的后现代主义已完全取代了现代主义的霸主地位。同样,作为一种启蒙大计的文化现代性也发生了深刻的危机,它最初主要是受到出现在后工业社会的后现代性的挑战和质疑,而在20世纪80年代后期以来又受到全球化大潮的冲击。作为一种历史的话语,全球化显然已经代替了现代性和后现代性的话语,因而在这样一种大的国际背景下,中国文学进入当代阶段是完全符合其内在发展逻辑的,也与特定的国际背景相契合。这无可辩驳地说明,中国文学已不再是孤立的一隅,而已经自觉地融入了世界文学的大潮之中,并开始在世界文学之林闪烁出自己独特的辉煌。

世界文学语境中的中国当代文学

在讨论世界文学语境中的中国当代文学之前,首先应该对什么是中国当代文学有一个界定。我过去曾经在一篇文章中对20世纪中国文学断代做过新的论述,但并没有在学界引起大的反响。在这里,我简单重复一下我的断代理由:我认为,把中国当代文学的开始时间定在1976年"文革"结束不仅是考虑到一个重要历史阶段的结束,更是基于中国文学作为世界文学之一部分这一考虑的。如果说,五四运动标志着中国文学走向世界的一个高涨期,那么1976年,或更确切地说1978年以后,中国文学的再度开放和走向世界便标志着另一个高涨期:前者是以世界文学来到中国为特征,也即大量的外国文学作品蜂拥进入中国,对新的中国现代文学经典的形成起到了重要的奠基性作用;而后者则是以中国文学主动走向世界为特征,也即一些优秀的中国作家及其作品被译介到国外,少数作家频频获得国际性的文学大奖,极少数作家的作品被选入权威性的世界文学选(如莫言的《老枪》入选《诺顿世界文学选》)等。这一切都说明,中国文学已经开始稳步地走向世界，并跻身世界文学之林了。但是中国当代文学真正得到世界的认可并跻身世界文学之林则应以莫言荣获诺贝尔文学奖作为标志。但莫言的获奖也只是一个开始，一些有实力的中国当代作家完全有可能在不远的将来成为世界文学大家，并再度冲击诺奖。我这里仅简略地讨论几位最有希望成为世界文学大家的作家的成就及其在海内外的影响，以作为本文的结尾。

阎连科在当代作家中被认为是继莫言之后最有希望获得诺贝尔文学奖的中国作家之一，对于这一点我也毫不怀疑，但能否获得诺奖除了自身的素质和作品的影响外还有其他诸多原因。众所周知，阎连科的创作道路并非一帆风顺，虽然他的作品在国内多次获奖，但他真正成为一位有着国际声誉的大作家则是进入21世纪以来的事。他也和莫言一样，同时受到中国现代文学和西方现当代文学的影响，而且受到后者的影响更为深刻。较之莫言，阎连科的理论意识更强，西方文学和理论造诣也更为深厚。他曾直言不讳地承认，他特别喜欢卡夫卡、福克纳、马尔克斯等世界文学大家，对诸如《变形记》《城堡》《喧哗与骚动》《百年孤独》这样的世界文学名著尤为钟情。这就说明他虽然大器晚成，但从其创作生涯一开始，就为自己确定了很高的目标：不仅为本国的读者而写作，同时也为其他国家和其他语言的读者而写作，他所探讨的话题也大都是人们普遍关心的一些基本问题。这样就使得他有可能写出具有寓言性并具有持久生命力的作品。人们称他为"荒诞现实主义大师，"擅长虚构各种超现实的荒诞故事，他的作品往往情节荒唐夸张，带有滑稽剧的色彩，熔强烈的黑色幽默与夸张的叙述为一炉。在这方面，他更接近卡夫卡的小说和荒诞派戏剧。针对别人说他的作品荒诞，阎连科曾回应说："并非我的作品荒诞，而是生活本身荒诞。"这番话正是当年贝克特回应法国观众时所说的话，可见他与（西方）世界文学的关系是多么的密切。但是另一方面，也和莫言一样，阎连科所讲述的故事是道道地地发生在中国的事情，带有鲜明的本土特色，但经过他的生花妙笔和叙事的力量,这些看似支离破碎的事件便带有了普遍性,不仅能为国内读者所认同,而且也能吸引世界上其他国家和其他语言的读者。他也和鲁迅一样,对中国农民的劣根性有着深刻的揭露和批判,所以有不少评论家将他与鲁迅作比较。此外,更为可贵的是,有人还从他的作品中窥见了乌托邦式的理想主义倾向,即渴望创造一个没有苦难的世外桃源,这无疑流露出一种无政府主义(世界主义)的理想。这一切都是他得以为国外读者所理解并受到重视的地方,也是他的作品得以成为世界文学的重要原因。众所周知,诺贝尔文学奖评奖委员会制定的一条最重要的原则就是要授给那些写出"具有理想主义倾向的作品"的作家。在当今这个后现代消费社会,文学早就失去了以往曾有过的"轰动效应",在商品经济大潮的冲击下,文学市场呈现出低迷的状态,一些对文学情有独钟的人无可奈何地哀叹,文学的黄金时期已过,文学还有什么用?而以文学创作为自己毕生的事业的阎连科则对文学仍然抱有一种理想主义的情怀,这实在是难能可贵的。

余华也许是继莫言之后其作品在国外具有最大影响力的中国当代作家之一,实际上,按照他的年龄,他的成名均早于莫言和阎连科,而且他的作品不仅被译成了英文、法文、德文、俄文、意大利文、荷兰文、挪威文、韩文、日文等多种文字在国外出版,而且也引起了文学理论界和比较文学界的关注,美国的后现代主义刊物《疆界2》(*Boundary2*)[①]《现代语言季刊》(*Modern Language Quarterly*)[②]等曾发表过论文专门评析余华的作品或将其当作中国当代重要的先锋小说家来讨论。余华虽然比阎连科年轻,但早在20世纪80年代他就开始在国内主要刊物上发表作品,被国内外学界当作"先锋小说"

[①] Wang Ning, "The Mapping of Chinese Postmodernity", *Boundary2*, 24.3 (1997), pp.19–40。

[②] Liu Kang, "The Short-Lived Avant-Garde: The Transformation of Yu Hua," *Modern Language Quarterly*, 63.1 (2002), pp.89–117。

（后现代主义文学在中国当代的一个变体）的代表性作家。①他的长篇小说《活着》由张艺谋执导拍成同名电影后更是扩大了原作者余华在海内外的影响。此外，余华的作品还获得了一些国际性的大奖，其中包括法兰西文学艺术骑士勋章，意大利格林扎纳·卡佛文学奖，澳大利亚悬念句子文学奖，美国巴恩斯-诺贝尔新发现图书奖，庄重文文学奖等。2004年，美国的新马克思主义理论家和后现代主义批评家弗雷德里克·詹姆逊在家里举行70大寿的宴会，邀请了他的一些同事和学生一起用餐，正在美国访问讲学的笔者和余华同时被邀请出席，可见余华的创作不仅受到西方汉学家的重视，还引起了主流文学理论家和比较文学学者的关注。从一开始，余华的创作就显然受到西方文学的深刻影响，对此他毫不隐讳。在他于20世纪90年代初给笔者的一封信中，他曾坦然道出了自己受到西方现代主义和后现代主义文学的启迪，但他仍然坚信，若要写出可以流传下来的作品，就要甘愿"忍受寂寞"。在他看来，对他启迪最大的作家并非中国古典作家，更不用说那些现代作家了，而是那些蜚声文坛的世界文学大师。他的作品虽然数量不是很多，但素以叙述的精致细腻见长。他往往以纯净细密的叙述，打破日常的语言秩序，组织起一个自足的话语系统，这非常适合文学研究者从叙事学的角度对之进行分析。此外，他的作品还建构起一个又一个奇异、怪诞、隐秘和残忍的独立于外部世界和真实世界的文本世界，达到了文本的真实。这些都使他的作品很容易与西方后现代主义小说相认同。评论界认为，余华在20世纪90年代后创作的长篇小说与80年代中后期的中短篇有很大的不同，特别是使他享有盛誉的《活着》和《许三观卖血记》等，更是逼近生活真实，以平实的民间姿态呈现出一种淡泊而又坚毅的力量，提供了对历史的另一种叙述方法。余华很少描写爱

---

① 见王宁：《接受与变体：中国当代先锋小说中的后现代性》，《中国社会科学》1992年1期。

情故事，死亡是他作品的一大主题，但他对死亡的描写冷峻并且不动声色，颇有海明威的大家风格。

贾平凹是上述三位作家中最年长的一位，也是最具有乡土气息的一位作家。他的创作深具民族特色，甚至他的语言都具有浓郁的西北特色和浓重的乡音。因此他的作品被认为是"不可译"的。但尽管如此，这些也不妨碍他的作品在全世界流通，虽然他的作品没有余华和莫言的作品那样在海外有着那么大的影响和市场，但也被译成了十多种语言，在全世界范围内有着众多的读者。他本人也在国内外频频获奖，其中包括：美孚飞马文学奖铜奖（《浮躁》），法国费米娜文学奖（《废都》），第一届红楼梦奖和第七届茅盾文学奖（《秦腔》）等。贾平凹被认为是中国当代文坛屈指可数的文学奇才，是当代中国最具叛逆性、最富创造精神和广泛影响的一位作家，也是当代中国可以进入中国和世界文学史册的为数不多的作家之一。他早在20世纪80年代初就开始了创作生涯，但真正在海内外产生影响则主要因为其长篇小说《废都》在90年代的出版，这部小说给他带来了巨大的声誉和争议。评论界一致认为，贾平凹的写作既传统又现代，既写实又高远，语言朴拙、憨厚，内心却波澜万丈，这无疑是他的作品具有厚重的力量的原因所在。他的作品以精微的叙事和缜密的细节描写，成功地描绘了一种日常生活的本真状态，并对变化中的乡土中国所面临的矛盾和迷茫，做了充满赤子情怀的记述和解读。他笔下并不乏喧嚣和动乱，但隐匿在哀伤、热闹的背后，则是一片寂寥。《秦腔》一般被认为是他的代表作，也是最具有民族特色的作品。贾平凹通过一个叫清风街的地方近二十年来的演变和街上芸芸众生的生老病死、悲欢离合的命运，生动地再现了中国社会的历史转型给农村带来的震荡和变化。作者来自西北高原，甚至叙述的语言也颇具民族特征。而正是这些具有民族特征的东西，奠定了他有可能走向世界的基础。我们过去经常说，越是民族的就越是世界的，我认为这并不全面，正确的说法应该是，越是具有民族特色的东西，越是有可能走向世界，但是必须借助于翻译的中介。如果翻译的效果不好，不但不能使其走向世界，反倒有可能是本来写得很出色的作品变得黯然失色。

当然，中国当代另一些作家，如刘震云、铁凝、李锐、苏童、王安忆、徐小斌等也颇具实力，其作品也被译成了外国多种语言，其中有些作家也得到学界的重视，并成为国外著名大学的研究生博士论文的研究对象。这些都是促使中国当代文学走向世界的综合因素。只有认识到这些综合因素的重要作用，才能促使中国当代文学早日真正跻身世界文学之林。我认为，中国文学必须走向世界，世界文学也需要中国的加盟，如果在一部客观公正的世界文学史书中，缺少关于中国文学的描述，至少是不全面的和有缺憾的，对于这一点，西方的文学史家和世界文学研究者已经越来越有所认识。

本文原刊于《当代作家评论》2014年第6期

重建中国当代文学批评的
价值维度和趣味维度

沈杏培

当前的文学创作可谓日臻丰富和多元,文学批评的生态却并不令人乐观,充斥着种种不良风气和病象,比如批评主体的缺失、批评标准和价值立场的浮泛、文学批评文体的呆板和缺少生气、学院化的八股式批评文风和范式的流行、文学批评的利益化和工具化,等等。因而,当代文学批评一方面随着文学的繁荣而充满了"活力"和"生机":"批评家其实很努力,他们忙碌的身影频频出现于各种研讨会现场,大块文章屡见于报纸杂志。批评也不可谓不繁荣,无论是成果数量,还是从业人员规模,都已超越历史上任何时期。"[①]另一方面,对当代文学批评的批评之声不绝于耳,在学术界内部和外部,都充满了对文学批评的不满和希冀革新之声。客观地说,当代文学批评在从业人员规模、批评主体的理论素养等方面较之过往有

[①] 张江、程光炜等:《批评为什么备受批评》,《人民日报》2014年7月15日第14版。

着巨大的历史进步，但文学批评的功能、性质、价值、标准以及文学批评的文风、文体等诸多要素所构成的文学批评生态和批评秩序，尚没有真正走向规范和良性。因而，重建当代文学的批评生态，是一个既重要又非常必要的时代命题。在我看来，文学批评生态固然有文学体制和社会文化语境等外部因素，但同时，文学批评主体的价值重建和文风重建是当前文学批评生态重建的两个重要的维度。因而，对文学批评自身进行必要的自我清理首先不妨从批评主体的价值立场和批评文风的重建开始。

一

在文学批评的学理性、深刻性等严肃与"主流"特性面前，趣味性似乎是很少被人提及的一个特性。那么，现时代我们的文学批评要不要趣味性，一种活泼、机智、生动的趣味对于这个"无名"时代的"无序"甚或失范的文学批评是不是可以带来崭新的批评之风？先反过来看这个问题：一个批评家假如缺少了趣味将会怎样？龚古尔兄弟在他们的《日记》中记载了别人说给他们的一段话：比喻很不高雅，但是先生们，请允许我把泰勒比作我的一头猎犬。它会搜寻，会盯住猎物不放，猎犬的一整套本事它都演习得令人赞叹，只是它没有鼻子，我不得不把它卖掉。[①]敏锐而活跃的趣味的缺失，过于雄辩和所谓深刻大概是泰勒被诟病的原因。在我看来，对于中国当代文学批评，趣味性非但不是多余的，相反是很稀缺的一种品性，在充满了冬烘学究气、布满了太多戈蒂耶所讥讽的"文学太监"式批评家、充斥了无数在重重理论雾障中佯装深刻隔靴搔痒式的批评文字的文学界，太需要来一场文学批评的"瘦身"和话语方式的

---

① 〔法〕蒂博代：《六说文学批评》，第19页，赵坚译，北京，生活·读书·新知三联书店，2009。

"转身"了，清理掉那些迂腐气和说教气，提倡一种明快、灵动而充满智性和趣味性的文学批评。

趣味的文学批评与严肃高深的说理并不矛盾，相反，趣味生动的话语、修辞与文风，不仅有助于闳深理论的阐释，更有利于受众的接受。朱光潜认为，大师笔下，高度的幽默和高度的严肃常常化成一片，不但可耐人寻味，还可激动情感，笑中有泪，讥讽中有同情。当前，从专业学术刊物到个人专著与各式研讨会，再到媒体网络，到处有文学批评的声音与文字，文学批评看似繁荣丰富，然而，这些批评从内容到形式呈现出令人窒息的衰腐之气：高头讲章多，精辟短论少，文章不写上万八儿千字便显得不够磅礴，不够气势逼人；死板生硬说教多，生动有趣的精彩论说少，不摆出一副占尽天下大道并表万世之理而决不罢休；理论堆砌多，现实指向少，为着说明一个浅显的道理，恨不得将西方的种种主义与理论贩卖殆尽，恨不能将书袋从柏拉图、康德掉到本雅明、德里达，而结果只顾了理论上绕圈子，把简单的问题阐释得无比的复杂，把明朗的问题搞得无比的玄虚。读这些批评，总觉得暮气沉沉，呆板枯燥，了然无趣。这些所谓批评文字已经沦落到学者教授们借以捞取功名和学术资本的工具而已，文学批评被绑架，批评的尊严已不在，批评的力量已不在，更遑论批评的趣味？

倡导一种趣味的文学批评首先就是要批评人放下过重的理论包袱并从过于"学术化"的话语体系中突围出来。当下的文学批评有着过重的"理论崇拜"，而这种理论又多以西方理论作为参照，一篇论文如果没有涉及几位西方各式理论家及其理论，似乎便不厚重敦实或不足以代表学术前沿。因而，不管解决实际问题是否需要这些理论，批评者总是千方百计地在行文中嵌入一种或数种理论，兜售各种理论知识与学术话语，其结果并没有使文学研究本身简单而有力，相反，走向繁复而无力。同时，随着学院批评的崛起和阵容的壮大，教授和研究人员的所谓"职业批评"越来越强调文学研究的学理化和学术化，于是，文学批评在一整套学术规范和体例下写得越来越学术化，批评的力度和趣味却在减少。过重的理论和所谓学术化造成的结果便是，文学批评越来越玄化，文学批评看似高深和丰满，实则是走向形式主义，这种喜用新词和大量术语造成了鲁迅所说的学术"酱缸"，只会伤害真正的学术。从文化心态的角度看，这种过重的理论崇拜反映的是学术和文化心态的自卑和不自信，总想靠西方的理论装潢门面，似乎这样就与国际接轨了，占得了理论与话语的制高点，因而，总要借助于西方花哨的方法和繁复的理论来阐释中国的文学问题，这种看似时髦而国际化的路线由于丧失了解决现实问题的针对性，而难以真正与中国的文化现实以及作家的创作形成交流与交锋。我们应警惕这种散发着浓重的冬烘学究气和沉沉的暮气，专事卖弄西方学术话语和理论知识的批评，认真清理这种学术障碍，化繁为简，化浊为清，积极倡导一种简单但犀利的、单刀直入而不需绕圈子的文学批评，倡导一种充满作者个性、意趣盎然的文学批评。

趣味的批评标准有好多，趣味的批评是语言上有幽默，内容上有理趣；趣味的批评是结构上有逻辑，环环相扣，引人入胜；趣味的批评是在指向上有现实与问题，而绝不做凌空蹈虚的杂耍。朱自清在《鲁迅先生的杂感》一文中毫不吝啬地用"百读不厌"盛赞了鲁迅的杂感文字，他的理由便是这些批评文字的"幽默"和"理趣"吸引了他。[①]确实，尽管鲁迅的杂文充满了论战和笔仗气味，超出了一般文学批评意义而更多作为社会批评存在，但鲁迅杂文语言上的幽默、风趣而又犀利老辣，以及独特的比喻与象征系统（如巴儿狗、纸老虎、猫、鼠）所带来的批评的诙谐、生动和趣味是值得后世批评家效仿的。另一方面，趣味的文学批评也是中国文学的一个传统，

---

① 朱自清：《论雅俗共赏》，第111页，北京，生活·读书·新知三联书店，1998。

比如以闲适心态和笔调，强调理趣和韵味的艺术杂谈和文学闲谈是现代文学中重要的一支传统。如阿英的《小说闲谈》、朱湘的《文学闲谈》。再往前追溯，诗话与中国古代的"词话""曲话"都是这种随感式、闲谈式的充满学识又不失趣味的各种文体的批评文字，钱锺书就曾称赞这种文字不是严肃正经的宏篇大论，而是充满了闲适之气、对话之气的亲切交谈，充满了"坐在软椅里聊天"的趣味。[①]而这种趣味后来随着历史变迁逐渐减少，"软椅里的聊天"变成了高高在上的说教。可见，趣味既是批评的风格特征也是批评的构成要素，影响着批评的传播和接受。

在当前文化语境下，强调文学批评的趣味性显得尤为必要。随着中国社会市场经济的高速发展和大众文化、消费文化的快速崛起，中国进入到一个文化开放和价值多元的时期。文学知识分子及其文学都从社会中心走向了边缘。在电视、电影、网络等大众传媒与文化娱乐势不可挡地收编了观众的眼球时，所谓纯文学及其文学批评面临着越来越少人问津的现状，不可避免地走向了"小众化"。与20世纪七八十年代那种作者真诚写作读者热情参与批评家用心追踪的良好局面相比，今日的文学界难觅当年的盛况。当然这种文学及其批评失去轰动效应的现实既是文学自身的问题，也是社会演变带来的必然。但是，如今的文学批评越来越成为圈子中人的"作坊行为"，更多的人不愿意染指甚至阅读当今的文学批评，除了大众文化和消费文化对文学大众的分流外，恐怕与文学批评自身的生态有关。当下的文学批评是远离大众的，不与大众甚至不与作家对话，批评者各自为阵，自说自话，自娱自乐，加上学霸的"判官批评"、碍于情面的"人情批评"、出于利益的"红包批评"，等等，以及前面提到的文学批评写得过于玄奥、学究、恢宏，因而，普通人要么不愿

---

① 谢珊珊：《"闲评"式文学批评的产生及其历史价值》，《学术研究》2011年第8期。

蹚这浑水，要么没有信心来经营这种新式八股，或者有才情有思想的人纷纷转行他业。如此，文学批评怎么会生气勃勃，怎能不越来越"小众化"？

因而，在这样的语境下，我们应警惕文学批评由于小众化而愈加失去大众的土壤。在这个大众还需要文学和文学批评的时代，我们在经由职业批评家通过考证、学理建造的"纪念碑"和"宫殿式"的文学研究旁，建几座老百姓能够出入的充满乐趣的"园林"或"院落"，不能总是让高头讲章流布于市，我们应倡导充满趣味和个性的文学批评，文学批评有趣味才会有更多的人去染指和争论，趣味的批评才有利于在读者（普通读者、专家）和作家间建立起有效的关系，有趣味的文学批评才更具生命力并行之久远。

二

批评者在批评实践中，执持何种价值立场、何种评判尺度，无疑影响着这种文学批评的品质和功效。当前文学批评者数量之众、批评文字之多和批评类型之齐备而发达（媒体批评、网络批评和专业批评）都足以让人误以为这是一个文学批评无限风光和文学回春的时代，仔细辨析"繁荣"和"兴盛"的批评实践会发现其中充斥着太多言之无物的空心批评、廉价附和的犬儒批评、征用繁冗理论或固守学院规范而弃绝价值判断的无立场批评——这些病症的共同点都指向批评主体价值立场的消隐或浮泛。鲜明的价值标准，独立的评判立场，这是文学批评的内在灵魂，缺少了批评主体评判的勇气和核心价值观指引的批评实践无疑是乏力、空心而无益的。基于此，重申文学批评的价值立场，强调文学批评主体的价值判断，使文学批评在丰富的文学现实和芜杂的文化局面中发出理性、独立的声音，以理性的价值判断和鲜明的人文立场参与文学之私域与社会公共空间之"公域"，这是使当前文学批评走出困境的重要手段，也是重建文学批评生态的重要内容。

何谓批评家？文学批评何为？这是萨特式的两个重要命题，值得我们重新思考和叩问。"批评"一词源自于古希腊文krites（判断者）和krinein（判断），因而文学批评天然含有判断之意。[①]文学批评一般是指对文学进行鉴赏、描述并进行理性分析和价值判断的综合活动，它可以是一种充满了愉悦感和肯定性的欣赏和评价，但高明和理想的文学批评，更应保持着对文学现象的诸多残缺和病症的敏感和必要的反对。因而，真正的文学批评更应是一种"求疵"并承受敌意的实践活动。真正的批评家不是信口雌黄的莽夫或拍马溜须的奉承者，而是有着坚定价值立场的"善意的怀疑论者"，有着鲜明批判意识的"不屈的反对者"，他捍卫的是文学的尊严和写作的真相。当前文学批评充满了太多的乱象和迷津：有的批评者热衷于说大话、空话、假话，对文学病象缺少应有的质疑和反对；有的批评遍布冗杂的知识和花哨的理论，唯独不见批评主体及其独立的批评立场；有的批评充斥着拍马和抬轿式的肉麻语汇，而少有坦率真诚、犯颜直陈的"恶声"批评。

在20世纪80年代，启蒙意识和精英意识大行其道时，作家和批评家的主体意识异常活跃和自觉，在文学批评，乃至更为宽泛的政治批评、文化批评等诸多实践中，批评家有着浓郁的现实关怀和主动介入社会的热情，因而，在80年代，文学批评是人文知识分子介入重大历史事件、批判社会和启蒙大众的重要手段。90年代以降，市场秩序和商品经济的冲击，加上后现代主义价值观的侵入，文学批评和文学创作走向社会边缘，在文学批评的社会功能急剧退化的同时，批评家的主体意识和价值立场也急剧萎缩，批评家将批评的热情由丰沛的社会现实和文化语境转向了文学的内部研究和专业性的纯学术研究。形式主义、结构主义的文学批评成为此时很多批评

---

① 王一川：《文学批评新编》，第27页，北京，北京师范大学出版社，2010。

家喜欢的批评路数。新世纪以来,文学批评价值隐退的倾向有增无减,80年代兴起的学院批评,随着高校学术体制的完善和批评队伍的壮大而逐渐成为中国文学批评的重镇,学院批评有着重学术轻思想、重学理轻判断的传统,这一倾向在近些年愈加明显。高校的学术体制和研究范式逐渐弱化了批评主体的激进锋芒和批判气质,而使保守习气和纯学术特点趋于明显。当前大量博、硕士研究生以及学院派研究者形成的有着复杂理论引述、固定研究范式而批评主体缺失、立场中立的学术"遗产",无疑是学院派的学术生产机制和研究范型的结果。

社会语境的变迁和学院派研究路数的渗透造成了近三十年文学批评家批评立场的弱化和价值体系的缺失。除此,还有一些具体社会伦理和现实条件左右着批评家的批评实践。一方面,人情社会和熟人伦理一定程度上制约了批评者的独立判断。中国社会如费孝通先生所说是典型的"熟人社会",在这种社会中,人们注重情感的建立和交流,人与人之间崇奉与人为善和不发恶声的交往原则。人情社会和熟人伦理的特性使一些批评家在从事批评实践时首先考量的是批评者与批评对象之间的人情关系,是否是朋辈,是否是长幼,是否是上下级?人情文化和熟人伦理使批评者难以对文学现象进行客观公正的评价,更不要说发出质疑和否定的声音了。另一方面,现实利益和金钱意识形态影响甚至左右了作家的批评立场。文学批评本是在作家创作和文学现象之外的一种独立的审美和阐释过程。然而,市场经济语境下,作家和作品口碑的好坏直接影响了作品的发行、评奖。因而,批评家的观点和意见对于作家知名度的传播、作品的销售和参与评奖,以及走向文学史的"经典"行列,都有着不可或缺的作用和影响。这样,在出版策划方、出版机构甚或作家之间,形成了一个"利益群落"。于是,某些有影响力或所谓权威文学批评家受邀成为某些作家作品的代言人,他们的"史诗巨著"的赞誉和"伟大作家"的命名会出现在研讨会的发言或书的扉页上，批评家放弃独立的立场，甘愿不加辨析地充当作家和文学的鼓吹手和轿夫，使文学批评弥漫着浓厚的市侩气息和金钱铜臭，试想，这种被利益和金钱绑架的批评怎能做到公正而犀利？

面对当前文学批评价值模糊、立场缺失的困局，我们该如何重建文学批评的价值立场，应该提倡建构怎样的批评立场？我认为，批评家除了要加强自我的专业修养，拓宽自我的知识积累，锻造敏感而准确的艺术感知能力和判断能力，更应提升批评家的精神气质和明确批评的价值立场，具体来说包括：第一，坚持"不虚美，不隐恶"的求真立场，捍卫文学批评的尊严。有担当、正直的批评家，应该敢于坚持说真话，敢于质疑和否定一切文学现象的病症或局限，不虚美，不夸饰，对作家作品表现出的不良道德情感和审美偏差要敢于秉笔直书。美国诗人叶芝将文艺批评家视为作家的"保护人"和"解释者"，不管是替作家辩护，还是对之质疑和否定，真相和真理是批评家必须坚守的立场和底线。批评家进行批评实践时有时是求疵者，有时是欣赏者或寻美者，有时甚至是作家及其作品的辩护人——正如艾略特所说："那些作家有时被人遗忘了，有时被不恰当地贬低了。他使我们关注这些作家，引领我们去发现那些曾被忽略的精彩之笔。"① 但是，无论是"寻美""求疵"，还是辩护，无论是肯定还是批判，都应该立足于文学本身和创作的真相，只有这样，文学批评才是真的批评。

第二，秉持知识分子的独立批判立场。文学批评家从身份上属于人文知识分子。萨特赋予知识分子的使命是"主动介入"社会，萨义德则将与权力的"不合作"视为知识分子的重要使命。在他们的命名中，独立批判是知识分子必须具备的品性。对于批评家来说，

---

① 〔英〕艾略特：《批评批评家：艾略特文集·论文》，第3页，李赋宁等译，上海译文出版社，2012。

能否坚守知识分子独立批判的立场决定了批评家的精神气质走向。我们的批评界有着太多唯唯诺诺的好好先生，他们不敢独立判断，不敢痛陈流弊，习惯于美言赞誉与和气温吞的批评风格，而真正的批评家是正直勇敢的谔谔之士，敢于向谬误宣战，敢于与"盛名"作家或"权威"人士犯颜动怒。我想，如果我们的批评界和研究界多了这样的正气和风骨，犬儒主义之风和诸种乖戾之气定会消减不少。

第三，坚守批评主体的介入立场。文学批评既是一种专业性的学术实践，更应由此引向更为广阔的社会现实，批评家应以一种清醒的批判立场介入到文学所置身的文化语境和社会空间。如果文学批评仅仅作为少数人捞取利益和码洋的手段或是凌空蹈虚的知识堆积，而不能转化为面对现实的价值评判和人文省思，这种文学批评已经萎顿，最终会蜕变为少数人把玩的游戏，或是成为萨义德所称作的"有组织的教条"。这种介入，往小了说是介入当下文学现场和作家创作世界，往大了说是介入中国社会现实。文学批评既是一种学术活动，更是一种人文实践，面对变动不居的社会现实，批评家应该主动思索作家笔下的中国现实和中国问题，比如莫言、余华、苏童、贾平凹，他们近些年都以自己的小说（《蛙》《第七天》《黄雀记》《带灯》）对变动中的中国现实进行了文学化的思考和回应，那么，作家笔下的中国与现实是否准确？是否遮蔽或扭曲了某些真实？变化中的中国还有哪些典型的困境或症结被作家简化或回避了？哈佛大学著名学者麦西逊曾打过一个很好的比喻，认为批评不应成为一个"封闭的花园"，批评家必须走出围墙，更新自己与花园与土地的关系。[1]这番话无疑在提醒我们应该重视文学批评与社会现实之间的关联，谨防批评成为"封闭的花园"。

---

[1] 〔美〕萨义德：《世界·文本·批评家》，第8页，李自修译，北京，生活·读书·新知三联书店，2009。

三

　　重建中国当代文学的批评生态是一个系统工程，并非一日之功，而是需要从构成文学批评生态的每一个环节和要素进行必要的清理和革新。尽管在不同时期有不同的批评观念和批评范式，但批评主体的人格独立和智性而趣味的文风都不会过时。在文学批评生态中，批评主体是一个具有主观意志，容易受到权力、利益和外部因素干扰的要素。而批评主体意志的独立与否、介入立场的明晰与否、自由评判胆识的有无，影响甚至决定了文学批评的文风、功能、标准等其他环节。因而，我认为重建文学批评生态首先是要建立文学批评主体的独立人格和自由意志。有学者指出，"当代文学批评主体呈现出价值立场弱化和退守的倾向，表现为三个方面：依附于体制的势力来控制批评的话语权，颐指气使地对文学创作进行着指鹿为马的所谓批评；拜倒在金钱的足下，把批评作为商品进行交易，做了'资本的乏走狗'；既要体制的话语权利，又要金钱的'双料掮客'，他们成为了'权力寻租者。"[①]由此可见，权力和市场作为当下两种强大的"意识形态"影响着作家的独立批评。面对权力、市场、利益甚至人情世故这些现实因素的掣肘或诱惑，批评主体很容易丧失应有的人格和立场，批评主体一旦失守，文学批评生态的基石便失去了，反之，如果文学批评者都能坚持独立、客观的批评立场，始终"掺和一些批判精神"，"执持一种反对的态度，一种高明的怀疑态度"，[②]那就是文学批评之幸了。

　　从当前文学批评的文风来看，过多的理论堆砌，学院式的重学

---

　　① 丁帆：《新世纪文学中价值立场的退却与乱象的形成》，《当代作家评论》2010年第5期。
　　② 李建军：《批评家的精神气质与责任伦理》，方宁主编：《批评的力量》，第26页，北京，人民出版社，2009。

理、轻判断，重问题、轻思想，重规范、轻才情的批评传统造就了一大批会学术而不会批评的"学人"，他们会写文章不会思想，会操持各式理论而不能有效介入文学现场深度辨析文坛症结。同时，他们的批评文风是枯燥的、缠绕的、晦涩的、冗长的，缺少趣味，没有可读性的。如此文风，文学批评怎能不日渐趋于小众化和圈子化？因而，我们应该重新提倡清新、充满趣味的批评文风，让文学批评生动有趣、短小而隽永。法国文艺批评家蒂博代这样说过："批评当代作品特别需要一种活跃的、敏捷的、生气勃勃的趣味。"[①]中国传统文学批评和近现代文化学人都很看重批评的趣味和智性，进入新时期以来，由于学术研究的国际借鉴尤其是西方学术评价评估体系的引入，加上学院派批评的崛起，文学批评的趣味性逐渐减弱，工具性、严肃性增多。趣味性的弱化或丧失是文学批评的一项重要属性的流失，它影响着文学批评的传播和接受。在另一方面，重申趣味而智性的文风和批评格调，并非取消文学批评的缜密和严谨，从而提倡批评的油腔滑调和随意性，以过于戏谑的方式肆意宣泄或哗众取众。而是说，对于文学现象，尤其是文学创作中的乱象、真相，批评家要能以敏锐的职业嗅觉、独立的价值判断和严谨科学的论证，客观公允地"求疵"或"寻美"，批判或辩护，而批评的过程和学术表述的方式尽量生动活泼一些，幽默趣味一些。

总之，趣味维度和价值维度是重建当前文学批评生态的两个重要方面。趣味维度涉及的是批评文风和文学批评的传播和接受的问题，趣味的有无并不必然影响学术见解的表达和交流，但会影响文学批评的传播和阅读者的接受情况。朱光潜曾说，"大约在第一流作品中，高度的幽默和高度的严肃常化成一片，一讥一笑，除掉助兴和打动风趣以外，还有一点深刻隽永的意味，不但可耐人寻思，还

[①]〔法〕蒂博代：《六说文学批评》，第19页，赵坚译，北京，生活·读书·新知三联书店，2009。

可激动情感。"①文学作品是如此,文学批评更是如此,话题可以很严肃,文风可以生动幽默,学理可以很谨严,论证可以充满理趣。而价值维度则关乎到批评主体的精神立场和文学批评的功能问题,更不容轻视。从批评主体的角度看,我愿意重申我理想的批评主体的形象:真正优秀的批评家是一些坚持独立的批判立场,抓住时代的核心价值,真诚而坦荡、甘做文学和作家"敌人"的人。与作家为敌,意味着善意而理性地质疑作家写作中的问题和创作症结,不是简单认同甚至廉价吹捧作家,而是以批判立场和反思精神与作家及其创作展开平等对话。真正的批评家拒绝被利益所诱,被人情所缚,为权力所挟,总是不屈不挠地追问写作的真相,敏感而犀利地揭示创作中的不良倾向或困境,他们抵制自我精神气质上的没有立场、一味逢迎的犬儒哲学,科学而准确地对文学活动作出价值估衡与评定,并自觉以热情而严肃的批评实践参与社会公共空间的言说。在这些批评家的实践中,文学批评不是一种取消是非、随意草率的文字活动,而是一种爱憎分明、散发诗性正义和思想光辉的事业。

本文原刊于《当代作家评论》2015年第3期

---

① 朱光潜:《谈美 谈文学》,第158页,北京,人民文学出版社,1988。

"重返八十年代"的"新左翼"立场及其问题

张 慎

新世纪以来，特别是李杨、程光炜等学者在2005年前后提出"重返八十年代"之后，20世纪80年代一直是当代文学研究的热点。大量与20世纪80年代文学事件有关的历史访谈、回忆、日记、人物传记相继出版，为20世纪80年代的历史叙述提供了丰富的、个人化的细节。与20世纪80年代有关的学术论文、学术专著及研究课题也不断涌现，以不同的思路方法对20世纪80年代文学进行了"历史化""问题化"的重新审视。在这一过程中，一种有别于20世纪80年代启蒙主义文学史观的"左翼化"文学史观念，在一些"重返"成果中强烈地体现出来，并与依旧秉持前一价值立场和文学史观念的文学史研究形成了"摩擦"与"冲突"。在"重返八十年代"研究已有十余年的历史、相关成果已然充分展示出其研究路径和思想立场的今天，将"重返八十年代"研究本身"历史化""问题化"，对其成果进行梳理、评判和反思，无疑具有重要的文学史意义。

一、概念的清理

在梳理新世纪的 20 世纪 80 年代研究时，是否可以将在新世纪产生的有关 20 世纪 80 年代文学的研究都归于"重返八十年代"研究，是一个值得讨论的问题。从表面上看，任何的历史书写无疑都是一次"重返"。然而，在新世纪的 20 世纪 80 年代文学研究和文学史叙事中，却存在着知识立场和文学史观念的巨大差异。其中，被归为"重返八十年代"的提倡者和"主力军"的李杨、程光炜、旷新年、贺桂梅等人，综合运用福柯的"知识考古学"、布尔迪厄的知识社会学以及后殖民理论和法兰克福学派的批判理论，着力于对 20 世纪 80 年代的"启蒙""现代化""人道主义""纯文学"等思潮和观念进行知识权力批判。在批判 80 年代的同时，50—70 年代中国的社会主义尝试，被认为是"独特的现代化"道路而加以重新认识和评价。50—70 年代的社会主义理论和实践也被视为"抗衡"资本主义全球化、批判 90 年代社会问题的重要理论资源。

然而，另一些 80 年代文学的研究者却表现出不同的研究思路和价值立场。李新宇主编的《现代中国文学（1949—2008）》[①]、丁帆主编的《中国新文学史》[②]中对 20 世纪 80 年代文学思潮及文学作品的评述，依旧坚守了现代启蒙的理念。毕光明也在文章中表达了他对 80 年代启蒙立场的肯定，认为"如果 80 年代有什么遗憾的话，那就是未能将启蒙进行到底"。[③]而吴俊、黄发有等人对 20 世纪 80 年代文学史、文学批评

---

① 李新宇主编：《现代中国文学（1949—2008）》，天津，南开大学出版社，2009。

② 丁帆主编：《中国新文学史》（下），北京，高等教育出版社，2013。

③ 毕光明：《精神的八十年代》，《海南师范大学学报》（社会科学版）2007 年第 3 期。

史的研究,①也更多地着力于通过历史史料的发掘与历史现场的还原,以揭示新中国的国家文学制度对文学创作、文学资源、文学刊物的作用和影响,以及后者在对这种文学制度的实践过程中出现的复杂性。

另外,洪子诚、王尧等当代文学研究者,虽然都对李杨等人"重返80年代"研究的文学史突破意义给予了积极的肯定与支持,但对其价值立场和文学史认识,也都有所保留。洪子诚早在新世纪初期与李杨就当代文学史问题的通信中就表明,不愿轻易放弃"对于启蒙主义的'信仰'和对它在现实中的意义",并对启用社会主义资源来批判中国当下问题的做法提出了质疑。认为即使要"复活""左翼文学"的批判精神,也不能"回避历史的反省之路"。②2005年,洪子诚又对刘复生、李杨等人将20世纪80年代文学所开拓的"多元化"视为"一种受到体制高度控制的'多元化'",认为"'文革'后与50—70年代相比,中国文学在'一体化'上'没有根本性的变化'"的观点提出了反驳。③在2009年10月24日召开的当代文学研究的"历史化"研讨会上,洪子诚同样对社会主义马克思主义的简化原则表示警惕,并强调自己依旧坚持"社会主义文学在中国的实践基本上是失败的"的基本判断。④王尧、李新宇等学者也分别发表

---

① 吴俊的相关成果如:《环绕文学的政治博弈——〈机电局长的一天〉风波始末》,《当代作家评论》2004年第6期;《关于"寻根文学"的再思考》,《文艺研究》2005年第6期;《文学的权利博弈:国家文学与文学批评》,《当代作家评论》2011年第2期;《批评史、文学史和制度研究——当代文学批评研究的若干问题》,《当代作家评论》2012年第4期;《中国当代文学批评史研究刍议》,《当代文坛》2012年第4期。黄发有的相关成果如:《第四次文代会与文学复苏》,《文艺争鸣》2013年第10期;《文学的"早春天气"——以〈文艺情况〉(1979-1985)为窗口》,《文艺争鸣》2015年第1期。

② 洪子诚:《当代文学史写作及相关问题的通信》,《文学评论》2002年第3期。

③ 洪子诚:《序》,见刘复生《历史的浮桥——世纪之交"主旋律"小说研究》,第2-3页,开封,河南大学出版社,2005。

④ 杨晓帆、虞金星:《当代文学研究的"历史化"研讨会纪要》,《文艺争鸣》2010年第1期。

文章，对"重返八十年代"过程中，"退到那些已经被否定了的立场、观点、方法和价值判断上去"的做法提出了批评。①

可见，在20世纪80年代研究中，的确存在着研究路径和知识立场的分歧。而这种分歧，在批判启蒙与坚守启蒙的不同选择上又是如此对立。因此，如果将新世纪的20世纪80年代研究都归入"重返八十年代"，不仅会对研究中存在的分歧形成遮蔽，而且也无法凸显程光炜等研究者的"重返"所体现出来的"方法"革新、文学史观念革新的意义。因此，这里所谈的"重返八十年代"研究，主要是指程光炜、李杨、贺桂梅等学者以及受其影响的研究生群体采用"知识考古学""知识社会学"和批判理论对20世纪80年代文学进行的研究。当然，对这些研究的"整一化"处理，并不表示在他们内部不存在认识、判断和方法运用上的微妙差异。

二、"历史化"的方法论意义

事实上，对20世纪80年代文学的研究和文学史叙述，早在80年代文学发生之时就已大量涌现。甚至可以说，此前没有哪一个时代的文学的同步研究成果，可以在数量上超越20世纪80年代。而在新世纪再次出现20世纪80年代研究的热潮，固然与访谈、回忆、日记等新的史料的出现丰富了过去的历史认知有关。但一个更为重要的原因，是新的理论方法的引进和实践，为20世纪80年代研究打开了新的空间。吴俊、黄发有20世纪80年代研究便是在史料发掘的基础上，分别通过对文学制度及其实践、文学期刊以及座谈会等文学空间和活动的关注和清理，打开了新的空间。而程光炜的"重返八十

---

① 王尧的相关文章有：《冲突、妥协于选择——关于八十年代文学复杂性的思考》，《文艺研究》2010年第2期；《如何现实，怎样思想》，《文艺研究》2011年第4期；《关于当代文学研究的"向后转"问题》，《当代作家评论》2011年第4期。李新宇的相关文章有《如何反思80年代》，《文艺争鸣》2006年第1期。

年代"研究,则直接将其相关研究著作命名为"'八十年代'作为方法",以突显其研究的"方法"意义。贺桂梅同样有着强烈的方法革新意识,并在其学术自述性文章中有着明确的表述。他们正是在"知识考古学"、"知识社会学"、批判理论的理论视野中,强调将20世纪80年代文学及其观念"历史化"。

"历史化"注重还原历史语境、接通历史联系和建构历史过程,其观念本身实际上源自于福柯的谱系学、杰姆逊的"永远历史化"、布尔迪厄的"场域"理论等西方后现代主义理论。①伯·霍尔茨纳的《知识社会学》、皮埃尔·布迪厄的《艺术的法则——文学场的生成和结构》、福柯的《知识考古学》《词与物——人文科学考古学》及《尼采·谱系学·历史性》一文、卡尔·曼海姆的《意识形态与乌托邦》、柄谷行人的《日本现代文学的起源》是"重返八十年代"文章经常提及的理论研究著作。后现代主义的反逻各斯中心主义和本质主义、反对二元对立的思维方式,都是"历史化"的重要手段。"历史化"强调在"回到历史语境""触摸历史"的同时,避免研究者主体的道德判断对研究的影响,同时把既有的观念、现象都视为"历史构造之物",无疑对文学史研究的科学化、摆脱本质主义的理解方式具有重要意义。因此,陶东风提倡以"历史化"的方式来纠正文艺理论研究中的本质主义思维方式,破解对文学的"本质主义的僵化理解,……还它以多元开放的面目"。②洪子诚则在《中国当代文学史》中,就尝试运用了福柯"谱系学"、韦伯"知识学"的方法来处理当代文学现象,并对"历史化"所强调的研究主体自身的"价值中立"有着自觉的践行,对个体研究者的"自身限度"有所警惕。③"历史化"文学史研究的这种反本质主义立场、对研究者自身的客观化追求,以及将既定观念"打上引号"进行知识谱系学分析的"问题化"

---

① 颜水生:《论当代历史化思潮及其反思》,《南方文坛》2011年第2期。
② 陶东风:《大学文艺学的学科反思》,《文学评论》2001年第5期。
③ 洪子诚:《当代文学史写作及相关问题的通信》,《文学评论》2002年第3期。

处理方式，无疑是对之前的"新民主主义论"文学史观、以单一的启蒙现代性所建构的"整体化"文学史观的重要突破和变革。

"重返八十年代"正是通过"历史化"的方式，将20世纪80年代的"新启蒙""人道主义""纯文学"等观念以及相应的文学批评和文学史论述"问题化"，不再将他们视为"自明"的、不待论证的知识，而是利用谱系学、知识社会学的方法，揭示这些观念的建构过程及其建构中的知识—权力关系，对其进行意识形态批判。因而，也就走出了以往的20世纪80年代研究的"启蒙论""纯文学"的文学（史）研究范式，打开了新的研究空间。

三、"当下性"与左翼化知识立场

然而"历史化"研究的兴起的动因，并非仅源于文学史研究范式的更新，而且与20世纪90年代以来中国社会出现的诸多问题密切相关。"重返八十年代"对90年代"改革开放"及"现代化"观念所进行的知识—权力批判，也与研究者对90年代中国社会城乡差距加剧、贫富分化严重、市场化进程中出现的权贵集团私有化等"当下"问题的认识、判断和介入情怀有关。

程光炜在论述当代文学学科的"历史化"，谈及研究主体的"历史化"问题时，不同于洪子诚对"价值中立"的努力和自我局限性的警惕，而是指出"所谓的'历史化'，包括'自我历史化'，其实仍然是那种非常'个人化'的'历史化'，存在着不可能被真正'普遍推广'的学术性的限度"。认为研究者今天的眼光与文学史之间的关系其实是"分寸感"的问题。尽管他强调这种"分寸感"也不是一种毫无疑问的结论，而是"也应该重新被列为被研究者'讨论'的诸多对象之一"，[①]但历史研究要"回答当今的问题"也是他意识到

---

① 程光炜：《当代文学学科的"历史化"》，《文艺研究》2008年第4期。

的问题。而贺桂梅更是在"历史化"中强调"破解历史/现实的二分","试图尝试一种融合历史分析、现状批评与理论阐述的研究实践",①重新确立文学、文化研究介入现实的维度和功能,以摆脱知识分子对20世纪90年代中国现实的"失语"处境。

正是在研究的这种"当下性"取向上,"重返八十年代"的研究者体现出了"新左翼"的历史认识和知识立场。②汪晖对20世纪90年代以来中国改革已经基本形成了市场社会和资本化社会的判断,以及启蒙主义已经丧失了面对这一社会现状的批判和诊断能力的判断,③是他们进行"重返八十年代"的重要认识前提。既然启蒙话语已经失效,在新的理论话语的寻找过程中,不仅法兰克福学派、世界体系理论、后殖民主义等西方理论被视为介入现实的新的理论资源,而且中国50—70年代的社会主义实践、毛泽东的"第三世界理论"、传统马克思主义也被重新视为批判全球资本主义的重要资源。也正是从批判资本主义世界体系、批判资本主义现代性的角度出发,20世纪80年代被视为"封建""专制""前现代"的50—70年代社会主义被视为"反现代性的现代性""另类的现代性"而重新评价,并要从中总结"中国革命""社会主义文化实践"的"巨大的甚至是成功的经验"。④在这种历史认知和知识立场之下,贺桂梅、李杨等研究者在"重返八十年代"中对80年代新启蒙、"现代化"所进行的本质主义批评和知识—权力批判,更多的是意在揭示80年代的"新启

---

① 贺桂梅:《人文学的想象力——当代中国思想文化与文学问题》,第11页,开封,河南大学出版社,2005。
② 在2009年10月24日-25日召开的当代文学研究的"历史化"研讨会的讨论中,与会者谈及当代文学研究的"左翼化"问题,从谈论的内容来看,蔡翔、贺桂梅、罗岗等人在对自己的这种"左翼化"知识立场的认识上存在着微妙的差异。见杨晓帆、虞金星:《当代文学研究的"历史化"研讨会纪要》,《文艺争鸣》2010年第1期。
③ 汪晖:《当代中国的思想状况与现代性问题》,《天涯》1997年第5期。
④ 蔡翔:《革命·叙述:中国社会主义文学—文化想象(1949—1966)》,第6页,北京,北京大学出版社,2010。

蒙""现代化"文学进程和文学史叙述,不仅与当时的"改革开放"国家意识形态"合谋"将中国导向了20世纪90年代的严重资本主义化,而且认为"新启蒙""现代化"等知识在80年代是"霸权话语",遮蔽、压抑了50—70年代的社会主义经验。因此,"没有50—70年代,何来新时期",在"重返八十年代"的背后,事实上还存在着"重返50—70年代"的问题。

"新左翼"以"反现代性的现代性"批判20世纪80年代单一的启蒙主义现代性,事实上是90年代文艺研究界"反思现代性"思潮的新发展。文学史对单一启蒙文学史观的突破,最先来自于"现代文学"研究内部的学术诉求。早在20世纪80年代后期,便出现了通过对"审美现代性"①的发掘和文学史重评,突破启蒙"现代性"认识的研究努力。在这种突破之下,废名、沈从文、张爱玲、钱锺书等人的创作,被容纳到"现代文学"的述史框架中来。其后,王德威"没有晚清,何来'五四'"的观点,又将晚清以来的通俗文学纳入进来。这样,现代文学史事实上已经走出了对20世纪80年代所确立的启蒙现代性文学史观的本质化立场,在变得日渐宽容的同时,"现代"概念的边界也日渐模糊。近来又出现了将古体诗词纳入"现代文学"的学术吁求,显然是对"现代"观念的更进一步的突破。与这种文学史研究内部对启蒙现代性观念的突破不同,在90年代前期的思想领域出现了"反思现代性"的思潮。最初,是在后现代主义、后殖民主义以及民族主义"融构"之下,张颐武等人对启蒙"现代性"进行了后殖民批判,并提出以"中华性"来超越被视为"西方的"启蒙现代性的观点。②之后,"新左翼"在世界体系理论的影响之下,以"中心/边缘"

---

① 在"重返80年代"标题之下,依然有通过对20世纪80年代文学中"审美现代性"脉络的梳理来揭示20世纪80年代文学的复杂性的文章。见陈超、张婷:《重返"80年代"语境下文学的"反现代"审思》,《文艺争鸣》2009年第1期。

② 张法、王一川、张颐武:《从现代性到中华性》,《文艺争鸣》1994年第2期。

的对立取代了启蒙现代性"传统/现代"的社会文化划分。而中国20世纪50—70年代封闭性的社会主义实践,恰好被视为与全球性资本主义束缚"脱钩"的尝试,从而被重新认识和评价。① 由此,便出现了对20世纪50—70年代"反现代性的现代性"的判断。而且,"新左翼"与"后现代主义"的启蒙话语的批判往往是相互纠缠,共享着后现代主义解构理论和批判立场,后现代主义解构理论本身也与左翼文化有着亲和关系。因而,贺桂梅便指出:"新左翼"实际上是出现于20世纪80年代后期的解构理论群体的"变异"。②

可见,"重返八十年代"实质上不仅仅是文学史研究范式、方法的变革,更是相对于20世纪80年代的一种认识论、价值论的变革。在新世纪的20世纪80年代文学研究中出现的分歧背后,实质上更是坚守启蒙、在反思中继续启蒙、批判启蒙等价值立场的分歧。因此,"重返八十年代"研究者对启蒙文学史观的批判,与坚持启蒙立场的学者对"重返"者"向后退"的批评,无疑也是知识分子"左右之争"在文学史研究中的体现。

四、"重返八十年代"的成绩与问题

整体而言,"重返八十年代"对"历史化"方法的提倡和实践,不仅可以突破之前本质主义文学史观念、打破二元对立思维框架,而且为当代文学史摆脱"批评化"的处境,打破"当代文学不能写史"的困境,使当代文学史真正走向"学科化"做出了努力。在"重返"的过程中,大量20世纪80年代的文学问题得到了重新"发现"、审视和讨论。"历史现场"的再现和历史史料的发掘,使得不

---

① 陶东风:《现代性反思的反思》,《文化与美学的视野交融——陶东风学术自选集》,第347-375页,福州,福建教育出版社,2000。
② 贺桂梅:《人文学的想象力——当代中国思想文化与文学问题》,第30页,开封,河南大学出版社,2005。

少文学史细节从历史暗影中浮现出来,丰富了80年代文学的历史认识。对"本质化"的启蒙主义文学史观念的批判,无疑也有助于文学史叙述避免对80年代文学复杂性的简单化处理。尽管其建立在"新左翼"立场上的历史认识和价值判断仍然有待讨论,但对学术研究的"当下性""介入现实"功能的不同程度的强调和坚守,无疑也体现了可贵的批判精神。在程光炜、贺桂梅的研究中,将文学史与文化研究、社会学、思想史等学科领域融会的"跨学科"努力,也打开了广阔的理论视野。由此而形成的一些具体的历史认识和判断,也非常具有启发意义。因此,"重返八十年代"在新世纪当代文学研究中具有不可忽视的意义。

然而,不能不说,"重返八十年代"研究还存在着诸多可以讨论的问题。这些问题一方面是与研究者的"新左翼"知识立场有关,另一方面来与其文学史研究的具体实践有关。

首先,"新左翼"所批判的启蒙话语、人道主义价值、自由主义思想是否真的对当下中国已经完全没有了建设性意义,是需要谨慎考虑的。另外,"新左翼"在对20世纪90年代市场资本主义批判的同时,是否忽视了对中国市场化与西方资本主义市场之间的差异?程光炜曾颇具洞见地指出50—70年代的社会主义实践的内部矛盾在于:一方面追求国家的现代化,另一方面则是坚守社会主义精神文化的纯洁性,文艺界历次的批判运动大都与此有关。[①]贺桂梅也认为"现代化与社会主义目标之间的紧张关系是贯穿当代中国(1949年至今)的核心线索"。[②]然而,在论及20世纪80年代至今的问题时,这种紧张关系却被忽视甚至掩盖了。只是简单地认定在这一时期只追求"现代化"而"悬置了对社会主义目标",显然难以符合"中国特

[①] 程光炜:《文学想象与文学国家——中国当代文学研究(1949—1976)》,第4—6页,开封,河南大学出版社,2005。

[②] 贺桂梅:《人文学的想象力——当代中国思想文化与文学问题》,第22页,开封,河南大学出版社,2005。

色社会主义"国家意识形态的定位。而且忽视了对80年代以来"社会主义"文化意识形态的重要作用及其实践方式的分析,也很难对中国的现实问题做出准确的判断。再者,正如在2009年10月24日—25日召开的当代文学研究的"历史化"研讨会的讨论中一些学者所指出的那样,"新左翼"研究者在将50—70年代社会主义实践和理论"挪用与重构"为批判全球化资本主义的理论资源的时候,如何面对这种实践和理论话语自身曾经出现的历史危机和惨痛教训?而且,"新左翼"知识者在运用后现代主义解构理论、"知识—权力"批判理论来批判80年代的新启蒙知识体系的时候,是否也应该对50—70年代的"本质化"知识观念做出同样的分析和批判?在解构启蒙主义"现代/传统""启蒙/救亡"的二元对立思维的同时,是否自身也陷入了,不,又回到了曾经的"资本主义/社会主义""西方/中国"的二元对立思维之中?

回到文学史研究自身,一个首要的问题便是,如何处理文学史研究"历史化"所追求的"客观化"与研究者"左翼化"立场所带来的强烈的"当下性"之间的矛盾?后者是否是对前者造成了"解构"?如果对"重要的不是话语讲述的年代,而是讲述话语的年代""一切历史叙述都是当代史"的认识的结果,不是历史研究者对自身主体因素的警惕,而是一方面将其视为对其他历史叙述进行知识—权力批判的理论资源,另一方面又将其视为突显自己历史叙述"当下意识"的理由,那么历史研究的意义何在?

另外,不论是福柯的谱系学还是布尔迪厄的"场域"理论,往往都把知识、"文学场域"理解为各种社会权力的斗争和展现,"很容易将文学问题与阶级、权力纠缠不清"。[1]在"重返"中是否应该警惕这种"泛意识形态化""泛政治化"的弊病?例如程光炜通过发

---

[1] 王尧:《"新时期文学"的创新研究——序初清华〈新时期文学场域研究〉》,《当代作家评论》2012年第2期。

掘20世纪80年代批评家与作家自己对作品的认识差异,批判了20世纪80年代的文学批评依据"新启蒙"知识体系和社会思潮的需要,对作家、作品做了错位的判断和苛刻的要求,遮蔽了作家的个人经验,压抑了作品的丰富性。是否必须要求文学批评的判断与作家意图相一致暂且不论,而直接将这种判断差异"政治化",认为是批评家依仗"与改革开放这一国家现代化的目标相匹配、相结合和相互支持"的知识体系,成为带着优越感的"文学帝王",对作家欺负和压抑,就很难有说服力。[1]

再者,在一些"重返"研究的成果中,套用理论对其努力"回到历史现场"所展开的文学史叙述进行分析之时,往往很难做到"论从史出",经不起推敲。例如,刘洪霞的《戴厚英:文化转折中的角色转变》,通过大量的史料还原了戴厚英由于"文革"前后的行为,在20世纪80年代前期其作品所遭遇的批判和她本人在加入作协过程中所遇到的阻力。然而在论者的分析中,戴厚英创作《诗人之死》《人啊,人!》等作品,竟然是由于戴厚英是"在政治运动的旋涡里浸泡已久的'文艺战士',她深谙中国的政治文化的规律",因而"清醒"地"主动改变自我身份",迎合新时期文化转折,"以期进入新的政治文化场域"。[2]且不说,这种对作家内心动机的推断,有着怎样的事实依据。论者也无疑过于高估了戴厚英的政治判断能力,在80年代社会转型尚不明朗的时候,在诸多老作家都"心有余悸"之时,就已经预见到了新时期文化转折的动向。如果她真有预见的话,她就不应该不合时宜地宣扬人道主义、现代主义,从而遭

---

[1] 程光炜:《批评的力量——从两篇评论、一场对话看批评家与王安忆〈小鲍庄〉的关系》,《南方文坛》2010年第4期;程光炜:《"批评"与"作家作品"的差异性——谈80年代文学批评与作家作品之间没有被认识到的复杂关系》,《文艺争鸣》2010年第17期。

[2] 刘洪霞:《戴厚英:文化转折中的角色转变》,《海南师范大学学报(社会科学版)》2011年第3期。

受了一场场的批判。平平安安做个大学教师岂不更好？而且这种观点，事实上与1983年的"清污"运动中《文汇报》发表的批判文章将戴厚英的"否定之否定"视为从"极左"到"极右"的政治投机的认识①如出一辙，只不过是更换了一套论述方式而已。

更为重要的是，在"重返"中，20世纪80年代的"改革""现代化""启蒙"以及这一思想背景下的文学及批评，都被视为某种"知识谱系""话语"控制下的"叙述"。这种简单化、本质化的后设视角、逻辑严密的理论自信，恰恰遮蔽了新启蒙在80年代逼仄、动荡的思想文化空间，艰难挺进的历史紧张感、艰难性、不确定性和复杂性。仿佛80年代的"新启蒙"一下子就走上了"话语霸权"的"星光大道"，而这一过程中启蒙话语与社会主义话语的冲突，启蒙话语艰难的策略选择、博弈、妥协的历史过程，以及新启蒙理论资源内部的冲突等复杂情况，都被忽视了。"推进历史远比评价历史艰难"，这是操持某种理论"重返八十年代"时所必需警惕的。

最后，我想引述洪子诚对"历史化"研究的"犹豫不决"来结束本文：

"当我们在不断地质询、颠覆那种被神圣化了的、本质化了的叙事时，是不是也要警惕将自己的质询、叙述'本质化''神圣化'？"而且，"是不是任何的叙述都是同等的？我们是否应质疑一切叙述？……在一切叙述都有历史局限性的判定之下，我们是否会走向犬儒主义、走向失去道德责任与逃避必要的历史承担？……"②

在此，我更看重的是洪子诚对自我研究主体不断自省的学术态度。

本文原刊于《当代作家评论》2015年第4期

---

① 纪煜：《再评小说〈人啊，人！〉》，《文汇报》1983年11月25日。
② 洪子诚：《我们为何犹豫不决》，《南方文坛》2002年第4期。

当代文学中的"潜结构"与"潜叙事"研究[①]

张清华

一

今天我要讨论的话题是"当代文学中的'潜结构'与'潜叙事'研究",这一命题的研究对象主要是中国当代小说。首先,我要对这个话题的研究意图做一个说明。近几年我承担了一个项目,意图通过自己的观察,发现当代文学形形色色的叙事背后所暗藏的东西,这种"发现"让我很着迷。各位或许都有体验,只有当文学研究富有发现的魅力时,研究者才会有真正的兴趣,并使文学研究本身有一定的文学性。当下,中国当代文学研究的一个主要趋势是文化研究和社会学研究。文化研究与社会学研究无疑打开了中国当代文学

[①] 本文根据作者在首都师范大学的演讲记录稿整理,整理人为首都师范大学中国现当代文学专业硕士研究生李扬,已经过本人审定。

研究的广阔空间，也提升了研究的难度和复杂性，但也带来了一定的问题，即把文学文本当作了文化文本、历史文本、政治文本。比如当学界津津有味地讨论"红色叙事"中《创业史》这些文本时，不小心将自己变为了"新左翼"。文化研究领域中，纵然涌现出一系列水平颇高的学者，但其研究又变得面目趋同。就我个人而言，文学研究仍不能离开它的"本分"，我们必须在比较"不合时宜"的情况下，逆流而上地讨论一下当代文学的"文学性"问题。

我主要的研究方法是借用叙事学与精神分析理论。也就是说，我们要争取为自己准备一副"眼镜"，一副好比一台X光机的眼镜，戴上它我们便可以透视文本内部的诸多秘密，以使我们的研究建构一种深度。当然，这种深度就不同对象而言也有所不同，"当代文学中的潜结构与潜叙事研究"在我这里主要分为两个部分：一部分是针对20世纪80年代以来的新潮文学、先锋文学以及当下文学，因为从事这些文学创作的作家普遍吸收借鉴了精神分析理论。在西方哲学思潮的浸润下，他们懂得文学的目的是表现复杂的人性，甚至还偏执于表现人性的幽暗，着力表现人类意识的"黑匣子"。"黑匣子"是一种比喻的说法，众所周知，飞机失事后要寻找"黑匣子"，因为它记录着整个飞行过程中的秘密，借助"黑匣子"可以揭开谜底。许多作家都致力于表现人类精神世界中的秘密。我认为，如果说现代主义以来文学有一个共同性，那就是表达人性的秘密或说幽暗世界的景观。因此，我们必须掌握进入幽暗世界的方法，但是传统的社会学方法在这里是失效的，至于文化研究的方法也很难施展于这个命题，文化研究主要是考察文学文本外围周边的情况，无法透视文本内部的结构，但是文化研究本身也是十分复杂的，其中性别研究也具有精神分析理论方法的色彩，但总体而言，文化研究着力于文学外部研究。我认为，文学研究还是要进入"内部"。那么，对于20世纪80年代以来的新潮文学和先锋文学，必须要采用精神分析理论才能进入。

另一部分，是针对革命时代和"准革命时代"的文学。从20世纪40年代末到20世纪70、80年代之交，主要是在革命意识形态、简单阶级论、庸俗社会学等认识方法驱动下形成文学叙事。20世纪80年代以前我们对这种文学类型给予了很高的评价，甚至认为这是人类历史上最先进的文学。当我回忆起我读大学时老师所讲述的外国文学，觉得有些"尴尬"，那时认为从欧仁·鲍狄埃到高尔基到苏联文学才进入了人类历史上先进的文学时代，而之前要么是封建阶级要么是资产阶级的文学，都是包含了种种缺陷和糟粕的文学。这些观点显然是十分片面的。到20世纪80年代以后，新思潮的介入使得人们迅速改变了看法，大学课堂几乎回避了这一段文学史，因为其政治化和缺乏"文学性"的问题，无法见容于这个时代的新思潮与新视野。20世纪90年代思想与文化的转折之后，文化研究忽然兴起，自然也就兴起了文化研究视野中的"革命文学热"。文化理论、文学社会学、历史研究的方法，次第在此领域内展开，逐渐形成了现今的研究景观。这些研究方法固然是重要的，但对这一时期文学的"文学性"的认识并没有被建立起来，因为它们是以不承认这些作品的"文学性"，只承认其作为文化文本的价值为前提的，这显然是有问题的。对于这两种对象，分别要采取不同的方法，我认为，即便是在"十七年"及"文革"时期的文学中，也仍然"积淀"（李泽厚语）了许多"无意识"，这种"无意识"我认为分为两部分：一部分是集体无意识，另一部分是个体无意识。"集体无意识"主要是一些结构性的东西，"个体无意识"主要是一些比较隐秘的个体动机和个人心理，这些都需要我们去发现、梳理。

从研究的路径上，如何进入这些文本的内部，去探查它们的潜结构与潜叙事呢？这是我们今天要重点讨论的。"潜结构"与"潜叙事"的概念，我在1997年出版的《中国当代先锋文学思潮论》[①]一书中曾经反复提出过，但没有作为专门的理论概念来探讨。作为学术概念，与之接近的是陈思和在《中国当代文学史教程》的前言中提

[①] 张清华：《中国当代先锋文学思潮论》，南京，江苏文艺出版社，1997。

出的"民间隐形结构"的概念,①他主要讨论的对象是抗战以后一直到"文革"时期的文学,基本观点是:这一时期的文学经过政治的规训,其民间文化因素逐渐减少,"文学性"相应也越来越低,但是文本中还夹杂潜隐着未被规训的成分,在政治主题的边缘或缝隙里还潜伏着作为"隐形结构"的民间性文化因素。显然,他非常敏锐地捕捉到了一个重要的文学现象,只是具体论述还未及展开。他认为《沙家浜》里存在着一种"一女三男"模式,《李双双小传》中有"先结婚后恋爱"模式,等等,虽然还不属典型的主题原型或结构主义叙事学意义上的讨论,但方法和思路是可行的。

我在这里借此将"潜结构与潜叙事"扩展为"传统隐形结构"的概念,借以来讨论我们的话题。何谓"传统隐形结构"?我认为就是一些潜伏于文学叙事中的"集体无意识构造"。从学术的角度看,这种解释显得更为严密、客观,显示出一种历史脉络。弗洛伊德作为伟大的精神分析学家主要关注个体无意识,而在集体无意识方面做出探索的主要是荣格,弗莱也运用集体无意识的方法讨论文学问题。但是弗洛伊德的非凡之处在于,他其实已经凭借着超常的敏感,对大量集体无意识活动作出了精彩分析。在《梦的解析》第五章"典型的梦"②一节中,他提到了两部重要的文学作品,一部是古希腊戏剧家索福克勒斯的《俄狄浦斯王》,另一部是莎士比亚的著名悲剧《哈姆莱特》,他通过对这两部戏剧的分析得出一个重要概念——"俄狄浦斯情结"。"俄狄浦斯情结"实际上就是一种潜伏在文学叙事中的集体无意识。这甚至已经渗透到了人类学研究之中,虽然并不是那种从生物学出发的人类学研究,但却更近乎于一种文化意义上的人类学研究,因为他已深入到人的生物学本能的内部,

---

① 陈思和:《中国当代文学史教程》序言,第13页,上海,复旦大学出版社,1999。
② 〔德〕弗洛伊德:《梦的解析》,赖其方、符传孝译,北京,作家出版社,1989。

并从文学作品中找到了证据。在文学作品中常常"积淀"下复杂的集体无意识，比如说鲁迅的《阿Q正传》中阿Q的形象之所以那么深入人心，每个时代、每个民族的人都会在阿Q身上找到自己的影子，正是因为阿Q身上不仅有个体无意识，还隐含着人类最广泛的集体无意识。在《俄狄浦斯王》与《哈姆莱特》中，弗洛伊德发现在文学作品中隐藏着人类早期社会中发生的乱伦、弑父等非文明行为的痕迹。换言之，人类进入文明社会之后，那些动物性本能就会被压抑、被剪除了，但它们会以种种方式巧妙地潜伏在文学叙事中，这种分析对我们有很深刻的启示。"文学是人学"，是何种意义上的"人学"？我认为是极其复杂的、潜伏了大量无意识现象的人学。弗洛伊德还在同一章中提到了安徒生的童话《皇帝的新衣》，弗洛伊德以前，人们常常在"卑贱者最聪明，高贵者最愚蠢"的简单逻辑中形成一种共识性解读，认为正是孩子勇敢地揭示出被权威规训后的成人不敢揭示的真理。《皇帝的新衣》揭示了我们每个人内心深处无意识的秘密：几乎每个人都做过类似在公共场合"赤身裸体的梦"，人们在此类场景中表现出极大的尴尬。而这才是《皇帝的新衣》之所以引起广泛震动的真正心理基础与隐秘缘由。

二

毫无疑问这会将分析引向深入。或许弗洛伊德对《皇帝的新衣》的分析也是不全面和彻底的，因为类似的梦境会与"春梦"经验密切相关。但从此出发我们可以走得更远些。针对这一点，我围绕马原的代表作《虚构》写过一篇文章（《春梦，政治，什么样的叙事圈套——马原的〈虚构〉重解》）。[①]上海评论家吴亮以这篇小说为对象

[①] 张清华：《春梦，政治，什么样的叙事圈套——马原的〈虚构〉重解》，《文艺争鸣》2009年第2期。

写了一篇天才的评论文章——《马原的叙述圈套》,[①]使吴亮一举成名。当时结构主义理论还未进入中国,吴亮凭借自己的智慧与敏感创造了一个新术语——"叙述圈套"。新叙事学传入中国后,这一现象被称作"元虚构"或"元叙事",从华莱士·马丁等人的著作中我们可以清晰地了解这些经典的解释。[②]什么叫"元虚构"(Meta-Fiction)?就是在一篇小说里面,在叙事的同时也讨论叙事本身。马原在《虚构》这篇小说中其实是叙述了一个"春梦",但这一点被吴亮忽略了,因此他的分析也许没有聚焦到这个小说的核心。在我看来,这个小说的叙事核心是一个男人的色情梦,正如同《红楼梦》第五回讲述的贾宝玉的"色情梦"一般。贾宝玉的"梦游太虚幻境"其实就是一个春梦。曹雪芹将这个春梦做了改装,做了复杂化的处理,可惜弗洛伊德没有读过《红楼梦》,若他读过《红楼梦》,他必定可以写出一部更加伟大的精神分析著作。

我们简单地看一下这个梦:这一天,贾宝玉随着贾母、王夫人和王熙凤等一行人来到宁国府赏花,午饭过后宝玉突生困倦,便睡在宁国府长孙媳妇秦可卿的房间里。按辈分讲,贾宝玉是贾蓉的叔叔,秦可卿是他的侄媳妇。贾宝玉此时应该是十二三岁的样子,富家子弟本就比普通百姓家的孩子性早熟。贾宝玉在秦可卿的房间里突生倦意,这时一个嬷嬷说道:"哪里有个叔叔往侄儿房里去睡觉的理?"嬷嬷在这里起到类似于"撒旦的挑逗"的作用,提醒了贾宝玉的无意识。按照弗洛伊德的说法,贾宝玉此时可以说正由"恋母"阶段"移情"于成年异性。我们当然无法在小说中看出贾宝玉有明显的恋母情结,但他对秦可卿的迷恋是毫无疑问的。小说提到,秦可卿于是抱来了"西子浣过的纱衾""红娘抱过的鸳枕",总之这些被褥都是有故事的,这些被褥上面直接带有秦可卿的身体信息。当

[①] 吴亮:《马原的叙述圈套》,《当代作家评论》1987年第3期。
[②] 〔美〕华莱士·马丁:《当代叙事学》,伍晓明译,北京,北京大学出版社,1990。

这些被褥加盖到贾宝玉身上时，让我联想到一篇当代短篇小说——茹志鹃的《百合花》。我曾为这篇小说写过一篇文章《作为身体隐喻的献祭仪式的〈百合花〉》。[①]我从初中课本中读到这篇小说，后来在大学课堂上讲了多年，我慢慢体会出这篇作品的"秘密"，《百合花》究竟"好"在哪里？我认为，这篇小说最后让人感动的"秘密"在于，那个"新媳妇"把她新婚的唯一器物——带着她新婚的身体信息，带着她和丈夫"百年好合"的身体秘密的那床新被子，加盖到了另一个陌生男人身上。这相当于人类学当中的"献祭"。何谓"献祭"？在古代的战争当中，战争的动机很大成分上是杀掉对方部族当中的男人，抢掠对方部族中的妇女。这种现象恰如两个狮群交战，目的是把另一个狮群中的雄狮咬死，把其中的雌狮带走，以此实现基因互换，让自己的种群获得优生优育的可能。这就是"物竞天择"的秘密。在大量的艺术作品中，比如欧洲同题的著名绘画《抢劫萨宾妇女》，描述的是古罗马时代的抢劫者杀掉萨宾的男人，抢走当地妇女，表现出战争的一个"秘密"，战争之中隐含了古老的动机——妇女的牺牲与献祭。《荷马史诗》中阿伽门农战胜后回到希腊时，就携带了从特洛伊俘获的女奴卡桑德拉。我认为，在《百合花》这部小说中隐含了一个人类学意义上的献祭母题。小说中描写的"小通讯员"从未接触过女性，见了女人就紧张，小说极力渲染他的这一特点，目的首先在于突出他作为革命者的"无性化"，为了说明革命者是远离性欲的。这就像《水浒传》中把所有的英雄都写成了"同性恋"，除了矮脚虎王英，其他英雄都不近女色，兄弟道义为大。小通讯员见了女人便语无伦次像个孩子，而战争中他却成熟勇敢，关键时刻扑向了一颗手榴弹，用自己的生命掩护了支前的民工。小说另一方面是想要表达两个妇女对这个纯洁青年的怜悯。她

[①] 张清华：《作为身体隐喻的献祭仪式的〈百合花〉》，《小说评论》2009年第2期。

们看到青年为革命奉献了生命，于是她们想，难道我们就不能为英雄奉献一次身体吗？即便不能奉献身体，但也可以用一种象征或隐喻的方式，来表达对这个从未接近过女人的青年的怜悯和爱。当然这个小说极其复杂，前面这个主人公，第一人称"我"曾经还说"爱上了这个青年"，但情感随即转移到了新媳妇身上，因为新媳妇是一个合适的角色——新媳妇刚刚结婚，这个身份充满了性暗示。"百年好合"的被子对新媳妇而言非常珍贵，不应给任何人，当初小通讯员来借被子时，她不肯借的原因就在于，这是她新婚时的器物，带着身体的秘密。而现在，她不顾一切地将这床被子的一半铺在战士身下，一半盖在战士身上，所有人看到之后都充满了无言的感动。我想，这种感动便是来源于内心深处无意识的被触动。

让我们回到贾宝玉的梦。贾宝玉盖上了秦可卿的被子，被子带给了他身体上强烈的暗示，此其一。其二，墙上还有一幅唐寅的《海棠春睡图》，虽然不是春宫画，但也带有鲜明的暗示色彩。画的内容应该是一树灿烂的海棠花下有一个酣睡的女孩——这也许是一个史湘云式的女子，美丽性感而憨态可掬。其三，秦可卿的卧室里还燃着一种香，香的仪式感和它对人精神的暗示也是不言而喻的。以上这些都是条件。接下来，贾宝玉便睡着了，他梦见了警幻仙子带着他游园。而贾宝玉真正的秘密在于警幻仙子称他为"天下古今第一淫人"，这实际上也是一种合法性的获得，警幻仙子代表了一种神的授权，"好色"成为了一个合法的取向。随后，警幻仙子向宝玉介绍了一漂亮女孩，这个女孩看上去"鲜妍妩媚，有似乎宝钗；风流袅娜，则又如黛玉"。但最终与宝玉发生关系的并非此女子，因为彼时宝钗与黛玉均未成年，不可将她们当作性行为的对象。警幻仙子最终引给宝玉的女子乳名唤作"可卿"，经"秘授"云雨之事，终于发生了贾宝玉的梦。我想，这是包括曹雪芹在内的每一个人成长过程之中的关键性的秘密。一部优秀的文学作品里会设置类似的个体无意识的隐秘经验，但一部伟大的作品会将之处理得如飞鸿雪泥一般了无痕迹。在《红楼梦》中，个体的无意识活动和从总体经验而言的"人生如梦""家族兴衰是一场梦""历史不过一场梦"等等这些更大的叙事之间，形成了一个同心圆，曹雪芹将大梦与小梦用套叠的方式装置在一起，它的复杂性和它内部的圆融性是不言而喻的，这就是一个伟大作家处理公共经验和个体经验之间关系的方式。个体经验作为一个最隐秘的"核"，被赋予了一种无边的公共性，因此每个读者阅读《红楼梦》时，既是读这部著作，也是读自己，陷入对自己生命经验的体味和分析之中。一部伟大文学作品能够成为每一个人的生命镜像。"一千个读者眼中有一千个哈姆莱特"的说法，在中国语境里可被置换为"一千个读者眼中有一千部《红楼梦》"，每个读者都会把其中的人物当作自己的镜像。这启示我们，思考一部文学作品的潜结构，也即其无意识世界的复杂性和作品的意义之间的共生关系。甚至老歌德都佩服莎士比亚，在《歌德谈话录》中歌德与爱克曼对话时提到："一个创作家每年只应读一种莎士比亚的剧本，否则他的创作才能就会被莎士比亚压垮。"[1]歌德认为莎士比亚"把人类生活中的一切动机都画出来和说出来了"。[2]我们也可以赋予《红楼梦》这种评价。

让我们还回到马原的《虚构》。我认为这部小说写的就是一个春梦。小说一开始要了很多"花招"，作家一开始为叙事人设置了一个暧昧的身份，他开头写道："我就是那个叫马原的汉人，我写小说，天马行空。"但他同时又说："我此刻就住在安定医院。"这意味着，"我"既是一个不凡的小说家，同时又是一个"精神病患者"——显然，一个作家某种意义上也是一个作为"精神现象学意义上的精神病人"的身份，鲁迅就使用了这样的一种隐喻形式，书写了最早的

---

[1]〔德〕爱克曼：《歌德谈话录》，第93页，朱光潜译，北京，人民文学出版社，1982。

[2]〔德〕爱克曼：《歌德谈话录》，第93页，朱光潜译，北京，人民文学出版社，1982。

白话小说《狂人日记》；同时，一个伟大的小说家或诗人必须具有多重性的人格结构，像刚才分析的《红楼梦》中，便包含着一个在世俗伦理意义上并不合法的无意识构造。接下来，马原写道，"我"为了写一部关于麻风病人的小说，钻了七天玛曲村。作者接下来写了一个令人恐惧、同时又具有"性的诱惑力"的女麻风病人，这其中便可以探查到隐含的大量集体无意识——关于女性的诱惑与恐惧的男权主义无意识。回溯中国古代关于女人的叙事，从春秋时期的妲己、褒姒，到汉宫秋燕、貂蝉、虞姬、武媚娘与杨玉环……这些美女哪个不是"倾国倾城"？《聊斋志异》中大量写到作为妖魅鬼狐女子的诱惑与为害，与这些古老的传统叙事与观念都是一脉相承的。甚至在汉语中都积淀了大量类似的无意识内容，当我们描述一个女人的美丽时，会以"倾国倾城""沉鱼落雁"一类词语来形容，其中显然暗含了"美丽是有害的"这一普遍认同。

接下来，马原写道："我"5月2日从拉萨出发，路上走了一天，来到了玛曲村，那么到玛曲村的日子应该是5月3日。来到玛曲村的第一个景象就像《梦的解析》中的一个场景：从玛曲村的村口走到街道，第一眼看到的是三个袒胸露乳，裸着下半身的妇女。这明显是一个"色情梦"的景象。当然，小说对这种春梦做了特殊处理。"我"越过这个场面来到村子里，看到了一群人围着篮球场打篮球，女主人公此时也出现了——球场边上的一个妇女，正在给一名男婴哺乳。这个妇女主动地与"我"搭讪，"我"则保持警惕，妇女暗示我可以去她家，但我并没有去。晚上我来到村外，在一个睡袋里睡下了。但是夜里突然寒流来袭，我被冻感冒了，迷迷糊糊发起了高烧，被人抬走了。等"我"醒来时发现已躺在女病人的家中，变成了"病人的病人"，得到了女主人悉心的照顾，过了几天后"我"身体痊愈，便来到街上溜达。"我"注意到一个奇怪的人，鬼鬼祟祟十分可疑，"我"跟踪这个人发现他是一个哑巴，但是这个哑巴是会说话的，"会说话的哑巴"也只能是在梦境中出现的情形了，这是一个非逻辑的设置。"我"来到哑巴家里，故事发展到这里，我不得不又停下来讲述一个关键点，即，该小说不只是写到了一个"春梦"，同时也出现了一个"政治梦"。"政治梦"对20世纪60年代以前出生的人而言，是一种非常重要的经验。我小时候流传着一个"少年英雄刘文学"的故事，刘文学跟着一个老地主来到田野，老地主伸手抓了一把辣椒塞到裤兜里，少年大喝一声，随后抓住老地主的胳膊要求他去公社说清楚，此时老地主忙掏出一把糖果递给刘文学。这完全是虚构的，老地主如果有糖果，为何还要冒着风险偷辣椒呢？地主随后又掏出了钱收买少年，被正气凛然的少年痛斥，并坚决要将老地主带到公社去。老地主走投无路，便把刘文学掐死了。于是就有了"少年英雄刘文学"的故事。请注意，这个故事完全是杜撰的，因为并没有目击这一切的第三者在场。因此，大量关于阶级斗争的革命年代的故事充满了想象和虚构性。

　　让我们回到《虚构》，此刻"我"跟着哑巴来到他的房间，趁哑巴不备的时候我打开了他的抽屉，发现了里面的一枚"青天白日"徽章和一把20响的盒子枪。哑巴告诉我说："我在这等你20年了。""我"本身是一个革命青年，现在竟与一个特务接头，这表明了一种无意识的错乱逻辑。"我"还发现了哑巴的另一个秘密，那就是与一条母狗的关系暧昧。这一切都是为了给"我"接下来的出格举动寻找心理平衡——在我临走的前一晚，我与女麻风病人同处一个毡房，这女人伸出了她光洁浑圆的腿，我经受不住诱惑与她发生了关系，并对此十分恐惧。这好像是一个"梦中梦"，我们有时会在梦中讨论这个梦的真实性。第二天"我"逃离了玛曲村，因为极度疲劳，在一个山区的青年旅馆住下来睡着了，当"我"醒来时问周围的人今天是几号，周围的人说今天是五四青年节（请注意，这个故事从5月2日算起已经发生了若干天），而且告诉他昨夜下了一场暴雨，北面的半个山都塌了。这意味着玛曲村被泥石流夷为了平地。地点消失了，时间也被颠覆了。小说一开头说"我"钻了七天玛曲村，但当"我"醒来时只度过了5月2日到4日。这时马原写道：我梦见我在幼儿园里的情景,我尿了。"尿床"其实是一个隐喻,这个春梦到此结束,意味着什么,大家可以想见。

在我看来,这部小说是两个梦的混合:一个是"色情梦",一个是"政治梦"。性和政治混合起来,就使得这部小说要表达的潜台词极其丰富。当我们说马原是中国当代文学中的重要作家时,应该要能够回答,他用什么推动了中国当代文学的变革。通过这样一种解读,我们终于证明了马原的一种复杂性,他为我们提供了复杂的文本,深刻地触及了他这一代人的无意识。这其中不仅有个体无意识,还充满了历史的无意识——一代人的红色恐惧症。政治型的精神病患者是我们这个社会里特有的类型。我曾在2009年组织了10个研究生开展了一个研究项目,我们来到北京市第三社会福利院,也就是食指住过的那所福利院。在那里我们以问卷调查的形式筛选出一大批"有文学背景的精神病患者",共选出了10人,以一对一的方式进行交流、访谈、调查、分析。每次来到福利院我都有一种"隐秘的狂欢",也许每个人内心都住着一个疯子。精神病人凭借直觉与人交流,非常神秘。而且其中确实有"政治型精神病患者",一个老太太曾毕业于北京第二外国语大学,一毕业便被下放到天津滨海地区某农场,辗转多地、经历曲折,最终精神错乱。我与她谈话时因我称呼她为"阿姨",她便十分紧张。当然,她也不敢坐下,针对所有的提问,她只有一个回答:"我没有处理好与组织的关系。"这些都与我们的话题距离较远,我们暂且搁置。那么,解读中国当代的新潮先锋小说,必须要有一副X光机一样的眼镜,去探查其内部的构造,才能够真正读懂这部小说,发现其中的秘密。

再比如,我还写过一篇文章,《春梦,革命,以及永恒的失败与虚无——从精神分析的方向论格非》,①其中曾讨论格非的经典短篇小

---

① 张清华:《春梦,革命,以及永恒的失败与虚无——从精神分析的方向论格非》,《当代作家评论》2012年第2期。

说《傻瓜的诗篇》。这部小说讲述的是一个精神病患者与一个精神病医生的角色互换，是一个弗洛伊德式临床治疗的故事。我简单地介绍一下这部小说：医科大学毕业的杜预，他的研究兴趣不在临床病理学，而在于带有精神现象学意味的题目，他写的毕业论文是《论精神病的传染》。"精神病的传染"显然不是一个医学命题，而是一个精神现象学或哲学的命题。当我们置身精神病院，我们不自觉地变得敏感，当我们与精神病人对话时就变成了一个多重人，我们自己也成为了潜在的病人。杜预因这篇毕业论文被分配到精神病院，成为了一名精神病院的大夫。杜预年近30岁还未谈过恋爱，因此十分焦虑，并患上了胃病。格非老师擅长精神分析学，他认为胃病就是精神病的一种。小说提到杜预也是一名诗人，此时，杜预被赋予了多重身份，他是一个潜在的诗人，一个性焦虑者，一个胃病患者，一个被强迫来到精神病院的医生。小说里还交代了更远的背景，杜预的父亲是一个诗人，"文革"时期被红卫兵带走，此时少年杜预受到红卫兵的诱惑，若交出父亲的笔记本便可加入红卫兵。杜预为了自己的私利，把父亲的笔记本交出去了，结果笔记本成为了父亲的一个罪证，致使父亲在监狱中被迫害致死。这就意味着杜预对父亲的死负有责任，受到良心的谴责，或说他是父亲的一个出卖者，也是一个间接的弑父者。父亲死后，杜预的母亲便疯了，一天杜预放学回家刚好看到母亲从楼上跳下来的自杀场面。也就是说，在杜预的个人身份和心理背景之上，还有母亲的遗传，以及"间接弑父者"的自我谴责。接下来，杜预得到了一个机遇，医院里来了一个女病人，一个漂亮的女大学生，名叫莉莉。护士们当着医生的面把莉莉的衣服剥下，给她换上条纹服。杜预第一次看到女孩子的身体，感到十分激动。几天后，他便计划"勾引"这个女孩。在一个周末的黄昏，将莉莉引到他的办公室里，他本以为莉莉会反抗，但莉莉并没有反抗，当两个人马上进入关键时刻时，走廊里突然响起了脚步声，门被推开了。杜预的同事葛大夫推门进来，葛大夫与敏感、脆弱的杜预不同，他的神经无比坚强，是一个洞若观火的角色。在杜预身旁是一个极其老练的旁观者兼窥视者，这也加重了杜预的焦虑。葛大夫进来后假意道歉，他把抽屉打开，匆匆拿了些资料便离开了。他出去后又探进半个身子说："杜大夫，我认为你应该将门反锁上。"他就是如此"善解人意"，但这种"善解人意"背后隐含着让人恐惧的态度。杜预和莉莉发生关系的过程中，两人有亲密的交谈，莉莉把自己发病的经历告诉了杜预。第二天，杜预在回忆当中整理昨天发生的情景以及莉莉所有的讲述，便开始讲莉莉的故事：莉莉从小丧母，父亲一人把她带大，父亲在女儿成长过程中从未续弦，自然成为了一个性苦闷者，便对女儿有了不伦之念，常常在女儿洗澡或如厕时借故闯进来，莉莉对她的父亲十分不满甚至恼怒，便潜伏了一个想法，恨不得把她父亲杀掉。果然有一天，她父亲死了。莉莉对精神病医生说是她杀死了父亲，她到派出所自首时，一个中年警察制止了她，并告诉她父亲死于脑溢血。中年警察使莉莉得以安全，但趁机占有了莉莉，莉莉从此过上了地狱般的生活。好在她后来考上了大学，终于可以远走高飞，但幸运中的"不幸"是考上了中文系，还迷上了写诗，并遭遇了一场失败的恋爱，她因此发疯了。随后她来到医院，碰到杜预，与杜预发生关系，向杜预讲述了这一切。这恰好是弗洛伊德式的精神分析治疗法。大家可以参考美国人欧文·斯通撰写的《弗洛伊德传》，弗洛伊德当年在治疗病人时常会遭遇类似的事情，那就是精神病人爱上精神病医生，产生依赖之情，弗洛伊德因此放弃了临床治疗而走向研究道路。我意在说明，在当代先锋文学中有大量的文本，甚至能作为精神分析学原理的形象阐释。

三

再让我们回到第二类现象，即"红色叙事"上来，红色作家们对弗洛伊德知之甚少，但是，不了解精神分析学并不意味着"红色叙事"中不存在无意识。相反,在大量的革命叙事中,存在着复杂的集体无意识和个体无意识内容。我先举个体无意识的例子。比如,路翎的小说《洼地上的战役》,我们一般认为是20世纪50年代非常重要的一部短篇小说。但当我们追问它好在哪里时,回答是语焉不详的。我主要借助其中的一个梦来分析这部小说。这部小说写的是,一个19岁的志愿军新战士王应洪,还有一个比他成熟一点的班长叫王顺。王应洪住在一个朝鲜人家里,这户人家只有阿玛尼和她的一个女儿叫金圣姬。金圣姬爱上了王应洪,但是按照志愿军铁的纪律,这是不被允许的。王应洪陷入了矛盾,他步步后退,但金圣姬步步紧逼,两个人僵持着、暧昧着,这一切被班长看在眼里。小说写到班长非常奇怪的心态,班长很少给家里写信,和他的妻子之间感情很淡漠,但是他却注意到这个朝鲜女孩爱上了年轻的王应洪,我们可以对王顺进行精神分析,他为何对自己的家庭麻木却对眼前的情景敏感?他并没有将二人的感情立刻汇报给上级,上战场之前,金圣姬送了礼物给王应洪,无非就是女孩亲手制作的袜套和手帕之类的,王应洪情急之下只好接受下来,随后便上了战场。在战场上王应洪负了伤,战斗间隙,他反复思考,认为自己的错误是不可原谅的,他于是就主动向王顺汇报,但王顺说他早就看出来了,只是按下不表。王顺考虑到王应洪已经负伤了,现在生死难料,只有等战斗结束之后再讨论此事。王应洪此时处在一种非常复杂的内心斗争当中,他负伤后因失血过多晕倒在阵地上,迷迷糊糊中他梦见自己回到了童年,十岁时过春节母亲给他做了一件新棉袄。他为什么会做一个返回童年的梦呢?显然是为了脱离当前的困境,他很清楚即使保全了生命,战争结束后也会被当作违反军队纪律的反面典型被批判,他陷入了痛苦。他梦见自己的母亲从安徽乡下来到北京,来到了天安门广场,天安门广场的尽头立着一个人——毛主席。他梦见毛主席站在金水桥边,母亲奔向毛主席,这暗示着王应洪渴望自己拥有一个伟大、权威的父亲。他想,如果拥有一个毛主席般的父亲,便可以修改纪律了。母亲来到毛主席身边,激动地鞠躬,说:"多亏你老人家教育我的儿子,他现在到敌后去捉俘虏去啦。"这是一种暗示,意味着母亲和父亲之间的对话,但这一定是一个父权的家庭,母亲向父亲表达的是对权威的崇拜,当然,这也是为了建立一种合法关系,向毛主席求情,言下之意是希望毛主席看到儿子的英勇,体谅他的错误。在这个梦中,毛主席笑而不语。王应洪接着梦见金圣姬穿着盛装打着鼓来到天安门广场跳舞。这意味着,在王应洪的无意识中希望由最高权威认可他和金圣姬的爱情。但是,此时此刻的王应洪突然醒来,他发现一切是不真实的,便决定牺牲生命,以捍卫自己的荣誉。他故意等待敌人冲上来时拖后了一步,掩护了王顺突围,拉响了手榴弹和敌人同归于尽。当我们用精神分析的眼光去打量这部小说,就会发现它内部的秘密,充分体现了个体的敏感丰富的无意识活动。

再试举一例,孙犁,他是所有革命作家中被公认的"文学性"最强作家中的一位。原因在于他在革命文化的规训当中,顽强地保留了一个旧文人的思想。我最近写了一篇小文章,题目就叫"穿干部服的旧文人"。在孙犁的小说中存在大量类似于《聊斋志异》式的场景,譬如一个书生在灯下夜读,凉风吹开门,悄然进来一个美女,女孩不计代价奉献身体,男子则十分受用,但代价就是会患上恶疾。这当然隐含着前面所说的男权主义的无意识。用宋真宗赵恒《励学篇》中的一句俗不可耐的诗概括就是:"书中自有黄金屋,书中自有颜如玉。"这都是"男权主义色情幻想"的表现。孙犁时常露出这种无意识,他时常化身为一个"干部"的角色,此干部并非一个军事或生产方面的干部,而是一个文人,一个作家。这个干部走到哪里都会有"艳遇"。譬如《吴召儿》中,组织上很体贴地"送"给"我"一个妙龄少女,她烂漫美丽,带"我"在山里躲避扫荡。当遇到敌人时,女孩就把自己的棉袄翻过来,露出黑色的部分;敌人走后,便把棉袄红色的里子穿在外面,下雨时,女孩的身体与我紧紧挨在一起，挤在岩石下面。这显然都属于《聊斋志异》式的色情梦式的想象。最典型的是《铁木前传》，这部小说本意是通过铁匠家和木匠家的儿女婚姻故事，来反映"新旧社会两重天"的主题，但孙犁写作过程中旁逸斜出，忘记了这个主题，他主要关注了另一个女孩——小满儿。对于小满儿的美丽在小说中有一段类似《陌上桑》的描写，女孩出现在大街上时发生一片骚乱。小满儿来到姐姐家里住，她的姐姐奇丑无比，姐夫是个傻子，而她却如花似玉，她住在姐姐家引起了整个村子的不安，这简直是一个民俗学意味的场景。干部来到这个村里，不住到积极分子家或干部家，而是住到小满儿的姐姐家。小满儿把干部的房间打扫得干干净净，干部晚上开完会回到房间，备感温馨。这时悄无声息地进来一个女孩，头上裹着一块毛巾，毛巾上绣着一朵大牡丹花，女孩进来后坐在干部对面，说："同志，请给我倒一碗水。"她为何自信地让干部倒水呢？因为她刚刚把干部的住所收拾得亭亭当当、无微不至。她与干部攀谈，随即便哭起来了。正当这个男人有些心思浮动时，女孩突然走了，接下来就是干部一夜未眠，他听见屋里的老鼠整夜游行，外面的驴子一夜都在啃槽帮，他心乱如麻，天刚蒙蒙亮时女孩又进来了，在他的头前翻东西，这时小说有些过火地写道，"女孩的胸部时时摩贴在干部的脸上"。这表明孙犁是一个蒲松龄式的作家，他偏爱写这种妖媚的女孩，女孩总是带着主动的挑逗以及各种各样的性暗示，十分近似古人"书中自有颜如玉"的男权主义色情梦。如果以叙事学的眼光看待《铁木前传》，它是一部有严重"缺陷"的小说，但正是这些"缺陷"使它劫后余存，成为了历经淘洗而犹在的一部文学作品。设想，如果没有这些看起来不太"靠谱"的东西，或许它的文学性就反而大打折扣了。

还有一个典型文本就是《青春之歌》，我接下来要以此为例来谈一谈作为集体无意识的"潜结构"的话题。《青春之歌》在大部头的"红色小说"中，为什么能成为极有研究可能性与研究价值的作品？

就在于它结构的多重性。小说一开始写到了林道静的出身,她的出身很像是童话叙事,她拥有一个身为地主权贵的父亲和一个作为佃户女儿的身份低微的母亲。这个设置是杨沫作为作家给知识分子的一个身份定位,意在指出,知识分子的血缘是复杂的,既有剥削阶级的血缘,也有劳动人民的血缘,这是一个社会学的解释。如果从古老的叙事学角度看,这部小说就是一个"灰姑娘"的叙事原型。林道静的父亲远走高飞,她不幸落入了继母的魔掌,继母极端险恶、贪财好利、贪婪冷血。继母利用林道静的美色,让她受教育,目的是让她嫁个好人家以图从中牟利。林道静考入北京女子高等师范学校,入学前夕继母要求她嫁人,这一年林道静17岁,她愤然离家出走。这个故事到此为止是一个典型的五四叙事,一个"娜拉出走"的故事。但是故事仍在发展,林道静来到北戴河附近的杨庄小学投奔表哥,她的表哥在这里担任教员。但不巧的是表哥因撒播进步言论被开除了,她寻亲不遇,小学校长余敬唐假意善待道静,实际上是盘算着将她送给当地县长来邀宠。林道静听到了余校长的密谋,走投无路之下来到了海边准备自杀,这是一个典型的浪漫主义场景。当她准备投入黑色的海水中时,一双温暖的大手从后面抱住了她,是余永泽搭救了她,之后两人渐生爱慕之情。暑假过去,余永泽准备回到北京大学读书,两人在车站依依不舍地分别,余永泽在心中默念:"含羞草一样的美妙少女,得到她该是多么幸福哇!"这是一个文人士大夫的心态,但是他又发现林道静性格泼辣娇嗔,他又嘀咕道:"好一匹难驯驭的小马!"那么,林道静对余永泽是什么看法呢?她认为余永泽是"多情的骑士,有才学的青年"。前者是一个西化的标准,但是余永泽长相一般,算不得"白马王子",所以与其说林道静爱上余永泽,还不如说爱上余永泽背后的那个"想象"——北京大学中文系的学生,在过去可称得上是一个"才子"的标签或符号。两人在车站依依不舍地分手,开始了书信恋爱。如果故事在此结束,那么这部小说便可谓一部鸳鸯蝴蝶派的旧小说了。

但余永泽走后，九一八事变爆发，小说出现了另外一个男主人公——卢嘉川，这个青年带领一群爱国青年从山海关经过，遇到了林道静，林道静发现这个青年与刚离开的余永泽相似而又不同。相同的是，他也是北大中文系的学生，不同的是，他英俊如王子，而且所操话语与余永泽所讲的柔情缠绵的个人话语不同，是慷慨激昂的国家话语和宏大叙事。林道静被他的魅力深深折服，于是她有意激化与所在环境的矛盾，也回到了北京。回到北京后，她没办法直接去找卢嘉川，因为必须有一个心理上的先来后到，她先去找余永泽，并匆匆忙忙地和余永泽结合。这个结合绝不是归宿，这让我想到翟永明的《女人》组诗中那句"家是出发的地方"。林道静与余永泽走到一起，无意识当中则是为了尽快摆脱余永泽。两个人在一起很快就发生了矛盾，但是有一点，余永泽是林道静救命恩人的事实却是很难改变的，但是做梦可以"修改记忆"。革命作家的笔法也是很厉害的。这一天，林道静在回家的路上遇到了她的闺密白丽萍。白丽萍是一个浪漫女性，一开始也是个激进的左翼青年，后来投靠了权贵。她规劝林道静和"老夫子"余永泽分开，与卢在一起。而卢嘉川此时也时常来林道静家里，给林道静讲革命道理。林道静听了白丽萍的规劝后，心思动摇，她躺在余永泽身边却同床异梦，便开始了以做梦来修改记忆的尝试。

法国当代著名女作家杜拉斯有一篇访谈文章叫《我把真实当作神话》，[①]她写道，她曾经在医院昏迷，做了很多噩梦，其中的一个噩梦情景就是她的朋友克罗德·雷吉在梦中侵犯了她，她醒来后给雷吉打电话痛斥他的恶行，雷吉表现得很茫然。这说明现实和梦境混杂在一起，而梦境具有修改记忆的作用。林道静梦见，船在大海上行驶，有一个穿长衫、戴礼帽的男人背对着她，风浪骤起，她惊慌

[①] 〔法〕杜拉斯：《我把真实当作神话——杜拉斯访谈录》，《杜拉斯文集·写作》，第170页，曹德明译，沈阳，春风文艺出版社，2000。

失措地哭喊，但坐在对面的男人一动不动，她愤怒地冲过去掐住这个男人的脖子，骂了一句："你这个见死不救的坏蛋。"但当这个人转过身来时，才发现他是卢嘉川。两人惊喜万分，此时风平浪静、碧空如洗。正当两人沉浸在幸福时刻，风浪突然又起来了，这意味着她内心的惊涛骇浪，林道静若背叛丈夫，良心会受到谴责。她手里的橹掉入了水中，卢嘉川奋不顾身跳入水中打捞，但是被黑水吞没了。林道静呼喊着从梦中惊醒。这是《青春之歌》中的一个梦。如果我不去敏感地注意到这一细节，小说就好像没有这个场景似的。过去的革命理论家批判这部小说，似乎都太"厚道"了些，他们没有X光眼镜，没有弗洛伊德式的黑暗心理，因此没有抓住这个"把柄"。很显然，通过这个梦，林道静解决了一个困扰自己良心的问题：余永泽不再是他的救命恩人，这个角色换成了卢嘉川。

另外，小说中还有一个"白日梦"。卢嘉川被捕后，林道静因张贴革命标语也被捕入狱半年多，出狱后组织上体谅她，让她到乡下"避风"并接受工农群众再教育。林道静来到乡下的一所学校，正当她十分苦闷时，组织上又为她派来一名工人阶级的后代、同样是北大的学生江华。林道静对卢嘉川牺牲的事实此时并不知情，但当她知道组织上派一名青年学生来与她接头时，便有了微妙的心理活动。她一大早便兴奋地起床，来到田野上，为自己准备了一个白日梦。她先是采了一丛丛的二月兰，来到一座孤坟前献花，并唱起了怀念革命烈士的歌《五月的鲜花》。这是什么意思呢？这意味着林道静在内心中暗示自己，卢嘉川已经死去，她即将投入江华的怀抱。这是她精心设计的一个仪式，告别旧人，坐拥更实际的现实幸福。

而江华一见面就"挑逗"林道静，在一番"提示"之下引林道静向男女关系方面考虑，在吸收林道静入党前夕，又主动提出二人关系更进一步。我们这样分析一部小说，发现在小说内部存在大量缝隙，含有许多敏感的个体无意识活动。不过，这里我倒是更想讨论其中作为集体无意识的潜结构——从古老的童话叙事，到"才子佳人"以及"英雄美人"的老模式,所有这些"旧套路""老模式"其实都是根深蒂固的集体无意识。

通过上述简要的分析,我们不难看出,对于革命文学的研究完全可以复杂化,不仅可以将其视为文化研究的对象,探讨其中的民族、国家和现代性等问题,而且可以将其还原为复杂的人性、人的精神现象学问题,以获得文学研究的属性。我希望我们能用复杂的眼光、思维、隐秘而错综的通道进入文学问题,而不是将其简单化为大而空的文化问题,这是我的一个努力方向,而我认为当代文学"潜结构"与"潜叙事"研究的前景是广阔的。

本文原刊于《当代作家评论》2016年第5期

《机电局长的一天》《乔厂长上任记》与新时期的"管理"问题
——再论新时期文学的起源

黄 平

一、"乔厂长"上任之前

1975年10月,34岁的天津重型机器厂锻压车间党支部副书记蒋子龙接到通知,要去参加第一机械工业部在天津宾馆举行的会议。当时的他浑然不觉,这次会议将成为他生命中最重要的转折。尽管已经他在1965年的《甘肃文艺》上发表了处女作《新站长》,在1972年刚刚创刊的《天津文艺》上发表了《三个起重工》等知名作品,但蒋子龙当时只是工农兵业余作家,主业还在17岁就开始工作的天津重型机器厂。不过,在1975年10月这次工业会议之后,蒋子龙写出了文学生涯中奠基性的作品《机电局长的一天》,真正走上了文学之路。蒋子龙在成名后不断回忆起这段往事,"1975年邓小平复出后抓经济,召开全国钢铁工业座谈会。随后为落实这个座谈会的精神,各行业纷纷召开学大庆会议，我在天津宾馆参加了第一机械工业部的学大庆会。《人民文学》的老编辑许以，不知从哪里知道了有我这么个人，从北京来天津找到我的工厂，又从工厂找到会场，将我从会场上叫出来约稿。那是我生平第一次接触编辑，真的是受宠若惊，几天后便写出了《机电局长的一天》。"①

对于《机电局长的一天》，当下流行的阐释框架，侧重于强调这类作品与"'文革'文学"的相似之处，比如模式化的二元对立。笔者一方面认同这类判断，一方面也想指出，这种判断的背后，是以"文学性"的逻辑解构"新时期"的逻辑。这样的阐释框架，将干扰我们将《机电局长的一天》，乃至于《乔厂长上任记》这样的作品，还原到当时的历史语境中予以理解。笔者在此要换一种"读法"，在当时的历史逻辑中来读《机电局长的一天》。

这个小说的情节并不复杂，作为经历过南征北战的"老革命"，机电局长霍大道带病工作，顶住副局长徐进亭的敷衍，教育了矿山机械厂厂长于德禄的蛮干，在暴风雨中带领群众完成四千台潜孔钻机的生产任务。小说和"文革"期间的作品相似，无论人物、情节，还是风景描写，都被高度政治化的全知叙述所笼罩。

然而，在1975年这样的历史时刻，《机电局长的一天》必须整合邓小平的"整顿"与"四人帮"的"文革"。尽管依然是二元对立的人物设计（霍大道/徐进亭），但是在《机电局长的一天》中，二元对立的人物不是"阶级敌人"意义上的敌我关系，而是同一个阶级中的"先进/落后"的程度差异。霍大道与徐进亭都是"老干部"，在"文革"期间都受到过冲击，徐进亭对工作渐渐变得消极敷衍，而霍大道则一直葆有旺盛的革命意志。徐进亭不是霍大道要打倒的对象，而是要教育的对象。徐进亭也是难以被彻底打倒的，他在《乔厂长上任记》中依然作为自私油滑的副局长出场，还是一副典型的官僚

---

① 蒋子龙：《编辑何以为"大"》，《中国编辑》2010年第3期。

主义者形象。

在《机电局长的一天》中,结构"'文革'文学"的"阶级斗争"其实是缺席的,这是一篇没有阶级敌人的"文革"小说。在1976年春对于蒋子龙的批判中,批判者尽管带着浓烈的"'文革'腔",但对这一点是观察得很清楚的:"就在一个有三百多个企业的机电局里,在成千上万的矛盾之中,唯独没有无产阶级与资产阶级这一主要矛盾。而且整篇小说只字不提阶级斗争。作者通过机电局长霍大道这个人物的所作所为,力图说明我们这个时代已经'和平'了,没有阶级斗争了,'和平年代的战争',主要是生产斗争。"①

《机电局长的一天》所要处理的核心问题是,在生产建设中怎么激活官僚体制的动力。无论是《机电局长的一天》中的徐进亭,还是《乔厂长上任记》中的冀申,他们都是官僚体制的化身,而霍大道或乔光朴才是"异类"。现代化建设必然要征用官僚体制,如研究者对于社会主义工业与官僚体制之间关系的准确分析,"尽管消灭了生产资料私有制,社会主义工业生产依然离不开现代官僚体制。现代官僚体制作为现代大工业的产物,是在社会分工的基础之上,用科层化的技术秩序来组织和安排生产"。②对于当时的社会主义工业生产而言,由于运行计划经济体制,政治上"国家"对"社会"又实施全方位管控,对于官僚体制尤其依赖。如同马克思·韦伯的判断,"实际上,如果社会主义式的经济组织在技术和效率方面要达到类似资本主义下的水平,专业官僚更是格外重要。"③

从《机电局长的一天》到《乔厂长上任记》,蒋子龙要处理的核

---

① 罗进登:《〈机电局长的一天〉宣扬了什么》,《中央民族大学学报》(哲学社会科学版)1976年第1期。

② 李静:《新中国工人阶级的形成和消解——从〈百炼成钢〉〈乘风破浪〉到〈乔厂长上任记〉》,《文艺争鸣》2014年第12期。

③〔德〕马克斯·韦伯:《经济与历史 支配的类型》,第312页,康乐等译,桂林,广西师范大学出版社,2010。

心问题并不是打倒这套官僚体制，而是如何"改造"，使其更有效地促进生产发展。在《机电局长的一天》中霍大道认为，生产的核心是"管理"："只抓生产不抓管理的干部，就是社会主义的败家子。"[①]不过，无论霍大道意识到自己与徐进亭的差异有多大，他无法放弃徐进亭，更不会发动群众运动将其打倒。毕竟，霍大道与徐进亭属于同一套体制，只是徐进亭的活动归于"形式理性"，而霍大道渴望超越体制的形式化而达致"实质理性"。和霍大道相比，徐进亭的冷漠并不难理解，他其实是更为合格的"官僚"，诚如韦伯所指出的，官僚体制所体现出的理性精神之一就是"形式主义"，"形式化的、不受私人因素影响的精神取得主导地位"。[②]小说中徐进亭浪费设备拼产值的行为，这种对于数字泡沫的追求，在形式化的体制中其实是被鼓励的。理解霍大道的关键在于，和徐进亭等官僚不同，他代表着形式理性内部的实质理性的冲动，要找到一种方式来克服官僚制对于生产建设的束缚。

这是社会主义建设所面临的核心问题之一，毛泽东在20世纪60年代尝试以"鞍钢宪法"的方式予以克服，而在生产建设上所对应的样板，就是"工业学大庆"。从"鞍钢宪法"到"大庆经验"，核心的问题是"管理"问题。"鞍钢宪法"这一构想，不是独立于政治领域的工业体制的调整，而是一种政治理想在工业体制中的投射。其所指涉的"管理"不是管理学意义上、技术化的"管理"，而是在工业建设中干部、工人与技术人员的关系，尤其是干部与工人的关系。归根结底，"管理"处理的是人与人之间的关系，是一种支配性的权力结构，诚如韦伯的洞见，"因为所谓的管理，正是支配在日常

[①]〔德〕马克斯·韦伯：《经济与历史 支配的类型》，第314页，康乐等译，桂林，广西师范大学出版社，2010。

[②]〔德〕马克斯·韦伯：《经济与历史 支配的类型》，第305页，康乐等译，桂林，广西师范大学出版社，2010。

生活中的运用和执行"。①在"鞍钢宪法"这套构想中,工人对于管理的"参与"被视为对于官僚制所必然导致的科层化的克服,这既是如鞍钢经验所强调的工人当家做主后提高了生产效率,同时隐含着克服官僚化所导致的社会主义危机。蔡翔分析过,"中国在社会主义'革命之后'的语境中,它要建设一个现代化的社会,必然要走高度专业化和分工化的道路,也就是说,在制度上,无可避免地要实行科层制的管理模式。这一管理模式,同时就会产生所谓的官僚主义。王蒙的《组织部新来的青年人》比较早地在讨论这个问题。但是,在中国革命的理念里,一直在强调群众参与。群众参与是中国革命非常重要的一个特征。那么,在科层制的管理模式中,群众还有没有可能参与,怎样参与?"②在这个意义上,蔡翔认为"鞍钢宪法"在20世纪60年代的提出正是回应"科层制和群众参与"这一社会主义危机:"在制度层面上,它力图解决的,正是科层制和民主化,也就是经济领域中的政治民主化问题——在20世纪60年代,通过著名的"鞍钢宪法"被相对地表现出来。"③

蔡翔的分析契合于韦伯的预见,韦伯认为被支配者从民主观念出发将向作为支配者的官僚呼求两种权利——参与的权利与舆论的权利:"源自被支配者之对'权利平等'之要求而来的、民主制的政治观念,尚包含有下述诸要求:(a)防止官僚发展为一个封闭性的'官僚身份团体',以使官职可对所有人开放。(b)尽可能缩小官僚的支配权利,以便(在可行范围内)尽量扩大'舆论'的影响力。"④这种从被支配者也即"群众"的角度出发的观点,落实在从"鞍钢

---

① 蒋子龙:《机电局长的一天》,《人民文学》1976年第1期。
② 蔡翔:《社会主义的危机以及克服危机的努力——两个"三十年"与"革命之后"时代的文学》,《现代中文学刊》2009年第2期。
③ 蔡翔:《社会主义的危机以及克服危机的努力——两个"三十年"与"革命之后"时代的文学》,《现代中文学刊》2009年第2期。
④〔德〕马克思·韦伯:《支配社会学》,第60页,康乐、简惠美译,桂林,广西师范大学出版社,2010。

宪法"到"大庆经验"所倚重的"群众运动"之中；与之相关联，从支配者也即"官僚"的角度出发，由于社会主义建设源自革命，官员们被寄希望于从自身的精神谱系中寻找到克服官僚制的资源，这往往体现在"革命精神"所内在的"大公无私"的精神向度，这被视为克服官僚制的形式主义的一种可能。形式主义归根结底是"自私"的，也即韦伯所分析的，作为理性官僚制的精神内核，"形式主义之所以盛行，是由于人对其自身处境的安全之考虑（故不论其内容为何）"①。

所谓"抓革命促生产"，"革命精神"与"群众运动"，在20世纪50—70年代的历史语境中被视为克服官僚制的途径，同时也被视为在作为根源的政治层面上解决"生产"这样的经济问题有效的方式。只有在这个意义上，我们才能真正读懂《机电局长的一天》的历史意蕴。尽管仅仅早于《乔厂长上任记》两年发表，但这篇作品依然是典型的20世纪50—70年代的文学，迥然不同于新时期文学。

小说的第一句话也即小说的题记是："工业学大庆，领导干部必须做铁人。这是和平年代的战争，是新的长征。——摘自机电局长霍大道的手记。"这在今天所流行的恪守"文学性"的读法中，很容易被视为程式化的政治口号。然而这是霍大道之所以与徐进亭等官僚不同的动力所在，霍大道所尝试找到的克服官僚制对于生产建设束缚的方式，正是如上文所分析的标准答案："革命精神"与"群众运动"。由于霍大道自身就是作为支配者的官僚，以他为主人公的叙述更多地援引"革命精神"，小说在第一节就介绍霍大道12岁时参加了过草地的红军队伍，"大道"这个名字就是被红军所命名的，意指革命的胜利大道。作为"革命者"的霍大道，通过写作回忆录，监督着作为"官僚"的霍大道。这份回忆录文体怪异，"说它是回忆

---

① 〔德〕马克思·韦伯：《支配社会学》，第314页，康乐、简惠美译，桂林，广西师范大学出版社，2010。

录，其实又像是日记"①——过去的"革命回忆"与当下的"内心独白"纠缠在一起，"革命精神"对于霍大道意味着自我教育。诚如霍大道拿着这份革命回忆录对于徐进亭的表态："有时候晚上睡不着觉，就写它几页，目的就是教育自己，不要忘记过去，激励自己继续革命。"②故而，霍大道顺畅地将"革命"与"生产建设"无缝对接："霍大道总爱说'文化大革命'，总爱提战争年代，总是用'文化大革命'后的大好形势鼓舞人冲锋不止，总是把调度会开得跟战争年代下达战斗任务一样。"③

同样，这种试图矫正官僚制的"革命精神"，在小说中也与"群众运动"互相配合。矿山机械厂的老工人靳师傅等借助"舆论"的力量贴了一张大字报，如此批评厂领导："只抓生产不抓管理，对'鞍钢宪法'吃得不透，学大庆没有学根本。"④在20世纪50—70年代文学中，作品中出现的老师傅往往代表着作为觉悟者的工人，其受到革命精神的驱动来批判不合理的规章制度与生产/社会现象。韦伯同样预见过这种现象，"一旦在某些个别问题上，群众受到某种'精神'——且别提其他的冲动——的驱使，针对具体的问题与具体的人提出实质'公道'的要求，即不可避免地会与官僚行政之形式主义、束缚于规则及冷酷的'就事论事'发生冲突。"⑤这种"群众运动"与"革命精神"彼此援引、互相激荡，诚如霍大道看过大字报的表态："我们搞工业生产，就是要坚持毛主席在'鞍钢宪法'中指出的办企业路线，就是要依靠群众，大搞群众运动。"⑥

"群众运动"与"革命精神"从不同的角度对"官僚制"施加压

---

① 蒋子龙：《机电局长的一天》，《人民文学》1976年第1期。
② 蒋子龙：《机电局长的一天》，《人民文学》1976年第1期。
③ 蒋子龙：《机电局长的一天》，《人民文学》1976年第1期。
④ 蒋子龙：《机电局长的一天》，《人民文学》1976年第1期。
⑤〔德〕马克思·韦伯：《支配社会学》，第53页，康乐、简惠美译，桂林，广西师范大学出版社，2010。
⑥ 蒋子龙：《机电局长的一天》，《人民文学》1976年第1期。

力，双方的主要矛盾，在于"实质理性/形式理性"的紧张。韦伯的译者康乐分析过，"韦伯认为发展的动力是建立在这个（两极观念的）紧张性之上；他处处表示，以社会主义国家方式所组成的现代群众民主政治之特色，即在于具有实质理性化的趋势"。[①]而正是这种不无焦灼的紧张感，形塑了霍大道之类人物的人格气质。在小说开篇霍大道援引"铁人精神"以自许，也像"铁人"一样拖着心绞痛而忘我工作。尽管这种情节在小说中比比皆是，但叙述人仍不满足，还是要跳出来进行"叙述干预"："也许有些医学专家们，不相信一个患有心绞痛的病人，能在大雨泡天的洪水里战斗一个多小时，他们不理解这种'病人'。但是机电局三十八万职工理解他们的老霍，就像理解焦裕禄和王进喜一样。"[②]这种对于"铁人精神"的不断强化，实则暴露出"铁人精神"在当时的历史语境中所承担的巨大的政治期望，以及与现实之间的紧张感。

"铁人精神"实则就是"革命精神"的具体形式，在叙述中往往落实在对于身体的摧残，来保障革命目标的实现。将生理层面的身体不断抹去，由"私"不断地转化为"公"，在革命精神中重铸钢铁般的身体。而这种"铁人"只有在形式主义的官僚的参照下，才能真正被历史性地理解。"铁人"的主体性跨越官僚制的科层网络，不断地向他者让渡，这与官僚制中封闭的、自我收缩的主体性形成鲜明的对比。

故而，不能以"男子汉性格"之类的描述来概括霍大道，这种读法在以往的研究中比比皆是，实则将文本的政治性自然化了，将政治性过于单薄地还原为生理性。霍大道的精神气质延续着"铁人"王进喜的谱系，他对于矿山机械厂的"管理"，也是在"大庆经验"乃至于"鞍钢宪法"所规约的"两参一改三结合"的范围中所展开

[①]〔德〕马克斯·韦伯：《经济与历史 支配的类型》，第315页，康乐等译，桂林，广西师范大学出版社，2010年。

[②] 蒋子龙：《机电局长的一天》，《人民文学》1976年第1期。

的。只不过和20世纪50—70年代文学尤其是"'文革'文学"的主人公有所不同，霍大道一定程度上搁置了阶级斗争，将"生产"视为与"革命"并行不悖的纲领。尽管小说中霍大道在1975年6月的整顿与邓小平同一时期的整顿似乎没有直接的关系，但是霍大道对于"以三项指示为纲"想必心有戚戚。在1976年春"批邓、反击右倾翻案风"的政治形势下，这篇小说遭到批判是可以想见的。不过，无论霍大道这个人物形象怎样被"'文革'政治"所批判，他依然属于那个时代，他的"管理"始终停留在"新时期"的边界之外。

二、在"鞍钢宪法"与"马钢宪法"之间

之所以"迂回"地进入《乔厂长上任记》这个作品，一方面是就文本的关系而言《机电局长的一天》与《乔厂长上任记》构成姊妹篇；另一方面只有以《机电局长的一天》为参照，我们才能更好地理解《乔厂长上任记》。在表面上，《乔厂长上任记》似乎是《机电局长的一天》的延续，小说开场就是霍大道主持党委扩大会讨论电机厂的厂长人选，《乔厂长上任记》中的重型电机厂和《机电局长的一天》中的矿山机械厂相似，也面临着难以完成生产任务的巨大压力。乔光朴的形象和霍大道也颇为神似，都是那类刚毅的硬汉："这是一张有着矿石般颜色和猎人般粗犷特征的脸。石岸般突出的眉弓，饿虎般深藏的双睛；颧骨略高的双颊，肌厚肉重的润脸；这一切简直就是力量的化身。"[①]

然而，无论两个人的形象怎样相似，乔光朴并没有以霍大道的方式来整顿电机厂。作为霍大道的管理之道的"革命精神"与"群众运动"，在《乔厂长上任记》中完全消失掉了。和将"革命"转化为管理资源的霍大道不同，乔厂长上任伊始，是将"十七年"转化

[①] 蒋子龙：《乔厂长上任记》，《人民文学》1979年第7期。

为管理资源。在蒋子龙的手稿中,《乔厂长上任记》本来叫"老厂长的新事",时任《人民文学》编辑的涂光群改题为"乔厂长上任记"。①"老厂长的新事"这个题目更能见出作者的深意,小说开场介绍,乔光朴本就是电机厂的老厂长,而且作者特意交代,蒋子龙还是1958年留苏归来后当上的厂长。

乔光朴和霍大道一个重要的不同,在于乔厂长来自"十七年"。如果说在《机电局长的一天》中,霍大道认同于矿山机械厂老师傅们的大字报,站在"鞍钢宪法"这一边;那么对于《乔厂长上任记》中的乔光朴而言,"鞍钢宪法"以及相关的历史实践被搁置不论。从"文革"返回"十七年",乔光朴从霍大道认同的"鞍钢宪法",返回到"鞍钢宪法"所欲克服的"苏联经验",也即作为"鞍钢宪法"批判对象的"马钢宪法"。

当下回溯"马钢宪法",一个首要的历史背景是苏联与新中国工业化建设乃至于发展模式之间的纠葛。所谓马钢,指的是苏联马格尼托哥尔斯克钢铁公司,该厂创办于1929年,是苏联工业领域的代表性企业,其管理模式被称为"马钢宪法"——这个说法来自于毛泽东在1960年提出"鞍钢宪法"时不无讽刺的归纳。在20世纪50年代,至少在1958年"大跃进"之前,苏联以"马钢宪法"为代表的工业管理模式享有高度的权威性,比如作为苏联援助的重点企业,鞍钢的建设与生产就深深地打上了苏联的印记。②

然而,随着中苏关系日趋紧张,尤其是1958年苏联提出联合舰队与长波电台的要求之后,苏联模式及"马钢宪法"开始遭到冷落

---

① 徐庆全:《〈乔厂长上任记〉风波——从两封未刊信说起》,《南方周末》2007年5月17日。
② "1953年12月,鞍山钢铁公司大型轧钢厂、无缝钢管厂、七号炼铁炉开工生产。这三大工程,从勘察设计、自动化机械化设备的供应,到建设、安装、开工生产的技术指导和人才的培养等方面,从头到尾都得到了苏联的巨大援助"。参见林蕴晖:《向社会主义过渡——中国经济与社会的转型(1953—1955)》,第432页,香港,香港中文大学出版社,2009。

与批判。

这种模式之所以在1958年之后的鞍钢遭到批判,既有中苏关系恶化的背景,又有经济与技术上的具体考量——比如1959年鞍钢的产量一度下降,最终通过"党的领导"与"群众运动"的方式使得生产回升;1960年初,鞍钢发扬职工和技术人员的创造精神开展技术革新,取得良好效果,这场运动也是1960年3月11日报送中央的鞍钢生产经验报告的直接背景,该报告直接导致毛泽东对于"鞍钢宪法"的批示。①

但最重要的,还是"马钢宪法"与"鞍钢宪法"对于工人主体地位的不同规划以及由此构建的不同的人性想象。在20世纪50年代末期开始激进化的共产主义实践看来,"马钢宪法"包含着一套新的压迫机制,本应是工人阶级一部分人的"管理者"有可能异化为工人的主宰,工人将被异化为单向度的人,机械地服务规章制度,在规定流程中为生产指标而劳动。诚如有的研究者从管理学的角度对于"马钢宪法"的分析:"马钢在管理制度上沿袭的是以斯密与泰罗分工理论为基础的福特制。所谓福特制,通常理解为泰罗主义加上机械化。泰罗主义最主要的特点就是计划和执行的相分离,由此产生了管理者、专业技术人员以及工人三个不同的管理主体。各主体有各自不同的利益需求和价值导向,并在明确的规章、程序之下各司其职。专业技术人员负责工人动作标准的设定、生产流程的确定与维护,管理层负责组织的计划,而工人仅仅负责按照管理层和专业技术人员设定的标准进行生产。"②对于"马钢宪法"这种管理模式最激烈的批评,来自社会主义教育运动中毛泽东1964年12月12日对

---

① 参见罗定枫:《关于"鞍钢宪法"的回忆与思考——纪念"鞍钢宪法"诞生四十周年》,《党史纵横》2000年第12期。
② 高良谋、郭英、胡国栋:《鞍钢宪法的批判与解放意蕴》,《中国工业经济》2010年第10期。

陈正人的著名批示："管理也是社教。"①在这个批示中毛泽东十分严厉地指出官僚主义者和工人、贫下中农的对立关系，并且将官僚主义者视为一个"阶级"，也正是在这个意义上，毛泽东将企业管理工作视为社会主义教育运动的组成部分。

只有在"鞍钢宪法"与"马钢宪法"对峙博弈的历史视野中重读《乔厂长上任记》，我们才能有效地回到这一文本。蔡翔首先指出了这一点，"蒋子龙的《乔厂长上任记》无意识中回应的恰恰是20世纪60年代'鞍钢宪法'和'马钢宪法'的激烈辩论。'马钢宪法'强调的是专家控制，这也是一个很重要的'现代'故事。而要不要或者建立一个怎样的'专家社会'正是'十七年'的辩论内涵之一。"②这里的"专家"不是知识分子意义上的专家，而更近似于"技术官僚"。"鞍钢宪法"与"马钢宪法"的辩论，在于社会主义社会是否需要"技术官僚"的治理。"马钢宪法"对应着官僚制社会，而"鞍钢宪法"作为社会主义现代性的产物，意味着对于"马钢宪法"所导致的社会主义内部危机——管理者的"异化"与工人的"异化"——的克服。

正是基于此，《乔厂长上任记》既承接了、同时又在"新时期"的历史语境中回应了《机电局长的一天》的核心逻辑：如何找到一种有效的方式克服官僚制对于生产建设的束缚。《机电局长的一天》尝试以"革命精神"与"群众运动"克服官僚制，这种方式无论在其理想化的动机上、在理论的推衍上如何获得历史的同情，但就实际效果而言——尽管对于其效果一直饱有争议——值得商榷。在《乔厂长上任记》中，霍大道甫一登场就消匿不见，在结尾处的再次登场，也仅仅是作为上一个层级的"高级官僚"予以支持。乔厂长

---

① 限于篇幅毛泽东的批示全文参见中共中央文献研究室编：《毛泽东年谱（1949—1976）》第5卷，第445-446页，北京，中央文献出版社，2013。

② 蔡翔、罗岗、倪文尖：《八十年代文学的神话与历史》，《21世纪经济报道》2009年2月16日。

解决官僚制桎梏的方式不再是向下（"群众运动"）、向内（"革命精神"），而是向上，利用官僚制来反对官僚制。霍大道的"力量"所在，在于他联系着更高的"部长"，诚如小说结尾霍大道最后一句话："霍大道见两个人的脸色越来越开朗，继续说：'昨天我接到部长的电话，他对你在电机厂的搞法很感兴趣。'"[1]这种"向上"来克服"官僚制"的逻辑几乎贯穿所有的"改革文学"，比如柯云路《新星》的结尾，"改革新星"李向南最终选择的"战役行动"是"在上层"，第一个行动是"去北京"，第二个行动是"去省里"，小说也结束于李向南收到省委第一书记表态支持的信。

《乔厂长上任记》就陷在这种悖反性的逻辑里：一方面修复官僚制，一方面超越官僚制。乔厂长上任伊始第一件事，就是给20世纪50年代中期在苏联留学时喜欢过的童贞打电话，此时的乔厂长丧偶，而童贞一直葆有"童贞"，"爱情"随着乔厂长的上任似乎得以修复。但与此同时，这也意味着管理模式中官僚制的修复，童贞被乔光朴任命为电机厂副总工程师，"一长制"的模式开始复归。当然，经历了"鞍钢宪法"，乔厂长也意识到"一长制"的内在危机，他试图以"个人"的方式予以克服，以"感情"保证童贞作为总工程师的有机性，而不是异化为压迫机制。

同样，如果说在"鞍钢宪法"的逻辑里，节制官僚制的办法之一在于"党委领导下的厂长负责制"，那么这个模式也被乔厂长所突破。几乎与请回童贞担任总工程师同时，乔厂长请回老搭档石敢重新担任党委书记。小说渲染石敢经历了十年"文革"，已经变得有些胆小、麻木、唯唯诺诺，并且以"孩子/大人"的结构比照石敢与乔光朴："石敢瘦小的身材叫乔光朴魁伟的体架一衬。就像大人拉着一个孩子。"[2]而且，小说特意交代石敢在"文革"中咬掉了半个舌头，

---

[1] 蒋子龙：《乔厂长上任记》，《人民文学》1979年第7期。
[2] 蒋子龙：《乔厂长上任记》，《人民文学》1979年第7期。

他一定程度上丧失了"语言"。但乔光朴要求石敢恢复"语言"也即作为党委书记恢复指导工厂方向的权力,乔光朴是如此规划的:

> 不,你是有两个舌头的人,一个能指挥我,在关键的时候常常能给我别的人所不能给的帮助;另一个舌头又能说服群众服从我。你是我碰到过的最好的党委书记,我要回厂你不跟我去不行!①

"两个舌头"对应两个方向:"党"与"群众"。有意味的是,对于"群众"而言,乔光朴所诉求的,不再是"群众运动",而是强调"群众服从我",在这里乔光朴无疑颠倒了"鞍钢宪法"所构想的干群关系结构;对于"党"而言,乔光朴依然坚持"党的领导",强调石敢对自己的"指挥",但在小说中这一面被悬置了,乔光朴回厂之后的一系列改革都是独断的,看不到和石敢的商量,更遑论指挥。乔光朴之所以一定要石敢出山,恐怕正在于石敢的"不作为",松弛了对于工厂行政系统的管制。在这个意义上,石敢的"半个舌头",在表面上指向不堪回首的"文革"时代,更深的寓意则指向即将到来的"改革"时代。

乔厂长上任后真正的难题在于怎么处理官僚。"鞍钢宪法"所构建的"党的领导"和"群众运动"在彼时都已经失效,在历史实践中已经暴露出重大的缺陷:"党委书记"同样有可能官僚化,②而"群众运动"对于正常的工业生产构成干扰。这其实正是乔厂长"改革"的起点。但是,如果《机电局长的一天》中霍大道的方式失效了,那么乔光朴有什么新的办法来对付曾经的徐进亭、今天的冀申这样的官僚?

---

① 蒋子龙:《乔厂长上任记》,《人民文学》1979年第7期。
② 韦伯指出过,"如果为官僚系统所控制的人们,企图逃避现存官僚组织的影响力。则一般而言,只有建立另外一个组织才有可能。然而这个组织也将同样地官僚化"。(〔德〕马克斯·韦伯:《经济与历史 支配的类型》,第312页,康乐等译,桂林,广西师范大学出版社,2010。)

《乔厂长上任记》无法给出答案。乔光朴一直想扳倒冀申这样的官僚，但最终处处受制，在作为续篇的《乔厂长后传》后矛盾更是集中围绕乔光朴与冀申展开。如果把《乔厂长上任记》和《乔厂长后传》读作一个连续性的文本的话，那么乔厂长最终在官僚制的层面上惨败而归——乔光朴的得力助手与改革措施被冀申玩弄政治手腕陆续击败：总会计师李干被构陷败坏财务制度，总工程师童贞被调到国外，出口产品销售权被冀申控制，最终连乔厂长都面临被撤职的危险。小说结尾，他"强忍着泪水"望着支持他的工人，"乔厂长"系列就结束在这样一个悲情的时刻。

　　某种程度上，冀申所代表的"官僚"既是"文革"冲击的对象，也是"改革"冲击的对象，这是理解《乔厂长上任记》乃至于理解"两个三十年"的关键点之一，也是必不可少的一个贯通性的视野。抛掉"两个三十年"意识形态上的分歧不论，工业化的逻辑一以贯之，而工业化尤其是重工业需要与之匹配的大规模组织形态。诚如韦伯的分析："在大规模的组织下，其他所有人都不可避免地受制于官僚系统的控制，正如他们受制于大规模生产的精确机械。"①这是现代社会的重要组织特征，"在所有领域中，'现代的'组织形式之发展即是官僚制行政组织之发展与不断的扩散"。②然而，"官僚制一旦确立，即为社会组织中最难摧毁的一种"。③

　　在《乔厂长上任记》中，冀申安然无恙地穿越了"文革"与"改革"两个时代。在"文革"中他是"干校"的副校长，利用这个位置和许多"发配"到干校的老干部拉上了关系。这对于试图克服

---

① 〔德〕马克斯·韦伯：《经济与历史 支配的类型》，第314页，康乐等译，桂林，广西师范大学出版社，2010。
② 〔德〕马克斯·韦伯：《经济与历史 支配的类型》，第311页，康乐等译，桂林，广西师范大学出版社，2010。
③ 〔德〕马克斯·韦伯：《经济与历史 支配的类型》，第311页，康乐等译，桂林，广西师范大学出版社，2010。

官僚制的"五七干校"无疑是巨大的嘲讽。"改革"时代一开始，冀申的关系网开始发挥作用，"现在这些人大都已官复原职，因而他也就四面八方都有关系，在全市是个特殊神通的人了"。①在矛盾更为激化的《乔厂长后传》中，小说更是点破冀申的能量在于"文革"中保过市委的王书记，"王书记对他有好感，在一切事情上都会支持他"。②

和以往的社会组织与支配类型——比如长老制与封建制——相比，匹配社会化大生产的官僚制有其历史正当性，"在任何领域中，要想象一个没有专业人员的持续性行政工作，几乎是一种幻觉"。③然而官僚制致命的问题在于，在缺乏有效制衡的情况下，这套体系内部的官僚将不断膨胀，最终将个人利益凌驾于体制之上，诚如小说中冀申的做人准则，"处理一切事情都把个人的安全、自己的利益放在第一位"。④如果说在"市场"的组织结构中，冀申的处世之道还无可厚非，大致是一个"合格"的"理性人"；那么在官僚制的组织结构中，冀申势必将不可交易之物——冀申不占有官僚制所支配的资源的产权，他仅仅是"国家主人"的代理人——交易，化"公"为"私"，谋求个人利益的最大化。

乔光朴的焦虑倒不在于官僚制的正义与否，而在于官僚制的效率高低，他认为任由官僚制恶性膨胀，这套体制将丧失活力。故而从这个角度理解《乔厂长上任记》的题记，乔光朴为什么如此焦虑与日立公司的比较："日本日立公司电机厂，五千五百人，年产一千二百万千瓦；我们厂，八千九百人，年产一百二十万千瓦。这说明

---

① 蒋子龙：《乔厂长上任记》，《人民文学》1979年第7期。
② 蒋子龙：《乔厂长后传》，《人民文学》1980年第2期。
③ 〔德〕马克斯·韦伯：《经济与历史 支配的类型》，第311页，康乐等译，桂林，广西师范大学出版社，2010。
④ 蒋子龙：《乔厂长上任记》，《人民文学》1979年第7期。

什么？要求我们干什么？"①这无疑要求乔厂长减员增效，既要遏制官僚的膨胀，又要淘汰不合格的工人。但是对于官僚，乔厂长裁了几次也没有裁动，他一度将冀申赶出电机厂，但是冀申转而任职外贸局的领导，这个位置对于乔光朴的改革更为掣肘。与冀申这种官僚的缠斗，乔光朴最终还是失败了。《乔厂长上任记》结束于一个古典戏曲的场景：童贞带着乔光朴去剧院里看《秦香莲》，没想到还是碰到了冀申，乔光朴愤然退席，对着石敢与霍大道唱起了"包龙图，打坐在开封府！"

"革命"时代对于"官僚"的制衡被直接跳过去了，作家安排乔光朴回到古典时代，幻想以古典式的"清官"来克服现代性内部的"官僚制"。这暴露出乔光朴的根本局限：他始终是在官僚制内部来克服官僚制，"清官"所指向的思想道德教育，无非吁求对方做一个人格上的"好"的官僚。米塞斯在著名的《官僚体制》一书中的分析，仿佛在对着乔厂长发言，"这种做法是徒劳的。成为一名企业家的素质，并不存在于企业家的人格之中，而是存在于他在市场社会结构所处的位置"。②在米塞斯看来，社会的管理类型可分为两大类："在人类社会框架内处理各种事务，亦即人们之间的和平的合作，存在着两种方式：其一是官僚体制的管理，其二是利润管理。"③而乔厂长的结构性困境在于，作为"国有企业"的"企业家"，他只能在官僚体制下追求利润管理。也只有从这一角度我们方能真正地理解，为什么《乔厂长上任记》发表后，类似"我们需要乔厂长这样的'铁腕人物'"④的呼声不断。所谓"铁腕人物"并不是指向封建专制，

---

① 蒋子龙：《乔厂长上任记》，《人民文学》1979年第7期。
② 〔奥地利〕米塞斯：《官僚体制 反资本主义的心态》，第47页，"1962年版前言"，冯克利、姚中秋译，北京，新星出版社，2007。
③ 〔奥地利〕米塞斯：《官僚体制 反资本主义的心态》，第47页，"1962年版前言"，冯克利、姚中秋译，北京，新星出版社，2007。
④ 引自刘宾雁发言，参见《文学研究动态》1979年第19期。转引自刘锡诚：《在文坛边缘上——编辑手记》，第344页，开封，河南大学出版社，2004。

而是在官僚制内部以"集权"的方式导致官僚制一定程度的失灵，以此推进"改革"，这种办法自"改革"起源以来一直延续到今天，成为修正官僚制的一种选项。

尽管乔光朴最终无法克服官僚制，但不能说他的"改革"是失败的。和几乎所有的改革者相似，乔厂长上任伊始，他需要对付的是两类人：官僚与青年。尽管冀申的关系网枝枝蔓蔓地张开，但是乔光朴并非没有空间可为——在绕开官僚制的情况下找到合适的方式激活青年的动力，同样有可能推动现代化的展开。这其实也是"改革"时代的核心策略之一。乔厂长真正发挥效能的"改革"，落实在青年工人身上。

三、竞争状态下的技术化个体

在《乔厂长上任记》中，乔厂长回厂后首先遇到的是青年工人杜兵，关于这两个人的相遇，小说是这么写的：

乔光朴在一个青年工人的机床前停住了。那小伙子干活不管不顾，把加工好的叶片随便往地上一丢，嘴里还哼着一支流行的外国歌曲。乔光朴拾起他加工好的零件检查着，大部分都有磕碰。他盯住小伙子，压住火气说："别唱了。"

工人不认识他，流气地朝童贞挤挤眼，声音更大了："哎呀妈妈，请你不要对我生气，年轻人就是这样没出息。"①

改革者乔厂长整顿山河，既要挑战官僚主义者冀申，又要说服杜兵这样的青年。杜兵这样的青年和冀申这样的官僚有一点是相同的：他们对"革命"意识形态都丧失了兴趣。杜兵已经不是"十七年"的工业小说所塑造的社会主义劳模那种类型的工人，旧的激励模式渐趋失效，新的又尚未成型，他这种"颓废"的"新人"，处在

---

① 蒋子龙：《乔厂长上任记》，《人民文学》1979年第7期。

历史的空洞中。

在"改革"的起源阶段,怎么询唤杜兵这样的青年?有意味的是,乔厂长不讲半句"大道理",而是就机床闸把的用法和杜兵展开专业性的辩论。小说翻过一页,余怒未消的乔厂长走进隔壁的七车间,迎面一台从德国进口的二百六镗床,西门子公司派来的德国小青年台尔忙上忙下。这个德国小青年不是什么正面典型,从德国来中国的中途偷偷跑到日本游山玩水,到厂子报到的时候晚了一周。不过台尔自知理亏,卖力工作,以高超的技术不到三天时间就把十天的工作都做完了。蒋子龙叙述到此特意点题:"他的特点就是专、精。下班会玩,玩起来胆子大得很;上班会干,真能干;工作态度也很好。"①

"下班/上班""玩/干"的分离,表明乔厂长尽管是从"十七年"来到改革年代,但已经不准备重复当年的老办法——依赖政治动员与思想工作将"业余生活"转化为劳动时间。相反,在20世纪70年代末的车间里,乔厂长已经自觉地向工人的"私生活"让步。乔厂长所关切的是,怎么让杜兵们在工作时间尊重职业伦理,提高生产效率,变成现代化建设所需要的"专业"人才。也正是在"专业"这一点上,乔厂长对于德国青年大为赞叹,并以此作为杜兵们的榜样。

这种以"专业"的框架来规训人性,在新时期文学的谱系上源自徐迟的《哥德巴赫猜想》对于"红"与"专"的颠倒。②然而陈景润的"专业"依赖于怪癖一般的数学天赋,难以普遍推广。真正可以普遍化的做法,是利用"竞争"机制,将原来的共同体打散,将"集体"转化为竞争关系中的"个体"。这正是乔厂长治厂的第一招,小说这样写道:

他首先把九千多名职工一下子推上了大考核、大评议的比赛场。

---

① 蒋子龙:《乔厂长上任记》,《人民文学》1979年第7期。
② 参见黄平:《〈哥德巴赫猜想〉与新时期的"科学"问题》,《南方文坛》2016年第3期。

通过考核评议，不管是干部还是工人，在业务上稀松二五眼的，出工不出力、出力不出汗的，占着茅坑不屙屎的，溜奸滑蹭的，全成了编余人员。留下的都一个萝卜顶一个坑，兵是精兵，将是强将。这样，整顿一个车间就上来一个车间，电机厂劳动生产率立刻提高了一大截。群众中那种懒洋洋、好坏不分的松松垮垮劲儿，一下子变成了有对比、有竞争的热烈紧张气氛。①

与之相匹配，乔厂长以"物质刺激"维系这套竞争机制，对于优胜者许诺以丰厚的物质回报，这是乔厂长治厂的第二招：

他说全面完成任务就实行物质奖励，8月份电机厂工人第一次接到了奖金。黄玉辉小组提前十天完成任务，他写去一封表扬信，里面附了一百五十元钱。凡是那些技术上有一套，生产上肯卖劲，总之是正儿八经的工人，都说乔光朴是再好没有的厂长了。②

和面对官僚的束手无力相比，乔厂长的"管理学"对于青年真正发挥了作用。蒋子龙回忆过他构思这套"管理学"的直接动因："1978年，我刚'落实政策'不久，在重型机械行业一个工厂里任锻压车间主任……经历了'文化大革命'真像改朝换代一般，人还是那些人，但心气不一样了，说话的味道变了，对待工作的态度变了。待你磨破了嘴皮子、连哄带劝地把人调顺了，规章制度又不给你坐劲，上边不给你坐劲。"③根据自己的基层工作体验，蒋子龙用三天时间完成了《乔厂长上任记》："当时我完全没有接触过现代管理学，也不懂何谓管理，只有一点基层工作的体会，根据这点体会设计了'乔厂长管理模式'，想不到引起了社会上的兴趣。"④

---

① 蒋子龙：《乔厂长上任记》，《人民文学》1979年第7期。
② 蒋子龙：《乔厂长上任记》，《人民文学》1979年第7期。
③ 蒋子龙：《当年"乔厂长"如何"上任"》，《中国文化报》2008年11月27日。
④ 蒋子龙：《当年"乔厂长"如何"上任"》，《中国文化报》2008年11月27日。

"乔厂长管理模式"的核心，在于重新定义了"新人"，将"人性"塑形为"竞争状态下的技术化个体"。"竞争""技术""个体"这三组关键概念支撑起这套"管理学"的运作。所谓"竞争"，在《乔厂长后传》中乔厂长曾经有过一段长篇演讲："一搞竞争，就逼得你不把工厂搞好就没有出路。我们厂现在就拉开了架势，在国际市场上和外国人竞争，在国内也和外国人竞争，还要和同行业竞争。当然，我们这种竞争和资本主义的你争我夺根本不同，我们要服从和执行国家的经济计划，也不能丢掉社会主义的协作关系。工人之间，今后也不能干和不干一个样，干坏干好一个样了，对工厂贡献的大小必然会造成物质待遇上的差别。"①尽管乔厂长同时强调了"社会主义的协作关系"，但其管理模式的重点无疑放在"竞争"上，乔厂长设想通过竞争机制，提高工人的"技术"能力。在"科学技术"作为"第一生产力"的认知框架中，乔厂长给电机厂的组织科长和劳动工资科长讲课，"经济竞争最重要的是技术竞争，而要在技术竞争中取得胜利，在很大程度上取决于掌握技术的人"。②而"竞争"与"技术"的基本单位，是"个体"而非"集体"，这不仅在于竞争关系最终落实在个体与个体的竞争，技术的评判标准也是首先以个体为单位，更在于维持这套机制的奖惩体制是以个体为基本单元——青年之所以自觉地转化为"竞争状态下的技术化个体"，在于这套管理体制允诺个体欲望的实现，这是这套管理学对于"人性"的核心驱动。在这个意义上，乔厂长的管理学，最终是人性的再生产。诚如研究者的分析，"改革看似只引入了一套'科学管理'方法，但实质，这套方法中包含了对人、人性的重新认识，更包含了对如何组织人组织生产，如何建立高效的社会生产关系等重要社会

---

① 蒋子龙：《乔厂长后传》，《人民文学》1980年第2期。
② 蒋子龙：《乔厂长后传》，《人民文学》1980年第2期。

制度问题的重新认识"。①

经由这套机制的询唤,乔厂长上任伊始遇见的落后青年们开始转变,比如杜兵就从政治漫画的能手转变为负责产品调色的专家。乔厂长并不在乎杜兵那些讽刺他的政治漫画的"内容",而是去政治地将"美术"转化为"技术"。对于杜兵的颓废、虚无,甚至于政治抗议,乔厂长相信,只要为杜兵们找到专业岗位,并且给予有效的物质刺激,问题就能得以解决。这套机制对于杜兵也开始奏效,一度"动刀子的心都有了"的杜兵,当得知他因那些讽刺乔厂长的漫画反而得到重用时,"杜兵只深深地点点头,他怕由于意想不到的激动,一张嘴,声音变了调"。②某种程度上,作为新时期起源阶段的"管理学","乔厂长管理模式"所驱动的"人性",构成了"改革"迄今的经济发展的重要支撑。

四、《乔厂长上任记》的经典化与内在危机

近年来对于《乔厂长上任记》经典化的讨论,或许是受到从事件、论争讨论经典化这种流行研究框架的影响,比较重视在《乔厂长上任记》经典化过程中《天津日报》的批判运动与北京文坛的反批判。③笔者以为这场批判运动只是《乔厂长上任记》接受史的"支流",如果我们被这场批判运动周边的大量史料所牵制,将讨论聚焦于郗望北这个人物、将议题围绕"三种人"(指的是"追随林彪、江

---

① 李海霞:《新的科学与人性信条的诞生——对新时期改革文学的再认识》,《文学评论》2010年第6期。
② 蒋子龙:《乔厂长后传》,《人民文学》1980年第2期。
③ 这一领域重要的文章有徐庆全《〈乔厂长上任记〉风波——从两封未刊信说起》(《南方周末》2007年5月17日)、张伟栋《"改革文学"的"认识性的装置"与"起源"问题——重评〈乔厂长上任记〉兼及与新时期文学的关系》(《当代作家评论》2009年第3期)、徐勇《"改革"意识形态的起源及其困境——对〈乔厂长上任记〉争论的考察》(《中国现代文学研究丛刊》2014年第6期)等。

青反革命集团造反起家的人，帮派思想严重的人，打砸抢分子"）展开，反而容易略过《乔厂长上任记》的"真问题"。在郗望北这个人物身上，无论是"造反派"的政治还是"三种人"的政治都被解构了，郗望北是实用主义的。乔厂长之所以将曾经的"造反派"、有"三种人"嫌疑的郗望北提升为副厂长，在于郗望北是乔厂长的改革逻辑中最实用的那部分的现实延伸，他所承担的是乔厂长所欲完成而不能直接去做的：

厂长到机械部获得了我们厂可能得到的最大的支持，又到电力部揽了不少大机组。下面就是材料、燃料和各关系户的协作问题。这些问题光靠写在纸面上的合同、部里的文件和乔厂长的果断都是不能解决的。解决这些是副厂长的本分……反正要达到咱们的目的，不违犯国家法律，至于用什么办法，您最好别干涉。

故而，郗望北成为乔厂长的左右手后反而消失了，无论在《乔厂长上任记》，还是《乔厂长后传》，郗望北永远在"出差"。这里的"出差"既是现实功能性的，更是结构功能性的——郗望北始终在乔光朴道德化的视野之外。乔光朴不与郗望北相遇，不是焦虑郗望北的实用主义，而是焦虑自己的实用主义，他走到了自身的边界。郗望北作为小说中唯一的既是"青年"又是"管理者"的形象，不是活在乔厂长的历史中，而是活在乔厂长的未来。

乔光朴所构想的"竞争状态下的技术化个体"这套管理体制其实是去政治的，比照想象中的发达工业国家的普遍规律。天津方面不理解"去政治"是彼时最大的政治，也许是混杂着人事纠葛，也许是陷于教条主义，还是纠缠在传统的政治批判之中。《天津日报》1979年9、10月间连续发表四组整版评论批判《乔厂长上任记》，这种批判集中在郗望北这个人物身上，指责蒋子龙为"三种人"翻案，对抗"揭批查"运动。当时的天津市委书记给中宣部副部长朱穆之写告状信，并请朱穆之将信转给胡耀邦、周扬。但事与愿违，天津的批判运动遭到了高层领导的抵制，胡耀邦在信上直接批示，对于天津的批判运动表示"我也不很赞同"。①这场批判运动渐渐偃旗息鼓。

不过，天津方面发起的批判刺激了《乔厂长上任记》的经典化进程。徐庆全提到："《乔》问世后，尽管在读者中反响强烈，文联或作协的领导也很赏识，但北京的评论界并没有大张旗鼓地进行评论，连《文艺报》也只是在'新收获'栏目发表了一篇很短的介绍性评论。但在《天津日报》发表了对《乔》的批判和否定文章后，北京方面才动作起来。"②在1979年10月6日《文艺报》编委会上，冯牧安排刘锡诚赶写一篇评论《乔光朴是一个典型》，该文肯定乔厂长的改革措施，"必须实行乔厂长那样的厂长负责制，即列宁主张的一长制，才能迅速扭转生产中的无政府状态，才能适应大工业生产的规律"。③在此基础上，该文强调这篇小说的时代意义："《乔厂长上任记》是正当社会主义现代化建设开始的时候文学创作领域里具有重要意义的一篇力作。"④有意味的是，《乔光朴是一个典型》一文被安排在《文艺报》1979年第11-12期合刊即第四次文代会专号上发表，这隐含着对于第四次文代会精神的呼应。在这次会议上，邓小平作了著名的讲话，再次强调以"现代化"作为新时期的"中心任务"，落实在文艺上，则是要求塑造出反映"现代化"这一时代精神的"典型形象"。对于高层政治十分敏感的《文艺报》，借助对于《乔厂长上任记》的支持，既转化了那些将《文艺报》与"伤痕文学"捆绑在一起的指责，又转移了新时期文学的发展方向，从"伤痕文学"转移到"改革文学"上来。

---

① 徐庆全：《〈乔厂长上任记〉风波——从两封未刊信说起》，《南方周末》2007年5月17日。
② 蒋子龙：《乔厂长后传》，《人民文学》1980年第2期。
③ 刘锡诚：《乔光朴是一个典型》，《文艺报》1979年第11-12期合刊。
④ 徐庆全：《〈乔厂长上任记〉风波——从两封未刊信说起》，《南方周末》2007年5月17日。

作为当事人刘锡诚看得很清楚，他将《乔厂长上任记》视为提供给《文艺报》的契机："我们在评价'伤痕文学'的同时，也'歌颂'改革文学，'歌颂'改革文学，不就不存在只热衷于鼓吹'暴露'社会阴暗面的问题了嘛……文坛本来并非只有写'伤痕'的文学，但责难者却吹起阵阵冷风，指责'伤痕文学''暴露文学'泛滥成灾，是'缺德'文学和'向后看文学'。《乔厂长上任记》的登场，一下子改变了文坛上只有'伤痕文学'的错误印象和当时文学题材狭窄的局面。"①一切似乎顺理成章，1980年3月25日，1979年度全国优秀短篇小说评选揭晓，《乔厂长上任记》以二万七千余张票数获得年度小说奖第一位，而上一年度的第一名，是代表着"伤痕文学"的《班主任》。在张光年看来，蒋子龙第一个反映了重大现实，反映了党和国家工作重点的转移，"蒋子龙正是我们所需要的作家"。②作为"改革"时代的"社会主义新人"，乔光朴成为了时代的"典型人物"，蒋子龙也从"文革"深处"归来"，借这篇小说重返文坛。

然而，新时期文学最终并没有沿着《乔厂长上任记》所代表的"改革时代的现实主义"这条道路继续走，"社会主义新人"的规划虽热闹一时，但在1983、1984年后渐渐复归沉寂。这里的原因很复杂，1984年之后新时期政治渐渐放弃直接征用新时期文学，转而诉诸更直接的城市经济改革；同时"改革时代的现实主义"也面临着"现代派"越来越强大的挑战，③文学范式在1985年之后开始更迭。然而同样无法回避的是，《乔厂长上任记》这类"改革文学"的内在危机。乔厂长构建的"专业技术—物质刺激"这套逻辑有其合理性与

---

① 刘锡诚：《在文坛边缘上——编辑手记》，第340-347、437页，开封，河南大学出版社，2004。
② 刘锡诚：《在文坛边缘上——编辑手记》，第340-347、437页，开封，河南大学出版社，2004。
③ 参见黄平：《"现代派"讨论与"新时期文学"的分化》，《扬子江评论》2016年第4期。

有效性，但这种方案不过是以"悬置"官僚制为前提的，从《机电局长的一天》到《乔厂长上任记》，官僚制的问题始终没有得到解决。这个问题的难度超出了文学的边界，"改革文学"的内在危机其实同构着"改革"的内在危机。

在"改革"30年也即《乔厂长上任记》发表30年后，古稀之年的蒋子龙发表过一篇无人关注的散文《自豪与悲情：一个老工人的述说》。在这篇文章里蒋子龙面对着倾注了青春岁月的天津重型机器厂，感叹着工人尊严的丧失："腐败开始滋生，让工人们真正感到了危机，感到看不见希望。最让他们犯愁的还不是没活干、领不到工资，而是精神上被冷落、被蔑视，没有人告诉他们未来的出路在哪里……曾经的'国家领导阶级''工厂的主人'，真真切切地感受到工人已经成了工厂的负担，群众成了领导的包袱。"①有意味的是，蒋子龙在这篇回忆中最终不是将自己定位为"老厂长"，而是将自己定位为"老工人"。这个老工人在30年前的车间里，也许正在和杜兵们一起嬉笑打闹，浑然不知乔厂长带着童贞与石敢重新走来，即将站在杜兵的车床前；而冀申们阴沉着脸站在厂部办公室的窗后，盯着蒋子龙，也盯着这群年轻的工人。时间和数字是冷酷无情的，像两条鞭子，悬在他们的背上……

本文原刊于《当代作家评论》2016年第5期

---

① 蒋子龙：《自豪与悲情：一个老工人的述说》，《同舟共进》2010年第8期。

身份遗传及其产生与再生产：
近20年来文学的阶级叙事

陈舒劼

一

文学史公认，1942年5月毛泽东《在延安文艺座谈会上的讲话》一文是中国现当代文学进程中醒目的转折标志。这篇文章被追溯为20世纪50—70年代文学体系、标准、制度、风格乃至生态的思想原点，它清楚地定位了文学与时代政治的关系，一套与五四启蒙文学话语和现代文学表述形态迥然相异的话语体系就此启动。"阶级"是这篇原点性文献的核心词汇之一，它规定了文学的属性与宗旨，参与了当代文学走势的定向。"一切文化或文学艺术都是属于一定的阶级，属于一定的政治路线的。为艺术的艺术，超阶级的艺术，和政治并行或相互独立的艺术，实际上是不存在的。无产阶级的文学艺术是无产阶级整个革命事业的一部分。"①具体而言，文学的服务对象存在着先后轻重之别，首要的服务对象是作为革命领导阶级的工人，其余的分别是农民、军人、小资产阶级劳动群众和知识分子——阶级性决定了革命愿望的烈度，也自然排定了文学服务的次序。"阶级"之所以重要，根本上在于其便捷、直观、大抵准确地表明了革命时代的中国社会状况，将社会区隔为数个境遇悬殊而又相互冲突的群体。毛泽东第一篇产生重大影响的文章《中国社会各阶级的分析》，就以"阶级"为工具甄别出革命的"敌人"和"朋友"，这种身份鉴定的思路方法在新政权建立后的27年中都极为盛行。1957年之后，全党全国的各项工作从根本上围绕着"以阶级斗争为纲"展开，阶级甄别、阶级对立、阶级斗争的行为不断升温，更是将"阶级"的重要性上升到了空前的高度。

强调阶级之于身份鉴别的权威，出自于对社会运行的某种总体性掌控的需要。在社会经济基础薄弱、革命斗争思路延续的时代背景里，以阶级身份为标准划分社会群体，包含了包括政治革命性与经济公平性在内的多重考虑。通过阶级划分和阶级斗争，某种看似平等的政治原则与社会理想冉冉升起："现代平等主义原则是通过革命的阶级话语深入整个社会的：任何人不应臣属于任何人，任何人不应主宰或剥削任何人，任何人不能成奴隶；为此，必须消灭主仆关系和剥削关系，必须形成一种摆脱这一对抗性关系的经济，必须建立一种不再复制社会不平等的教育体系，必须创造一种超越以往一切国家形式的国家。"②阶级斗争允诺建立在斗争和清洗之上的平等世界，迅速唤醒了隐藏在历史深处的平等之梦。阶级斗争在诸多领域内铺开，它既表现为批斗、游行等政治实践，也同时通过文艺宣

---

① 毛泽东：《在延安文艺座谈会上的讲话》，《毛泽东选集》第3卷，第865-866页，北京，人民出版社，1991。

② 汪晖：《去政治化的政治：短20世纪的终结与90年代》，第36页，北京，生活·读书·新知三联书店，2008。

传等渠道实现意识形态再生产，文学就是"阶级斗争"观念再生产的重地。

"阶级"在"27年"的革命文学中，是醒目的叙事主题和流行的叙述符号，也是表达和理解问题的理论资源。多年后兴起的文化研究引入了种族、性别、教育、信仰甚至流行音乐、性倾向等诸种个体身份识别/建构的路径，但在"27年"的文学叙述中，"阶级"以压倒性的优势取代了其余个人身份鉴别的方式，成为无可争议的权威。对阶级的身份鉴定权威性提出的最有力的挑战来自血缘关系，它得到了传统文化的强力支撑，几乎成为一种身份识别的集体无意识。费孝通描述的中国传统伦理关系是种波纹状的差序："以'己'为中心，像石子一般投入水中，和别人所联系成的社会关系，不像团体中的分子一般大家立在一个平面上的，而是像水的波纹一般，一圈圈推出去，愈推愈远，也愈推愈薄。"[①]这种人际伦理差序关系的根基就在于血缘。大动乱时代，普通民众往往以宗亲血缘为基础组织武装自保，就是源于对血缘关系的本能信任。战胜以血缘为中心的身份伦理观念，是阶级身份至上的观念权威性树立的必要性条件。"传统血缘/家族与阶级斗争之间的冲突是50—70年代中国小说的基本主题，"[②]"工农兵文艺成功地将阶级仇、民族恨转换为叙述中的家族血仇。因此，家族/血缘在阶级/血缘的层面获得了再度认可"。[③]在个体的政治基因与身份鉴定的意义上，"阶级"压倒并且收编了"血缘"。这意味着在阶级身份生产或鉴别需要的条件下，血缘关系仍然有不小的活动空间，这也是在阶级斗争、阶级甄别最为激烈的时期，

---

① 费孝通：《乡土中国 生育制度》，第27页，北京，北京大学出版社，1998。
② 李杨：《50—70年代中国文学经典再解读》，第61页，济南，山东教育出版社，2002。
③ 戴锦华：《隐形书写——90年代中国文化研究》，第216页，南京，江苏人民出版社，1999。

"老子英雄儿好汉，老子反动儿混蛋"的血统论能大行其道的缘由。

"阶级"对"血缘"的收编和消化似乎强化了个体政治身份鉴定的客观性，判断阶级成分最便捷的标准就是经济状况——越穷越革命，而革命时代"无产阶级"拥有的财产几乎一目了然。但是，从"贫穷"推导出政治身份的革命性，以及这种革命性的长期性甚至是后代子弟的革命性身份，这其中还存有大量被忽略的空白。无产阶级中的个体可能麻木不仁，可能意志消退，可能软弱胆怯，可能摇摆叛变，其子弟的状况更因其所处的时代环境和社会氛围而变数多多。因此，"阶级"对个人身份属性的鉴定权威，必须得到许多来自于经济条件判断之外的权力建构的支撑。不少小说、散文、回忆录都提到了这样的场景：父母兄弟等家中亲人一旦被组织机构宣布为阶级异己分子，那么其他的家庭成员就要重新考虑自己的政治立场，与原先的骨肉亲人和阶级同志"划清界限"就成为不得已而为之的选项。被宣布为阶级异己分子的理由五花八门，尤其对于"知识分子""小资产阶级"等出身的个人而言，他们的革命阶级身份总是处于质疑和警惕的目光下，杨沫笔下的林道静就是阶级身份建构复杂性的典型之一。《青春之歌》将林道静设置为"黑骨头和白骨头的混合"，与单纯的阶级标准和血缘标准形成了客观的对照。她的父亲是大学校长、教育家、慈善家、前清举人，是板上钉钉的"压迫阶级"分子，而母亲则是被父亲强抢的民女，在生下林道静不久后被驱逐出门投水而死。林道静的革命身份因此必须经受反复的考验，相对于工农兵，知识分子的革命阶级身份的获取、遗传或继承都不似水往低处流一般自然。然而，更多的文艺作品宁愿绕开复杂的可能性，简单明快地呈现"阶级"之于个体的政治身份乃至价值立场的甄别权威。"在一九四九年以后的三十年中，大量文艺作品，都表现了'阶级情'对'骨肉情'的战胜，都强调了'党'和'党'的领袖'毛主席'远比父母更重要、更值得无条件地爱"，"一九四九年以后，此种'阶级至上''阶级全能'的观念得以延续，甚至进一步强化。'亲不亲,阶级分',是一种口号、一种要求、一种原则、一种尺度。"[①]"非我族类,其心必异"的判断逻辑,在"27年"里又由"阶级身份"主导,重新操演了一遍。

概而言之,"27年文学"的阶级叙述展现出相对简单的模式。作为"后'文革'"时代文学中阶级叙述的前文本,这批文学作品过于遵从革命的政治指令,它们力争用文艺的方式证明特定的政治论点,频繁地使用二元对立的叙述框架和"高大全"的人物刻画方式,许多作品甚至可以被公式化地抽象。在共产党英明的领导下,被欺凌与被侮辱的穷苦百姓翻身得解放,摇摆不定的蒙昧者在斗争中逐渐革命化,凶狠狡诈的剥削者被斗倒,无产阶级革命斗争取得了胜利,类似的程序得到了广泛的应用。"27年文学"的阶级叙述坚定地宣告,二元对立的阶级斗争是迈向"民主""平等""公正"的新社会的必由之路。然而,后革命时代的转折几乎以同样的坚定放弃了这样的观点。

二

改革开放和市场经济被默认为后革命时代的基石。"阶级""英雄""斗争""同志"等词语在市场时代失去了革命价值观的支持,慢慢淡出日常生活的焦点。逐步脱离政治规范的文学开始关注新的时代命题,寻找新的表达形式,适应新的生存环境,建构新的价值伦理。"伤痕文学""反思文学""朦胧诗潮""寻根文学""先锋文学""新写实文学""现实主义冲击波""底层文学"等等标准不一的后革命时代文学潮流描述中,"阶级"等词汇都不再受宠。对多数民众而言,当下的生活充满了巨量而丰盈的诱惑,"阶级"等词条更多

[①] 王彬彬:《当代文艺中的"阶级情"与"骨肉情"》,《当代作家评论》2009年第3期。

地意味着闲聊中的回忆或影视屏幕上的激情,这些词条似乎正连同它们受宠的时代一起沉入历史深处。

就此断言新时期之后文学阶级叙事的消沉,多少过于武断。历史意味着过去,更意味着过去与现在诸多隐秘的关联。"一部历史书可以有其开端和结束,但它所叙述的历史本身却没有开端和结束。今天由昨天而来,今天里面就包括有昨天,而昨天里面复有前天,由此上溯以至于远古;过去的历史今天仍然存在着,它并没有死去。"① 许多时候,历史悄然地影响甚至操纵了当下。"过去的许多方面,一直到今天都还在影响着我们的情感和决定;经验是可以跨代传递的,这种传递一直延续到儿孙们的神经处理过程的生物化学中区;过去未能如愿的未来希望,可能会突然和出人意外地具有行为指导作用和历史威力。"② 有研究者注意到"现代文学"生产的"当代文学":"在1986—2009年当代文学研究的漫长隧道中,'现代文学'的'知识谱系'几乎无处不在……'现代文学'已经成为评价'当代文学'的标准、规范和方法。"③ 历史叙事的变化可能会引起某段历史褪色的幻觉,然而这更可能是源自于历史叙事别有用心的视角挪移。选择展现什么样的历史、以何种方式展示历史等等,隐藏了权力的企图和活动痕迹。"活着的历史"开启了历史与当下的对话之门,纷繁芜杂的意识形态在诸种话语相互的比照、冲突、映衬、补充之间得以展示,这也是怀有历史癖好的文学叙述的魅力所在。"阶级应当被理解为社会认同呈现的一种形式,而不是理解为一切这类形式都榻缩成的一个主导范畴。不是要去设定阶级的存在,而是要

---

① 〔英〕R.G.柯林武德:《历史的观念》,"译序",第18—19页,何兆武、张文杰译,北京,中国社会科学出版社,1986。
② 〔德〕哈拉尔德·韦尔策:《社会记忆》,哈拉尔德·韦尔策编:《社会记忆:历史、回忆、传承》,第3页,季斌、王立君、白锡堃译,北京,北京大学出版社,2007。
③ 程光炜:《当代文学的"历史化"》,第26—27页,北京,北京大学出版社,2011。

去考察权力与地位之间的关系的宏观政治学。"① "27年文学"中语调轩昂的阶级叙事在后革命时代发生了明显的转变,"阶级"的文学叙事拥有更为丰富的表达空间,当下对历史的扩展、承继和转折就藏匿其中。

林道静"黑骨头和白骨头混合"的阶级叙事在"27年文学"中并不常见,诞生于"文革"后的《芳菲之歌》《英华之歌》和韦君宜的《露沙的路》等文本都采用了类似的人物阶级身份设置,暴露出革命阶级叙事理论潜在的内部裂隙。以经济状况断定阶级身份、以阶级身份断定政治立场、阶级身份具有天然继承性等观点都面临着崩盘的危险。当然,更多的文本跳出了原先的革命叙述大框架,转而描绘或分析阶级身份的形成过程——阶级不再是叙述的工具,而是叙述的对象。余华的《活着》提供了历史中阶级身份生成的戏谑场景,主人公徐福贵的生死存亡在不经意间与阶级身份的判定擦肩而过。徐福贵继承了父亲积攒下的财富,但解放前他在赌场上将所有的财产输给了龙二。龙二费尽心思骗来的财富给他带来了地主恶霸的身份,被枪毙前龙二幡然醒悟,对着人群中的徐福贵说了句"福贵,我是替你去死呀"。徐福贵如果不因豪赌输光家产就必然被枪毙,但无论穷富,徐福贵与地主恶霸惯于剥削、穷凶极恶的典型阶级形象都有天壤之别。《活着》表明"阶级"在个体身份判断上至少有双重谬误的可能:单纯以财产划分个人的阶级身份的判断方式不可靠,将个人身份与品性德行直接画等号的方式也不可靠。如果说徐福贵与龙二的阶级身份转换还是某种宿命论式的"自然过程",那么亦夫的《土街》则表明阶级身份的转换完全可以是一种心机深重的预谋。治才为了整倒死对头掌才,让父亲将家中的土地全都贱卖给掌才,希望借助"土改"的阶级划分之力,将掌才一家斗垮。

---

① 〔英〕西蒙·冈恩:《历史学与文化理论》,第157页,韩炯译,北京,北京大学出版社,2012。

在治才这类有文化的农民眼中，阶级斗争只不过是解决私人恩怨的、威力远超大棒的利器，治才得意地将此解释为"黑吃黑"。①阶级划分决定"敌人"和"朋友"的逻辑，在广袤的乡土世界中发生了巨大的变形。

到苏童的《河岸》和王安忆的《启蒙时代》等小说中，近20年来阶级叙事的视野被进一步拓宽，这两部小说考虑到了个体阶级身份产生诸多可能性——有多少参与阶级身份生产的因素被有意无意地忽略？从这个意义上说，作为小说的《启蒙时代》和《河岸》倒颇具几分文化研究的方法论意味。苏童的《河岸》围绕着少年库东亮成长过程中的身份追寻展开，奶奶的烈士身份、奶奶和父亲的血缘证明、父亲的作风问题、母亲与父亲划清阶级界限、库东亮居住空间的变化，都对少年库东亮阶级身份产生了重大影响。随着叙述的推移，库东亮开始主动参与自己阶级身份的塑造，性意识的萌发、与被遗弃少女慧仙间的暧昧、对父亲身份的强烈不满、与岸上居民的关系变化，不断地与外部强加给他的阶级身份认同发生或明或暗的对抗。小说里的"空间"在这一过程中表现出强劲的隐喻功能："空间是政治性的、意识形态性的。它是一种完全充斥着意识形态的表现。"②"河岸"的题名暗示了两种空间的对立，流动不居的"河"与坚实稳固的"岸"分属于被排斥的阶级异己分子和获得政治认同的阶级同志，库东亮屡次上岸都被坚决逐回，慧仙从河上到岸上的综合大楼再到理发馆，空间的政治等级始终与人物的身份层次成正比。《河岸》打开的阶级世界充满了权力话语的诡谲，老尹劝执着寻找自己革命/血缘身份的库东亮"千万要记住，历史是个谜，历史是个谜呀！"③老尹实际上是在暗示被排斥为阶级异己分子的库东亮，尽

---

① 亦夫：《土街》，第65页，北京，新星出版社，2010。
② 〔法〕勒菲弗：《空间与政治》，第46页，李春译，上海，上海人民出版社，2008。
③ 苏童：《河岸》，第223-224页，北京，人民文学出版社，2009。

管阶级身份的判定来源于许多因素的综合，但终究都由"权力"这个看不见的主导者完成捏合。"谜"就是权力话语生成的复杂机制的象征——谜团中人即使捕捉到诸多线索也终究无法破开迷局，更不要说揪住哪个可以为谜团负责的具体对象。王安忆《启蒙时代》中南昌的父亲对此洞若观火，却也讳莫如深。小说尾声阶段，这位遭遇过隔离审查的闲置的老革命，在和儿子的对话中不无自我嘲讽地将革命视为"青春期抑郁病"的结果。阶级出身、剥削和被剥削、压迫和被压迫的确是革命的动力源，但也无法完全解释革命的所有动因，更无法主宰所有的革命价值标准。南昌的父亲甚至提出"亚热带湿润季风气候"可能是被长期忽略的阶级斗争的缔造者之一，联系到气候变暖与文明扩展之间的考古学发现，就不能完全将这番解释视为玩笑。这部小说给予阶级身份充分的重视，每个人物的出场几乎都配置了详细的家庭出身和阶级成分介绍，但它对阶级理论巨大的辐射效应显然更为用心。《启蒙时代》聚焦于从1967年末1968年初到1968年末1969年初的独特时间段里，在革命和阶级斗争的宏大话语背景下，军干子弟和市民子女的观念世界的成长。它至少包括如下具体内容：军干子弟对父辈身份的继承、反抗、思考；军干子弟之间的交往与分化；军干子弟和市民子女的相互探究与对话；军干子弟对阶级异己分子的好奇与接触。总体说来，阶级、革命、启蒙的多元对话关系到了南昌他们这一代，成了空想、苦闷、骚动，以及半生不熟的阅读、故作高深的世故、暧昧冲动的交往。对于处于启蒙期的南昌们来说，阶级、革命、理想等词汇必须面对日常生活散发出的日益增强的诱惑。

三

《启蒙时代》与《河岸》更新了阶级在文学叙事中的角色，但它们仍在革命话语的氛围中展开阶级的讨论。关注历史仅是后革命时代文学的任务之一，它还必须要考虑阶级问题的时代性。20世纪八九十年代的社会大转型进程使"经济"取代"阶级"成为新的时代关键词，阶级斗争的紧张感也被其他类型的焦虑情绪所代替。阶级问题还是否存在，或说阶级视角的社会分析还在多大范围内有效，就成了首当其冲的问题。这在很大程度上将决定重启阶级叙事的方式，以及新时代阶级叙事的主要面相。

思考文学叙述引入阶级的可能性之前，一些文学作品率先刻录了种种令人惊讶的"阶级"消费场景：金钱能购买到强烈的身份优越感，它短暂地抹平了客观中坚硬的收入和地位差异。池莉的《生活秀》截取了一段吉庆街大排档里日常化的奇观："只要五元钱，阶级关系就可以调整。戴足金项链的漂亮小姐，可以很乐意地为一个民工演唱。二十元钱就可以买哭，漂亮小姐开腔就哭。她们哀怨地望着你，唇红齿白地唱着，双泪长流，真的可以把你的自我感觉提高到富有阶级那一层面。"[①]意味深长的是，吉庆街大排档的卖唱女在情歌之外，还至少演唱两种"表现吃客的阶级等级"的歌："月儿弯弯照九州，几家欢乐几家愁。几家高楼饮美酒，几家流落在呀嘛在街头。/手拿碟儿唱起来，小曲好唱口难开，声声唱不尽人间的苦，先生老总听开怀。"这两首有浓厚的"红色文艺"背景的街头小曲将"阶级"的欲望化消费引向了历史纵深。前者《月儿弯弯照九州》的历史可以上溯到宋代民谣，是"忆苦思甜教育"中经典的曲目，它的后半段阶级斗争"你死我活"的味道更浓郁："咿呀呀儿喂声声叫不平，何时才能消我那心头恨！"后一首小曲《小曲好唱口难开》出自湖北省实验歌剧团为庆祝新中国成立十周年献礼而创作的歌剧《洪湖赤卫队》，将穷/富的迥异境况作了鲜明而又通俗的比对。昔日贫富间的血海深仇变成了眼前街头大排档觥筹交错时的调味品，刺

---

① 池莉：《生活秀》，《请柳师娘》，第248页，南京，江苏文艺出版社，2003。

眼的古今对比之中弥漫着暧昧的现实认同：阶级的差异/斗争本身已经不是焦点，关键是自己所处的位置。受众的身份认同，从"唱不尽人间苦"的流浪者转移到了"高楼饮美酒"的"先生老总"。

暧昧的现实认同很快遭遇到另一脉文学叙述的反抗。诸如曹征路的《那儿》、阎连科的《受活》、余华的《第七天》等作品，都毫不掩饰地发出了愤怒的声音。这些作品拥有一个共同的立场：它们可能并不注重正面阐释阶级的内涵，也不将社会群体间的矛盾做边界清晰的"阶级化"定位，但它们都在强调并控诉社会转型过程中隐含着新的压迫与不公。各式的资本和话语的媾合导致总有一部分人处于弱势的地位，而弱势的经济地位和身份地位往往在社会发展进程中失去上升的空间。"如果不考虑阶级分析这一术语，在现代社会中也仍然存在着关于不平等和不公正这样的重要问题。它们需要得到更广泛的关注，而不仅仅限于社会学杂志的读者。"①这些作品在批判社会转型中出现的压迫与不公的意义上，恢复了"阶级"一词的对抗性，展开自己"阶级"色彩浓厚的文学叙述。显而易见，针对阶级视角下社会分析的有效性问题，文学和其他社会学科发生了重大的分歧。经济学统计能够提供多种数据来说明经济飞速发展的同时伴随着收入级差的不断扩大，但社会学更青睐用"分层分析"介入社会不平等的研究。"1989年以来，社会分层分析更是牢牢地控制着有关社会不平等的研究。在此过程中，阶级分析被彻底边缘化了。这样一种状况是学术逻辑和政治逻辑双重挤压的结果。从政治逻辑上说，在中国政治史上，阶级分析曾经与极'左'意识形态过从甚密，随着政治气候的转变，这样一种历史瓜葛不仅导致阶级分析在政治上失宠，而且成为学术研究的负累；从学术逻辑上说，近半个世纪以来，尤其是由于布劳和邓肯的开创性研究，社会分层研

---

① 〔英〕戴维·李、布赖恩·特纳主编：《关于阶级的冲突：晚期工业主义不平等之辩论》序言，第2页，姜辉译，重庆，重庆出版社，2005。

究已经发展出一整套适合'中观社会学'的研究概念、命题和方法，而阶级分析在很大程度上仍然停留于思辨的社会哲学层面，在实证研究占据主流的社会学中不受欢迎自然是不问可知了。"[1]有学者指出："分层研究和阶级分析的根本区别在于它们对社会不平等的基本假设和信念不同。前者是功能论的，认为社会不平等的存在是为了满足社会的整体需要，社会不平等的形成本质上是一个市场性的资源配置过程。而后者是冲突论的，认为社会不平等的存在只是为了满足统治阶级的需要，社会不平等的形成本质上是一个对抗性的权力强制过程。"[2]《那儿》《受活》等作品的"阶级"视角引入，既呈现了社会不平等的深度，也强调了文学批判性立场的烈度。《那儿》描述了国有资产重组中的官商勾结以及工人群体无力的抗争，《受活》讲述了"圆全人"对残疾人或明或暗的多层次剥削与压迫，《第七天》几乎就是社会不公事件的结集。它们始终在提醒"不平等"的公开性、多样性和长期化，而阶级视角的引入有助于凸显转型社会利益再分配的隐蔽性、权力化和暴力性。作为小说题目的"那儿"内含丰富，它脱胎自阶级斗争的标志性符号《国际歌》，是老人记不住"英特纳雄耐尔"后的简称。"那儿"寄托着在国有资产重组中被剥削被欺骗的工人群体对昔日政治身份和社会地位的怀念，与此同时，作为代词的"那"又指较远的时间、地方或事物，具有强烈的乌托邦色彩。《受活》里的茅枝婆以死换取村民脱离行政管辖，《那儿》的朱卫国碎颅自尽以表达对官商勾结的愤恨和无力保障工人同事权益的内疚，余华《第七天》则借死去的杨飞的视角宣布只有在"死无葬身之地"才有平等——与"27年文学"阶级叙事的满怀信心

---

[1] 苏阳、冯仕政、韩春萍：《把阶级还给不平等研究》，苏阳、冯仕政、韩春萍主编：《中国社会转型中的阶级》，第2-3页，北京，社会科学文献出版社，2010。

[2] 冯仕政：《重返阶级分析？——论中国社会不平等研究的范式转换》，《社会学研究》2008年第5期。

相比，近20年来的文学阶级叙述明显加重了它的悲愤与决绝。

悲愤与决绝之外，近20年来文学的阶级叙述还注意到了弱势者的内部分化与敌视。传统的阶级叙述往往通过设置"中间人物"的形象来处理阶级斗争中的犹疑或摇摆，但"中间人物"终究会回到正确的政治立场上来，真正的阶级兄弟之间也不会发生你死我活的内讧。如果说《那儿》还将工人阶级的分化与内讧停留在自私自利的层面上的话，那么刘庆邦的《神木》则揭露了挖煤的农民工之间相互诱杀的恐怖景象。赵上河和李西民在诱杀陌生的闲散农民工时，也遇上了其他闲散农民工的垂钓。赵上河目睹老乡作案之后，"他懂得了，为什么有的人穷，有的人富，原来富起来的人是这么干的。大鱼吃小鱼，小鱼吃蚂虾，蚂虾吃泥巴……自己不过是一只蚂虾，只能吃一吃泥巴。如果连泥巴也不吃，就只能自己变泥巴了。"[①]在赵上河身上，诱杀同样不富裕的底层农民是件迫不得已的事情，他怜悯村中被打死在矿井下的赵铁军一家，攒够五万块钱的目标也只是为了能交上税负和孩子的学费。赵上河的悲剧表明，《神木》中矿工之间的矛盾已经明显超过了矿主对矿工的压迫。阶级视角的文学叙述在突出压迫与对立的结构性、内在性、复杂性的同时，也在挑战自身视角的有效性——如何解释《神木》中的赵上河们多少有些无奈地对"阶级兄弟"挥起的镐头？

四

《神木》揭露被压迫者间的残杀的同时，还涉及了阶级身份的遗传性问题，准确地说，是阶级身份的再生产。近20年来文学中的阶级身份再生产叙述，应重点关注的并非是"龙生龙凤生凤，老鼠儿子打地洞"式的机械身份复制，而是指向社会不平等结构的身份再

---

① 刘庆邦：《神木》，第115页，北京，电子工业出版社，2010。

生产能力：既得利益群体如何隐蔽地维持并扩大自身及其后代的优势，而弱势群体及其子女则日益丧失改变的能力和空间。有研究者认为，改革开放带来了经济层面中"不平上的公平"："市场经济意味着一种根据个人能力大小进行区别对待的报酬制度，这虽然导致了个体之间更高的不平等，但同时也带来了更大的经济公平……在很大程度上，可以把上升的不平等看作是后社会主义市场导向的改革的经济结果，并以此来解释和理解它。"[①]当然，在经济视角之外还应当看到，"体制性权利不平等是构造巨大社会不平等的一个重要机制"。[②]文学在社会转型的利益重组过程中有两种选择的可能：粉饰不平等的再生产，抑或揭露它。"文学是一个暴露意识形态，并对其进行检验、质疑的领域"，"这两种观点都具有说服力：即文学是意识形态的手段，同时文学又是使其崩溃的工具。"[③]革命时代的文学阶级叙述彻底地跌入社会不平等的对抗性模式之中，而市场时代的文学阶级叙述则过分渲染了社会平等的景象。在某些叙述中，弱势阶级的身份固化与传承，已经成为衬托主人公身份光环的绿叶。

都梁的《血色浪漫》在这个时候显示出了它的重要性。过分陶醉于钟跃民既能出入于刀枪棍棒也能博得众多美女青睐的浪漫生活，将会忘记这部小说所展示的阶级身份的固化和传承：同样曾经混迹于1968年底的街头的军队高干子弟和贫民子弟之间，存在着一条几乎无法跨域的身份鸿沟。钟跃民、袁军、郑桐、周晓白、张海阳、李援朝等人是军队系统高层的子弟，被平民子弟称为"老兵"，玩世不恭、放荡不羁、贫嘴轻佻都是他们身份优越感的象征。无论时代

[①] 王丰：《分割与分层：改革时期中国城市的不平等》，第7页，马磊译，杭州，浙江人民出版社，2013。

[②] 孙立平：《失衡：断裂社会的运作逻辑》，第33页，北京，社会科学文献出版社，2004。

[③]〔美〕乔纳森·卡勒：《文学理论》，第41页，李平译，沈阳，辽宁教育出版社，1998。

如何颠簸,他们的命运都比"小混蛋"、李奎勇、宁伟以及在落户陕北的知青李萍、张广志、曹刚、钱志民、郭洁们强——这些被时代抛弃的人原本也是出身于社会边缘的群落。钟跃民能进入正荣集团,是因为李援朝坦诚相告自己看上了钟父在两广地区潜在的人脉资源;出身于将军世家的周晓白轻易地戴上了大校的军衔,而这个军衔则是家庭成员里最低的;李援朝虽在正荣集团内斗中落败,但他早已积累了在美国过上上流生活的财力;在父辈权力较量中不怎么显山露水的袁军,在小说结尾也到基层部队当上师长。"老兵"风光生活的另一面,就是小说列举的平民子弟回城20年后的惨状:曹刚冒着被车撞死的危险以碰瓷谋生,张广志以撒图钉来提高补自行车胎的收入,赵大勇常年蹬三轮成了驼背,送牛奶的郭洁头发花白,修鞋的钱志民浑身皮革味,苍老的李萍每月的退休金不足四百元。在此之外,小说还不动声色地描写了"小混蛋"被"老兵"们剿杀,以及李奎勇、宁伟、吴满囤们看似偶然实则必然的死亡。"小混蛋"虽然穷凶极恶地对高干子弟身份的"顽主"痛下杀手,但追溯其根源仍然来源于高干子弟的仗势欺人;李奎勇在明知必死的情形下仍选择与"小混蛋"结盟,也是由于其屡遭欺侮的生存经验;宁伟在落难时得不到其出身阶层的支持,被迫站到了社会法制的对面,最终不无意味地死在钟跃民和张海阳的手中;农村的吴满囤靠着父亲给村支书干了三年的活和磕了无数的头才有了参军的机会,而同样的事情对于军队高干子弟来说是不存在的。吴满囤牺牲在对越自卫反击战前线,而周晓白后来被以大军区正职身份离休的父亲周镇南从野战军调入总部医院并升职为大校副院长。这种现象被轻描淡写地归结为"惯例"——这个词表明,"老兵"们之于"小混蛋"们的优势,并非完全因为个体的资质问题,更应是一种建立在家庭阶级身份基础之上的社会资源长期积累后形成的落差:"当人们进行互动时,一种不平等的结构就会被创造出来……随着时间推移,有利的位置会带来权力、特权和声望。处在这些位置上的人会被给予权力、特权和伴随这些位置而来的声望，处在这些位置上的那些人的孩子则会享有优越的条件。"①小说结尾时，李奎勇与钟跃民的谈话中出现了佛教的身影——他始终对根深蒂固的阶层身份遗传与压迫无法释怀，并期冀来生的那一个没有身份差异与压迫的极乐世界。然而，李奎勇的绝望还将继续下陷：他清晰地看到他的孩子将重复他自己的命运。"我挣扎了一辈子，到头来自己的现状没有改变，亲人的现状也没有改变，就算在朋友中间我也是个没用的人，混到这个份儿上，也早该被淘汰出局了"，"就整个人生来说，我却找不到盼头，无论我怎样挣扎也改变不了现状，这就是命啊。我有时就盯着我儿子……你看我现在什么德行，他将来就是什么德行，差不了太多"。②

李奎勇对特权阶级刻骨铭心的仇视与他与钟跃民之间生死不渝的友情构成了一个巨大的揶揄：如果在此世界要尽量消除阶级间的冲突，或许只能期待优势阶级都由像钟跃民这样贴满了道德符码的人士组成。王朔的《动物凶猛》等小说反映了"大院子弟"根深蒂固的蔑视平民的"大院意识"，③与《动物凶猛》等小说相比，《血色浪漫》反映出的军队子弟与平民子弟之间的对立更加隐蔽。军队高干子弟钟跃民和他的朋友们比"大院子弟"拥有更高的政治身份，但他们都得到了阶级身份的庇护与恩泽。"文革"中大院子弟"父母受冲击后，有过一段流出大院的生涯，这是值得同情的。但在这一过程中，在街头闲逛逐渐流氓化，又开始复制他们的祖辈在进入大院以前的文化，而'文革'后他们摇身一变，又成为社会上的大款、体制内的第三梯队。这个三点一线，对中国最近20年的变化影响至远，却始终没有得到清理。从这条线上过来的东西，对我们今天这

---

① 〔美〕乔尔·查农：《社会学与十个大问题》，第74页，汪丽华译，北京，北京大学出版社，2009。

② 都梁：《血色浪漫》，第471、473页，武汉，长江文艺出版社，2010。

③ 王彬彬：《文坛三户：金庸·王朔·余秋雨》，第176-192页，南京，南京大学出版社，2009。

个社会还在发生重要影响。"①

这段话准确地概括了"背着菜刀的诗人"钟跃民和他的朋友们的人生轨迹,并直指潜在的身份等级之于当下的巨大影响。

《血色浪漫》因此而成为颇有矛盾意味的小说。在将钟跃民们的"血色浪漫"生涯刻画的无比诗意和潇洒之时,它也描绘了阶级间的差异、固化和不平等的延续,并试图用阶级间的个体友谊或道德义气来胶合那道深长的裂痕,就像一首掺杂了许多噪音的"血色浪漫"颂歌。小说尾声部分钟跃民在听交响乐时被《欢乐颂》"拥抱起来,亿万人民,大家相亲又相爱"的主题感动得热泪盈眶,而李奎勇就在这个晚上死于穷苦和病痛。李奎勇肯定感觉到,"他们为生活所做的主要决定都不利于他们,这正是工人阶级文化和社会再生产的核心矛盾之一",②而钟跃民仍然陶醉在自我的道德理想和优越感之中。"浪漫"属于钟跃民们,而李奎勇们拥有的可能只是"血色"。保罗·威利斯在考查工人阶级的身份再生产机制时坦言,应努力将对文化生产的洞察转化为政治意识和实践,并力争中断不公的社会再生产,而不是反过来强化这种社会再生产。对于当下文学的阶级叙述而言,这应当成为一个自觉的目标。

本文原刊于《当代作家评论》2016年第6期

---

① 朱学勤:《是柏拉图,还是亚里士多德?》,《书斋里的革命:朱学勤文选》,第437页,长春,长春出版社,1999。
② 〔英〕保罗·威利斯:《学做工:工人阶级子弟为何继承父业》,第140页,秘舒、凌旻华译,南京,译林出版社,2013。

"50后"作家何以仍是中流砥柱?

黄 灯

程光炜在《"60后"的小说观》中,提出一个开放性问题,"当广大读者和文学批评家对小说的认知仍停留在19世纪文学那里时,20世纪60年代生作家却还在顽强地用20世纪小说观念制作着他们的作品。这是不是20世纪50年代生作家因此仍是文学之中流砥柱,而60年代生作家虽已崛起却没有像预期那样受到广泛欢迎的原因?我认为可以就此开展一场热烈坦率的讨论"。①

事实上,关于20世纪50年代生作家"中流砥柱"的判断,很多人也有此观点。李洱曾说:"你会发现,90年代冒出来的作家正在锐减,而50年代出生的作家还在不断爆发。他们即便不是井喷,也是呈泉涌之势。"②王尧也提过,"我所说的'一些作家'是指应邀参加'小说家讲坛'活动的小说家:莫言、李锐、张炜、韩少功、史铁生、贾平凹、余华、叶兆言、尤凤伟等。如果从20世纪80年代初期

---

① 程光炜:《"60后"的小说观——以李洱的〈问答录〉为话题》,《文艺研究》2015年第8期。
② 李洱:《问答录》,第172页,上海,上海文艺出版社,2013。

算起,这一批作家中的大多数差不多有了近20年的创作历史。他们从20世纪80年代到90年代再到新世纪,这样的创作历程独具文学史意义。有一批作家在20年中都保持着旺盛的活力,这是自新文学发生以来少有的现象"。①《天涯》社长孔见以多年的编辑经验,得出同样的判断,"当代文学演进至今,出现了'四代同堂'的局面,就在'90后'开始登场时,'50后'仍然在写作,他们在文坛的庄主地位还无法被颠覆"。②由此看来,"50后"作家依然是文坛中流砥柱,已成为诸多学者、作家心中的共识,这一问题的凸显,揭示了作家的更替并未沿着新时期代际更换的步伐推进,而是到"50后"一代,产生了真实阻隔,"60后""70后",甚至更为年轻的"80后""90后",尽管也已登上文坛,甚至进入成熟期,却始终无法从整体上取代"50后"的庄主地位。这种现象,显然无法单纯从创作主体的才气层面获得解释,若从社会转型背后的复杂语境加以审视,则可发现,这一问题和日常生活合法化后创作实践的危机有关,如何理解创作主体和时代之间的关联,成为宏大叙事淡化后创作主体面临的实际处境。本文联系具体的写作实践,以探讨"50后"作家何以仍是文坛中流砥柱,并尝试对当代文学语境进行初步清理。

一、政治的维度与共识的消失

现在看来,"50后"作家在文坛的攻城掠寨,完成于20世纪80年代,但真正显示整体实力却是90年代,此后,其长盛不衰的状态一直维持至今。这一时间段内,"60后"作家登上文坛,部分作家如余华、苏童、格非等在80年代中后期已经产生影响,"70后"作家也

---

① 王尧:《批评的操练》,第165-166页,桂林,广西师范大学出版社,2006。
② 孔见、王雁翎主编:《我们经验里的时代》,第9页,北京,当代中国出版社,2015。

崭露头角,"80后"作家裹挟市场的外衣,一亮相就风生水起。换言之,观照不同代际的作家,80年代向90年代的转型,是共同的背景,也是本文推进的基点。

20世纪80年代向90年代转型,到底呈现出怎样的面貌?李洱说出了过来人的感受,"20世纪90年代以后,中国社会发生了一系列深刻的变革。这些变革远远超出了人们的文化想象和知识积累"。[①]而导致这一深刻变革的标志性事件,是1992年邓小平南方谈话,及社会主义市场经济体制的建立,[②]由于市场经济体制推进的顺利,及对人们日常生活全方位的渗透,对90年代的观照,因而客观上获得了天然的经济维度。若从经济维度来理解,80年代向90年代转型成功后,个人化写作的盛行、日常生活的长驱直入、作家内部的分化、作家与市场的拥抱,都能获得顺理成章的解释。若从政治维度来理解,则不同代际作家在同一时空下,和时代之间的关联,则能获得更为清晰的呈现。正因为80年代向90年代的转型,经济维度日渐凸显,政治维度被掩盖,因此,观照90年代文学,单纯沿着此前代际更替的惯性(1949至80年代文学的更替,一方面,在单一政治维度的作用下,通过线性的叙述得以清晰呈现,另一方面,文学动力的获得,基本来自对前一阶段的反拨,并在反拨中获得来自前一阶段的思想资源),已经很难推导出太多新质的要素,而必须将其置于两者互相缠绕、互相关联的实际境况中。实际上,到90年代,因为经济维度的凸显,文学状貌的最大表征,体现为前一阶段再也不可能为后一阶段提供线性准备及原初动力,从而彻底中断了文学上"继续革命"的可能,并直接导致90年代至今的文学状貌,依然一地鸡毛,并从整体上呈现出纵向线性的递进,向混沌平面无中心的

---

① 李洱:《问答录》,第372页,上海,上海文艺出版社,2013。
② 指1992年1月18日到2月21日,邓小平南巡所发表的系列讲话。1992年10月,党的十四大报告明确指出,中国经济体制改革的目标是建立社会主义市场经济体制。

转化。

与此密切相关的是，对"60后""70后"一代作家而言，他们写作观念的形成以及文学上的起步、成熟，恰好和20世纪80年代向90年代的转型同步，撕裂和不适应感非常明显，"他们由理想主义者变成现实主义者，用了很长时间。在这个漫长的阶段里，他们感知世界，被世界伤害，重新信任世界……步骤清晰，姿势模糊"。①而对"50后"作家而言，因为亲身经历过极富政治色彩的"文革"时代，命运大起大落，人生经验和政治感受合二为一，因此，转型过程中，并没有太多时代裂变所致的撕裂和茫然，这样，在创作主体和时代的关联上，不同代际的作家产生了明显差别。相比"60后""70后"作家有意无意对政治的疏离，"50后"一代，更愿意坦率承认与政治的关系，"总归，文以时变。一个时代有一个时代的文学，特别在中国，文学从来是与政治分不开的。政治是什么，文学就会是一番什么面貌。文学受制于政治的封闭或开放程度。但是，现在的文学比之过去，是天翻地覆了。文学的变化与我国经济的飞速发展相当，比政治改革快一万倍"。②对他们而言，政治维度的审视，已经内化为观照世界的重要方式，个人与时代的关联，成为其文学观念的基本底色。但对"60后"的李洱而言，则有着与陈应松完全不同的感受，"偏执、抑郁、冲动、易怒、疯狂，包括色情、厌世、颓废，文学都没有理由回避，只要它们对你构成问题，只要你绕不过去，它就是真实的，它就是日常生活的主题。所有这些，如果它们确实构成了当代文学的景观，那我要说，与其说这是文学的问题，不如说这是时代的问题"。③"60后"的李洱，面临时代与个人关系时，难以找到掌控的感觉，坦然承认"这是时代的问题"，更为年轻的"70

---

① 张楚、阿乙、徐则臣等：《70后：夹缝中的一代集体沉寂或集体井喷？》，《北青艺评》2015年10月27日。
② 陈应松：《写作是一种搏斗》，第24页，武汉，长江文艺出版社，2015。
③ 李洱：《问答录》，第178页，上海，上海文艺出版社，2013。

后"作家,在时代与个人碰撞中,更是茫然失措。以阿乙为例,尽管在同龄作家中,他更愿意袒露对文学的抱负,"我认为我这条命或者我这个人是为了最重要的事情来准备的,过去是为了某个女人来准备的,现在是为了文学的事业来准备的。驱使我的不是钱,推动我的是文学史上有所建功立业的虚荣心。这就是我生命中最重要的东西"。①但面对时代,他依然无力,"现在的时代看起来大,但碎而无意义,我怎么都把握不了。需要有作家杀出血路。但我束手无策"。②由此看来,不同代际的创作主体,由于观照世界的维度差异,在时代转型中,对个人和时代关系的理解,确实有着明显的分野。在宏大叙事经过90年代的淘洗已彻底消解的语境中,有论者试图重新建立"历史题材"和作家重要程度之间的关联,"依我的理解,最为重要的文学家,都应该去处理'历史题材',如对我们今天生活仍然影响巨大的'建国''反右''大跃进''文革''改革开放'等等。文学只有抓住这些根本的问题,才能叫作是一种历史分析,没有历史分析的文学注定不是真正反映社会生活的文学。但这一点,至今仍然没有被更多的作家、批评家意识到"。③从创作实践看,"50后"作家比年轻作家显然对"历史题材"更为敏感,无论是以思想见长的张承志、韩少功、张炜,还是以叙事见长的莫言、贾平凹、阎连科等,在各自的文学建构中,毫不回避对"历史题材"的偏好,毫不回避政治生活的出场。由此是否可以判断,坦然面对时代和政治的关系,并未随着社会的转型放弃从政治维度观照世界,成为"50后"一代作家直到今天依然雄踞文坛的秘密?

---

① 阿乙:《我的人生为文学而准备》,引自 http://tieba.baidu.com/p/4045800004。

② 张楚、阿乙、徐则臣等:《70后:夹缝中的一代集体沉寂或集体井喷?》,《北青艺评》2015年10月27日。

③ 程光炜:《新时期文学的"起源性"问题》,《当代作家评论》2010年第3期。

既然转型后的20世纪90年代，对代际不同的作家，产生了着力点完全不同的影响，这就引来另一个话题，对90年代的叙述，是否存在透过经济表象，从价值层面做整体性判断的可能？如果要做整体性判断，又该确立怎样的切入点？很明显，若涉及价值判断，就不能回避对"共识"的审视，前面曾提到，1949年到80年代，文学更替的动力来自于对前一阶段的反拨，其反拨的动力，则来源于时代达成的共识，因此，"是否达成共识"，成为判断时代是否具有价值层面整体性的切点。由此观之，1949年直至"文革"结束，共识和主流文学观念的大一统，构成了事实上的重叠，80年代对"文革"的否定、对改革开放的期待成为此时的基本共识，但社会转型到90年代后，此种明朗局面逐渐消失，并且在思想界表现为"新左派"和"自由主义"的彻底撕裂。无论是社会学家、作家，还是文学研究者，对此都有切身感受。林岗从文学演变角度提到，"我们现在知道得很清楚，革命作为大事件在20世纪70年代末算是结束了，国家的文化政治生活由此也展开了一番新的面貌。文学随之也就脱离了'革命主轴'，开始了多元的演变。这个多元演变的文学史意义，我们现在还无法看得清楚。但是一旦将'十七年'文学与'文革'文学放在现代革命的主轴下观照，其'后革命时期'文学的特征就很清楚了。换言之，这段时期文学的现代性质不再是模糊不清，不能清晰阐述的，而是有着确切含义的"。[①]张承志作为共识尚存的80年代见证人，面对90年代分裂，以鲁迅思想为参照，作出如下判断，"其实，谁和谁都没有讲和。没有在任何一点细末之上，人们最后达到了一致。环境与先生的当时，是那么类似。看是泱泱天下大族，中国人，其实缺乏共同的心理素质。社会没有共识和公认，争斗将永无终期。人们缺乏共通的气质，悲剧正方兴未艾"。[②]由此看来，

---

① 林岗：《什么是"当代文学"》，《扬子江评论》2008年第2期。
② 张承志：《再致先生》，《读书》1999年第7期。

对90年代的共识，仅止于它没有达成共识的判断。既然如此，对90年代价值层面的整体性判断，换一种思维，是否可以获得？相比80年代以建构性的共识所构筑的整体性，90年代以一种非共识性姿态，和对现代性反思的非建构性面目体现出来。

事实也是如此，20世纪80年代向90年代转型后，随着价值目标层面社会共识的消失，以及转型过程和后现代理论契合，加上经济飞速发展过程中，消费理念的无孔不入，社会从整体上呈现出无根、无中心、以经济形态为表征的碎片状态。对此一阶段形成创作观念的作家而言，其面临的直接挑战，正来源于断裂和缺乏共识的时代，很难让他们看清个体和时代的关系，作家在营构文本过程中，内心越来越缺乏底气和动力，整体性焦虑和对自我的质疑，几乎构成"60后""70后"一代作家的真实心理。李洱在和梁鸿的对话《个人化经验与小说的形态》中，曾提到自己的疑惑，"这段时间我刚好在思考这一问题。90年代的许多作家为什么不写了？遇到了什么难题？它或者与作家遭遇的这种未经命名的日常生活有关，但也与作者的基本写作理念有很大的关系"。[①]很明显，他所提到的90年代"为什么不写了"的作家，并不包含"50年代"生作家，事实上，90年代正是莫言、贾平凹、王安忆、张承志、韩少功、史铁生、张炜等文坛中坚，创作力最旺盛的阶段，很多人的代表作品就产生于这一时期。"为什么不写了"的作家，主要指80年代已崭露头角，90年代已进入状态的"60后"作家。随后，李洱解释了是自我怀疑使得他们放弃了写作，"说到底，不管是作家，还是批评家，在这个时代，他对自己的判断其实都是不自信的，对自己都是有怀疑的，不管他是否承认"。[②]"很多人的怀疑是一种自觉的怀疑，它能够从这种怀疑中找到意义，把这种怀疑表达出来，这种人会慢慢写下去。而很多

---

① 李洱：《问答录》，第174页，上海，上海文艺出版社，2013。
② 李洱：《问答录》，第79页，上海，上海文艺出版社，2013。

人却被怀疑淹没，最终彻底堕入虚无。他会觉得这种写作毫无意义，甚至这种生活也毫无意义，最终，他就不会再写了"。①显然，面对90年代转型后的同一时空，尽管社会以非共识、非建构性整体面目出现，尽管不同代际的作家，面临时代转型的共同经验，但他们创作观念的差异，还是非常明显。梁鸿在和李洱的对话中，曾经谈到这种感受，"在你们的作品中，个人的经验世界几乎成为最重要叙事资源。而上一代作家的作品呢，里面却很少看到他们自己的影子。即使是书写自己的命运，背后仍然有大的想象支撑，有非常明显的整体性框架"。②确实，相比"50后"作家愿意以"作家—时代"的角度，来理解作家的责任，愿意从整体性角度，主动和时代对接，"60后""70后"作家则明显不愿从整体性视角来理解社会，而更多臣服于日常经验。张楚也曾这样概括"70后"作家特点，"他们很少关注宏大叙事，那些日常的、琐碎的，甚至是卑微的生活反而更多地被他们关注。他们基本上写的都是小人物"。③

那么，是否可以得出结论："50后"作家依然是文坛中流砥柱，除了内心早已成熟的政治维度，在共识无法达成的20世纪90年代，他们依然愿意在个人与时代对接中，对世界进行整体把握，进而对创作产生信心和掌控力？或者说，他们文坛牢固的地位，和其整体性的世界观密切关联？无论如何，相比更年轻的作家，"50后"作家对创作的理解和坚持，确实更接近一种生命姿态的执念，这一点从莫言、张承志、韩少功、史铁生、陈应松等作家身上都能得到印证。

---

① 李洱：《问答录》，第174页，上海，上海文艺出版社，2013。
② 李洱：《问答录》，第168—169页，上海，上海文艺出版社，2013。
③ 张楚、阿乙、徐则臣等：《70后：夹缝中的一代集体沉寂或集体井喷？》，《北青艺评》2015年10月27日。

二、思考力和想象力的较量

对创作而言，20世纪80年代向90年代的转型，日常生活合法化，是转型完成后的最大现实和胜利。"20世纪90年代后中国社会的巨大历史变迁，国家政策对一些叙述领域的'让渡'，他们独特的历史记忆和个人体验，在大学所受的系统文学教育等，是60年代生作家的中心场域。历史大陆的漂移，决定了一代人的位置。'纪念碑'叙述在50年代生作家的小说创作中是一种'起源性'的东西。而这代作家的历史感觉，则恰好处于'纪念碑'与电视台综艺晚会唱出来的'文革'歌曲之间，也即是处在大时代风暴记忆与转型期和平时代的缝隙之间。"①这暗示80年代向90年代转型后，在政治维度有意无意被遮蔽，经济生活伴随消费意识，对社会整体渗透成功后，日常生活终于彻底取代了50年代"纪念碑"式的整体生活，在"60后"甚至更为年轻的作家笔下，获得了表达的合法性。李洱直言："不管人们是否承认，一个基本的事实是，真正写日常生活应该是从所谓晚生代作家开始的。"②"实际上，作家去写日常生活，很可能有一个基本的考虑，那就是他认为日常生活与主流的、集体主义的、政治的、非个人性的生活构成了某种对抗关系……我倾向于认为，新一代作家之所以把很多精力投入到对日常生活的关注，是因为他认为日常生活是有意义的，也就是说，实际上隐含着对个人生活的尊重和肯定。"③

确实，伴随日常生活合法化的实现，"日常生活"的乌托邦早已潜入作家写作观念，成为其心照不宣的律令，但与此相关的另一面

---

① 程光炜：《"60后"的小说观——以李洱的〈问答录〉为话题》，《文艺研究》2015年第8期。
② 李洱：《问答录》，第72页，上海，上海文艺出版社，2013。
③ 李洱：《问答录》，第74页，上海，上海文艺出版社，2013。

是,从20多年的文学实践看,日常生活泛滥所致的文学实践危机,也暴露得越来越明显,在共识消解的时代,各类丰富、离奇的现实景观,远远超出了作家的想象力,"如今的新闻是重的,什么奇事都会发生,作家对如今的新闻是恐慌和害怕的,它们把作家的想象力远远甩到了老后头。作家在当今生活中基本失去想象力了,新闻太耸人听闻"。①这样,相比20世纪80年代,作家思考力寄寓于对时代共识的理解,两者能实现最大程度的共鸣,进入90年代,面对共识的缺乏和无边无际的日常生活,在如何获得高质量的个人判断,以对时代进行把脉上,显然对作家的思考力,提出了更大挑战。日常生活合法化,尽管为文学的多样个体经验提供了保障,但现实是,因为无处不在的现代性对生活的蹂躏,经验的同质化倾向已经无法避免。这样,作家对现实经验的处理能力,作家用文学形式命名状貌相似的日常生活,客观上需要作家感受力以外的更多思考力,如果不能穿透同质的经验,上升到对时代的判断,作家很容易滑入对经验的无限描摹,从而始终难以找到写作的支点。如果说,"十七年"文学中的某些作品,在写作理念的夹缝中,因为尊重日常生活,因而获得了超越时空的价值,那么,对宏大叙事淡化的90年代而言,作品能否获得超越时空的力量,则取决于能否冲破泛滥的日常生活围剿,获得对时代的个人判断。毕竟,当"纪念碑"式的宏大叙事消解后,个体和时代间的关系,已经很难从历史的大趋势中,获得合理解释,个体和时代间的融合或对抗,已随90年代的转型,隐匿于经济叙事的迷雾中,不知不觉演变为个人的命运叙事。此时,如果不能在个人命运叙事的迷障中,发现时代的秘密,并启用对时代观照的政治维度,显然难以对必然性的个人悲剧,做出有说服力的解释,而发现时代的秘密,显然需要作家独立判断基础上的思考力,需要作家坚守独立知识分子的写作身份。这样,80年代向90年代转

---

① 陈应松:《写作是一种搏斗》,第124页,武汉,长江文艺出版社,2015。

型完成后,对作家而言,臣服于日常生活的想象力,和共识消失后,对时代诊断难度所要求的思考力,两者之间的较量,成为不可回避的问题。

回到不同代际作家创作上,可以发现,面对想象力和思考力的较量,因为创作观念的差异,在日常生活合法化后的文学语境中,作家的态度也不同。以李洱为例,尽管他不否认文学需要思想,需要思想资源,但在他的小说观念里,显然更强调小说的多种可能性,更乐意营构小说之间的对话关系,他更愿意呈现小说的可能,对小说的结论心怀警惕。相比"50后"作家的自信和决断,他多一份犹疑,多一份营构对话空间的自觉,"真正的对话关系的建立,首先依赖作品中的自我质疑、互相否定的机制。作者对自己提出的任何问题都不去轻易下决断,包含着自我否定的可能。他是在否定中寻求肯定,在肯定中遭遇否定。这样的作品,既不依赖道德优势,也不依赖反道德优势"。[①]这种整体上的内省状态,能有效突破二元对立的道德原则,但其渗透的相对主义,终究和后现代思潮密切同构,难以和非建构性表征的社会整体拉开有效距离,也难以呈现其诊断时代的清晰立场。在想象力和思考力的较量中,这一代作家更尊重日常生活的合法性,更愿意在日常细节中呈现个人思考,很少直接回应20世纪90年代面临的诸多现实问题。与之形成鲜明对照的,是"50后"一代作家,对文学想象力限度的警惕,在80年代向90年代转型过程中,他们自觉启动对时代的直接回应,并不惜转换此前确定的小说家身份,愿意用思想随笔与现实短兵相接,其中张承志、韩少功的创作转型最为典型。张承志曾谈到,"后来慢慢觉得写小说没有兴趣。不管什么形式的小说,都有一个虚构。小说总是有一个框架,用它里面的口气说话,这是一个绕弯的过程。作为一个原小说家,我明白小说有小说的作用,但是直接的文字,对作家来说非

---

① 李洱:《问答录》,第280-281页,上海,上海文艺出版社,2013。

常顺手。因为小说需要奇特的构思,也就是弯的绕法是讲究的,也费精力,我更喜欢直接诉说。直接的诉说,力量不一定比小说弱。在21世纪开始的今天,世界一片嘈杂,人心惶惶,人无心读书,小说的形式障碍,使人难以读下去"。[①]韩少功坦言,"我很久以来就赞成并且实行这样一种做法:想得清楚的事写成随笔,想不清楚的事就写成小说。小说内容如果是说得清楚的话,最好直截了当,完全用不着绕弯子罗罗唆唆地费劲。因此,对于我写小说十分重要的东西,恰恰是我写思想性随笔时十分不重要的东西。我力图用小说对自己的随笔作出对抗和补偿"。[②]而他所提到的"随笔",正是90年代《完美的假定》《夜行者梦语》《性而上的迷失》等引起广泛关注的文字。很明显,与李洱创作观念里的自省、相对性和犹疑不同,当传统小说形式阻碍思想表达时,张承志、韩少功不会沉湎日常生活的泥潭,而是自动调整创作主体的能动性,直面时代转型的阵痛,以思想者的面目,和现实赤膊上阵,同时坚守知识分子写作身份,在个体和时代关联中,日渐沉淀出思想者的声音、特质,而这正是"50后"一代作家和后来作家的明显差异。

之所以造成这种差异,从年龄层面并不能得出令人信服的结论,时代如何内化到作家生命中,并转化为其精神资源,是产生差异的秘密。毕竟,一个时代有一个时代的文学,一个时代也会孕育与此吻合的作家。对"50后"作家而言,他们大多拥有切身的社会经验,并未受到太多功利、死板的体制化教育的约束,在成为有影响的作家以前,都经历了丰富的生活积累,知青作家不用说,农村出生的作家更是如此。以莫言为例,尽管其原始学历只有小学程度,但他童年的经历为创作提供了长久滋养,直到今天,依然念念不忘,"我十一岁辍学,辍学后有过一段大约三五年特别孤独的时候。那时候

---

① 张承志、海林:《文章以知大义而贵重》,《回族研究》2007年第4期。
② 韩少功:《完美的假定》,第89页,北京,作家出版社,1996。

还是生产队，十一岁的孩子连半劳力也算不上，只能放一放牛、割一割草，做一些辅助性的劳动，我的主要工作就是放牛。一天挣三个工分。牵了牛到荒地去，早上去晚上回，中午自己带点干粮，整整一天，太阳冒红就走，直到日落西山才回。一个认得点字的孩子，对外界有点认知能力，也听过一些神话传说故事，也有美好的幻想，这时候无法跟人交流，只能跟牛，跟天上的鸟、地上的草、蚂蚱等动植物交流。牛是非常懂事的，能够看懂我的心灵"。①陈应松也是如此，他曾说，"我这个人的个性又是有种野性的，我过去是驾船的，在长江上跑船，有了一种自由散漫惯了的生活方式和习惯，所以走进那样的文人荟萃的大院，有一种拘束感，觉得那里很局促，好像我不应该到那里去的"。②更为重要的是，除了生活积累，他们后天都获得了良好教育，和早期生活实践构成了极好的互补，可以说，其精神资源，既有丰富的人生实践打下的根基，也有宽广的知识积累带来的全新视野，两者的有机结合，构成了"50后"作家在代际更替中的独特之处。但对"60后"一代作家而言，他们人生的戏剧化程度远远不能与之相比，而是从整体上呈现出一种学院气质，"他们在大学所接受的学院化的知识训练，远要比50年代生作家要自觉和系统得多。而这种训练，也必然随时随地出现在他们对现代小说观念的理解中"。③这种精神资源的差异，导致作家处理个体和时代关联的不同姿态，而这，是否导致"50后"作家依然是文坛中流砥柱的另一秘密？

需要说明的是，对创作而言，想象力和思考力之间的配比，不像理科方程式，通过演算，就能得出一个严苛的数字结论，两者之

---

① 刘晔：《诺贝尔文学奖获奖者莫言：我写农村是一种命定》，《文艺报》2012年10月12日。

② 陈应松：《写作是一种搏斗》，第90页，武汉，长江文艺出版社，2015。

③ 程光炜：《"60后"的小说观——以李洱的〈问答录〉为话题》，《文艺研究》2015年第8期。

间的抗衡，说到底和"作家"与"知识分子"写作身份密不可分。因此，除了对作家的考察，可以从思想论争、文学生产方式的调整来获得旁证。从思想论争看，2006年，在胡发云的作品研讨会上，爆发了一起"思想界炮轰文学界"事件，思想界人士认为，"中国作家已经日益丧失思考的能力和表达的勇气，丧失了对现实生活的敏感和对人性的关怀，文学已经逐渐沦落为与大多数人生存状态无关的'小圈子游戏'"。"'缺乏思想'是与会的许多专家学者对当下中国文学的另一个基本评价：在当下的文学作品中看不到对当下中国人生存境域的思考，看不到对人生意义的思考，更看不到对终极价值的思考。"①事情的进展，尽管和1996年"人文精神大讨论"一样，对立双方并未以此为契机，建构有效的对话、沟通渠道，但论争的出场，还是以尖锐的方式，凸显了当下语境中对作家思考力的呼唤，对作家放弃知识分子身份的忧虑。从文学生产方式的调整看，期刊作为文学生产的重要一环，其发展也能说明问题。1996年，《天涯》的改版，一出场，就以明显的思想气息让人耳目一新，直到今天，依然成为国内思想界交流的重要平台，也暗中牵引了不少作家以思想者、知识分子名义发出声音；2010年，《人民文学》从第2期开始，策划"非虚构"栏目，在没有明确宣言情况下，以不同的写作实践，悄悄探讨文学的思想边界；2015年，《十月》从第1期开始，策划"思想者说"栏目，以"召唤文学与当代思想对话的能力，记录当代人的思想境遇与情感结构"，②受到多方关注。现在看来，无论是《天涯》"作家立场"栏目对思想的直接介入，还是《人民文学》"非虚构"、《十月》"思想者说"栏目的推出，都显示出文学生产机制，对时代精神症候的敏锐觉察，并企图通过生产方式的调整，对文学思想边界进行拓展。想象力和思考力的较量，知识分子写作身份的放

---

① 《思想界炮轰文学界：当代中国文学脱离现实》，《南都周刊》2006年5月15日。

② 《十月》2015年第1期"卷首语"。

弃和坚守，成为时代转型后，作家面临的最大挑战。"作家是知识分子中的一员，对知识分子身份意识的自我消解以及个人写作行为公共意识理解力的不够，正是导致今天中国文学创作整体平庸化、工具化、虚弱化以及去社会意义化的原因所在。"[①]"50后"作家在文学对现实的回应中，更愿意坚守知识分子的写作姿态，为他们保持文坛的庄主地位，获得了重要支撑。

三、有立场的写作是否可能

从前面论述可知，政治维度和共识的消失成为20世纪90年代转型后，作家面临的基本语境，而思考力和想象力的较量，知识分子身份的放弃、坚守，对作家而言，最根本的问题，是如何处理个人和时代关系。面对日常生活合法化后的危机，"70后"作家已意识到，"如何在现实和文学中处理好个体与现实、历史的关系，越来越显要地成为他们面临的最重大的课题。每一代人都躲不掉，到时候了"。[②]换言之，如何建构个体和时代关系，不但成为思考力、想象力较量的内在动力，也成为不同代际作家差异产生的根源。对具体创作实践而言，作家如何面对个体和时代关系，需要创作主体确立写作姿态，而写作姿态，更多隐含在写作立场中。

事实也是如此，对"50后"作家而言，积极建构个人和时代的密切联系，并形成坚定、明晰的写作立场，是其最明显特征。他们更愿意亮出鲜明的旗帜，毫不掩饰写作的立场倾向，在对时代判断上，有着清晰的精神面目。张承志坦言，"基于这种认识，我希望自己的文学中，永远有对于人心、人道和对于人本身的尊重；永远有

[①] 张莉：《在逃脱处落网——论70后出生小说家的创作》，《扬子江评论》2010年第1期。

[②] 张楚、阿乙、徐则臣等：《70后：夹缝中的一代集体沉寂或集体井喷？》，《北青艺评》2015年10月27日。

底层、穷人、正义的选择；永远有青春、反抗、自由的气质"。①陈应松之所以成为底层文学代表，正来源于他血性书写中的立场彰显，"我们的文学资源包括社会资源、精神资源和生活资源。你有了社会资源，你才有担当的勇气，你就有了政治立场和写作立场。一个缺乏立场的作家很难说他有什么大出息"。②对"50后"作家而言，清晰的写作立场，帮助他们从共识消失后的90年代突围而出，面对日常生活的泥潭和一地鸡毛，依然能凸显清晰的精神面貌，保持了知识界对价值失范的回应。"50后"作家之所以是文坛中流砥柱，和他们精神立场的坚守密不可分，很难想象，如果缺少这种精神的坚守和立场的彰显，他们和其他作家有何根本差异。

而恰恰是在回应时代的精神难题上，"60后"甚至"70后"作家，因为写作观念的分歧，最终造成了和时代不同程度的疏离和纠结。对"60后"作家而言，与时代的疏离和纠结，更多表现为写作观念里的犹豫、犹疑、自我质疑和营构对话空间的渴望。对"70后"作家而言，与时代的疏离和纠结，则表现为作家对日常生活合法化后理所当然的认同，早有评论家指出这种认同的危机，"日常生活的书写固然使我们认识到日常的美好与光泽，但是，这不约而同的审美趋向事实上也遮蔽了我们对身在的现实世界的重新认识——对日常生活的反复讲述和对个人感受的无限留恋，使文学与现实世界的关系发生了深刻的变化"。③其直接后果，一方面消解了写作立场的确立，另一方面，也阻碍了写作者介入90年代的精神困境。这让人想到，"70后"一代为何在代际的夹缝中，面目模糊而又找不到突围契机。从才气的局促，显然难以得出令人信服的结论。也许，更为深层的原因，在于他们不习惯、不愿意在重大的事情上表态，对判

---

① 张承志：《张承志的获奖演说》，《当代作家评论》2010年第4期。
② 陈应松：《写作是一种搏斗》，第223页，武汉，长江文艺出版社，2015年。
③ 张莉：《在逃脱处落网——论70后出生小说家的创作》，《扬子江评论》2010年第1期。

断的坚定深怀警惕,一方面,他们害怕二元对立的道德观,另一方面,又无法找到合适的支点,建构更为有效的判断方式,逃避、观望、放弃立场,成为他们直面生活的潜意识,对精神难题的疏离与问题丛生的现实,构成了刺眼对比。这种模糊姿态和不敢宣示抱负的内敛,当然不影响他们创作精致的作品,但却影响其精神力量的产生,以及对抗时代的勇气。面对立场模糊所致的境况,底层文学和非虚构叙事趁机崛起。

尽管底层文学的产生,受到了很多人的质疑,但底层文学的力量,恰恰来自作家重构个体和时代关联时,所持有的明确立场,及由此滋生的突围现有文学格局的勇气。日常生活合法化后的文雅之态,终于由底层文学的粗粝撕开裂口,《人民文学》"非虚构"栏目的实践,不过从生产方式的调整证实了这点。现在看来,尽管参加"非虚构"栏目的名家,有韩石山、刘亮程、慕容雪村、南帆、贾平凹、于坚、林那北等,但产生影响的作品,却是梁鸿的《梁庄》系列、萧相风的《词典:南方工业生活》、郑小琼的《女工记》、丁燕的《到东莞》,整体上和底层文学遥相呼应。通过直面生存真相,"非虚构"以文字接通了与现实的关联,以清晰的立场有效回应了现实难题。在产生良好效果后,《人民文学》通过2010年第9期的"留言",表明了用意,"我们相信,这将为文学带来新的生机、力量和资源","我们期待着更多、更深入的行动,期待着更多关于这个时代人们的生活与心灵的直接、具体的观察"。[①]在第10期"留言"中,《人民文学》亮出了"非虚构"的旗帜,"我们认为,非虚构作品的根本伦理应该是:努力看清事物与人心,对复杂混沌的经验作出精确的表达和命名,而这对文学来说,已经是一个艰巨而光荣的任务"。[②]这和张承志提到的,"一个作家的文学质量,在于他对中国理

[①]《人民文学》2010年第9期《留言》。
[②]《人民文学》2010年第10期《留言》。

解的程度，以及他实践的彻底性"，①有着内在沟通。这暗示有立场的写作，在转型后的语境中，依然有现实针对性。对"70后"作家而言，如何重建多维度的社会审视，如何突破日常生活合法化所致的无力感、不确定性，如何建构更有整体性的文学观念，也许是文学获得力量、钙质的有效方式。毕竟，在道德说教的时代，保持对道德泛滥的警惕，意味着对写作底线的把持，但在道德失范，知识者易于沦为"恶"的同谋的时代，写作立场的确立，更能帮助创作主体克服虚无、相对主义对精神领地的沦陷。"50后"作家中流砥柱的现实，说到底来自于精神主体的自觉。

需要说明的是，对当代文学的审视，代际分野的研究视角，尽管为透视20世纪80年代向90年代转型提供了方便，但它同时也加剧了对"70后""80后"作家的简单判断，甚至某种程度上因为视角的简单化，遮蔽了诸多具体问题。"50后"作家至今雄风仍在，从动态、长远时空看，并不能就此推断其文学的实绩，一定优于后来创作者，但他们到目前为止，所保留的对时代精神难题的思考、回应，却以代际的真实阻隔，终结了当代文学线性更替局面，勾画了90年代转型后文学的新图景，从某种程度而言，线性更替局面的终结，恰恰意味着文学常态化的开端。只不过，不同代际的创作主体，因为经验、知识准备、写作立场和态度的差异，在建构个体和时代的关系上，呈现出了完全不同的图景。而诸多学者提出的"50后"作家中流砥柱的判断，暗示研究者在新的语境中，需要寻找文学研究的新路径。

最后，想提一点个人的疑惑，"50后"作家之所以长盛不衰，是否预示着，在对他们的考查中，存在更多文学以外的维度？诸如在文学资源的分配中，他们80年代累积的声名，到90年代市场化转型后，兑换了多少实际的利益和影响力？在双重的收获中，"60后"

---

① 张承志：《张承志的获奖演说》，《当代作家评论》2010年第4期。

"70后"一代的创作实绩,到底有多大程度的遮蔽?对这些具体问题的清理,需要批评家做大量琐屑、基础,甚至笨拙的工作,可惜在当下的学术环境中,容忍批评家如此行动的空间并不开阔。说到底,"50后"作家中流砥柱的事实,暗示着对文学生态环境的审视,仍是推动当代文学研究的基础、前提。

本文原刊于《当代作家评论》2017年第2期

《白毛女》进城与革命文艺的传播和示范

王秀涛

《白毛女》是延安文艺的经典作品,其传播的范围随着中国共产党在解放战争中的逐步胜利而日益扩大。随着军事上的胜利,大批城市被解放军接管,伴随着城市的接管和政权的更迭,延安文艺也随军进城,而《白毛女》无疑是被重点推广的作品之一。在已有的研究成果中,学界对《白毛女》的传播与接受研究已经很充分,但都没有注意到接管城市与《白毛女》进城之间的关系,也没有相应的研究成果出现。本文意在从城市接管的历史背景下,呈现《白毛女》进城的一些历史细节,分析延安文艺经典如何在新解放区上演,并作为革命文艺的典范,为中国当代文艺的发生提供准备。

一、革命文艺进城

随着军事的逐步胜利,中共开始不断夺取、占领大城市,并对这些新解放的城市实行军事管制,以军事力量来保证城市政权移交的顺利进行。接管城市是中共建国的重要步骤,也是中共工作重心从农村转向城市的开端。军事接管虽然是过渡性的治理方式,但在中华人民共和国建国史上却是非常重要的阶段,在接收大量物质、人员,建构新秩序的同时,其中蕴含了关于新中国的设想和未来方向。对于当代文艺的建立而言,中共接管城市期间在发展方向、思想意识形态等方面,都为此后当代文艺的建立做了相应的准备,同时也孕育着新的文艺形态。可以说,城市接管也是当代文艺的一次预演,并提供了政策上的准备。通过新文艺的初步演练和推广,在一定程度上预示了当代文艺的方向和此后的面貌。正如叶剑英所说的,"'军管时期'也可以给我们的共和国准备下各种政策的基础。旧有制度我们要批判地接受,将来在实施的过程中,逐渐把他修正成为人民大众所需要的"。[1]

解放战争不仅仅是军事意义上的逐步胜利,同时也是解放区文艺逐步扩张的过程。占领城市后重建新秩序,既需要军事、政治上的保障,文艺上的宣传显然也是不可或缺的重要手段。作为战斗的武器,文艺在中共的政治话语中占有非常重要的地位,和政治、军事斗争是密不可分的,革命文艺的推广与军事胜利总是相伴而生。"随着战争规模的扩大,特别是在济南战役、淮海战役、渡江战役前后,部队活动范围扩及许多城市。到城市进行政策宣传,传播解放区的文化活动,成了文工团(队)的重要任务。那时候,纵队和各师的文工团在扩大解放军的影响方面,发挥了很大的作用。《白毛女》和《王贵与李香香》进城了,《解放区的天》进城了,秧歌和腰鼓的雄壮舞姿出现在城市街道广场"。[2]进城之前,中共就已经在文艺方面做好入城的准备和安排,通过各种方式把中共的政治主张和延安文艺的面貌展示给市民。譬如重庆解放后,二野六纵队文工团

---

[1] 《叶剑英在民主人士座谈会上关于北京军管工作的讲话要点》(1949年3月2日),《北平的和平接管》,第106—107页,北京,北京出版社,1993。

[2] 张景华:《回忆解放战争时期华野二纵的文艺工作》,《中国人民解放军文艺史料选编(解放战争时期)》,第267页,北京,解放军出版社,1989。

在重庆市青年馆剧场演出歌剧《刘胡兰》，虽然舞美、灯光仍然十分简陋，但演出"场场挤满了观众，他们被解放区文艺的新风貌所吸引，他们为刘胡兰的英勇精神所感染。演出中，剧场里静悄悄，时而听见观众抽泣声，时而爆发出热烈的掌声、口号声。戏演完了，夜也深了，可观众仍围聚在后台出口处，久久不肯离去。他们中有青年学生，有工人，还有白发苍苍的老人，他们伸出热情的手，同演员们一一告别"。①先锋剧团在占领保定后设立了书报阅览室，正中挂了毛主席画像，摆放了华北解放区的《人民日报》等报刊，毛主席的各种报告文章，以及赵树理的《小二黑结婚》《福贵》，贺敬之、丁毅等的《白毛女》，胡奇的《模范农家》等。"许多群众如饥似渴地阅读报纸和书籍"，有知识分子说："写得真好，道理说得很对，让我借回去给别人看看，明天就送回来。"有学生则认为："解放区的文章都是正经的文章，说的是事实，讲的是真理，不像国民党报纸假话连篇，逃跑叫转移，被歼还发贺电，报纸上写了许多桃色新闻，真没意思。""骗人骗己骗不了老百姓，我们老百姓有眼睛，看看两种不同的军队，不同的文化，就什么都清楚了。像《小二黑结婚》这样的书，我们更爱看。八路军真好，副司令员还为这本书写序，说明你们这支军队是有文化的军队。"②

接管北平、上海，同样伴随着革命文艺的传播。在北平，军管会致力于建立无产阶级思想的领导权，"所有文艺活动亦着重介绍解放区情形"，"在各种机会及工厂学校中演出《赤叶河》《白毛女》等歌剧以及大秧歌剧等"。③进入上海前，中共提前做了准备和安排。

---

① 黎萍：《从鄂西南到大西南——回忆二野六纵队文工团的一段生活》，《中国人民解放军文艺史料选编（解放战争时期）》，第179页，北京，解放军出版社，1989。

② 曹欣：《行进在凯歌声中——记解放战争中的先锋剧团》，《中国人民解放军文艺史料选编（解放战争时期）》，第120页，北京，解放军出版社，1989。

③《北平市军管会接管工作概况》（1949年4月），《北平的和平接管》，第216页，北京，北京出版社，1993。

文工团以街头宣传为主，文工团一队复习秧歌，二队复习腰鼓，军乐队联系行军纵队。评剧团排演《小苍山》《三打祝家庄》。文工团一队在大中华唱片厂灌音，计有《解放区的天》《向解放军致敬》《军队向前进》《蒋匪军一团糟》等。①三野文工团一团并全力突击排练进入上海后的晚会节目，选定了《淮海组歌》《胜利腰鼓》，以及秧歌剧《兄妹开荒》《火线爱民》《支前生产》。这样的安排意在用延安文艺的经典作品来代表解放区的无产阶级文艺，"以崭新的内容和形式，反映革命战争中的英雄人物，塑造工农兵的艺术形象，用无产阶级崭新的艺术去占领上海舞台。宣传共产党，宣传解放军，宣传解放区军民艰苦卓绝的斗争，宣传解放了的人民幸福、民主的新生活！"②

上海军管会文艺处所属各室各文工团，及文协、影剧协所领导的团队，也开始用革命文艺来进行宣传工作。③在短时间内，上海文艺工作团演出70次，观众达164万人，使上海市民初步接触到了解放区的艺术，在陈毅看来，老解放区和人民解放军的各种文艺教育工作经验和各种艺术作品，"提供上海市的文艺教育界朋友作为求进步的参考"，④"特别是歌咏、腰鼓与东影的纪录影片，对上海文艺界给了一个甚大的冲击"，有人表示，"这生动地表示了解放区人民艺术的力量，这是人民的声音"。梅兰芳、周信芳看了腰鼓后说："这才是新形式与旧形式的结合，整齐有力而优美，值得我们学习。"⑤

---

① 《文化教育管理委员会一周接管工作综合报告》（1949年6月4日），《接管上海》上卷，第433-434页，北京，中国广播电视出版社，1993。

② 韦明：《淮海决战前后的三野文工团一团》，《中国人民解放军文艺史料选编（解放战争时期）》，第380页，北京，解放军出版社，1989。

③ 参见王秀涛：《城市接管与当代文艺的发生》，《文艺争鸣》2016年第11期。

④ 《陈毅市长关于上海军管会和人民政府六七两月的工作报告》（1949年8月3日），《接管上海》上卷，第96页，北京，中国广播电视出版社，1993。

⑤ 《文化教育管理委员会第二、三周接管工作综合报告》（1949年6月20日），《接管上海》上卷，第437-438页，北京，中国广播电视出版社，1993。

二、《白毛女》在北平和上海

在所有随军进城的文艺作品里，影响力最大的无疑是《白毛女》。《白毛女》自上演以来，就作为延安文艺的典范之作，成为政治宣传和革命动员所倚重的重要资源。在军队中，文工团通过《白毛女》激发战士的战斗勇气和热情，在新解放区《白毛女》则成为展示解放区文艺、宣传中国共产党政治主张的有力武器。《白毛女》是延安文艺最直接的展示，而且其表达的主题"旧社会把人变成鬼，新社会把鬼变成人"，也恰当地解释了中共解放战争的合法性。接管城市的同时，往往伴随着《白毛女》的上演。在合肥，华东野战军十二纵队文工团演出了《白毛女》《王秀鸾》《血泪仇》《刘胡兰》和《升官图》等一些保留剧目，"根据机关干部反映，认为《白毛女》和《血泪仇》两部剧，与其他已演出的各剧相比较，思想性最强"。[①] 在东北，演出最多的也是歌剧《白毛女》和《血泪仇》，这两个歌剧的演出，"成为对新解放区群众进行宣传的有力武器。同时在青年知识分子中也发生了巨大的影响，不仅使他们提高了对我党我军的认识，而且对我军文艺工作有这样高的水平，也表示了极大的钦佩和羡慕"。[②] 据不完全统计，1946—1949年间，解放军部队师以上文工团（队）演出《白毛女》平均每月15场以上，观众数以千万计。

《白毛女》进入北平、上海，其影响力也进一步扩大，在这两个文艺最为发达、文艺工作者最为集中的地方，《白毛女》的公开上演和大力推介，无疑是对新的文艺方向的一次展示。《白毛女》在北平正式公演之前，先给傅作义起义部队的师级以上干部演出了一次，

---

① 平波：《华东野战军十二纵队文工团概况》，《中国人民解放军文艺史料选编（解放战争时期）》，第372页，北京，解放军出版社，1989。

② 王迪康：《东北部队文艺工作概述》，《中国人民解放军文艺史料选编（时期）》，第483页，北京，解放军出版社，1989。

1949年2月16日晚在国民大戏院（首都电影院）演出，引起非常大的反响。当演员深夜离开戏院，"戏院门前还有一些观众在等待着演员们出来见上一面，其中有从西郊赶来的大学生，他们一再询问我们什么时候公演？可见人们期盼《白毛女》早日与观众见面的急迫心情。"邵力子观后说："这是一台不可多得的好戏！"①声乐家盛家伦看过演出后说："我非常激动，感到你们的方向是对的、正确的。"新民报记者王戎说："我在蒋管区住久了，被那种腐化的靡靡之音麻木得像喝醉了酒似的。而看了你们的节目，不只是民族形式，更重要的是它内涵的战斗力，感到了艺术作品中应有的新鲜与生命。"大学生们则反映："我到今天才看见真正的人民艺术，简直把我看痴了。"有的还写了感谢信："今天我们获得新的、有涵养、前进战斗的艺术生命，更深地了解了你们，了解到革命工作的重要与伟大，更看到共产党是怎样领导人民为解放事业而作的艰苦斗争。"②

《白毛女》在北平正式公演之前，华北大学第一文工团在3月18日《人民日报》刊发了一篇文章《写在〈白毛女〉上演之前》，对《白毛女》的创作过程、主要思想等情况进行了介绍。文章说，"北平目前广大的群众正痛恶地诅咒旧社会的封建统治，欢欣地在为新社会的光明唱着赞歌"，"共产党的文艺队伍，在中国广大的乡村里坚持斗争，10年，20年。今天，我们又回到城市里来了，我们愿意把我们在乡村里怎样工作的情形，告诉给我们的工人兄弟、学生及广大的市民，《白毛女》就算是向大家报告的一点工作吧！"文章着重强调，《白毛女》会告诉观众，"地主恶霸是如何残酷地在欺压剥削成千成万的农民，群众又是怎样进行艰苦的斗争。它表现了两个不同世界的对照，也表现了人民的翻身"。《白毛女》公演之后，《人民日报》又刊发了一篇《看了〈白毛女〉》的文章，内容是一名观众

---

① 参见丁帆：《〈白毛女〉：从延安进北平》，《炎黄春秋》2003年第1期。
② 参见丁帆：《"喜儿"进京城——〈白毛女〉北平上演的前前后后》，《党史纵横》1992年第2期。

对此剧的认识，他认为白毛女"是具有划时代意义的作品，中国的封建统治者对中国农民迫害至为深巨，这两个阶级的对立构成了三千年历史的血腥图景，白毛女这个戏剧就用了最经济最集中的艺术手腕把它刻成了一幅缩影。不仅如此，由于中国共产党的领导土地斗争，使这剧也跳出了历史的圈子，它已不是像过去的戏剧那样永远只是一个悲剧，叫人同情而已；它给农民指出了一条鲜明的出路，就是在共产党的领导下自己组织起来翻身，从此以后踏上新的历史日程，永远做中国社会的主人"。因此他认为《白毛女》的优点就在于贯彻了极明确的阶级观点，自始至终贯彻了阶级斗争，贯彻了共产党的领导等方面。

在不长的时间里《白毛女》在北平公演了近40场，场场爆满，观众非常踊跃。①一位美国学者的亲历也验证了《白毛女》在北平演出的盛况。他在日记里写道，4月28日，"我观看了最著名的新戏《白毛女》的演出。它是由华北大学的艺术工作者剧团创作并演出的。这个半歌剧形式的戏剧是一部精心制作的作品，由四人撰写并邀请了包括20名演员和一个12人的管弦乐队。这次看戏的经历令人兴奋且难忘，虽然这部戏历时4个小时，且因为没有预订票，他必须提前一小时去剧场才能保证能买到一张票"。现场观众挤满了所有的2000个座位，甚至走廊。观众既有青年学生，也有文盲，还有"体面的绅士"。在一个小时的等待开场的时间里，一些人大唱革命歌曲。观众"情绪完全被剧情感染，在紧张的时刻，他们喊出了他们对地主的仇恨，对女英雄的劝告和对八路军到来的喜悦"。一个看上去很温和的青年人，在女英雄的同志组织她痛打地主一幕中大叫着"让她揍他！"开场前，他正读着一本题为《中国革命与中国共产党》的小册子。"该剧在此已演出了一个多月，这在北京十分罕见。虽然该戏明天就要停止演出了，但根据剧场的上座率，再演一个月也没

---

① 丁帆：《〈白毛女〉：从延安进北平》，《炎黄春秋》2003年第1期。

有问题。观看这幕戏剧的经历事实上给我一种中国革命新思想正在加强的有力证明。"①

在上海，第三野战军九兵团二十军文工团自6月29日起在解放剧场连演一个月《白毛女》。有刊物专文对《白毛女》加以推荐："在解放剧场的演出，每天早已客满，欲去观光的必须预先购票，本刊编者诚实的推荐。"文章说，《白毛女》是新型的大歌剧，有6幕32场之多，从6点半开演直到11点钟才闭幕，可是这戏情演出的紧张会使你忘记四个半小时的时间很快地过去了，忘记了一切的疲劳。因为"布景的美丽，效果的逼真，和音乐的配合，都是一流上乘的"。"全体演员的演技确是超出了上海的自认为大明星们的。"②据赵景深所说，"上海刚解放的时候，最流行的戏剧是《白毛女》。当时我参加文代大会，在北京不曾看到。听说有四五家剧院用各种形式来演出这个戏。我们文代的上海代表联名要求演出这个戏，结果未能实现。但因此也可以看出这戏的盛名"。③

《白毛女》在上海引起了戏剧界极大的重视，"是上海戏剧工作者第一次接触到老解放区的气息，以前只有耳闻，今天却是目睹了，看了以后，除了众口齐声的赞美以后，一致地都深深地认为要加强学习"。④沪剧界成立了劳军支会，以劳军的方式进行义演，8月15日和16日两天夜场在南京大戏院公演《白毛女》，解洪元任演出主任，叶志成任舞台督监。⑤上海的艺人也深受《白毛女》的影响，以能参与《白毛女》的演出为荣。赵燕侠看了两次《白毛女》，"观后的感慨丛生，自己觉悟，演戏不是仅卖力气，应当在戏本的本身上改革，

---

① 〔美〕德克·博迪：《北京日记：革命的一年》，第147、150页，洪菁耘、陆天华译，上海，东方出版中心，2001。
② 《在解放剧场看白毛女演出》，《青春电影》1949年第15期。
③ 赵景深：《〈白毛女〉的故事》，《戏剧报》1950年第6期。
④ 《一年来上海影剧的工作》，《人民戏剧》第1卷，第2、3期。
⑤ 《沪剧成立劳军支会推动热烈伟大的劳军运动 将假南京大戏院公演白买女》，《沪剧周刊》1949年7月31日。

想把《白毛女》演出，赵燕侠有天才肯努力，平素唱《玉堂春》《六月雪》一类的悲剧，还在台上真哭，至于，她饰演白毛女，要看个人的修养及体验这是不可忽略的要事。"①李兰舫专程去华北观看了几次《白毛女》的演出，"回来之后，有很大的感想，看看人家艺工团每一个团员在舞台上的严肃、认真，戏班里真是惭愧弗如。就是一个农夫，也是在那里认真做戏，看看我们的龙套在舞台上的表现是什么？只是充数而已。仅仅这一点就值得作戏班的榜样，所以李兰舫对于《白毛女》他是动脑筋想准备演出时的高潮，并且希望同班的人们向人家学习。"②

《白毛女》在新解放区的迅速传播，无疑显示了新的文艺潮流，市民和旧艺人的热捧当然包含了追逐审美风潮的意味，譬如有人反映苏州地区《白毛女》的演出情况时说，"虽然演出过几次，但前后不满十场，群众也只是觉得新奇而已"。③但不可否认的是，在新的解放区，革命文艺已经成为未来的主流，代表了新的文艺方向，并借助于政治的强大的组织力量一步步主导城市文艺的格局。有观众对城市的文艺宣传工作提意见，扩大革命文艺的演出范围："自人民文艺工作者演出《赤叶河》《白毛女》等新型歌剧以来，对市民的教育意义很大。但并没有深入到群众中去，而只是在剧院中出演。其中有少数人不能深刻地接受剧情的教育，而且当出现地主行凶的场面时，他们还鼓掌来欣赏演员的演技。由于票价贵，而迫切需要新社会教育的工人及劳苦大众，却没有看的机会。所以，为了更好地提高劳苦群众的觉悟，我建议咱们的文艺工作团体轮流到各区扩大公演，或定出廉价售票办法。这样，对群众宣传教育才能达到它一定的目的。"④

---

① 《赵燕侠想演白毛女》，《戏世界》1949年4月23日。
② 《李兰舫学排〈白毛女〉》，《戏世界》1949年第425期。
③ 沈立人：《新区文艺运动的几个问题》，《文艺报》第1卷，第6期。
④ 予里：《把戏演给劳苦群众看》，《人民日报》1949年3月24日。

三、《白毛女》的移植与改编

随着《白毛女》的传播范围越来越广泛，很多剧种进行了移植和改编，超过10个剧种的《白毛女》相继上演，同时还被改编成连环画、鼓词、幻灯片、皮影戏，等等。上海解放后，"上艺""文滨"两个剧团立即同时改编新歌剧《白毛女》。1949年8月，沪剧界几乎所有主要演员都参加演出《白毛女》。接着，"上艺""中艺""英施""文滨"又各自上演此剧。1951年秋，文牧、俞麟童、李智雁、莫凯、张智行、张幸之集体移植改编，"上艺""中艺""英施""艺华"4个剧团同时在光华、中央、九星、新光剧场上演。1952年第一届全国戏曲观摩演出大会在北京举行，民办公助的上海沪剧团携带新创作的《罗汉钱》及加工的《白毛女》赴京参加。《罗汉钱》获剧本奖，《罗汉钱》及《白毛女》双获演出奖。①

东北电影制片厂将新歌剧《白毛女》改编成电影，上映后引起轰动，1951年中秋节，全国25个城市、共155家影院同时上映影片《白毛女》。据相关资料统计，一天的观众达47.8万余人，国内首轮观众数量更是高达600余万，上海就达80万，在甘肃兰州，11天连续放映了205场，观众达135327人次。

不仅在城市，《白毛女》的影响力也向周边扩散，解洪元的弟子孙介峰带了戏班，在上海的郊外引祥镇演出，"因为天气热，营业未如理想的发达，前后台吼嚷着一片的亏本声"。孙介峰立即排演了《白毛女》，"果然在营业率上起了极大的效用，三天的票子，不到一天，就被抢定一空"。他们认识到，"都市以外的农民观众，欣赏沪剧的目标也改变了，唯有多多表演与广大群众血肉相关的剧本，才会受到群众的欢迎，风花雪月，专门演些爱情镜头的戏，将在新的

---

① 参见《上海文化艺术志》，上海，上海社会科学院出版社，2001。

时代面前,走向没落"。①

戏剧界改编《白毛女》的非常多,但各个剧团之间的差异,难免出现偏差,"有的改编后不合情理,亦'马虎'上演"。文管会认为:上海解放以来,剧艺同人竞相编演老解放区名著名剧,这是剧艺同人致力新时代文化事业的表现之一,弥足珍贵,通过这种编演来介绍老解放区的生活情况与文化成果,对于上海市民的教育作用极大,因某些剧场之编导与演员不明原著精神,草率从事,以致歪曲内容,造成不良后果,甚至有投机取巧,以图借名著名剧之名欺骗观众,遂行其牟利之目的,殊属非是。因此文管会文艺处"为确保原著精神,正确的政治思想计"做了几条规定:凡将上述著作,企图改编成舞台剧表演与广播剧,滑稽戏以及评弹说唱和词者,请先取得本处之同意;其改编成之原稿,须有本处研究,予以同意后始得抄写或油印,开始排演或试播试习;经过试唱或排练成熟时,须经本处审查其彩排或试听其播唱,加以正式承认后,始得公开演出或播唱,其公演与播唱中途,如发现与本处所承认者有所不符时,本处得随时予以纠正或停止;本处同时代理与保障原著作者之经济权益;老解放区之名著名剧一律不能被同时在上海摄制电影。②据文汇报报道:剧团纷纷改编解放区名剧《白毛女》上演和广播,有几家正在上演,如呈后剧院的沪剧《白毛女》,由丁荣娥、解洪元演。中央戏院的沪剧《白毛女》,由施春轩、筱文宾演。"他们的剧本和彩排文艺处审查通过和承认的。而另外几家如王山樵等广播团所广播的,新乐剧场等演出的《白毛女》,其剧本彩排和试播未经文艺处审查同意的,需先让文艺处审查过后,才能继续演和广播。若是态度严肃的,文艺处愿协助演出。"③

---

① 慕天:《白毛女红到了农村去》,《沪剧周刊》1949年第170期。
② 《老解放区名剧改编演出须经审查以免歪曲》,《青青电影》1949年第17卷,第16期。
③ 《态度严肃的演出,文艺处愿加协助》,《文汇报》1949年7月12日。

《白毛女》也被改编成连环画，但同样存在投机问题。据统计《白毛女》连环画有十七种之多，出版商"抢头奖似的，大家抓住一种两种流行的戏剧，日以继夜的，草草率率的，赶编赶绘成连环图画出版，唯恐比别人家迟了一步"。"连环画图画出版者并没有认识连环图书是教育大众的好工具之一，而认认真真、仔仔细细地去做，却像搞一种投机事业一样，'一窝蜂'似的你也做，我也做，谁做得快，谁就抢到钞票"，"十分之八九是抱着'抢钞票主义'"。改编的连环画出现的问题主要表现为：因为要减少页数，以减轻成本，便尽力地压缩画幅与说明，于是就只能拿他们认为原著中的重要情节来绘，而删去他们认为次要的或无关紧要的；又因为眼光不同，这一个编者删去了这些段，而另一个却删去了那些段，结果，完整的《白毛女》，就有的截去了臂有的截去了腿了；另外，由于绘画者大都生活在南方都市里，不但没有到过北方，不熟悉老解放区的农民生活，也很少在南方的农民中生活过，因此，原著描写的是北方农民的生活，他们绘的却是他们自己脑子里想象出来的或从别的书本上描下来的农民生活，拿这些"貌是神非""七拼八凑"的东西，来给读者看，而让他们认为：哦，老解放区的农民是这样的，或者这样生活的，这样的"鱼目混珠""挂羊头卖狗肉"还能对读者大众起教育作用吗？在有几种里面，他们认为原著中次要的或者无关紧要的，而删去的地方，却正是全书主题所在，这一删，全书没有了主题，只剩下了一副空骨骼——没有思想的一个故事罢了。①

《白毛女》移植过程中的乱象表明，革命文艺进城后，虽然代表了新的文学潮流，但也面临着城市原有文艺生产机制的制约，商业投机在一定程度上对革命文艺造成了阻滞。城市文艺的原有机制以及对经济利益的追求，和无产阶级文艺的功能、职责存在价值观念上的冲突，革命文艺的推广和深入还面临着不小的困境。

---

① 何公超：《十七种〈白毛女〉连环图画》，《文艺报》第1卷，第2期。

结　语

　　周扬在第一次文代会上关于解放区文学运动的报告《新的人民的文艺》中谈道："《白毛女》《血泪仇》，为什么能够突破新剧的纪录，流行如此之广，影响如此之深呢？其主要原因就在：它们在抗日民族战争时期尖锐地提出了阶级斗争的主题，赋予了这个主题以强烈的浪漫的色彩，同时选择了群众所熟悉的所容易接受的形式"，"解放区的文艺，由于反映了工农兵群众的斗争，又采取了群众熟悉的形式，对群众和干部产生了最大的动员作用与教育作用：农民和战士看了《白毛女》《血泪仇》《刘胡兰》之后激起了阶级敌忾，燃起了复仇火焰，他们愤怒地叫出'为喜儿报仇''为卫仁厚报仇''为刘胡兰报仇'的响亮口号，有的部队还组织了'刘胡兰复仇小组'"。第一次文代会把《白毛女》作为延安文艺的典范，被树立为代表"新的人民的文艺"的作品，剧本《白毛女》也被收入"中国人民文艺丛书"，作为1942年延安文艺座谈会以来的优秀作品为当代文艺示范。无论是第一次文代会，还是"中国人民文艺丛书"的编选，都意在把延安文艺的经验推向全国，而《白毛女》在接管时期的大规模推广无疑是这一政策的缩影。

本文原刊于《当代作家评论》2017年第2期

在中国发现"现代主义"
——晚年施蛰存与李欧梵的学术交谊

李浴洋

一

1978年,负责美国"爱荷华大学国际写作计划"的华人作家聂华苓及其先生、诗人保罗·安格尔(Paul Engle)访问中国大陆,与"劫后余生"的作家冰心、夏衍、曹禺、艾青、萧乾与丁玲等人见面。次年,中美两国正式建立外交关系。1980年与1984年,聂华苓又先后两次访问大陆,并且邀请了数位中国作家赴美交流。当日后回忆这段经历时,聂华苓感慨:"那时的作家如同出土文物。"[①]"出土文物"一说,出自这位既"根在大陆"又身居域外的观察者之口,道出了绝大多数在1949年之前就已在文坛头角峥嵘或者功成名就的

---

① 夏榆:《聂华苓叙事》,张立宪主编:《读库1501》,第69页,北京,新星出版社,2015。

作家历经了近30年的云诡波谲之后的尴尬处境与沧桑心情。

无独有偶，其时寓居上海的著名作家施蛰存也以"出土文物"自况。在一份简历中，他写道："三十年代：在上海作亭子间作家。四十年代：三个大学的教授。五十年代：从资产阶级知识分子上升为右派分子。六十年代：摘帽右派兼牛鬼蛇神。七十年代：'五七'干校学生，专业为退休教师。八十年代：病残老人，出土文物。"[1]如果说在观察者的视野中，"出土文物"之说不免浓重的悲情色彩的话，那么以此"夫子自道"则平添了几分自嘲的味道。而在自嘲的背后，乃是一份深沉的自信。具体到施蛰存而言，便是"虽然在反右及'文革'期间受尽了折磨，但政治形势所造成的不利和隔离的环境却反而造就了他在学术上的非凡成就"的人生经历。[2]晚年的北山楼主人施蛰存曾经总结自己的一生成就，自谓"北山四窗"，其中的绝大部分就是在1949年以降开展并且完成的。

所谓"北山四窗"，指的是施蛰存认为："我的文学生活共有四个方面，特用四面窗来比喻：东窗指的是东方文化和中国古典文学的研究，西窗指的是西洋文学的翻译工作，南窗是指文艺创作，我是南方人，创作中有楚文化的传统，故称南窗。"[3]至于在自述中并未涉及的"北窗"，指其文学创作、翻译与研究之外的"金石碑版之学"。

作为20世纪30年代最为重要的现代作家以及文学杂志编辑之一，施蛰存的"南窗"贡献广为人知。从1923年自费刊行第一部短篇小说集《江干集》开始，截至在1937年转向古典文学研究，施蛰存在15年间共出版小说集9部（除《江干集》外，还有《娟子姑娘》

---

[1] 施蛰存语，转引自孙康宜：《〈施蛰存先生编年事录〉序言：重新发掘施蛰存的世纪人生》，施蛰存、孙康宜：《从北山楼到潜学斋》，第174页，上海，上海书店出版社，2014。

[2] 孙康宜：《施蛰存对付灾难的人生态度》，施蛰存、孙康宜：《从北山楼到潜学斋》，第160页。

[3] 言昭：《北山楼头"四面窗"——访施蛰存》，《大公报》1988年7月16日。

《追》《上元灯》《李师师》《将军底头》《梅雨之夕》《善女人行品》与《小珍集》等）。加上此后为研究者辑录的集外作品，施蛰存在这一时期的小说创作粗计80万字。①对于一位重要的现代小说家而言，如此数量，不可谓不少；但是在文学史家看来，"施先生的几篇小说：《将军底头》《石秀》《梅雨之夕》《魔道》《巴黎大戏院》《夜叉》……几乎每一篇都是实验性极强的作品"，②又不可谓不精。正是凭借这批少而精的作品，施蛰存以其独特的面目与贡献进入了现代中国文学史。

  作为一位在艺术探索中具有极强的自觉意识的作家，施蛰存的"南窗"主要面向历史打开；而历史也同样面向他的"南窗"敞开——在他停止小说创作近60年之后，"近一二十年来施先生却成了一个'被发掘者'。突然间，他三十年代所写的创作小说'却和秦始皇的兵马俑同时出土'，一夕之间顿成宝物"，不仅学界普遍关注，"也使一些年轻作家有意无意地模仿起来"。③也就是说，施蛰存的"出土"与其"南窗"被重新打开直接相关，只不过此时"开窗"的并非他本人，而是另外一个时代的眼光、趣味、学术方法甚至意识形态。不仅他的创作成就逐渐得到肯定，他在1932年创刊并且主编的文学杂志《现代》也被认为是"中国杂志史上的一个'准神话'"。④这些，经由1978年以后文学史家的经营，已经成为某种"常识"。此后倘若再谈论20世纪30年代中国的小说创作以及文学出版，

---

  ① 参见刘凌、刘效礼编：《施蛰存全集（第一卷）·十年创作集》，上海，华东师范大学出版社，2011。

  ② 李欧梵：《廿世纪的代言人：庆贺施蛰存先生百岁寿辰》，华东师范大学中文系编：《庆祝施蛰存教授百岁华诞文集》，第12页，上海，上海古籍出版社，2003。

  ③ 孙康宜：《施蛰存对付灾难的人生态度》，施蛰存、孙康宜：《从北山楼到潜学斋》，第162页。

  ④ 吴晓东：《〈现代〉：中国杂志史上的一个"准神话"》，吴福辉主编：《中国现代文学编年史——以文学广告为中心（1928—1937）》，第240页，北京，北京大学出版社，2013。

施蛰存与《现代》杂志都是无法回避与忽略的重要对象。

与此同时,由于施蛰存在文坛的"出土",他在"东窗"(中国古典文学研究)与"北窗"(金石碑版研究)方面的成就,也日益引起关注。作为"学者"的施蛰存,开始在现代中国学术史的视野中被讨论,[①]甚至与钱锺书并列,被作为"皆以文艺蜚声于早岁,以考古论艺崛起于晚年"的类型人物。[②]如果将施蛰存的"转向"理解为对于自我表达的可能性的探索的话,那么无论从事创作还是研究,大概都可以看作是其某种形式的"创作"——所不同者是其依循的文类,所不变者是其与当下对话的心情。钱锺书当然也在此列。

倘若继续追问,"北山四窗"的整体性何在,因为施蛰存在小说创作中多有"故事新编"之作,并且毕生坚持以旧体诗"言志"与"抒情",以及日后用心最多的学术领域乃是古典研究,那么似乎非常容易得出他对于传统的趣味与情怀正是结构其一生的核心因素的结论。不过不应忽略的是,促使他"故事新编"的乃是在20世纪30年代中国十分前卫的心理分析理论,他在古典研究中念兹在兹的也是现代方法。在他看来,"无论对古代文学或现代的创作文学,都不宜再用旧的批评尺度,应当吸取西方文论,重新评价古代文学,用西方文论来衡量文学创作"。[③]施蛰存的这一主张立说于1989年,其间所谓"旧的批评尺度",自然既指与"西方文论"相对的中国传统文论,更指1949年之后在中国甚至1931年之后在苏联形成的一套"定于一尊"的文学理论。是故,倘若不把"西窗"之学严格限定为"西洋文学的翻译工作"的话,那么这一贯穿于他在各个领域之中的

---

① 参见刘凌、刘效礼编:《施蛰存学术文集》,上海,上海人民出版社,2012。

② 龚鹏程语,转引自刘凌、刘效礼:《〈施蛰存学术文集〉前言》,《施蛰存学术文集》,第5页。

③ 施蛰存:《施蛰存致孙康宜(1989年3月6日)》,施蛰存、孙康宜:《从北山楼到潜学斋》,第20页。

"世界文学"与"世界学术"的视野,无疑才是施蛰存之所以成为施蛰存的更为根本的原因。

施蛰存凭借的"世界文学"的眼光以及对于西方文论的关注,并不简单是指他将两者作为自己的研究对象。的确,无论是在他主编《现代》的20世纪30年代,还是在他"出土"之后的1978年,他对于西方文学资源的译介以及中国大陆"比较文学"学科的创立,都具有重要贡献;①不过更为关键的是,他本人高度内在于"世界文学"的潮流之中,这也就决定了他不同于同一时期中国绝大多数的作家与学者——换句话说,讨论施蛰存,"冲击—反应"或者"影响—接受"的经典阐释范式可能并不完全适用,因为他并不只在"反应"与"接受"的一方,而是也积极参与了"冲击"与"影响"。施蛰存的个案意义,正在于他对于这一系列阐释框架的挑战与修正。因此他的探索也就与"世界文学",特别是西方的"现代主义"文学具有了某种同步性甚至同构性,而这种"同步"与"同构"又不仅是作为世界性的"知识环流"的一个链条而存在,而是能够在其中保有一份自足的主体性,甚至相当程度的异质性。而这,无疑已经超越了同一时期绝大多数东方国家的作家与学者对于"现代主义"的理解以及他们的理解方式本身。所以,"西窗"并非单向地基于东

---

① 关于前者,自不待言,现在已属现代中国文学史的"常识";至于后者,根据施蛰存自己的说法——"我在1978年在华东师大作了一个讲演,讲的就是'比较文学',当时大陆学术界都不知何谓'比较文学'。我的那次演讲推动了北京大学一批学者,于是成立了中国比较文学学会,张隆溪、乐黛云二位都是从这个会里显露头角的";(施蛰存:《施蛰存致孙康宜(1991年7月16日)》,施蛰存、孙康宜:《从北山楼到潜学斋》,第82页)"大陆的比较文学,我只立了'开风气'一功,此后便无有贡献。1978年我讲比较文学,无甚高论,只是介绍给大学生,指示他们:文学研究有这样一条路径。当时我还不知道国外也正在掀起比较文学热潮"。(施蛰存:《施蛰存致孙康宜(1991年10月23日)》,施蛰存、孙康宜:《从北山楼到潜学斋》,第84页)联系到1978年中国的社会环境与思想状况,以及日后在整个20世纪80年代"比较文学"学科的"风生水起",施蛰存此时的"指示"可谓"预流"。

方立场面对"西方"敞开，而是处于一种"内外皆景"的状态。这也正是当他"出土"之际为何会给西方的现代中国文学研究者带来巨大惊喜与震撼的一个重要缘故。

二

李欧梵的学术兴趣十分广泛，这点与施蛰存颇有几分相像。其英文专著《中国现代作家的浪漫一代》《铁屋中的呐喊：鲁迅研究》与《上海摩登：一种新都市文化在中国（1930—1945）》在专业内外皆有广泛影响。除此之外，学界还表彰其"对电影、音乐、建筑等都有很好的见解"，"专业人士也得让他三分"。①通观李欧梵先后涉足的各个领域，其相对核心的问题意识乃是对于全球视野中的"现代性"问题的思考以及对于跨文化—跨学科背景中的"现代主义"的追寻。

李欧梵曾经多次援引加拿大学者查尔斯·泰勒（Charles Taylor）关于"两种现代性"的论述。在泰勒看来，除去以马克思·韦伯（Max Weber）为代表的"着重于西方自启蒙运动以来发展出的一套关于科学技术的现代化的理论"之外，还有一种"表面看来是从欧洲发展而来的，事实上它蕴含着非常复杂的文化内涵"的现代性理论。对于循此建构的"另类的现代性"范畴，李欧梵认为："根本世界上就存在着多种现代性，无所谓'另类'"，"'现代性'是一个学术名词，也可以说是一个理论上的概念，在历史上并没有这个名词，甚至文学上的'现代主义'一词也是后人提出的"。②因此，考察与讨论不同国族—文化语境中的"现代性"问题的发生与发展，并在不同的国族—文化语境中发现"现代主义"的兴起与呈现——准确

---

① 陈平原：《治学是一种"乐趣"》，《南方都市报》2012年4月26日。
② 李欧梵：《晚清文化、文学与现代性》，《中国现代文学与现代性十讲》，第2-3页，上海，复旦大学出版社，2002。

地说，是发现那些被叙述与建构成为"现代主义"的文学—艺术形式在各自传统与谱系中的演进或者受到压抑的历史过程，也就成为了李欧梵根本的学术旨趣所在。借用他在文集《情迷现代主义》自序中的说法，他是一个具有"现代主义情结"的人——"在这个'后现代'的时代还执着于'现代主义'，非但过时，而且'政治不正确'，然而我仍然执迷不悟，甚至在课堂上也大讲现代主义"。①而将李欧梵与施蛰存联系在一起的，正是这样一种基于"现代主义情结"的共同的历史感。

  2013年10月17日，施蛰存自1952年"院系调整"以后便就职于此的华东师范大学为施蛰存庆祝了百岁华诞。②同月，《庆祝施蛰存教授百岁华诞文集》出版。李欧梵为此应约赶写了《廿世纪的代言人：庆贺施蛰存先生百岁寿辰》一文，开篇即是："记得去年到上海拜访施蛰存先生的时候，有朋友提到他'明年将届百岁寿辰'，所以我对他说：'施先生，届时我们要盛大庆祝！'不料施先生听后颇有忤意，回答时语气十分干脆：'一百岁对我毫无意义！'然后又加了一句：'我是廿世纪的人，我的时代已经过去了。'我听后不禁大为激动：'施先生，我也是廿世纪人，这个新世纪不是我们的。'"了解了李欧梵作为一位"现代主义者"而生活在"后现代时代"的感受，也就不难理解他的"激动"并非无端。他引施蛰存为同调，并视其为"廿世纪的代言人"，乃是因为在他看来，"廿世纪是一个战乱和革命的时代，也是一个文学创作达到顶峰的'现代主义'时代。……中国现代文学草创于五四运动，虽然吸收西方文学的滋养，但关心的还是本国的乡土和劳苦大众，这本无可厚非，甚至是一个优良的传统。然而写实主义逐渐意识形态化以后，往往主题先行，内容正确至上，对于文学形式的探索、试验和开创——也就是'现

---

  ① 李欧梵：《〈情迷现代主义〉小序》，第2页，天津，百花文艺出版社，2014。
  ② 参见沈建中：《施蛰存先生编年事录（下）》，第1632-1633页，上海，上海古籍出版社，2013。

代主义'最重要的特征——却置诸脑后,甚至以小说技巧震惊'五四'文坛的鲁迅,到了卅年代也写不出小说来。在革命的大前夕,历史的洪流和巨浪似乎早已淹没了少数在文学技巧的创新上默默实践和耕耘的人,施先生可以说是这一群人中的领袖。"[①]其中涉及鲁迅之处,或许不无可议。主张"多种现代性"皆有合法性与合理性的李欧梵,在讨论"五四"以降的现代中国文学的主潮时自然对其有所保留与批评。不过从中可见他是将施蛰存放置在"现代主义"在现代中国的展开及其挫折的宏大历史背景中进行论述的。在某种程度上,施蛰存在李欧梵的视野中代表了另外一种"廿世纪"中国文学的命运,即他不属于"凯旋"的"写实主义"一脉,而是"领袖"了受到压抑的"现代主义"一路。李欧梵的这一判断,一直延伸到他晚近的研究之中。[②]他讨论的虽然是施蛰存这一个案,然而他在历史与理论层面上的关怀却无疑更为辽远。

　　李欧梵是在完成其对于现代中国"浪漫主义"作家与鲁迅的研究之后,[③]开始关注现代中国的都市文学—文化时,发现施蛰存的。在为《剑桥中国史》写作的长文《中国文学的现代化之路》中,李欧梵以"追求现代性(1895—1927)"与"走上革命之路(1927—1949)"两个阶段概括现代中国文学的基本面目。施蛰存及其"现代主义"探索发生于第二阶段的前半期,但其显然无法被纳入"走上革命之路"这一旨在勾勒"大势"的整体性的论述框架之中。[④]这也促使李欧梵

　　[①] 李欧梵:《廿世纪的代言人:庆祝施蛰存先生百岁寿辰》,华东师范大学中文系编:《庆祝施蛰存教授百岁华诞文集》,第12页。
　　[②] 参见李欧梵:《"怪诞"与"着魅":重探施蛰存的小说世界》,《现代中文学刊》2015年第3期。
　　[③] 参见李欧梵:《中国现代作家的浪漫一代》,王宏志等译,北京,新星出版社,2005;《铁屋中的呐喊:鲁迅研究》,尹慧珉译,北京,人民文学出版社,2010。
　　[④] 参见李欧梵:《中国文学的现代化之路》,《现代性的追求》,173-331页,北京,人民文学出版社,2010。

反思，进而写作了《中国现代小说的先驱者——施蛰存、穆时英、刘呐鸥》一文。①他在文中指出："中国二十世纪文学，一向是乡村挂帅，关于都市文学的研究和评价，有待同行学者进一步努力。这篇粗陋的短文，只代表我个人在这方面研究工作的开端，目前不敢奢谈成果，仅是对这三位一向被人忽视的作家聊作介绍，也聊表一点历史的敬意。"而启示李欧梵发现施蛰存等人的，是一种中西文学—文化的比较视野。在他看来，"五四以降中国现代文学的基调是乡村，乡村的世界体现了作家内心的感时忧国的精神；而城市文学却不能算作主流。这个现象，与20世纪西方文学形成一个明显的对比。欧洲自19世纪中叶以降的文学几乎完全以城市为核心，尤其是所谓现代主义的各种潮流，更以巴黎、维也纳、伦敦、柏林赫布拉格等大城市为交集点，没有这几个城市，也就无由产生现代西方艺术和文学"。②从施蛰存等人入手，李欧梵的研究"蓝图"逐渐展开，他的"开端"也在日后蔚为大观，这便是成为了一代学术名著的《上海摩登》。③

可见，在李欧梵的学术思路"移步换形"的过程中，施蛰存发挥了重要作用。李欧梵讨论"都市文化"与"现代主义"，意在与现代中国文学的主潮（写实主义）以及对于现代中国文学的主流叙述

---

① 此文即李欧梵选编的《新感觉派小说选》的导读。参见李欧梵选编：《新感觉派小说选》，第1—16页，台北，允晨文化实业股份有限公司，1988。

② 李欧梵：《中国现代小说的先驱者——施蛰存、穆时英、刘呐鸥》，《现代性的追求》，第120、107—108页。

③ 其中，由《中国现代小说的先驱者——施蛰存、穆时英、刘呐鸥》一文发展而来的是全书的第二部分"现代文学的想象：作家和文本"，包括第五章《色，幻，魔：施蛰存的实验小说》、第六章《脸、身体和城市：穆时英和刘呐鸥的小说》以及关于邵洵美、叶凌风与张爱玲的研究。此外，涉及施蛰存的内容还有第一部分"都市文化的背景"中的第四章《文本置换：书刊里发现的文学现代主义》，讨论了《现代》杂志及其相关文本。此后，国内与海外关于施蛰存的研究，基本上都处于李欧梵的这一兼及"都市文化"与"现代主义"的论述框架的覆盖之下。参见李欧梵：《上海摩登：一种新都市文化在中国》，毛尖译，北京，人民文学出版社，2010。

模式（导致施蛰存一路受到压抑的话语机制）进行对话。将施蛰存与鲁迅相提并论，并不意味着两人在文学史上的贡献与意义完全可以"等量齐观"，两人代表的乃是两种不同的进入"廿世纪"及其文学的入口。除此之外，对于李欧梵而言，施蛰存还是支撑他在中国的"都市文学"中发现"现代主义"的关键支点。施蛰存不仅是李欧梵的研究对象，他同时还在与李欧梵的具体交流过程中更深刻影响了后者对于"现代主义"的理解，以致调整了原有的学术思路，打开了新的研究格局。在这一层面上，至少之于李欧梵来说，施蛰存的意义是足以与鲁迅比肩的。这一学术演进的过程，便是发生于两人自1985年以来的通信之中。

与晚年的施蛰存传书颇多的中国香港报人辜健（古剑）编有《施蛰存海外书简》一书，收录了施蛰存在"出土"之后与"美国、新加坡及中国香港、台湾地区的学者、作家、学生、朋友的书信二百九十七封"。辜健认为："书信乃是私人之间交流，没有公开于众的顾忌，言而由衷，可见其真性情、真学问。……在这些信中，施先生的'四窗'及学问、为人、工作，'白纸黑字'地尽在其中，没有半点虚假。"①在《施蛰存海外书简》之外，晚近又有多宗施蛰存的海外飞鸿被发现。这批材料因其"没有半点虚假"，故而与他在同一时期在大陆的发言形成了饶有意味的参照关系。施蛰存对于海外投书与国内来信，当然并非"厚此薄彼"。②之所以特别强调这批"海外书简"，乃是因为其中比较完整地呈现了施蛰存的"世界学术"的视野。而李欧梵，正是与晚年施蛰存通信比较频繁的海外学者之

---

① 辜健：《〈施蛰存海外书简〉编后琐语》，施蛰存：《施蛰存海外书简》，第260-261页，郑州，大象出版社，2008。

② 根据沈建中的统计，就在施蛰存频繁与海外通信的20世纪80年代、90年代，他至少还有"致河南崔耕先生函达三万六千余字、致上海范泉先生函有一万五千余字、致广州黄伟经先生函近七千字"等。参见沈建中：《本书编辑之随想——〈从北山楼到潜学斋〉代跋》，施蛰存、孙康宜：《从北山楼到潜学斋》，第262页。

一。①在他与施蛰存的通信中充满了互动,不仅施蛰存面对他"开窗",他的"发凡起例"式的工作,也推动了施蛰存的"出土"。双方始终处于一种良性循环的状态,并将相关论题与论域一直延伸到了施蛰存身后的当下。

三

1985年,严家炎编选的《新感觉派小说选》出版。②在与李欧梵的通信中,施蛰存提示他:"北京人民文学出版社新出一本《新感觉派小说选》,收了我八篇小说,及穆时英十篇小说,有严家炎长序。"③次年,他向李欧梵介绍:"严家炎是复旦大学毕业生,近年写文章甚有见识,现在他是北京大学中文系主任。"如果说至此两人的交流主要还是限于施蛰存研究的话,那么很快两人关于"现代主义"的讨论就让他们的交谊具有了"世界学术"的色彩。

首先是施蛰存提出"现代主义是一种新的创作方法及表现方法,不是指题材内容为大都会中的现代生活"。④由于现在公布的两人书信中只有施蛰存的回信部分,所以无法了解李欧梵来信的全部内容,但是至少可以判断,以"题材内容为大都会中的现代生活"来界定"现代主义"大致是李欧梵起初持有的观点,而施蛰存显然并不认同。1988年,李欧梵选编的《新感觉派小说选》出版。差不多在同一时期,"新感觉派"同时在海峡两岸"出土"。但与李欧梵一路追

---

① 另外一位与晚年施蛰存具有密切联系的海外学者是同为美籍华人的孙康宜。参见李浴洋:《海外偏留文字缘——晚年施蛰存与孙康宜的学术交谊》,《文史知识》2016年第4期。

② 严家炎编选:《新感觉派小说选》,北京,人民文学出版社,1985。

③ 施蛰存:《致李欧梵(1985年3月12日)》,《施蛰存海外书简》,第3页。在《致李欧梵(1985年10月2日)》中,施蛰存又再次提示了他这一信息。参见《施蛰存海外书简》,第4页。

④ 施蛰存:《致李欧梵(1986年1月22日)》,《施蛰存海外书简》,第5页。

踪施蛰存,并在论述"新感觉派"时多从施蛰存说起不同,严家炎倾力更多的则是穆时英。①从施蛰存还是穆时英切入这一流派的研究,其实"同中有异"。施蛰存对此亦有感受,在给海外友人的信中,他就以李欧梵与严家炎两人对于《石秀》的评价为例,指出"李欧梵和严家炎都不理解石秀既恋潘巧云,为什么要杀死她?我告诉李,这就是Sadism,他大约回美去看了Sade,还给我寄了一本Justine来。严家炎大概至今不理解。"②结合施蛰存此前对于严家炎的肯定,此说并不代表对其进行贬抑,而是旨在说明他与李欧梵的取向不同。关于施蛰存究竟属于"新感觉派"还是"心理分析派",是现代中国文学史上的一桩"公案"。不过施蛰存显然认为李欧梵更能理解他的思路,能从"心理分析"进入他的文学世界,而非仅是关注那些在穆时英与刘呐鸥的创作中体现得更为充分的"新感觉派"的某些面向——比如"题材内容为大都会中的现代生活"。施蛰存的这一评价做出于1991年,此时李欧梵已经在此基础上展开了他的进一步的研究。当然,两人的学术交谊并不完全在通信中进行。之所以重视通信,乃是相信"文字寿于金石",对于通信双方的意义也更为长久,何况施蛰存"毕生都很喜欢写信,这是他与生俱来的风度,也成为他的生活方式"。③

然后,1992年,施蛰存在给李欧梵的一封长信中详尽回答了他关于"前卫""颓废派""主流文学"《文学》"新诗""小品文"与"《善女人行品》"等七个方面的问题。其中有的是指示线索,有的是

---

① 日后,严家炎及其弟子李今合编了《穆时英全集》。参见严家炎、李今编:《穆时英全集》,北京,北京十月文艺出版社,2008。
② 施蛰存:《致孙康宜(1991年3月14日)》,《施蛰存海外书简》,第33页。此信亦收入《从北山楼到潜学斋》中,但有删节。其中,"李欧梵"与"严家炎"的名字均已"●●●"以及"□□□"代替。参见施蛰存:《施蛰存致孙康宜(1991年3月14日)》,施蛰存、孙康宜:《从北山楼到潜学斋》,第77页。
③ 沈建中:《本书编辑之随想——〈从北山楼到潜学斋〉代跋》,施蛰存、孙康宜:《从北山楼到潜学斋》,第262页。

考辨材料。①施蛰存的眼光让李欧梵十分震撼。在《廿世纪的代言人：庆祝施蛰存先生百岁寿辰》一文中，李欧梵说："有的学者认为：写实主义的作品集大成的是十九世纪，到了廿世纪，文学（包括写实主义）逐渐内向——走向内心的真实，并以不同的语言来探讨心理。中国现代文学的发展，到了卅年代，在左翼的革命口号下，创作反而背道而驰，没有仔细审视人的内心世界。现在看来，真正与世界同步，而且是在文坛先锋的，还是施先生的几篇小说。"需要指出的是，李欧梵的这一结论不仅来自于他个人的阅读体验，也包括施蛰存提供给他的阅读其作品的方法。所谓"在中国发现'现代主义'"，李欧梵所发现的已经不再是某种在西方文学传统与经验中形成的"现代主义"，在他的"现代主义"趣味与观念中，已经包含了施蛰存的建构与参与。他说："我有时候对我的学生说：我们这一大堆学者，集其全部精力研究西方现代文学，恐怕还比不上卅年代的一个年轻人——施蛰存先生。"②由于出自祝寿文章，此说不免有些夸张，但无疑还是道出了施蛰存曾经给他带来的惊喜。而在惊喜之余，更为重要的便是通过施蛰存，他收获了在更深的层次上看待"上海摩登"的学术视野。

最让李欧梵感叹的，是施蛰存译介的西方"现代主义"文学资源的多样。"Freud, Schnitzler, Le Fanu, Poe, Jules Barbey D'Aurevilly, James Frazer, Fiona MeLeod……这些外国名字，有的至今在西方学者还是'冷门'，研究的学者极少。"③1993年，李欧梵到上海访问施蛰存。日后他回忆当时的情形，除去直接向施蛰存请教关于

---

① 施蛰存：《致李欧梵（1992年10月17日）》，《施蛰存海外书简》，第8-11页。
② 李欧梵：《廿世纪的代言人：庆祝施蛰存先生百岁寿辰》，华东师范大学中文系编：《庆祝施蛰存教授百岁华诞文集》，第12-13页。
③ 李欧梵：《廿世纪的代言人：庆祝施蛰存先生百岁寿辰》，华东师范大学中文系编：《庆祝施蛰存教授百岁华诞文集》，第12-13页。

"三十年代上海都市文化的'现代性'"的历史与理论问题之外，"有一样'宝物'却是施蛰存从未向我提起却被我偶然发现的——他的外文藏书"。后来，李欧梵还在上海一家书店中购买到了施蛰存已经出售的数种外文藏书，并且专门撰写了《书的文化》一文，逐本介绍这些在中西皆很珍贵的资源。李欧梵由此发出感慨：一是"三十年代的上海非但是国际性都市，而且资讯发展可以与欧美并驾齐驱。文学上现代主义的兴起，没有国际性的都市文化是不可能的"；二是"他山之石，非但可以攻错，而且可以转借来发展自己的创作。所以西方文学的影响，我认为不只是一种作家与作家或作品与作品之间的关系，而更是一种物质文化交通的关系，印刷文物——杂志和书本——尤其重要。目前文学理论家大谈'文本'（text）阅读，甚至将之提升到抽象得无以复加的程度。我在这方面却是一个'唯物主义者'，文本有其物质基础——书本，而书本是一种印刷品，是和印刷文化联成一气的，不应该把个别'文本'从书本和印刷文化中抽离，否则无法观其全貌"；三是"三十年代的作家并非在亭子间妄想后就能创作，也不一定和穆时英一样到舞场去体验生活。他们大多都是读书人，有的更是藏书家。施蛰存先生的例子，非但令学者敬仰，恐怕也会使一些不学无术仅靠个人'天才'出名的作家汗颜"。①这些感慨，均由施蛰存而起，并最终以学术论述的形式，落实在了李欧梵的《上海摩登》之中。而现在，这些思路经由李欧梵的阐释以及使用，已经在相关研究中具有了某种范式效应，甚至成为了重要的方法论。

施蛰存与李欧梵的学术交谊，不仅在两人之间发生与展开。当李欧梵的博士生史书美选择研究现代中国的"现代主义"问题时，李欧梵除去请她到北京大学跟随严家炎访学，便是让她去上海拜访

---

① 李欧梵：《书的文化》，陈子善编：《夏日最后一朵玫瑰——记忆施蛰存》，第241-248页，上海，上海书店出版社，2008。

施蛰存。史书美日后论文出版,所作的序言便是从自己1990年对于施蛰存的访问说起——"整整三天,他谦和地回答着我提出的各种问题,包括他的工作和他在旧上海当作家的青年时代。他不仅动情地叹气了自己最钟爱的作家,而且还谈起了如'解构主义'这样的文学理论领域的最新发展"。①在史书美看来,"许多文化批评家都已注意到民国时代和20世纪80年代的相似之处,他们指出80年代是一个追求文化世界主义(cosmopolitanism)的'新'启蒙时代。在这个新启蒙时代,曾经的重要作家和编辑施蛰存必然地'复生'了"。②史书美的博士论文出版时定名《现代的诱惑:书写半殖民地中国的现代主义(1917—1937)》,与《上海摩登》相比,两者的问题意识与论述思路自是有所不同,然而其中也不乏"异中有同"的部分,即重叠的阶段是1930至1937年间,而这一阶段正是施蛰存及其主编的《现代》杂志在上海文坛上"如日中天"的历史时期。这大概并非巧合,而是因为讨论现代中国的"现代主义"问题,施蛰存非但绕不过去,更是这一讨论思路本身得以出现与完善的重要节点。当然,作为"现代主义者"的施蛰存在沉寂近60年之后重新"复生"或者"出土",自然具有社会环境与时代潮流"改弦更张"的背景,③

---

① 史书美:《〈现代的诱惑:书写半殖民地中国的现代主义(1917—1937)〉序》,《现代的诱惑:书写半殖民地中国的现代主义(1917—1937)》,第1—2页,何恬译,南京,江苏人民出版社,2007年。关于史书美的访问,施蛰存在给海外友人的信中,也有相关记录,即"有一位李欧梵的学生史书美,在北京大学写博士论文,上月来上海,和我谈了三个下午"。见施蛰存:《致孙康宜(1990年11月25日)》,施蛰存、孙康宜:《从北山楼到潜学斋》,第68页。

② 史书美:《〈现代的诱惑:书写半殖民地中国的现代主义(1917—1937)〉序》,《现代的诱惑:书写半殖民地中国的现代主义(1917—1937)》,第2页。

③ 例如史书美强调的"80年代是一个追求文化世界主义(cosmopolitanism)的'新'启蒙时代"的背景因素。不过具体到这一观点而言,以李欧梵在与施蛰存的交流过程中得出的印象,20世纪30年代的思想、学术、文学与艺术资源显然要比20世纪80年代更为开放、丰富、复杂与多元。两者当然都可以被冠之"追求文化世界主义"的时代名称,但其追求方式及其背后的文化—世界图景,恐怕还需要再做进一步分析。

但是其在"世界学术"的具体语境中发挥的作用同样不容忽略。正如施蛰存在20世纪30年代内在于世界性的"现代主义"潮流之中一样，20世纪80年代的他同样内在于这一学术形态的展开过程。换句话说，他与其时的中国作家以及关注中国问题的海外学者所面对的"世界"始终同步，而这实在不能不说是学术史上的一道风景。从李欧梵到史书美，可见对于施蛰存的文化追求与精神格局的学术传承。

无论对施蛰存来说，还是就李欧梵而言，这段往事在他们各自的学术生活中所占的比重可能都算不上十分显著，但其之于当下的启示意义，却至为深远。当国际学术交流的条件在今天已经日新月异时，国内与海外的学者在对话时是否还能保持并且光大那份在"出土"与"开窗"的年代中的认真、淳朴、坦诚与气定神足？换句话说，一种真正的"世界学术"是否还具有可能性？这些无疑都值得追问。

本文原刊于《当代作家评论》2017年第5期

中国乡土小说研究的百年流变

丁　帆　李兴阳

中国乡土小说是中国新文学最重要的组成部分,也是中国新小说中名家辈出、流派纷呈的文体重镇。如果从鲁迅乡土小说开始算起,中国乡土小说至今已有百余年的发展历史。与之形影不离的中国乡土小说批评与研究,也有百年的发展历史。百年来,伴随着中国乡土小说的萌生、发展、繁盛、蜕变、断裂、复归到再度新变的复杂而曲折的历史演进,[①]中国乡土小说批评与研究也历经初创、中兴、转向、畸变、复兴、繁荣、分流与深化的复杂而曲折的递嬗过程。在百年沧桑岁月中,中国乡土小说得到了几代批评家和学者的长期关注与深入研究,有关研究论文和著作,真可谓汗牛充栋。但遗憾的是,百年中国乡土小说批评与研究自身,却没有受到应有的关注与研究,还是一片亟待开垦的学术荒地。开垦这片学术荒地,梳理中国乡土小说研究自身的百年发展历史,总结其经验得失,辨识其学术价值,推进其发展,正是中国乡土小说研究之研究的中心任务与目的。

---

① 丁帆等:《中国乡土小说史》,第1页,北京,北京大学出版社,2007。

中国乡土小说研究之研究，首先要明确的是中国乡土小说研究的对象与范围，亦即要明确乡土小说之所指，从而确定研究之研究的对象与范围。中国乡土小说研究中的"乡土小说"，在百年中国乡土小说批评与研究中，其概念与所指在不同的历史时期是不同的。20世纪最初的30年间，中国新文学界先后出现了"乡土文学""乡土艺术""农民艺术""农民文艺""农民文学""乡土小说"等概念。20世纪30年代中后期，鲁迅和茅盾对"乡土文学"概念的界定和使用，产生了持久而广泛的影响，"乡土文学"成为批评界普遍使用的概念。20世纪40年代，"乡土文学""农民文学""农村文学"等概念被不同区域不同批评者分别使用或者混用。在解放区，"农民文学"取代"乡土文学"概念，一统天下。20世纪50到70年代中期，中国大陆批评界仅使用"农村题材文学""农村题材小说"概念。"文革"后，"乡土文学""乡土小说"等批评概念再度得到批评界和学术界的广泛使用，"乡村小说"概念也有部分研究者使用。这些概念，尽管其外延大小有别，如"乡土文学"大于"乡土小说"，从逻辑层面上来说它们是种属关系；内涵意味有别，如"乡土小说"偏重文化，"农村题材小说"偏重政治，但其所指的文学艺术，不论是小说还是其他文类，均以农民、农村和农业等为表现对象。因此，凡是将以农民、农村、农业为叙事对象的小说作为对象的批评与研究，不论研究者使用"乡土文学""乡土小说""农民文学""农村题材小说""乡村小说"中的哪个概念，都是中国乡土小说研究之研究的对象。

中国乡土小说研究中的研究，在不加区分的一般用法中，其所指实际涵盖三个方面：一是乡土小说理论，二是乡土小说批评，三是乡土小说历史研究。中国乡土小说的理论建设，始自20世纪第一个10年，[①]周

[①] 1910年，周作人在《黄蔷薇序》中称自己所翻译的匈牙利作家约卡伊·莫尔（周作人译为匈加利育珂摩耳）的中篇小说《黄蔷薇》，为"近世乡土文学之杰作"。《黄蔷薇序》是迄今为止所发现的最早提到"乡土文学"概念的文章。见周作人：《苦雨斋序跋文》，第12页，石家庄，河北教育出版社，2002。

作人、鲁迅、茅盾等先驱关于"乡土文学"的经典言说,是后来中国乡土小说批评与研究最重要的理论思想资源。自此之后的一百多年来,关于"乡土文学"和"乡土小说"的理论探索一直没有停止过。中国乡土小说批评,最初是围绕鲁迅乡土小说进行的。从20世纪20年代到现在,乡土小说批评紧紧追随着中国乡土小说创作的时代脚步,在每个历史时期都产出大量批评文章,从而成为中国乡土小说研究中文献最多、时代性最强的组成部分。中国乡土小说的历史研究,最早可以从胡适的《五十年来中国之文学》说起。在这篇文学史论性的文章中,胡适肯定了鲁迅的短篇小说,认为"从四年前的《狂人日记》到最近的《阿Q正传》,虽然不多,差不多没有不好的"。①虽然胡适在文章中只是提到而没有从"乡土文学"角度考察,《阿Q正传》也算是早早地及时"入史"了。最早也最有影响的中国乡土小说史论,可以从鲁迅的《〈中国新文学大系〉小说二集序》开始说起。鲁迅的这篇序言,虽说是导言,但也是关于"五四"乡土小说最权威的历史描述和阐释。这类关于乡土小说的学术研究文章也是海量的,乡土小说史之类的学术著作也很多。有些论者认为,乡土小说批评与乡土小说研究是不同的,批评有很强的主观色彩,是即时性的,很多批评文章时过境迁就失去了意义;而研究是客观的,是长效的,不会随着时代的改变而失掉其学术价值。因此,二者不能混为一谈。从理论上讲,这样的观点不是没有道理。但实践中的乡土小说批评与乡土小说研究之间,并没有清晰的界限,二者很难截然分开,一些批评文章,具有无可争辩的"研究"色彩;而一些研究文章,具有无可争辩的"批评"色彩。因此,将百年来的中国乡土小说理论、乡土小说批评与乡土小说研究,纳入中国乡土小说研究的范畴之中,都作为中国乡土小说研究之研究的对象,

---

① 胡适:《五十年来中国之文学》,第263页,《胡适文集》(3),北京,北京大学出版社,1998。

也就不是没有道理的。

中国乡土小说研究所涵盖的乡土小说理论、批评与研究，在中国社会不同的历史时期有不同的变化，呈现出非常鲜明的阶段性特征。依据中国乡土小说研究的阶段性变化，大致可将中国乡土小说研究的百年历史划分为初创与中兴（1910—1942）、转向与畸变（1943—1978）、复兴与繁荣（1979—1999）、分流与深化（2000—2014）等既有内在连续性又有显著差异的四个发展阶段。

中国乡土小说研究的初创，是从乡土小说的理论建设开始的，周作人在写于1910年的《黄蔷薇序》中提到了"乡土文学"，在没有找到更早更新的资料之前，这个命名可视为一个"伟大的开始"。自此至1942年的中国乡土小说研究，其历史流变与特征依次有：第一，"乡土文学"的引介与倡导。周作人是"乡土文学"最重要的引介者与倡导者，他的《地方与文艺》等是乡土文学理论初创期最重要的理论文献。第二，鲁迅乡土小说批评与研究。鲁迅是中国乡土小说的开创者，伴随《风波》《故乡》《阿Q正传》等传世名作的诞生，乡土小说批评也在上世纪20年代初出现，茅盾、周作人、张定璜等是最早的发起者。至上世纪30年代，鲁迅研究走向繁荣，出现诸多变化。第三，"五四"乡土小说批评与研究。鲁迅、茅盾、叶圣陶、傅雷、苏雪林等对王鲁彦、许钦文、许杰、蹇先艾等作家乡土小说的批评，虽然其中有些批评并非自觉的乡土小说批评，但都起到了扩大"五四"乡土作家群影响的作用，推动乡土小说创作走向成熟和繁荣。第四，"京派"乡土小说批评与研究，不仅指对废名、沈从文等创作的乡土小说的批评与研究，如周作人对废名乡土小说的批评；而且也指持有自由主义文艺观的沈从文、朱光潜、刘西渭（李健吾）、李长之等"京派"作家和批评家的乡土小说批评与研究，如沈从文的《沫沫集》、刘西渭的《咀华集》等都是这个时期有名的批评著作。这些"京派"作家、批评家的理论建构、批评实践与文艺论争，如"京派""海派"之争，都极大地推动了20世纪30年代乡土小说批评与研究繁荣局面的生成。第五，左翼乡土小说批评与研究，不仅指对"革命小说"、"社会剖析派"乡土小说、"东北作家群"的乡土小说、"七月派"的乡土小说等左翼乡土小说或具有左翼倾向的乡土小说的批评与研究，亦指持有马克思主义文艺观的瞿秋白、茅盾、周扬、钱杏邨、冯雪峰、胡风等左翼作家和批评家的乡土小说批评与研究。左翼乡土小说批评与研究，不仅极一时之盛，扩大了左翼乡土小说的声势与影响，而且对后来的中国乡土小说理论、批评与创作都产生了巨大而深远的影响。第六，《中国新文学大系》的编纂与出版，不仅有中国新文学"史料"的建设意义，更有中国新文学"史"的建构意义，是一部规模庞大的实体化的中国新文学第一个10年的"断代史"与"流派史"。鲁迅、茅盾等编选的"小说卷"收入大量乡土小说，他们在各自撰写的"导论"（序）中再次提出"乡土小说""乡土文学"概念，厘定其内涵与外延，圈画出乡土小说的流派、团体，从而形成中国乡土小说批评与研究的一个高峰。这对以后的中国新文学史、中国乡土小说史的编撰，对一些乡土作家作品的经典化，都起到了极为重要的作用。第七，抗战时期不同区域的乡土小说批评与研究。20世纪30年代末到40年代，沦陷区、国统区和解放区的异常区隔，迫使不同区域出现不同的乡土小说作家群落，如"东北作家群"、"七月派"、解放区作家群等。不同区域的乡土小说批评和研究也随之有了较为明显的区别，不同区域间由此形成相异与互补的局面。总体上看，本阶段依次出现的乡土小说批评与研究，不论其秉持的社会政治文化思想、文艺观念、乡土文学理论、批评与研究方法，还是价值取向，都呈现出多元共存的局面，具有后世难以企及或复现的丰富性、复杂性和多样性。

中国乡土小说研究的转向，是指由偏重文化转向偏重政治，其过程始于20世纪20年代末，盛于20世纪30年代，至1942年后由偏重政治转变为首重乃至唯重政治，"乡土小说"概念逐渐被"农村题材小说"概念所取代。至"文革","文学批评"畸变为"革命大批判"。1942年至1978年间的中国乡土小说批评与研究,其历史流变与特征依次有:第一,毛泽东《在延安文艺座谈会上的讲话》的发表,是中国乡土小说批评与研究的重要转折点。关于文学理论批评标准亦即政治标准与艺术标准谁为第一的论争,进一步扩大并强化了《讲话》的影响,确立了《讲话》的权威话语地位。"阶级"话语成为文艺批评与研究的主导话语,对赵树理、丁玲、周立波、孙犁等解放区作家的乡土小说的批评与研究,也首先是基于"阶级"话语的政治性评判,其次才是艺术批评。这种乡土小说批评与研究,不仅与"京派"自由主义知识分子们的乡土小说批评与研究判然有别,而且与鲁迅等的启蒙主义的乡土小说批评与研究也有了渐行渐远的思想距离。这种阶级论的批评观,自解放区文艺直到整个"十七年""文革"时期都依然占据批评话语的中心位置。第二,"民族形式"的倡导与论争,对20世纪40年代的乡土小说创作、批评与研究也有重大影响。"民族形式"的倡导者是毛泽东。1938年,毛泽东在中共六届六中全会上作《中国共产党在民族战争中的地位》的报告中提出"民族形式"口号;1940年,毛泽东在《新民主主义论》中又再次提出"民族的形式"问题。毛泽东的倡导,直接推动了"民族形式"问题的讨论。向林冰的《论"民族形式"的中心源泉》、葛一虹的《民族形式的中心源泉是在所谓"民间形式"吗?》、郭沫若的《"民族形式"商兑》、茅盾的《旧形式、民间形式与民族形式》、胡风的《论民族形式问题的提出和重点》等是本次论争的重要文献。论争中出现的被视为"正确"的文学观念与审美观点,转变成乡土小说创作的艺术要求及乡土小说批评与研究的审美评价标准,如对赵树理乡土小说予以肯定的重要理由之一就是其对民族形式、民间形式的传承、改造与创新;对丁玲、周立波乡土小说艺术缺陷的批评,就是认为他们小说中的欧化色彩重了,民族形式、民间形式的东西少了。第三,20世纪50年代的"现代文学"

学科的建立与"中国新文学史"的编撰，依照中共政治意识形态与社会主义现实主义原则，重新审视和评价中国现代乡土小说的创作、批评与研究。具有不同政治、文化、思想和社会背景的乡土作家、流派和社团，受到了不同的学术对待。鲁迅乡土小说、"五四"乡土小说，包括"革命小说"、"社会剖析派"乡土小说、"东北作家群"乡土小说、"七月派"乡土小说和解放区乡土小说在内的左翼乡土小说等，都受到较多的肯定评价，被赋予较高的文学史地位。与之相反，自由主义作家和流派，其他社会政治文化思想背景的作家、流派和社团的乡土小说创作，或遭到贬抑，如沈从文乡土小说；或被遮蔽，如张爱玲的《秧歌》和《赤地之恋》。第四，"十七年"时期，"农村题材小说"的创作，"无论是作家人数，还是作品数量，在小说创作中都居首位"。[①]对赵树理、周立波、柳青、李准等创作的以"土改""合作化"等为题材的小说的批评与论争，是本时期大陆乡土小说批评与研究的主要内容。中国大陆农村社会土地制度的剧烈变革、频繁发生的政治批判运动、文学理论界的文艺思想观念纷争，如"创作方法"论争、"题材问题"、典型问题、"写真实"论、"写中间人物"论、"现实主义深化"论等，这些都直接影响到乡土作家的创作与批评界的批评。对乡土作家作品的褒贬，批评家的人生沉浮，无不与中国当代社会的政治大气候有关。第五，"文革"时期的乡土小说批评与研究畸变为"革命大批判"。赵树理的《三里湾》、周立波的《山乡巨变》、柳青的《创业史》等享誉"十七年"时期的作品都遭到了"大批判"，罗织的罪名与罪状都是政治化的，如给《山乡巨变》定的罪状就是"宣扬阶级斗争熄灭论""丑化农村共产党员""鼓吹右倾机会主义路线"，周立波本人也被"监护审查"；再如赵树理的《三里湾》被打成"大毒草"，赵树理本人也被折磨致死。本时期，被树立为小说"样

[①] 洪子诚：《中国当代文学史》，第100页，北京，北京大学出版社，2010。

板"的仅有浩然的《艳阳天》《金光大道》等不多的几部"农村题材小说",其被树立为"样板"的理由也是政治化的。"文革"时期,中国大陆真正意义上的学理化乡土小说批评与研究已经死亡。总体上看,中国乡土小说研究自1942年至1978年间的转向与畸变,其体现出的高度一体化和政治化特征,是"历史之恶"的结果。

中国乡土小说研究的复兴,始于"文革"结束之后的"新时期"。在"拨乱反正""解放思想"的大形势下,中国乡土小说创作复苏,乡土小说批评与研究也随之复兴,并很快走向繁荣,俨然成为中国新文学研究里的显学。"乡土小说"也取代"农村题材小说"概念,成为最通行的批评用语。1979年至1999年间的中国乡土小说批评与研究,其历史流变与特征依次有:第一,乡土小说(乡土文学)的重新倡导与开拓。刘绍棠是本时期倡导乡土文学并身体力行的重要作家。刘绍棠与孙犁关于乡土文学的有无之争,[①]雷达与刘绍棠的《关于乡土文学的通信》、骞先艾的《我所理解的乡土文学》、汪曾祺的《谈谈风俗画》等,都对推动"新时期"乡土文学创作与批评研究的复兴产生了影响。第二,乡土小说批评与创作的共同繁荣。随着"伤痕小说""反思小说""寻根小说""先锋小说""新历史主义小说""新写实小说"等小说创作思潮的不断涌现,一批以乡土小说批评与研究为志业的批评家和学者,即时跟踪批评研究,出产了一大批方法新颖、观点新锐的批评文章与学术著述。由此,乡土小说批评与研究呈现出前所未有的繁荣局面。第三,乡土小说"大家"的"重评热"。20世纪80年代中期至90年代,"20世纪中国文学""重写文学史""新文学整体观"等成为学术热点。在这样的学术思潮中,鲁迅、茅盾、沈从文、赵树理、丁

---

① 刘绍棠在《北京文学》1981年第1期上发表《建立北京的乡土文学》,倡导乡土文学;孙犁在《北京文学》1981年第5期上发表《关于"乡土文学"》,认为不存在"乡土文学"。二人的意见产生了一定的影响。

玲等极具重评价值的乡土作家，成为一些论者的重评对象。重评者们受美籍华裔学者夏志清《中国现代小说史》的启发，高张审美大旗，以"去政治化"为策略，提高沈从文、张爱玲的文学史地位；分析茅盾的"矛盾"，将其排除在"大师"之外；肯定丁玲的早期创作，否定她的《太阳照在桑干河上》；否定赵树理小说的审美价值，降低其文学史地位，等等。这样的重评，也受到了"急于成名""学术炒作""'去政治化'也是政治""挟洋自重""不尊重历史"等不同声音的批评。第四，乡土小说流派、文学社团、地域文化与地域作家群研究兴起。"五四乡土小说派""京派""社会剖析派""七月派""山药蛋派""荷花淀派""茶子花派"等都受到了学术界的广泛关注与研究，较早产生学术影响的论著有严家炎的《中国现代小说流派史》，其对乡土小说流派的界定和讨论，推动了乡土小说流派、社团的研究。20世纪80年代中期，"寻根文学"与地域文化、地域作家群成为研究热点，如朱晓进的《"山药蛋派"和三晋文化》、刘洪涛的《湖南乡土文学与湘楚文化》、逄增玉的《黑土地文化与东北作家群》等，这些著述的出版又推动了地域文化、地域作家群研究。第五，中国乡土小说史的编撰。20世纪80年代中后期至90年代，出版了一批乡土小说史著作，如丁帆的《中国乡土小说史论》、陈继会的《理性的消长——中国乡土小说综论》《中国乡土小说史》等。这些史论著作，是中国乡土小说百年研究的学术积累与集中爆发的结果，同时又进一步推动了乡土文学发展的"史"的研究。第六，中国乡土小说的史料建设，中国乡土小说史上有成就有影响的作家，如鲁迅、茅盾、沈从文、赵树理、丁玲、周立波、柳青、孙犁、刘绍棠、浩然等，都有"全集"、"文集"和"选集"等整理出版，也都有专门的研究资料的收集整理与出版。这些史料建设，为中国乡土小说研究，奠定了雄厚而坚实的学术基础。总体上看，这个时期是中国乡土小说百年研究史上最为繁荣也最有成就的时期。不论其秉持的社会文化思想、文艺观念、乡土文学理论、批评方法、研究方法还是价值取向，都纷繁驳杂，重现出中国乡土小说研究初创与中兴时期曾经有过的多元共存的局面。

21世纪前十年，中国乡土小说研究出现分流与深化，其历史流变与特征依次有：第一，乡土小说理论的新拓展。"自20世纪90年代伊始，在前现代、现代、后现代多元交混的时代文化语境中，中国乡土小说的外延和内涵都发生了巨大变化，如何对它的概念和边界重新予以厘定就成为中国乡土小说亟待解决的问题。"① 研究者们对此进行了探索，有的论者提出拓展乡土小说的"边界"，将叙述"城市异乡者""进城农民""城乡接合部"的小说纳入乡土小说范畴，这不仅在一定程度上突破了传统乡土小说理论的局限，而且还与所谓的"都市小说"发生了交集。乡土小说理论研究拓展的另一个方向，就是梳理中国乡土小说理论思想的历史流变，探寻其中外思想知识资源。面向现实与面向历史的乡土小说理论新探索，这类研究的学术意义是不言而喻的。第二，新世纪乡土小说创作的跟踪研究。新世纪的中国乡村已不再是传统意义上的乡村，在急遽的现代化中出现了许多"新因素""新问题""新经验"。以之为叙事对象和内容的新世纪乡土小说，从外形到内质都表现出与传统乡土小说不同的特征，出现了"转型"，"转型研究"也正是这个时期中国乡土小说研究的热点之一，如丁帆等的《中国乡土小说的世纪转型研究》；热点之二是对叙述"农民进城"与"乡土生态"的小说创作现象的批评与研究；热点之三是对以西部乡土小说为代表的西部文学的批评与研究，如丁帆等的《中国西部现代文学史》、李兴阳的《中国西部当代小说史论（1976—2005）》、赵学勇等的《革命·乡土·地域——中国当代西部小说史论》等；热点之四是对所谓"小城镇叙事"及"底层叙事"、"打工文学"中以农民为表现对象

---

① 丁帆等：《中国乡土小说史》，第18页，北京，北京大学出版社，2007。

的小说创作的批评与研究。另外，以乡村各种"老问题""新问题""新经验"为叙事对象的"新乡土小说"也是这个时期追踪研究的热点。第三，"20世纪中国乡土小说"研究的深化。进入21世纪，"20世纪"就成了真正意义上的历史，对"20世纪中国乡土小说"进行比较客观的"历史研究"，就成了本时期的重要课题与新特点。有些研究者对"20世纪中国乡土小说"进行宏观研究，整体把握；有些研究者则进行专题研究，重点深入，如贺仲明的《一种文学与一个阶层——中国新文学与农民关系研究》。比较而言，对"20世纪中国乡土小说"的"历史研究"远不如对新世纪乡土小说的追踪评论与研究那么热闹。第四，中国大陆台湾乡土小说及中外乡土小说的比较研究。对台湾乡土小说的研究，20世纪80年代就有研究者取得了很好的研究成果，如武治纯的《压不扁的玫瑰花——台湾乡土文学初探》；将中国大陆与台湾乡土文学进行比较研究，是20世纪90年代至21世纪最初10年比较受关注的课题，有代表性的研究成果是丁帆等的《中国大陆与台湾乡土小说比较史论》。中外乡土小说比较研究，是百年中国乡土小说研究中长盛不衰的领域。进入21世纪，这一研究领域也有新进展。第五，乡土文学学术史研究。十多年来，乡土小说研究界对乡土文学学术史的研究也在逐步推进，一是对乡土文学学术史的整体研究；二是对乡土文学史上有影响的作家研究的研究，如对鲁迅、茅盾、沈从文、赵树理等作家的研究史的研究；三是乡土小说研究资料的建设。这些学术史研究在中国乡土小说研究史上都具有学术价值和意义。总体上看，新世纪十多年来的中国乡土小说批评与研究，在都市文化的参照下，研究领域不断拓展；研究人员日趋增多，研究视域更加宽阔，研究方法更加多样，跨学科研究的特质也变得更加明显，认知也更为深入和全面。

  概观百年中国乡土小说研究史，其上述"阶段性"特征，与百年中国乡土小说创作发展的"阶段性"特征，存在着一定的对应性。这表明,中国乡土小说研究与中国乡土小说创作之间,尽管有区别、对峙乃至隔阂,但对话与互动是相互关系的常态。百年中国乡土小说研究史的"阶段性"特征,与近百年来中国社会历史变迁的"阶段性"特征,也是对应的。这表明,中国乡土小说研究与同步发展的中国新文学一样,受到近百年来中国社会历史发展的深刻影响。中国社会在近百年来的追求现代化的道路上,其在每个历史阶段所面临的社会问题都不一样,由此而自主生发的或者从西方引入的社会政治、经济、文化乃至哲学思想也会有阶段性的变化,这些都会投射到中国乡土小说的创作、批评与研究中,使其在对社会历史召唤的应答中,发生相应的变化。这种应答性的阶段性变化,非常明显地体现在中国乡土小说研究中的基本概念、话语体系、价值取向乃至研究方法等的阶段性变化之上。中国乡土小说研究中的"乡土小说"概念的内涵、外延乃至其"名称"在不同阶段的变化,与其依从的话语体系和价值取向的变化是大体一致的。而中国乡土小说研究中的话语体系和价值取向是多变的,"启蒙"话语及其价值取向,最初出现在鲁迅乡土小说和"五四"乡土小说的创作、批评与研究中;"二度启蒙"及其价值取向,出现在"新时期"的部分乡土小说创作、批评与研究中;至今,"启蒙"话语及其价值取向,仍然是中国乡土小说创作、批评与研究中极为重要的一脉。"阶级"话语及其价值取向,在20世纪三四十年代的左翼乡土小说创作、批评与研究中占主导地位;至20世纪50到70年代逐渐发展到极端;20世纪80年代,极"左"思潮的"阶级"话语逐渐遭到普遍的"唾弃"。20世纪80年代中后期以来,与过去年代的"阶级"话语形似而实异的意识形态批评与研究路径,吸引了越来越多的研究者,对中国乡土小说所潜含的政治文化权力、阶级、阶层、性别、民族、殖民乃至后殖民等等的发掘,成为研究者们"再解读"的兴奋点。"现代性"话语及其价值取向,在中国乡土小说创作、批评与研究的开创之初即已存在,但成为主导性话语还是近

20年的事情。何为"现代性",不同时期不同研究者们的认识并不一致,因而"现代性"话语在中国乡土小说批评与研究中的运用,存在"人云亦云"和"各说各话"的情况。不同的话语体系和价值取向,对中国乡土小说的艺术形态及其审美要求,也有很大的差别。但不论差别有多大,风景画、风俗画、风情画、地方色彩、异域情调等,通常被看成是乡土小说有别于其他小说类型的形态特征与审美要求。简言之,整体把握百年中国乡土小说研究史,从中可以发现其内在演变规律,也可以看到需要在今后的研究中避免的问题。

中国乡土小说研究之研究,是一种学术史研究,也就是一种特殊的历史研究。研究历史的"史学",首先是"史料学"。全面搜寻和占有中国乡土小说研究的各种史料,对有疑问的或者重要的史料进行考订,无疑是必要的,是研究工作展开的第一步。科学的或者实证主义的史料工作与"小心求证"不是唯一的,"史学"也是"心灵之学",没有研究主体的介入,"史学"就会成为"抽取了灵魂的材料堆砌"。[①]中国乡土小说研究之研究,在充分掌握和考订研究史料的基础上,也会依据我们认为是正确的学术思想和价值观念,进行"史的阐释","以史带论"和"史论结合"仍然是中国乡土小说研究之研究的基本方法。

黄修己在《中国新文学史编纂史》中说:"中国新文学史虽然只是文学学科中的一个小部门,一只小麻雀,但如果解剖得好,也有可能找到历史科学和文学研究的某些特性、某些规律。毕竟中国新文学史的研究、编纂也已有八十多年的历史了,可以考虑下我们的小学科如何对现代学术的发展、进步做大一点的贡献。"[②]中国乡土小说研究之研究,亦可作如是观。中国是发展中国家,中国乡村社会

[①] 丁帆:《关于建构百年文学史的几点意见和设想》,《文学评论》2010年第1期。

[②] 黄修己:《中国新文学史编纂史》,第10页,北京,北京大学出版社,2007。

的现代转型还是一个比较漫长的历史过程,中国乡土小说创作、批评与研究还将持续很长的历史时间。因而,我们所作的中国乡土小说研究之研究,就不是没有意义的。

本文原刊于《当代作家评论》2018年第1期

当代文学的"网—纸"互联

——论《繁花》的版本新变与修改启示

罗先海

《繁花》最早是网络媒介的产物,也是典型的网络文学作品,但除了作者本人多次在访谈或自述类文章中提及网络创作经历外,鲜有学者从网络文本诞生角度进行研究。[①]《繁花》后经反复修改向传统刊物和出版延伸,衍生出多个版本,自此《繁花》"一路繁华"。不仅印量节节攀升,还先后斩获了华语文学传媒大奖"年度小说家奖"、施耐庵文学奖、搜狐鲁迅文化奖"年度小说奖"、首届中国好书奖、中国小说学会"小说排行榜"榜首、中宣部第十三届精神文明建设"五个一工程"文艺类图书优秀作品奖,并最终以初版单行

---

① 2011年首发《繁花》的网站是弄堂网,这是一个地方性网站,其受众主要是上海读者。《繁花》初稿几乎是用沪语方言完成,在上海网络读者圈中曾引起强烈共鸣和反响,但也因之制约了非沪语读者群接受。加之它又是一个非商业性网站,是一块上海人自娱自乐的网络平台,这些或许都是网络版《繁花》未被当作网络文学文本接受的因素。目前弄堂网(论坛)因运营成本和其他因素影响已无限期关闭,《繁花》的网络首发初稿也已转至该站微信公众号。

本形式问鼎最具专业荣誉的茅盾文学奖。近期还成功入选"中国网络文学20年20部作品"榜单，作品影视改编也正在进行，成为网媒IP化和纸媒转向的成功案例。目前学界研究多停留在上海（都市）书写、[①]方言（地域）写作[②]和叙事艺术[③]等角度，对作品经网络生产向刊物和出版转化过程中形成的版本演进和反复修改现象鲜有学者问津。[④]其实，这已关涉当代文学版本研究的重要学术问题和网络文学经典化、历史化过程中网络稿本搜集、保存和价值认知的新问题。而版本批评方法则可以考察《繁花》"网—纸"互联过程中的版本谱系及其修改现象，汇校经作家修改形成不同版本和文本的异文增删及其类型，分析版本演进内外动因，从而考察不同版本表达效果和叙事逻辑。同时，通过渊源批评方法，对作为"类前文本"形式存在的网络初稿本进行价值估衡，以引起对当代文学（包括网络写作）版本问题的重视。

一

美国文艺理论家韦勒克和沃伦认为，"在文学研究的历史中，各

---

① 丛治辰：《上海作为一种方法——论〈繁花〉》，《中国现代文学研究丛刊》2016年第2期；黄平：《从"传奇"到"故事"——〈繁花〉与上海叙述》，《当代作家评论》2013年第4期等。

② 张莉：《一种语言的"未死方生"——读〈繁花〉》，《现代中文学刊》2014年第2期；石林：《方言生态危机下的地域小说创作——以沪语小说〈繁花〉为例》，《当代文坛》2016年第2期等。

③ 惠雁冰：《〈繁花〉阐释的三度空间》，《中国文学批评》2017年第3期；胡立新、江菲芷：《略论〈繁花〉的复调、反讽与隐喻艺术》，《小说评论》2015年第6期等。

④ 对于《繁花》经由网络向期刊、出版转化过程中形成的版本演进现象和事实，目前不仅没有研究成果问世，可能作者也未必对此有学术问题意识，但在各种访谈和自述文章中却对每次出版反复修改的过程和现象屡有提及，详见下文介绍。

种版本的编辑占了非常重要的地位：每一版本，都可算是一个满载学识的仓库，可作为有关一个作家的所有知识的手册。"①作品的版本演进远不仅涉及物质形态改变，更内蕴着媒介迁变以及作者、编者、出版者、编校排印者、装帧设计者等"复数作者"，基于艺术、政治、商业、道德等差异意图所生产出的不同意涵文本，不同版本存在的现象和事实为版本批评提供了研究对象。《繁花》存世和研究历史虽不长，但它在广受专家、读者认可及传播、接受过程中所形成的"未完式"版本谱系也亟待关注。做史料与版本研究的学者很清楚，如今很多经典古籍版本已成绝响，随着时间推移，很多新文学作品版本也难觅踪迹以致无法准确梳理考证。以当代同人身份考证准经典作品版本变迁，不仅因时间靠近益于获取资料，版本研究本身也能成为一种文学批评视角和方法；更为重要的是，还能为后世经典作品传播接受积累准确的版本资料。对当下准经典作品的版本考察是一项益于文学批评与历史化研究的重要工作。

《繁花》具备了较为明显的版本迁变谱系（当然是未完成式，不排除作家基于各种因素日后还有修改出版可能），且与古籍和新文学新书版本学有异，呈示出当代（网络）文学的版本新变问题，是一部当下文学版本批评的样作。《繁花》反映的是20世纪60年代和90年代上海市民日常生活和城市风貌，作家金宇澄20世纪80年代就初登文坛，曾获上海青年文学奖、《上海文学》奖等，并长期担任文学名刊小说编辑，是一位深谙传统文学创作之道的文学"伯乐"。颇富意味的是，这位兼名刊编辑和作家身份的作者，所创作的《繁花》却是从"弄堂网"码字起步，其诞生过程属于典型的网上续更首发的网络文学创作行为。"2011年5月10日的中午11点，我用'独上阁楼'网名写了一个开场白，从这天开始我每天发帖，14日那天，写

---

① 〔美〕勒内·韦勒克、奥斯汀·沃伦：《文学理论》，第56页，刘象愚等译，南京，江苏教育出版社，2005。

到了《繁花》引子的开头,就这样,逐渐欲罢不能,每天300、400字,500、600字,甚至每天6000多字,出差到外地,赶到网吧去写,出现一种非常奇怪的写作状态。"①接连写了5个月,至该年11月完笔,保存下来的文字竟有33万,暂名《上海阿宝》,这就是《繁花》最初连载的具有"草稿"性质的网络初稿本。在"21世纪信息技术的发达和电脑写作的普及,修改本与原稿高度重叠,文学的版本问题趋于弱化"②的新时代语境中,"草稿"性质的网络初稿本具有了法国文学渊源批评流派所关注研究的手稿——即"前文本"的某种特质,只不过渊源批评研究的"前文本"处于一种传统作家独处的封闭状态,而"草稿"性质的网络初稿本因创作媒介不同处于一种敞开状态,是不完全同于前文本的"类前文本",这种"类前文本"就是《繁花》的第一个也是不同于古籍和新书的新版本。

网上连载的《上海阿宝》,开头基本是上海话,和纸质出版本小说不一样,上海话味道非常浓。作者以其长时间从事编辑工作的经验,意识到不能只让上海人读懂,方言需要转化,才能让更多读者看懂接受,于是网络初稿本的后半部方言成分有所弱化。"2012年8月,金宇澄的网络初稿《上海阿宝》,删改为29万字的《繁花》,发表在《收获》长篇小说增刊秋冬卷。"③杂志一时脱销、加印,这是该小说第一次以纸质形式面世的初刊本,加上引子和尾声共33章,内附作者手绘插图5幅,文后附有程德培的《我讲你讲他讲 闲聊对聊神聊——〈繁花〉的上海叙事》和西飏的《坐看时间的两岸——读〈繁花〉记》两篇最早书评。初刊本较网络初稿本篇幅少了四五万字,主要是上海方言的明显删减,以及从网络即时连载的草稿(初稿)到正式出版后,作者与不同网友及与文本角色对话的删减,保

---

① 金宇澄:《我写〈繁花〉:从网络到读者》,《解放日报》2014年3月22日。
② 沈杏培:《沿途的秘密:毕飞宇小说的修改现象和版本问题》,《文艺研究》2015年第6期。
③ 李乃清:《金宇澄:洞察之魅》,《南方人物周刊》2013年第45期。

持了正式出版物的书面性与严肃性。在《收获》初刊本基础上，作者又修改多遍，2013年3月，35万字单行本《繁花》由上海文艺出版社出版，是为《繁花》初版本。与初刊本相比，不仅文本"净增5万余字，涉及诸多细节修改"，还增加了扉页引语和跋，文中手绘插图也由5幅修改增至20幅。2014年6月，上海文艺出版社出版作品精装本，装帧设计有了诸多变化，且"精装本《繁花》也增补了两万多字的内容，增加的是《繁花》沪语网络小说初稿"。①作品责编甚至说："几乎每一次重版都做修订，这种情况我也是第一次碰到。"②这一版因与初版本变动较大，故判定其为再版本。且再版本增加的内容也主要是回归作为"类前文本"的沪语网络连载草稿本，当然这次回归是一次更重质量修改的回归。再版除增加了两万余字的附录"独上阁楼，最好是夜里"之外，还另附了"《繁花》主要人物关系图"，以增加读者对繁复人物关系的直观印象和理解。

综观而言，《繁花》体现出了其特有的版本"新变"问题，主要体现在从作为"类前文本"存在的网络连载草稿本（《上海阿宝》）——纸媒修改——纸媒向网媒借鉴的互联互动过程。截至目前，《繁花》的版本谱系如下：

网络初稿本（类前文本）："弄堂网"连载，2011年5月至11月；

初刊本：《收获》长篇小说增刊秋冬卷，2012年8月；

初版本：上海文艺出版社，2013年3月；

再版本：上海文艺出版社，2014年6月。

版本变迁中有两次改动较大：一是从网络初稿本到初刊本；二是从初刊本到初版本；从初版本到再版本文本改动较前两次并不大，明显的是增加了能被众多网友认可为最佳正版的网络初稿。

---

① 2014年6月21日，在精装本还未正式上市前，上海文艺出版社官方微博刊出如上"书情预告"信息。

② 见2014年6月6日上海文艺出版社官方微博信息，同时还提供了金宇澄修订的片断样张图为证。

二

《繁花》已经呈示出了较为清晰的版本谱系,且每一版都有经作家修改形成的异文,几乎不同版本都可视为不同文本。"作品的每一版与另一版之间的不同,可使我们追溯出作者的修改过程,因此有助于解决艺术作品的起源和进化问题。"[①]当把版本研究转化为文学批评方法时,可以借用汇校之法考察不同版本异文增删和修改情况,理清不同版本和不同文本核心差异,这正是版本研究作为文学批评方法的处理对象。新文学史料研究专家阿英曾说,"一个作家的作品,往往有虽已发表而不惬意,或因其他关系,在辑集时删弃的,这样的例子是很多,……专门的文学研究者,尤其重视,因为这是增加了他们对于作家研究的材料。"[②]汇校并分析不同版本的异文类型及差异,收集并整理成异文资料库,是开展作品论和作家批评或可尝试的一种新路径。

《繁花》版本异文汇校的困难不同于古籍和新书。后者寻觅并理清版本变迁比异文汇校难度更大,而《繁花》版本迁变因同人搜集时间上的便利性较易理清,更大的难度在于由网络创作的随意性、口头性特征,向书面出版严谨性转变过程中的高频率修改。仅以初刊和初版为例,在文本"引子"之前有一段"独上阁楼,最好是夜里……"且不足400字的开场语,但初版较初刊本修正改动的地方就达12处,具体到初版正文本,有些段落改动更多,甚至通篇随处修改。以全文30余万字篇幅计,其修改频率是古籍和新文学时代无法想象的。不仅修改频率高,修改所形成的异文量也极大,各个版本

[①] 〔美〕勒内·韦勒克、奥斯汀·沃伦:《文学理论》,第55页,刘象愚等译,南京,江苏教育出版社,2005。
[②] 阮无名(阿英):《中国新文坛秘录》,第99页,上海,上海南强书局,1933。

少则两万余字，多则四五万字的修改篇幅，远非本文分析对象所能一一列举穷尽。尽管如此，通过初步汇校，从复杂的修改中排除一些非实质性异文，即不影响作者实质表达意图文本异文的干扰，如标点、局部字词句变化、语序调整等，还是能对大量实质性异文进行分类分析。下文就《繁花》版本变迁顺序对主要异文类型进行归纳解读，以窥作品修改和文本演化秘密。

从网络初稿到初刊本，是由开放、交互、在线、续更式网络写作向严肃并有"把关人"审验的书面出版转变，这个过程主要是纠"错"和语言修改。当然"错"并非作家有意为之，而是不同创作媒介与环境下的产物。第一，初刊本因期刊书面出版的规范性和严谨性，删掉了网络初稿中大量作者与读者对白，尽管这些对白都是作者最初创作痕迹和心理的记录。如2011年6月17日网络读者"葱油饼"与作者的对话：

葱油饼：发表于2011-6-17 14：42

阁楼爷叔好。

格文章真真是乓乓响的好么子，爷叔侬写了实在好。

包括所谓"错别字"，我就是看了亲切，看得明白，读了顺口，所以，何错有之？

日里相上班没空，爷叔侬格么子我是带回去夜里相定定心心慢慢交看的。看了一个晚上，看光子一抬头，有点神知吾知，忘记今宵何宵，只觉得手里迭篇东西迭沓纸头沉甸甸有意思。

…………

作者回复：

过奖。实不敢当。弄堂蛮好，也多亏弄堂，督促阁楼每日写一段。照陈丹青讲法，也就是戆小举书包一掼，只要有人叫好，跟斗就一直翻下去。一个月下来，阁楼感觉自家可以脱离北方语言束缚，用上海方言思维，晓得上海字骨头里的滋味，交关欣慰。至于上海字有多少长长短短，专家交关，比较吃力，有时看看，像《红楼梦》,一说便是错。阁楼个人想法,上海人懂就可以,最好外方人也看得明白。谢谢老弟欢喜。①

类似对话在作为"类前文本"的网络初稿本中大量存在,几乎每一"更"后都会有读者与作者互动,这种"对白"也是网络创作"开放式"的特征体现,也很好留存了网络创作初始阶段痕迹。但在初刊本中,这些能代表作家创作心理及文本纠葛的话语因无碍文本结构、情节的完整性而被纠"错"删改了。

其次是人物名称的变更,文本中涉及的人物更改很多,从网络初稿本→初刊本更改人名的主要有:

腻先生、沪源→沪生

银凤→梅林厂工人

桂芳→银凤

刘先生(卖碟人)→孟先生

…………

名称变化并非随意修改,初稿中前半部分一直是以"腻先生"为主要叙述者,但网络读者觉得这个名称有些不妥,作者接受建议将名称改成了"沪源"。又如网络初稿称小毛父亲一直用"小毛爷",但这种方言叫法容易让外地读者产生误会,又改成了"小毛爸"。

最重要的修改还是上海地域方言的明显删减,尤其是一些常用的地方语气词、人称代词、动词以及一些惯用的鄙俗语言等。如网络初稿前半部分第二人称和第三人称的侬、伊(你、他的意思)比比皆是,初刊本中均改为普通话词汇,或直接以人物名代替。类似还有很多,如方言疑问词"伐"改为普通话中的"吗""吧"等,"表"改为"不","交关"是"很""非常"的意思,亦可以形容"多"之意,但沪语之外的读者难以理解,初刊本中全部删除。"白

---

① 所引对话为笔者所搜集保存的《繁花》网络初稿原文,有些不符合现代汉语书面书写规范的标点及字词均保持原貌。

相"意为"玩","困"意为"睡觉","夜快"意为"傍晚","辰光"意为"时间"等等。沪语中常用但不易懂的方言，因会影响非沪语区读者接受，故《收获》初刊时，因汉语规范化要求和编辑意志介入均作了较大修改和调整。

从初刊本到初版本，虽均为纸质出版物，但通篇几乎均有语句修改和润色。以《繁花》开头"引子"为例，通篇字、词、句兼标点符号调整和修改达290余处，文本30余个章节修改数量则更多。在此，主要聚焦影响作者表达意图且对文本内容有一定意义变化的实质性异文，包括语言润色、词句调整、对话完善以及大量细节增补等。

首先是方言进一步修改。因初版本也是作品首个单行本，其出版和发行范围比专业类期刊读者范围更广，出版审查制度也更严格，易于推广接受且更严谨规范也成为进一步修改的题中之义。一种是"改过去"，即初刊本中大量口语化或易致歧义的方言均改成了规范书面语，如"谈朋友"改为"谈恋爱"，"可以嘛"改为"条件不错"，"白相南京路"改成"去逛南京路"，"心里晓得"改成"心里明白"，"出事体"改成"闯祸"等等。前者普遍是上海民间口语，没有方言基础的读者在阅读时可能会有所困惑，修改后的词汇则简明易懂。另一种是"改回来"，即把一些不影响非沪语区读者接受和传播的普通话改为更有上海味的口语词。如"走一起"改为"荡一段马路"，"吃雪糕"改为"吃一根'求是'牌奶油棒头糖"，"时间"改为"时光"，"星期天"改成"礼拜天"，"开口"改成"开腔"，"辛苦钞票"改成"辛苦铜钿"，"车费"改成"车钿"等等。后者多为上海居民的口语词汇，更符合老上海文化氛围，这样既不增加读者阅读障碍，又能大大增强小说语言地方氛围。

其次是细部语言润色和大量内容增补。创作《繁花》，作者有意打破当下小说创作中的语言同质化现象，认为语言之美，发于内心，落于笔尖。如作品第二章第二节描述康总、宏庆、梅瑞与汪小姐四人春天出游，初刊本有描述"四人抬头举目，无尽桑田，少有人声，只是小风,偶尔听到水鸟拍翅,无语之中,朝定一个桃花源一样的去处,进发。"这本是一段极好的场景描绘,长短句叠用也使语言极富音乐美。作者初版单行本时,仍紧抓打磨语言之机,初版中该段修改为"四人抬头举目,山色如娥,水光如颊,无尽桑田,藕塘,少有人声,只是小风,偶尔听到水鸟拍翅,无语之中,朝定一个桃花源一样的去处,进发。"[1]虽只修改增加了下画线处十字,但"山色如娥,水光如颊"却更加烘托出江南春景的朦胧与娇羞感,也为后文细写下乡出游上海人的风雅之态打下氛围基础;"藕塘"二字不仅为此段新增了另一处清晰场景,更和结尾"进发"二字构成一种长短句夹杂特有的铿锵节奏和音乐之美。类似语言润色和修改贯穿文本全篇,作者对语言细部不断打磨和追求也使文本达到了"繁花似锦"的效果。

伴随局部语言润色的同时,作者还进行大量内容增补。常常是以段落形式补充细节、场面描写或历史回忆等。如第九章第二节增加了"文革"期间关于上海马路对"抄家食品"街头展览的细节描述:"……形势发展极快,淮海路'万兴'食品店橱窗,开始展览'抄家食品',整箱意大利矿泉水、洋酒、香槟,上面挂有蜘蛛网,落满历史灰尘,大堆的罐头、黑鱼子酱、火腿、沙丁鱼、火鸡,甚至青豆,俄式酸黄瓜,意大利橄榄,部分已是'胖听',商标脱落,渗出锈迹,背景是白纸大红字,资产阶级腐朽生活方式,暴露于光天化日之下!附近废品回收站,尤其淮海路24路车站旁的一家,堆满中西文杂志、画报,甚至拆散零秤的铜床,杂乱无章,阳光下,确实刺眼……"[2]这段增加的描写读者从中可窥当时上海市民对物质生活的追逐,流露出浓厚的都市"洋"味。这既能增加上海读者的怀旧感,也能窥视上海都市生活的风味,对外地接受者而言也有一

---

[1] 金宇澄:《繁花》,第30页,上海,上海文艺出版社,2013。
[2] 金宇澄:《繁花》,第116-117页,上海,上海文艺出版社,2013。

种新异感受。在初版中,几乎每一章都有不少细节增加,据统计,句以上的增加达200余处,这样既传达了历史生活的真实,也更好地呈现了人物活动的时代背景,使整部小说的文本内容更加丰满厚重。

另外还增加了一些具体地名,如第四章第一节第二段开头,初刊本"车子开到苏州干将路一家大饭店,雨停了。"改为初版中"车子开到苏州干将路'鸿鹏'大饭店,雨停了。"将泛指的"一家"改为可指的"鸿鹏"二字,可以增强叙述真实性和读者代入感。类似增删修改还有"起司令咖啡馆""兰心大戏院"等地名。

第三种是重要句式的增加和强化。通过汇校比对,发现初版本较初刊而言,"我不禁要问……"的句式增加不少。这是沪生的口头禅,如"沪生轻声说,我不禁要问,这种情绪,太消极了,世界并不荒凉……""沪生说,我不禁要问,革命到了现在,还有漏网之鱼……"等等。"我不禁要问……"是一种"文革"腔,这句口头禅频繁出现和反复使用,可以让读者感受旧上海遗留的"文革"踪迹,看似简单的口头禅增加,却对小说人物形象和文本思想有了较大补充。另一种是"……不响"的句式,但这种句式并非新增,而是初版本较初刊本大量使用的前提下有所增加。"……不响"是文本中出现频率最高的句式,据初版本统计有1500余处。"……不响"是典型的上海话语,极具地方腔调,意为不语、无语或沉默。就文本而言,这种句式的使用与增加,颇丰深意。正如作者在访谈中如是谈及:忽然的沉默,忽然的静止,代替小说常规的啰唆解释,省去陈词滥调,凭这两个字,读者或悟人物沉默的原因,作者不做铺排,读者自己意会,是很含蓄很经济的手法。文本扉页引语"上帝不响,像是一切全由我定"更暗示着小说更深层次的文化内涵。

三

《繁花》版本变迁伴随大量修改,正如作者曾接受采访时所说,是要"把有温度的东西冷却下来,把文字做了大量的改动。主要是削弱上海话与外地读者之间的屏障,把上海话改良成外地读者可以理解的东西,《繁花》大量改动就是通文,让南北读者都理解。改动到现在依然还在持续,已经发行了30万册的《繁花》,在每一次加印时,都有所修改,不停改动,是因为自尊心特别强。我现在还经常读这本小说,哪里觉得不舒服就记下来,所以每一版本都有几页纸的勘误。"①细究作者每一版修改异文,目前四种主要版本三次变迁过程的修改动因也存在阶段性差异。

从网络连载初稿本至初刊本作者进行了首次修改,也是改动最多的一次。究其原因,首先是对新时代技术媒介因素介入文学创作弊端的纠正。《繁花》是在无准备中完成的,是一个无意识状态下的长篇产物。作者初衷是想隐了身份,在网上写一些寻常百姓的市井事迹,起了网名开帖更写。作者20世纪80年代就初登文坛,经历过传统手写稿时代,初稿完成并誊抄完毕后寄给刊物,等待编辑阅读,若有幸刊发,或想得到读者反馈,过程更缓慢,等得更久。而现在创作媒介与环境不同,网络匿名创作会及时得到反馈意见,可以在线互动,甚至读者意见还能改变作者构思以及作品人物的命运,"记得《繁花》网上初稿期,有个人物绍兴阿婆,死得要早一些,她从乡下回来,早上去买小菜,忽然就死了。当时网友的跟帖说,这老太太蛮有意思的,这么早就让她死掉了?这个话引起我的警觉,所以在给《收获》的长篇修改时,绍兴阿婆一直延续到了1966年"文化大革命"初期,才消失了——乡下回来她是生了病,又活过来,想吃一根热油条,就活过来了……"②这是非常独异的创作体验,与传统文学闭门静思的状态不同。作者刚开帖创作时,网络读者跟帖

---

① 石剑峰:《〈繁花〉用了茅盾惯用的写作方式》,引自http://cul.qq.com/a/20150817/043799.htm。

② 金宇澄:《〈繁花〉创作谈》,《小说评论》2017年第3期。

内容就是这样——"老爷叔，写得好。赞。有意思。后来呢？爷叔，结果后来呢？不要吊我胃口好吧。"[①]写作进入现场感，以前一切经验过程消失了，与读者的关系，简单热情逼近。但这种网络媒介"续更"式写作，也导致语言不稳定，人名错乱，变化太多；且是与读者面对面开放式的互动写作，故小说结构、内涵、清晰于否的程度，都不能与初版本比较，尤其是人物细节、重要结尾，都没有出现。因而，当作品有纸质初刊机会时，一方面有刊物编辑作为"把关人"对文稿的规范要求，另一方面也是作者在冷静对待网络初稿时想进一步理清文本结构、内涵的主观要求。其次是语言的完善（主要是对方言沪语的改写），这也是进一步扩大受众的需要。《繁花》开始出版发行之时，作者就十分关注这样的问题：第一，实现文学最高的追求——也就是个人的文字风格；第二，要把这本书写成让所有懂中文的人看得懂，而不是给每一位上海人看懂的。这两个要求是不完全相同的，前者实现了作者"我讲你讲他讲 闲聊对聊神聊"的上海叙事；而达成后者目标，则是作者大量删减《繁花》里的地方语言，作者之所以要在文字上下这么多功夫，原因也就是要更多的外地读者能够看明白这本书。

从初刊本到初版本，修改篇幅达5万余字，主要源于作者艺术上进一步完善的主观追求。在网络初稿结束之前，当时作者感觉已是一部不错的稿子，但一个网友的跟帖及作者的修改实践亦能说明其修改动因。网友说，"阁楼兄，这是个好东西，但要放进抽屉里，至少安心改20遍，才可以达到好东西标准。"[②]作者当时还心存疑虑，这么好的内容还要改20遍？但没有料到，在《收获》发表和第二年出单行本之前，这两个等待期里，真的改了20遍，而且是极其自愿的，一次次的改动。这些改动除了语言进一步凝练外，内容细节的增加

[①] 金宇澄、朱小如：《我想做一个位置很低的说书人》，《文学报》2012年11月8日。

[②] 金宇澄：《我所体验的网上写作》，《文学报》2014年6月5日。

是作者修改的主要动因。这些细节多涉及上海市井琐碎的日常生活，亦与作者反宏大叙事初衷关联。作者从《红楼梦》《金瓶梅》等传统经典中清楚地认识到，它们都没有一个宏大结构。中国传统意义上的小说，表现的是他们怎么生活，他们穿什么衣服，他们怎么样讲话，怎么样吃饭，多少钱可以买什么东西。这些都是非常珍贵的东西，但是没有人做这样的事情。《红楼梦》前80回几乎就是作诗、喝酒、赏花、穿什么衣服，都是一些非常生活化的情节，而《繁花》要做的事情，和主流文学的宏大叙事恰好相反，写的都是一户一户人家，他们生活的细节，他们每个人都有另一面，而且必须要生动。初版内容细节的修改也正好是作者完善艺术的主观追求。此外，文本中的手绘插图也由5幅增加到了20幅，对理解正文本和作品的接受传播都能起到积极作用。

从初版到再版本的修改变化，主要源于对网络自由写作状态的怀念和回归，再版以附录形式重新收录了"独上阁楼，最好是夜里"的网络初稿本。"重刊这段芜杂之文，读者可发现他在语态、人名等部分，均与纸本有异，但段落、结构方面，与初版本仍然接近。"[①]小说版本变迁和文本演化经历了20次以上修改，但在网友眼里，这个作为"类前文本"的网络初稿本仍有特别的吸引力——如今它还挂在网上，不少上海网友至今甚至认定，它才是《繁花》的最佳正版。时隔三四年之后作者修改又回到了网络连载初稿版状态，是作者对网络"热写作"状态的回顾与怀念。其所体验的网上写作，在写作心理上更容易倾向于吸引读者，每写一帖，都会考虑到更多，试图用更特别的内容，让读者注意，让他们高兴、惊讶或悲伤。"听故事的人，总是和讲故事者为伴"，小说的第一需要，是献给作者心目中的读者，最大程度吸引他们的注意。《繁花》从"弄堂网"码字起步，网络写作成就了其繁华开端。

---

① 金宇澄：《繁花》，第437页，上海，上海文艺出版社，2014。

四

《繁花》的版本变迁及所呈示的电子化时代网络初稿本，还关涉很多当代文学（包括网络写作）批评及经典化、历史化研究的重要问题，也是当下不能忽视的学术现象。

当代文学尤其是新时期以来经典作品的版本修改现象应得到持续跟进并关注。有学者曾辑录考证了从20世纪50年代到80年代初当代长篇小说的三次修改浪潮。①跨时代语境变化、语言规范化运动影响及政治运动规训等多方因素造成了当代文学前30年版本问题的突出现象。新时期以后的30年以来，当代文学版本问题由于时间上的切近及电子化、数字化时代创作环境变化等因素，对文学版本问题和修改现象的关注呈逐渐弱化趋势。但这并不能掩盖新时期以来以《繁花》为代表的一批作品，存在着版本修改和文本演化的事实。实际上，"由于社会政治、文化心理、艺术审美、传播载体、印刷技术发展变化等多方面因素，当代文学版本不但量大类多，而且还呈现出了与古代文学和现代文学版本所没有的纷繁复杂，各种版本之间主要不再限于个别文字上的歧义，而是更多涉及其所生存的时代社会以及作品的整体思想艺术。"②面对版本存在但关注不够的现象，新世纪以来金宏宇、黄发有、吴秀明、赵卫东等学者也从宏观撰文，呼吁对新时期以来尤其是电子化时代后当代文学版本新变问题的关注。③尽管如此，从当下文学研究实践来看，也只有《爸爸爸》《白鹿原》《穆斯林的葬礼》

---

① 金宏宇：《论中国现代长篇小说的修改本》，《文学评论》2003年第5期。
② 吴秀明：《中国当代文学史料问题研究》，第252页，北京，中国社会科学出版社，2016。
③ 相关成果见金宏宇：《当代文学的版本》，《光明日报》2004年2月4日；黄发有：《中国当代文学的版本问题》，《文艺研究》2004年第9期；吴秀明：《中国当代文学史料问题研究》，北京，中国社会科学出版社，2016；赵卫东：《略论当代文学的版本问题及其处理原则》，《汉语言文学研究》2016年第3期等。

《推拿》《这边风景》等少数几个经典文本版本问题受到研究者关注。《繁花》问世的几年来，作者多次在访谈和自述中谈及作品修改，但也仍未有研究成果问世。从整体上来说，文学史和文学批评对当代文学尤其是新时期以来的作家修改现象，关注的还很不够，目前，当代文学史料问题也逐渐引起学界重视，但也只是重点关注作家经历和一些文学制度史料，复杂的版本问题还有待持续跟进和深度介入。

网络文学历史化及经典化过程中存在的版本现象也不能忽视。中国网络文学发展至今已有20年，它就是最前沿的当代文学，也是新时期文学格局中不可忽视的版图。网络文学的版本问题乃是20世纪90年代，随着电脑普及，利用电脑写作或网络文学创作诞生以来形成的一个新问题。传统经典作品一般都会在作为前文本的手稿之后经历"初刊—初版—再版（重印）—定本"的理想线性谱系，但网络文学创作有所不同，主要表现为版本谱系源头差异，即作为"类前文本"存在的网络初稿本。与传统创作"手稿"是在封闭式环境下由作者独立完成不同，作为"类前文本"存在的网络初稿本在其生产过程就伴随着与受众即时互动。网络时代写作，电子媒介成为创作的主要载体，连载完成之后的网络初稿版往往是作品的最初形态。若网络作家是先通过电脑创作并储存电子初稿，则在正式连载的网络版之前还存在电子稿本形态。好的网络文学往往都会完成线上连载到线下出版过程转变，线下出版也是对网络文学的一种筛选和价值认定，出版机构往往通过对文字、结构等形式把关，甚至在商业意图干预、意识形态规范内完成对网络作品的纸质初版。有学者急于呼吁："电脑写作和出版产生的版本问题尽管已经存在，但似乎还没有到被认真关注的时候。随着当代文学史叙述对象的趋近，这个问题将越来越成为一个迫近的现实问题。"[①]作为新问题的版本之

[①] 赵卫东：《略论当代文学的版本问题及其处理原则》，《汉语言文学研究》2016年第3期。

维也应纳入网络文学甚至整个当代文学的整体研究构架之中。

最后，还应认识到电子化时代"类前文本"的独特价值并重视对网络初稿本的搜集与保存工作。一个明显的事实是，当代文学尤其是新时期文学以来，作家的手稿保存现象趋于弱化。一方面固然是因为时间迫近，当下作家普遍没有认识到手稿价值并加以留存；另一方面更是因为无手稿保存可言。20世纪90年代中后期以来电脑书写时代的来临，电脑写作的电子版可随时修改，也可多次修改，相比纸质书写具有明显工具性优势。但删改却难留痕迹，针对特定群体发表也难以追踪。更重要的是，由于电子产品更新换代频率快，稍不注意保存可能就与电子媒介一起淘汰消失了，这样，当下作家最初创作的电子"手稿"就永远失去了研究可能。而手稿对于经典作家研究以及经典作品诞生意义的考察是不容低估的。对于手稿研究的重视，20世纪80年代以来法国文学批评界出现了一个重要的流派——渊源批评流派，"它超越了文本范围，朝向'前文本'，对手稿进行考古，旨在重塑'前文本'孕育的过程，由此重新找到作品制作的秘密，试图揭示和解释作者创作的独特性。"[①]这些批评家相信手稿必然留下作家艰辛的创作"痕迹"，其中的修改润色也都是作家思维的投射，从中可洞悉作家动态的思想历程。鉴于保存手稿的重大价值和意义，近些年国内也有学者提倡"建立现代文学研究的'手稿学'"。[②]而随着网络文学的兴起，在线续更式写作的网络连载初稿本，打破了借用电脑写作并留存在个人电脑里电子"手稿"的神秘感，网络连载初稿本就是作家（尤其网络写作）创作的最初样态。以《繁花》网络初稿本为例，这就是《繁花》的"手稿"，当然它已不完全同于渊源批评流派所回溯考古的"前文本"，是一种在创

---

① 冯寿农：《法国文学渊源批评：对"前文本"的考古》，《外国文学研究》2001年第4期。

② 赵献涛：《建立现代文学研究的"手稿学"》，《上海鲁迅研究》2014年第3期。

作媒介、环境、心态及读者即时接受均发生了重要变化的"类前文本"。这种"类前文本"具有着传统创作意义上的"手稿"价值，而且能以网络方式及时出版，也便于当代同人获取和搜集。更重要的是，作为"类前文本"的网络连载初稿本保存着大量作家与接受者及时互动的创作心态，这都是对于窥探作家创作心路历程和考察作品诞生的重要信息。《繁花》初刊本就删除了大量网络初稿本中作家与网络读者的类似对话，它涉及作家创作动因，作品人物修改，语言选择的运用，句式、结构的安排甚至人物命运的走向等，这是利用电脑创作电子"手稿"不易保存修改痕迹最为难得的资料。基于这样的认识，对于《繁花》网络连载初稿本从创作学、接受美学以及媒介角度进行独立研究也是具有重要价值和意义的。

网络初稿本的搜集与保存工作在当下也显得尤为重要。纸媒时代手稿主要因为年代久远不易保存，而网络写作草稿本主要是因为网媒技术换代升级过快，从而导致不易保存。其实，作为创作初稿的"类前文本"对文学研究的价值和意义是不言而喻的。当前，原始网络版作品不易保存，已经成为困扰电脑写作时代甚至网络文学历史化研究的实际问题。随着网络技术快速更替，作为网络文学开山之作的《第一次的亲密接触》连载时的论坛早已成了尘封往事，蔡智恒个人主页及博客地址也湮没在茫茫网海，如今要想再睹20年前作品的网络原貌已成奢谈。《繁花》最初连载的"弄堂网"因各种原因也已关闭，目前尚能查询的网络连载初稿也是得益于热心网友提供。也许当下很多网络文学发表的网络版还能查询，但10年20年甚至更长时间后，技术更新导致初始网络版保存不稳定问题仍是目前网络文学研究面临的困境，这是涉及如何更长时间乃至永久保存原始电子文献的技术和学术问题。网络文学在线创作的网络版，好比传统作家创作的手稿和当下部分作家电脑创作的电子稿。当"手稿""电子稿"或"网络版"在线创作刚形成时，保存这些原始初稿版的价值往往不会被马上意识到，但随着岁月流逝乃至不断修改，在作品传播接受过程中乃至逐步经典化之后，这些初稿本又会成为作家作品研究和返回文学历史现场的重要史料，其价值才会被突显出来。当前，一大批经典长篇小说（包括网络文学作品）都有版本变迁事实，只是距离太近，作者、读者和研究者暂时还没有意识到其重要性。因而，包括经典网络文本在内的当代文学版本问题不容忽视，应引起学界高度重视。

本文原刊于《当代作家评论》2018年第3期

论中国当代科幻小说的"新历史书写"

——以新世纪前后中国历史科幻创作为例

汪晓慧

作为21世纪中国文学中具有潜力的文类之一,科幻文学逐渐发展壮大,并吸收了不同元素以拓宽其想象力边界。新世纪以降,一些科幻作家对历史素材给予了特别的关注,历史神话和太空歌剧、赛博朋克、人工智能等经典科幻题材一道成为了中国科幻小说关注和书写的重要内容,并形成了较为引人注目的分支,即历史科幻小说。在新历史主义视野下看新世纪中国历史科幻小说的发展,我们会发现它直接或间接地汲取了20世纪80年代以来西方新历史主义和主流文坛"新历史小说"的文化养料,从创作动机到精神指向都有着或隐或显的新历史主义理论特质。

科幻小说一贯被认为是"没有使命感""不为表达人性和命运"的大众文学和类型文学。[①]但实际上,中国历史科幻小说从其诞生之

---

① 有时候甚至连作家本人都认为大众文学是"没有使命感"的,刘慈欣便多次明确表示:"我的写作是没有使命感的,我要表现的理念是自然而然的,而并非捍卫什么理念。"

时起，便"向那些游离于正史之外的历史裂隙聚光，试图摄照历史的废墟和边界上蕴藏的异样的历史景观",[①]同时执着追索历史的多种可能性。对"大写历史"角落和阴影里的人之生存与道德困境的思考和言说，深刻渗入历史科幻的脉络中，体现出了科幻作家深刻的现实关怀和严肃的理性思考。

历史科幻小说对历史的关注和改写显然突破了既有的旧历史观，作家试图在被主流话语压制的历史现象中发出不同声音，表现出其强烈的自我思想和人格精神，可视作是对"共名话语"的解构。以新历史主义理论阐释中国当代历史科幻小说，其意义在于将当代科幻作家群视为一个有机整体，透过具体文本来考察科幻小说这一类型文学是如何历时性地介入传统主流历史言说，并建构中国科幻文学"本土化之路"的。

一、"新历史主义"与"历史科幻小说"

新历史主义兴起于20世纪80年代初的美国。它的出现被视作是对当时盛行的后结构主义、解构主义和后现代主义等批评方法中的"非历史主义"倾向的一次挑战与反拨。尽管新历史主义者一再宣称，新历史主义的本意是"以文化人类学的方式把整个文化当作研究的对象，而不仅仅局限于研究文化中某些我们认为是文学的部分",[②]但文学批评仍占据了新历史主义批评实践的重要位置。

美国新历史主义代表人物海登·怀特提出了"元历史"（metahistory）的概念，他将历史"视为叙事性散文话语形式中的一种言辞结

[①] 张进：《新历史主义与历史诗学》，第47页，北京，中国社会科学出版社，2004。

[②] 张京媛：《新历史主义与文学批评》，第1页，北京，北京大学出版社，1997。

构……它一般而言是诗学的,具体而言在本质上是语言学的。"①不同于旧历史主义者所认为的"历史高于文学"的观点,新历史主义将文学作品和历史语境视作平等的"互相影响的同谋者",而非依附与被依附、阐释与被阐释的关系,并且因为"文学与历史同属于一个符号系统",所以使得"历史的虚构成分和叙事方式同文学所使用的方法十分类似"。②这意味着,在新历史主义者眼中,"历史的存在"是不可接近的,可以接近的只是"历史的文本",即历史学家"从时间顺序表中取出的","然后把它们作为特殊情节结构而进行编码"的"事实"。然而这种历史的文本受到写作者视角、措辞、立场和价值观等因素的影响,具有临时性和偶然性,这便打破、削弱和消解了共名历史话语的权威性和可信性。

另一方面,新历史主义文化诗学展现出对边缘化的社会历史的强烈兴趣。它"注重发掘意识历史中的'裂隙'、'非连续性'和'断裂性',寻找被排斥、压制的'它异声音'……尤其表现出对历史记载中的零散插曲、轶闻轶事、偶然事件、异乎寻常的外来事物、卑微甚或简直是不可思议的情形等许多方面的特别的兴趣"。③在新历史主义的视域下,与其说文学文本"再现了历史",不如说文学重新发掘了历史的多种可能性并为这些可能性确定了一个"现在的位置"。

改革开放后,重大而统一的时代精神瓦解,中国社会从共名走向无名,从单一走向多元。社会各阶层不同程度地呈现出对传统历史观和道德观的困惑、对全新价值观的迷惘以及群体性断裂感和虚

---

① 〔美〕海登·怀特:《元史学:十九世纪欧洲的历史想象》,第1页,陈新译,南京,译林出版社,2004。

② 张京媛:《新历史主义与文学批评》,第4页,北京,北京大学出版社,1997。

③ 〔美〕海登·怀特:《评新历史主义》,张京媛主编:《新历史主义与文学批评》,第106页,陈跃红译,北京,北京大学出版社,1997。

无感,如何处理历史与现实、历史与社会、历史与个体之间的关系成为亟待解决的问题。新历史主义恰逢其时地进入中国,与国内思潮相结合,发生了本土化的嬗变,极大地冲击了当时的文学观念,影响和改变了当代中国作家介入历史的方式。

作家们对历史的文本性有了进一步的认知,即历史虽然有其本体性,但历史实体却难以被历史叙述完全复制,且在形成的过程中总是无法逃避支配性意识形态对其含纳、同化、篡改甚至瓦解的命运。这一认知使中国当代文学的历史叙事在20世纪80年代末出现了重要的转向,它不仅在很大程度上对中国文学的"史传传统"进行了偏离,同时偏离了中国当代以来形成的由主流意识形态整合的历史话语,以及在进行历史叙事时所惯用的写实立场。①20世纪90年代,随着一大批早已成名的主流作家将所描写的时空领域投向被边缘化的历史和民间,"新历史小说"思潮催生了世纪末最后的主流文学高潮。然而,中国悠久的史传文化传统和现实主义文学的主流位置,决定了新历史主义不可能与新历史小说长期"联姻",新历史小说在新世纪初转向回归现实主义、回归传统。②

但正如评论家所认识到的,"当主流文学消解宏伟的启蒙论述,新锐作家的文化先锋精神被流行文化收编,那些源自80年代的思想话语却再度浮现在新科幻作家创造的文学景观之中。"③新历史小说退潮后,新历史主义所坚持的强烈的解构冲动、重塑历史维度的要求却依然存续于当代文学之中——它潜入"地下",被类型文学吸收延续,转化成了中国科幻特有的民族寓言维度。从刘慈欣的《西洋》

---

① 王侃:《新历史主义:小说及其范本》,《浙江师范大学学报》(社会科学版)2009年第5期。
② 陈娇华:《新历史小说与新历史主义的关联性辨析》,《苏州科技学院学报》(社会科学版)2015年第5期。
③ 宋明炜:《弹星者与面壁者》,《为什么是刘慈欣》,第56页,太原,北岳文艺出版社,2016。

《圆》到韩松的《天下之水》《一九三八年上海记忆》,从长铗的《昆仑》到飞氘的《一览众山小》,从钱莉芳的《天意》到赵海虹的《一九二三年科幻故事》,从拉拉的《春日泽·云梦山·仲昆》到夏笳的《汨罗江上》,中国科幻作家将历史视为文本,用科学元素将历史的断面加以变形,创造了多元化的阐释空间:科幻重构了历史,历史亦在小说中获得了新的形式。

科幻文学以丰满坚实的科学细节为基础,以或宏伟奇丽、或鬼魅阴郁、或幽微婉约、或轻灵隽永的笔触为工具,切入历史的碎片和缝隙,星云闪烁、时空交响,作家笔端轻摇而纵横十亿年时间和百亿光年空间,使主流文学所囊括的世界和历史瞬间变成了宇宙中一粒微不足道的灰尘。过去和未来交叠显现于"另类历史"的构想之中,创造出在厚重历史文化依托下极有质感的科幻意境,而在这变幻的意境中始终不变的是作家对人类个体和历史深刻的现实关怀和人文思考。

中国科幻小说运用历史化的"传统文化符号",鲜明地标记了独有的"时间存在",借用过去、现实、未来三者的互文关系来表达对现实存在的思考和忧虑,使所有历史都成为当时意识形态下重新阐释的"当代史"。以新历史主义的眼光审视历史科幻小说,不难发现:在解构与重构历史的同时,科幻文学挣脱了秩序化和符号化的客观历史叙事和政治意识形态,可视为新历史主义在中国文学领域中的又一次本土化实践。

二、"时间维度"与"历史意识"

科幻作家韩松曾提出过一个假想:央视春晚每年除夕晚上20时准时开始,甚至不顾国际日期变更线来凝聚世界各地华人,但随着中国人扩张到宇宙中,在爱因斯坦相对论作用下,这个时间问题变得荒谬,如果再要用一个固定的"北京时间"把分布在各大星系的华人凝聚起来，就需要发明一种时间政治工程学来平衡相对论。①这一假说虽然颇具后现代黑色幽默意味，但却能够从侧面反映出科幻作家对待历史和未来的态度：哪怕是被认为永恒不变的"时间"也会随着技术的发展而改变其原有的普适性和公平性，那么构筑于时间基础上的"过去、现在和未来"则应当允许多于人们实际上所知的无限可能性的发生。这一认识也导致了史学家书写的历史和科幻小说家想象中的历史截然不同：历史概念对于前者是相对清晰的、历时的、绝对的；而对于后者却可以是虚空模糊的、共时的、相对的。既然世界无法被限定在特定的时间维度之内，便必将向无垠时空的深处伸展，而科幻文学的任务就是以合理的手段接近那不可知的世界。

时间旅行无疑是历史科幻小说中数量最多也最受读者欢迎的一类题材。宝树认为，通过时间旅行的方式，"历史本身被转化为可以被触摸、把握和占有的对象，同时历史作为异域的真实质感也赋予了时间旅行故事以强大生命力"；并且历史科幻不同于一般的穿越小说，"写作者们始终关注着重返未来的需求、因果性的悖论和改变历史的各种后果，也就是说，关注着历史、现实和未来的张力"。②那些曾经存在过的世界为幻想提供了一个坚实的平台，不同作家以不同的方式穿越时空、回溯历史。宝树的《三国献面记》中女主角郝思嘉为了解开父亲心结，利用时间机器回到三国时代，想让曹操吃上自己做的鲜鱼面，但历史却因她的意外行为而彻底改变。小说以影响历史的蝴蝶效应为核心悬念，用插科打诨、滑稽幽默的方式说明了历史的偶然性。夏笳的《汨罗江上》则运用了复调的叙事结构，视角多次转换，以探究改变历史的可能性：在主人公X的小说里，她笔下的人物幻化成各种形象，一次次回到屈原投江的现场，企图

---

① 韩松：《当下中国科幻的现实焦虑》，《南方文坛》2010年第6期。
② 宝树：《当科幻遇到历史·序》，《科幻中的中国历史》，第7—8页，北京，生活·读书·新知三联书店，2017。

拯救屈原，而在故事之外，×本人已是九旬老人，之所以写下这个带有寓言意味的故事，亦是为了通过能穿越时间的电子邮件来拯救70年前的某人的性命。

同样是"穿越"题材，姜云生在20世纪90年代发表的《长平血》在主题上更加沉重压抑，意味深重。在故事中，作为历史系高才生的"我"为了探究长平之战的真相，通过一部"幻觉旅行机器"前往秦赵交战的年代。"我"穿越成为赵卒"阿贵"，目睹了战争中人性最丑恶屈辱的一面：40万赵兵被坑杀的真相竟是被俘后的赵兵为了保命而互相出卖、自相残杀。然而"我"却也无法避免地成为了其中的一员：现代人"我"为了保命，也出卖了同伴，与千年前赵卒的选择无异。在穿越实验结束之后，"我"因受到了良知和道德的拷问而痛苦不已。在这时，目睹一切的女助手却说了一个看似毫不相关的她祖母的故事：在十年浩劫期间，祖母也曾因为恐惧先后背叛了恋人和丈夫，最后导致丈夫跳楼自杀。至此，千年前的历史故事和现实完成了一次无缝对接，国民性中的卑鄙怯懦、冷酷自私通过血缘世代沿袭下来，深深地烙刻在人性之中。此时的历史已经不仅仅是书本上冰冷的文字，更是窥看国民劣根性的镜子。

如果说时间旅行还在历史原有的轨道内滑行，或然历史则直接打破了历史的线性结构，滑出了历史原有轨道，进入了与已知历史不同甚至截然相反的拐点。或然历史指的是"显然从未真实发生过，因此也就不能声称有任何历史真实性，不过在未来的某个时间节点上（随着受压制成分的回归）或许会实现"的历史。[①]中国或然历史类小说很大一部分是围绕着国家现代化进程中产生的焦虑而展开的，因此常常涉及科学技术的重构和社会制度的巨变。科幻大家韩松与刘慈欣便以同一段历史为素材，勾画了两副与真实历史截然不同的

---

① 李锋：《论或然历史小说的历史观念与叙事特征》，《复旦大学学报》（社会科学版）2014年第2期。

或然历史图景，向历史深处的可能蕴含而又未曾展现的矛盾提出了尖锐质疑。

在韩松长篇小说《红色海洋》的末章（《郑和的隐士们》）中，郑和与明帝国庞大的舰队带着寻找"勤王者"的任务离开索马里海岸，继续向印度洋深处航行，越过了好望角，到达欧洲，并将先进的文化传入落后蒙昧的欧洲。作家在大胆的想象中隐含了严肃的质问：即便在科技水平和物质财富极大丰富的基础上，东方人若不改变自身的思维方式、行为惯性和理解世界的现实逻辑，能否开辟新世界、使历史从某种不稳定的状态再度回归稳定呢？最终，作家以宿命论般的结尾作为回答：东方人还是被迫倒在了"信仰缺失"的虚无主义门槛上，大航海时代最终由"蓝眼睛、白皮肤、高鼻子"的怀特人开启。而在《西洋》中，刘慈欣则干脆突破了"东方主义"的历史视觉，勾勒了一个宏大而傲慢的明帝国。三宝太监率领舰队越过了好望角，击败了欧洲军队，强盛的大明在平行时空中成为了日不落帝国，殖民地遍布全球，一切恰是现实历史的镜像。但历史的反讽性在于，在镜像中，贫困与苦难遍布于新旧大陆之上，种族歧视主义和分裂主义亦不可回避，只不过换了对象，历史的结局竟是殊途同归。由此，我们或可看出作家的写作意图：或然历史不是反历史，恰恰相反，它与已知历史既背离又耦合，构成内在的互文性。通过重新审视历史上那些关键转折点，作家渗入自我对历史的严肃思考和批判，揭示历史潜流中的复杂规律性。

另一些历史科幻则与时间循环发生了某种程度上的断裂，磅礴宽阔的时间与历史事件都化为了远景，在异化时间场域中旁逸斜出的小人物命运才是作家关注的焦点，我们或许可称其为"微化历史"。《一九二三年的科幻故事》是赵海虹的代表作，其间表现出的纯情的怀旧情绪在科幻作品中是少见的。科学、奇幻、革命、爱情几个毫不相关的维度与旧上海迷蒙的烟波光影糅合在一起，创造出一个乌托邦式的幻境。"水梦机"能制造幻象、收藏记忆，本是20世纪20年代中国"不应时"的机器,但偶然中,它使女革命者泡泡惊觉自己的本质。原本抛弃了性别意识的女革命者产生了恍然的疑惑:我是革命者,还是女人呢?时代与革命的重压之下,泡泡与欲望歇斯底里地抗争。这一幕与夜总会的吉光片羽、实验室里升腾的水雾、龙华刑场下的鲜血都被"水梦机"记录,呈现出了一场如月光一般忧伤的"幻梦"。与赵海虹的《一九二三年科幻故事》一样,韩松的《一九三八年上海故事》也选取了与"革命"和"战争"作为小说的背景。1938年的时空与现实相交织,这时的中国人被困在亡国灭种的边缘,胜利遥遥无期,许多人借助神秘的光碟回到过去,中国大地上的人越来越少。小说以诗一般阴郁深邃、迷离怪异的语言写了这壮阔背景下一个小人物"我"破碎的记忆。最后,作者写道:"我是宇宙的一部分,但又是一个去国的中国人。四十亿年的盘区上满载我的容貌和口音。"[①]作家将国族记忆隐匿于破碎混乱的历史经验、隐喻反讽的修辞、交叉蒙太奇的叙事背后,以"微历史"对抗"大历史",以个人化叙述消解主流革命话语。

需要言明的是,历史科幻小说想象多天马行空、不拘泥于单一的历史元素,也并非某种分类能够一概而论的,以上的例子只是众多历史科幻小说中的一部分。但总而言之,这些容纳了本土意象和美学风格的历史科幻小说是新世纪前后中国科幻文学衍生出的一条重要分支,它为中国科幻小说的"本土化"及"多样性"提供了宝贵的经验。

三、"构建中国性""历史再书写"与"现代性焦虑"

鲁迅曾在《月界旅行·辩言》中说:"故苟欲弥今日译界之缺

[①] 韩松:《一九三八年上海记忆》,宝树:《科幻中的中国历史》,第369页,北京,生活·读书·新知三联书店,2017。

点，导中国人群以前行，必自科学小说始。"[①]鲁迅先生创作的《故事新编》以融贯古今的瑰丽想象、飞扬飘逸的历史想象影响着后人的创作，远古中国的历史不复古板肃穆，充满了浓烈的幻想色彩，如《理水》等篇目甚至带有淡淡的科幻意味。

新世纪来，中国科幻始终未能完全跨越类型文学的藩篱，但这不妨碍科幻作家在一个边缘的位置上对中国现代化进程的思考和探索。历史科幻小说可看成是鲁迅开创的《故事新编》模式的延续，它以现代思维对历史人物进行再叙述，以现代科学元素注入古代神话传说，传达出作家的现实思考，在中国科幻文学走向世界和寻找自我的过程中寻找一个平衡点。

历史科幻的意义首先在于创造出真正具有民族性、本土性的中国式科幻小说。科幻小说发源于西方，经过"黄金时代""新浪潮"等几个发展阶段后，涌现出了一批科幻大家：前有儒勒·凡尔纳和赫伯特·乔治·威尔斯奠定了科幻小说的主题和范式，后有以艾萨克·阿西莫夫、斯普雷格·杜冈等人充实科幻世界的规则和细节。而晚清对西方科幻小说的引进大多数都是基于"兴国化民"的实用目的，从一开始就带有很强的功利性，导致了早期的中国科幻无论是内容形式还是精神内核几乎都是对西方科幻的借鉴模仿，缺少本土化想象和思考。直到新生代科幻作家群出现，这一局面才有所改变。无论是夏笳的《百鬼夜行街》对《聊斋志异》的化用，钱莉芳的《天意》对于秦汉历史的解释，韩松的《春到梁山》对梁山好汉的调侃，还是刘慈欣的《圆》对"荆轲刺秦王"的颠覆，无不在加强科幻小说的"中国风格"。科幻文学提取现代科学理性精神和中华民族传统的哲学、艺术、风格进行创作，不仅纠偏了中国科幻文学中早已存在的盲目西化问题，为中式科幻探寻新路，而且使当代科

---

① 鲁迅：《月界旅行·辩言》，《鲁迅全集》第10卷，第152页，北京，人民文学出版社，1981。

幻文学逐渐突破类型文学的限制，走上"主流化"转型之路，给当代文坛带来异质性补充。

其次，将历史与科幻相结合的意义还在于从宏大的宇宙尺度上进一步反思历史。科幻文学被认为是"双面的雅努斯神"，一面注视过去，一面守望未来。尽管畅想理想乌托邦被认为是科幻文学的题中应有之义，但实际上出于"科幻小说家对于阴暗的未来天生的感悟力"，[①]几乎所有科幻小说的顶峰之作对理想社会形态的描写都极其谨慎；相反，科幻作家对未来的书写中充满了历史的面影和现实的阵痛，科幻文学以隐晦的方式表达了对人性的隐忧。例如，"文革"中疯狂愚昧的"群氓"形象便以不同的样貌反复出现在科幻作家的笔下。尽管《三体》所描写的时空尺度极大，跨越星系，遥隔亿万年，但却选择以十年浩劫作为开篇，可谓意味深长："文革"中愚昧的群众将父亲迫害致死，这才导致叶文洁疯狂的复仇行为。同样，刘慈欣的《超新星纪元》《流浪地球》、王晋康的《水星播种》等作品均以较远的未来为时间背景，但抽象变形了的"文革叙事"却从未从作家的叙事中抽离，"群氓"以孩子、叛军、水星上的未来人等不同样貌出现，共同构成了一个指涉过去的"恶托邦寓言"。

第三，历史科幻挖掘民族文化话语力量，以回应现代性焦虑，尤其是当今人类最直接面对，但传统主流文学却较少触及的科技焦虑。现代资本主义带来了工业化、城市化与全球化，同时，从即时通讯到载人航天，从网络病毒到人工智能，从转基因工程到基因编辑婴儿，飞速发展的科技不仅极大地冲击着人类情感价值、生活方式及文化传统，也重塑了人性，并带来大量困惑。在新的时代背景中，人类将以何种方式面对未知的一切，以何种精神构建适应时代的文化主体性，是当代文学亟待解决的问题。

---

① 刘慈欣：《天国之路——科幻和理想社会》，《刘慈欣谈科幻》，第70页，武汉，湖北科学技术出版社，2014。

科幻文学向前"寻根",垦掘积淀于历史深处的传统文化内核,追寻传统文化中的积极因子与正面价值,以此来回答现代性焦虑。在刘慈欣的《诗云》中,在人类沦落为外星文明的家畜的时代,看似古老而无用的中国诗歌却战胜了"神"的量子计算机,使人类得以重返母星。作家借人物之口表达了对人类前途的信心:"不管前面有多少磨难,人将重新成为人。"[1]阿缺的《征服者》虚构了真实历史:成吉思汗的铁蹄征服了世界,却仍不满足,想通过地球大炮征服宇宙。五百年后,迟暮君王从冬眠中苏醒,地球大炮修建好了,但帝国早已瓦解。他明知道愿望已无法达成,却依旧以一往无前的姿态追逐梦想:"这个来自五百年前的男人……现在以一团火焰的姿态,冲出地表,冲出大气层,将尸骨撒在了星光照耀下。"[2]尽管故事恣睢荒诞,但故事中的历史人物作为一种文化符号却承载了作者对某种崇高不屈、桀骜坚持的精神的呼唤。

飞氘的《一览纵山小》则走出了更远的一步,沿着历史逆流而上,化用孔子"登泰山而小天下"的典故来回应"现代式礼崩乐坏"的困境。孔子求道而不得,遂登泰山问道,在泰山之巅孔子误入未来世界,那是几千年以后了,将来的人却也在求道,但仍然不可得。最终飞氘在小说中将文明的终极秘密展示为一幅阴阳互生的太极图:"天,好像一汪清潭,平整如镜,泛着白玉似的微光,映出一个模糊的影子。夫子的心怦怦跳动,踮起脚,探头过去,那影子就清晰起来,却并不是夫子的脸,而是慢慢幻化出一个清亮柔美的圆。仔细看,竟是一黑一白的两条鱼,头尾缠绕,悠悠地转着圈。"[3]小说之于当下的意义正如飞氘本人所点明的:"调用一个族群对古老过去的自

---

[1] 刘慈欣:《诗云》,《梦之海——刘慈欣科幻短篇小说集》,第66页,成都,四川科学技术出版社,2015。

[2] 阿缺:《征服者》,宝树:《科幻中的中国历史》,第330页,北京,生活·读书·新知三联书店,2017。

[3] 飞氘:《中国科幻大片》,第138页,北京,清华大学出版社,2013。

我讲述，也隐含着某种企图：想要挖掘和探索一种可贵的精神，也就是《故事新编》里面的那些人，大写的'人的精神'。"①

正如刘慈欣所说："从社会使命来说，科幻不应是一块冰冷的石头……而应是一支火炬，在寒夜的远方给人以希望。"②历史科幻小说的创作与社会现实和未来都有紧密的联系，科幻作家以与中国社会和文化环境相适应的话语进行创作，将政治意识形态、社会底层话语等元素隐置于"新历史书写"之中，以创新性思维、超越性视角、现实关照和历史情怀证明了其在文学可能性和人文关怀方面的双重价值。

本文原刊于《当代作家评论》2019年第5期

---

① 飞氘：《中国科幻大片》，第229-230页，北京，清华大学出版社，2013。
② 刘慈欣：《天国之路——科幻和理想社会》，《刘慈欣谈科幻》，第70页，武汉，湖北科学技术出版社，2014。

中国现当代文学瘟疫叙事的
转型及其机制

赵普光　姜溪海

每至历史洪流的凶险处,文学无用论与文学工具论这对文学功利主义诞下的双胞胎往往会魅影般浮出地表,以某些滑稽的方式侵蚀着文学的名声。作家过于急切和盲目的创作实践也许不是文学介入现实的最佳途径,深入的反思反而更能彰显其公共性。21世纪20年代的第一个春天,有关瘟疫文学作品的重读文章在社交媒体上广泛传播,并引起积极讨论,证明疫情下谈论文学并非是一件"残忍"之事。瘟疫从未真正彻底远离我们的文明进程,当然也从未缺席过我们的文学史，[1]但在2003年"非典"之前的中国现当代文学史上，正面描写大型瘟疫的文学作品确乎不多，以瘟疫为主题和主体的叙事作品，迟至后"非典"时期才真正大量涌现。探究现当代文学中这一类型文学[2]的变化过程，是理解瘟疫文学叙事的历史处境与当下状况的方法之一，更是借以展开深入审视和反思的某种镜像。对中国现当代文学瘟疫叙事历史的检视与反思，关涉瘟疫观念史、瘟疫表述史等诸多问题的探讨和重识，在当下尤显迫切和必要。

一、中国现当代文学瘟疫故事的不同讲法

在现代文学中，涉及瘟疫的作品不多，以瘟疫或流行病的暴发为主要背景的小说有《泥涂》（沈从文）、《岔路》（鲁彦）、《疟疾》（方光焘）、《兴文乡疫症即景》（徐疾）等，为数不多的作品显示出

---

[1] 事实上，在中国古代文学史中涉及瘟疫或以瘟疫为背景展开的叙事文学并不鲜见，更早的如《山海经》《淮南子》《庄子》，后来的《博物志》《神仙传》《搜神记》《冤魂志》《世说新语》等。此后笔记、小说中瘟疫的影子时有闪现。比如《水浒传》即以京城大疫为开篇展开故事，但其大疫情节在小说中不过如一种定场诗般存在，无关主旨。其他作品中，瘟疫仅偶有涉及，并无太大的叙述功能。所以严格意义上，以瘟疫为主题和主体的文学叙事在古代中国非常少。据统计，中国古代文学以瘟疫为主的只有笔记小说中的个别单篇，如《夜雨秋灯录》中的《麻疯女邱丽玉》，以及《聊斋志异》《新齐谐》《夜谭随录》中的寥寥数篇，长篇作品则付阙如。（见杨莹樱：《中国古代小说瘟疫描写研究》，上海师范大学硕士论文，2008）即使这寥寥数篇也主要是将瘟疫作为情节展开的需要，并非集中于瘟疫本身的考量，在这个意义上，这些还不能算是真正的瘟疫叙事。

[2] 必须补充指出，为了论述集中、论域清晰，本文所论主要阈定于中国现当代文学范围，而现当代文学中有关瘟疫的叙事作品则主要体现于小说文体。之所以选择"现当代文学"时段，深层考量在于，现代哲学、医学思想的涌入，不仅让现代作家获得了现代主体性，自觉地以主体的身份思考与表述其所看到的世界；同时，亦让其对曾经作为鬼神之事的瘟疫有了新的科学化的认知。作家的主体性和对瘟疫的新认知，促成了瘟疫现代叙事的出现。在这个意义上，我们今天所经常谈论的和本文叙述的"瘟疫"本身是现代的"发明"。故本文探讨的核心问题是"现代瘟疫"被叙述的历史，瘟疫被认为"人之事"是本文的历史起点和逻辑起点。

瘟疫叙写上的某种时代一致性。我们知道，在古代瘟疫或被描述为兆示时局变化的异象，或被认为是鬼神等超自然力量的作用，因此，彼时瘟疫叙事多呈现出神秘化的话语方式，瘟疫也被叙述为"鬼神之事"。而在现代中国，作家则通过反讽方式对瘟疫的迷信化认知进行祛魅后，将其纳入日常化叙述之中。在这些作品中，瘟疫与死亡虽然痛苦但不再神秘，瘟疫脱离了鬼神的隐喻，而指向底层的具体人的苦难。因此，现代作家对瘟疫的叙述是日常话语与苦难话语的叠加，它将瘟疫由"鬼神之事"，还原为"人之事"。

准确地说，现代作家叙述的"人之事"是底层个人在瘟疫中的痛苦挣扎，最为典型的是沈从文的《泥涂》。小说描写了城镇底层的贫民家庭在瘟疫到来时的无力，面对孩子罹患疫病，母亲即使倾尽可怜的家财也束手无策，而当地官员与富人对贫民的欺压，又甚于瘟疫的肆虐。作家以瘟疫为切口，以人道主义的同情，向读者展示了动荡社会中底层个体的无尽苦难。与《泥涂》略有不同，《疟疾》《岔路》对瘟疫惨状的展示虽不像前者那般触目惊心，但其对瘟疫中乡民不知所措只能求助于迷信的描写，从侧面反映出民众在瘟疫中痛苦而无助的境遇。

1949年之后的文学史，大致可看到下面的演变轨迹。在中华人民共和国成立后30年间，反映瘟疫的文学作品很少，及至20世纪八九十年代始有张抗抗《流行病》、池莉《霍乱之乱》等数篇以瘟疫为主要情节的小说出现；2003年"非典"触发了瘟疫文学的"爆发"，此后一批讲述"非典"时期故事的文学作品涌现。所以，可以说当代文学史上的瘟疫叙事，大多数出现在"后'非典'时期"。

在"后'非典'时期"的瘟疫文学中，前述现代文学中那种侧重于底层苦难书写的方式发生了明显转变。这首先体现在故事主人公身份的变化，小说人物的政治经济地位呈现出由底层向上层转换的特征。现代文学作品中，备受瘟疫折磨的是处于底层的农民、城市无产者等；而当代瘟疫文学中，城市中产及以上群体则成了小说的主要人物。根据是否与瘟疫"发生正面冲突",当代瘟疫文学中的主要人物又可分为两类:一是以官员、医生、记者、科研人员为主的"抗疫者""治理者"形象,这些人物多处于瘟疫风暴的中心;二是以商人、高校教师学生为主的形象,他们处在瘟疫风暴的边缘,瘟疫本身对其不构成直接和致命的影响。

围绕着此两类主人公形象,当代文学衍生出区别于现代"底层瘟疫苦难故事"的两种形态,即"抗疫故事"和"瘟疫时期的爱情故事"。"抗疫故事"中,最具代表性的当属柳建伟的《SARS危机》。小说讲述了一个由官员(市长)、科研人员(院士)、医生、记者组成的"家庭"在SARS到来时,共同为全市人民抗击瘟疫的故事。此后,又有作家不满足于即时性书写,而将笔触或伸向历史,如迟子建的《白雪乌鸦》;或延至未来,如毕淑敏的《花冠病毒》。但即使在《花冠病毒》《白雪乌鸦》这些可以视作较有沉淀色彩的瘟疫叙事中,"抗疫"同样是最重要的情节,主人公"抗疫者"的身份属性与《SARS危机》类似。

如果说抗击瘟疫的前线是英雄的战场,那么躲避瘟疫的房间则是滋生和试炼爱情的实验室。"瘟疫时期的爱情故事"是当代瘟疫叙事的又一重要类型,"非典"之后,此类小说大量涌现,甚至有多部直接以"'非典'时期的爱情"为题,代表性的如石钟山的《"非典"时期的爱情》、徐坤的《爱你两周半》等。其中,《爱你两周半》特色鲜明,讲述了一对早已无事实婚姻的夫妻在"非典"期间与各自情人共处,并最终又各自对失败婚姻释然的故事。与此结局相反的,《"非典"时期的爱情》则显得温情脉脉,故事中即将破裂的婚姻因瘟疫的突如其来而重归甜蜜。

二、"苦难"或"灾难":文学想象中的瘟疫认知变迁

前述特点是现当代文学瘟疫叙事转型的显性表征,其背后更深

层地隐含着瘟疫认知方式的变化。当我们以"瘟疫叙事"为对象考察文学史,这本身已经暗含了对"瘟疫叙事"的期待,即从文学中发现瘟疫大流行下的灾难性场景与人性图景。在当代认知语境下,瘟疫小说预先被视为灾难文学之一种,亦即当代文学瘟疫叙事其实隐含着"瘟疫—灾难"的认知框架。

然而,与当代文学对瘟疫"灾难"性质的指认不同,在现代文学的瘟疫叙事中,瘟疫更多的是作为底层苦难的象征,其社会性的"灾难"意涵不明显。现代作家似乎对瘟疫给社会整体造成的系统性、结构性的破坏并不敏感,而是将瘟疫叙事限定在言说个人或某一群体苦难的层面,将瘟疫视为底层诸多苦难的一种,从人道、启蒙、革命等不同角度讲述他们的故事。如《泥涂》描绘了一群底层小人物在瘟疫流行时的悲惨境遇,小说并未将瘟疫叙述为一种笼罩性的灾难,而是仅取其"疾病"的意义,与贫穷、弱势等一起构成苦难的主要方面,政府面对瘟疫的无能和缺席,又间接造成了人如草芥、民不聊生的惨状。[①]瘟疫治理的这种缺位,在《岔路》中则体现为在现代医学观念开始引入后农村民众却又重归迷信与愚昧的残酷现实。有限的现代医学手段无效后,村民们为求活命,不得不重新开始已被禁止数年的祭祀驱瘟活动,而当地官方亦暧昧地默许。无力、愚昧等不能不说是一个群体的悲哀与苦难的集中体现。所以,现代文学瘟疫叙事比较集中地体现了彼时代对瘟疫的认知框架,即

[①] 1905年清政府始设卫生行政机构,在巡警部警保司内设卫生科;1906年预备立宪,改巡警部为民政部,卫生科升格为卫生司。1919年北洋政府成立了中央防疫处,隶属于内政部,可视为国家现代防疫的开始。尽管如此,"一方面由于经费等条件的限制,疫苗的生产规模远远不能满足防疫的需要;另一方面,即使有疫苗,也因为国家分裂、政治腐败而没能发挥应有的作用"。比如,1936年"安徽、浙江、河南三省的卫生经费占行政经费的比例仅为0.3%",以至于"国民政府时期,中国人口的死亡率为25‰,婴儿死亡率为200‰,产妇死亡率为15‰。在死亡人数中,41.1%死于可控制的疾病"。(见江永红:《中国疫苗百年纪实》,第21-23页,北京,人民出版社,2020)

"瘟疫—苦难"。

现代作家对"瘟疫—苦难"的认知与时代的启蒙和人道精神相关。"人"的生存状况，或者说底层民众的"非人"处境，在启蒙框架中，成为现代作家瘟疫书写的重点。当然，更引人深思的，还不在于"瘟疫—苦难"认知与叙述本身，而是这种认知模式与当代作家"瘟疫—灾难"认知模式相对照，而凸显的某种独特性和"局限性"。于是，无法绕开的问题是：为何现代作家将瘟疫书写集中在个体苦难的层面，而对瘟疫的社会整体破坏性的关注甚少？当代作家的关注重心为何大致相反？

"苦难"与"灾难"明显的区别在于，前者往往指向个人经验的表达，后者则必然包含了对某一"受难"与"抗难"的集体想象，这种集体想象，在现代作家的瘟疫书写中是缺失的。读者从其作品中看到一个个受难的人，作家却未指认这是一场属于共时性的"谁"的"灾难"。似乎现代作家并不具有将瘟疫想象为一场群体性灾难的意识，也未能产生"灾难美学"意义上的瘟疫创作。换而言之，现代作家对"瘟疫—苦难"叙事模式的选择，表明其并不将瘟疫视为社会性集体灾难与国家灾难，而只将其当成强化个体苦难的装置。

与现代文学不同，"灾难"意义上的瘟疫在当代文学中出现了，尤其是在"非典"之后更集中地浮出了水面。当代作家对瘟疫的社会性危机的理解，很大程度上激活了瘟疫的灾难美学意义，瘟疫作为社会舞台与人性试炼场的意义也由此凸显。人类在灾难面前的群体性反应，如《SARS危机》中被隔离者的大恐慌大逃离、商人们的投机倒把发灾难财，《花冠病毒》中的抢购风潮等，都成了作家们试图表现和反思的重要部分，当代瘟疫叙事因此具有了灾难文学的意义。

瘟疫作为一场"灾难"，或者更准确地说作为一场"国难"，是当代作家瘟疫叙事的逻辑起点，由此，瘟疫的社会破坏性和集体灾难性意义得到凸显，抗疫故事的崇高性和抗疫书写的史诗性也得以建立。事实上，只有瘟疫被指认为一场属于集体的"灾难"，"抗疫故事"才具有书写的必要和价值。"抗疫"小说自不必言，即使是"瘟疫时期的爱情故事"从其隐含的叙事逻辑亦能窥见当代作家对瘟疫"灾难性"的普遍认知，亦即他们普遍自觉遵循着"瘟疫—灾难"的框架。这一类日常爱情故事中极高频度出现的"瘟疫时期"一词，在当代文学中无疑演化成了一种集体化、社会化的计时方式，作家们将此作为个体化或私人性的"爱情"的背景，暗含着对作为集体灾难的瘟疫的独特审美潜力的借重。当瘟疫被理解为一种社会整体危机，处于瘟疫边缘的个体生存才会被赋予躲避"灾难"的特殊意义，反之，躲避行为更凸显了瘟疫的"灾难"性质，于是，看似游离于瘟疫边缘的爱情故事也被赋予了"灾难美学"意义。换言之，瘟疫的灾难性质才是瘟疫爱情故事的审美潜力的主要来源。

从"苦难"到"灾难"，当代文学对瘟疫采取了不同于现代文学的认知和处理，将瘟疫理解为国家的灾难，而非仅仅是个体的苦难，是当代文学与现代文学瘟疫叙事的重要区别。由此，一个问题也随之而来：在这两种不同的认知方式规约下，现代瘟疫文学和当代瘟疫文学各自形成了何种叙事模式？

三、"挣扎"或"克服"：叙事模式与反思限度

"苦难"与"灾难"的认知及其文学书写，正对应着两种叙述模式："挣扎"与"克服"。具体来说，所谓"挣扎"，大致是指现代小说在叙述瘟疫时，更多地叙述个人或小群体在瘟疫中的痛苦挣扎，而这种挣扎往往是无力的及最终失败的，此即"人在瘟疫中"的"挣扎"模式。而"克服"，意指当代小说在叙述瘟疫时，更多书写社会在遭遇瘟疫后通过一系列手段将其克服的过程，此即"瘟疫在生活中"的"克服"模式。"克服"模式不仅体现在"抗疫故事"类型中，实际上"瘟疫时期的爱情故事"也伴随与暗合着"瘟疫在生

活中"被"克服"的全过程。

现代作家不从宏观社会角度思考和叙写大瘟疫,而将笔墨集中在个人的痛苦挣扎上,对无助弱势群体的生存状态的描写颇具冲击力。《泥涂》中的妇人为给孩子治病,家中几乎所有能当的东西都被当掉,但粮食与药材的价格依然让她望而生畏,面对孩子的疫病,妇人表现出深深的无力感。《岔路》则讲述了两村村民在备受疫病折磨后,举行瘟疫祭祀的故事,小说在村民们争夺祭祀优先权的打斗中结束,至于此后疫病是否会继续,读者不得而知。"挣扎"模式最大程度上展现了疫病带给人们的痛苦,凸显出个体挣扎的无望和悲哀,结局往往是开放式的,一段故事结束,但瘟疫仍在横行,收割着无数生命。在瘟疫面前的痛苦无助,正显示出瘟疫的恐怖与强大,而这也是人类对瘟疫的基本认知。现代作家的"挣扎"叙事模式反映出了自然状态下个人对瘟疫的真实体验,挣扎的无望,体现出作家对瘟疫中"人"的关注,及对人之脆弱渺小的深刻认知。当然,也应该指出,"挣扎"模式亦存在其另一面:宏观视野的缺失,读者并不能看到瘟疫苦难与其他苦难相区别的独特性,瘟疫中个人与社会整体之间的互动关系,则付阙如。瘟疫的特殊性正在于其不仅是威胁个体的疾病,更在于这种威胁的传染性、扩散性,以及其所造成的群体性后果。

在以"克服"模式为主的当代"抗疫"小说中,作家对瘟疫下社会整体状况的描摹显然比现代作家详细而全面。迟子建的《白雪乌鸦》即例证之一,小说将笔触伸向1910年发生在东北的那次鼠疫劫难。据统计资料显示,这次鼠疫黑龙江省死亡14636人,吉林省死亡22222人,奉天省死亡7114人,三省总计死亡43972人,如果考虑到未经登记的病亡者,总数可能达到6万人。[①]《白雪乌鸦》运用超

[①] 余新忠等:《瘟疫下的社会拯救:中国近世重大疫情与社会反应研究》,第267页,北京,中国书店,2004。

越性的视角，对瘟疫中的各阶层、家庭乃至各个人物都进行了细致的描写，反映出瘟疫下的社会整体状态。同时，不同于现代作家对瘟疫中受苦民众的执着关注，《白雪乌鸦》塑造了作为"抗疫者"和"治理者"的伍连德等角色，小说从社会整体性角度和治理者角度叙述了一场瘟疫被克服的完整过程，具备了当代文学瘟疫叙事的"克服"模式。

瘟疫叙事模式由"挣扎"转为"克服"，反映出当代瘟疫文学的两个特点：其一是史诗性追求，对瘟疫的叙述趋于整体与宏大；其二是叙述的完整性，瘟疫成为被"克服"或"终将过去"的事件。这种写作的优点是能更好地还原瘟疫的整体样貌，局限在于对瘟疫宏观性书写的追求遮蔽了文学进入瘟疫的多种可能性。抗疫小说"克服"模式，本质上是一种宏大叙事，在此叙事中，"患者"与"治理者"在表述瘟疫时的等级差异成为当代瘟疫叙事的重要特征。作家对"灾难"叙述的史诗性追求，需要借助"治理者"的视角来完成，如《SARS危机》《花冠病毒》就分别借助市长的视角和记者的眼光对瘟疫下的城市状况进行了整体描绘。

"治理者""抗疫者"的叙事视角，接续了某种英雄主义的书写，史诗追求往往又与英雄叙事互生和暗合，而英雄叙事一定程度上又限制了反思的角度。相对于现代文学中个人在瘟疫中的无望挣扎，当代抗疫小说实质上不再主要表现个体面对瘟疫时的无助、无力。《SARS危机》《花冠病毒》中，尽管市长、记者、医生、科研人员在病毒面前同样感到恐惧，但作为国家防疫治理体系的代表，他们的社会政治身份符号消解了这种恐惧的私人属性。市长、医生、科研人员的恐惧，是代表人民或人类的对病毒的恐惧，而这种恐惧又因其主体的集体性与英雄性而最终被崇高化，崇高化的结果是取消了恐惧本身。在英雄的史诗里，一个普通人在瘟疫中的个体感受似乎不那么重要。所以，当代抗疫小说较好地展示了瘟疫的社会破坏力，但同时又在心理层面上忽略了普通个体的切肤痛感。英雄"克服"

瘟疫的叙述模式，让人逐渐忽略了瘟疫大肆掠夺普通生命的椎心之痛，让读者在感动中产生了人类终将消灭一切病痛的错觉。

一场瘟疫值得书写与记录，并不是因为它是一次具有历史坐标意义的社会事件，也不是因为其中涌现出了无数令人钦佩的抗疫英雄，而是因为它是一场给无数人带来痛苦的灾难，痛苦及痛苦的源头，才是反思的起点。因此，瘟疫文学只有寻找并展示普通个人在瘟疫中的痛苦，其反思才可能真正具有力量，才不会仅仅将瘟疫处理为某种宏大事件或战斗对象。英雄是人类群体中的闪光者，英雄的故事是值得纪念的，但这并不意味着英雄"抗疫"故事是表述瘟疫的唯一角度。在此意义上，加缪的思考至今仍有启发性："过分重视高尚行为，结果反而会变成对罪恶间接而有力的褒扬。"[1]关注瘟疫中真正痛苦的普通人，或许才是让文学反思走向人性或人类存在状态的方式。在此方面，迟子建《白雪乌鸦》的处理方式较有参考价值，既在当代瘟疫灾难观和治理者视角下对瘟疫做出全景化的描摹，又为瘟疫中的每一个人——无论高尚者还是卑微者——赋予了名字。

"克服"型宏大叙事的另一问题在于，瘟疫时间小于故事叙述时间的设定，致使瘟疫被克服具有了必然性，而这种对故事完整性的追求，也来自作家对瘟疫灾难性的理解及其局限。或许作家们认为，只有完整地叙述一场瘟疫，才能完整地反思这场灾难，然而当大部分作家都选择对一场瘟疫进行完整记录时，展示在读者面前的就是终将被克服的瘟疫和闭合性的故事情节。相对于现代文学"挣扎"模式采取的开放式结局，"克服"型叙事在情节上的闭合大大限制了想象的空间，也一定程度上关上了反思的大门。一个句号的威力是可怕的，它让历史的细节最终被抽空，过程的痛苦悄然隐去。《SARS危机》中，当平阳市度过了历史性危机，城市又重回平静幸福生活之时，个体的痛苦在圆满的结局中被消解。事实上，当指认一场抗

---

[1]〔法〕加缪：《鼠疫》，第97页，刘方译，上海，上海译文出版社，2011。

疫"胜利"时，其胜利的主体只能是集体，而个人则倒在了胜利的路上；当一种对集体的想象在人们心中得到确立，痛苦就被融进集体"抗疫"的故事中，进而被胜利的喜悦所融化。

　　当瘟疫中的痛苦被叙述为一种集体痛苦，进而被"克服"与"超越"后，留给个人的似乎就只有作为风景或审美对象的瘟疫了，这消解了个人反思的可能性，因而略显浮泛的"瘟疫时期的爱情故事"一时大量涌现。这是异于现代瘟疫文学"挣扎"模式的另一种日常叙事，虽然同属于对瘟疫中个体存在状态的书写，然而二者实质大相径庭。如果说现代作家笔下的是底层的苦难，那么当代瘟疫文学则是一抹隔岸观火式的残酷"浪漫"。在现代文学中，瘟疫对个体而言意味着苦难和折磨，而在当代"瘟疫时期的爱情故事"中，瘟疫则成了个人乏味生活中的一丝波澜，一道非常态的"风景"。当然，这里并非以题材决定论的傲慢来批评此种类型的瘟疫叙事，因为在灾难面前作家拥有是否创作及如何创作的选择权。尽管与其他具有毁灭性的事物一样，在形而上层面，瘟疫也具有一种残酷的美感，马尔克斯的著作就证明了这一点，但是"非典"之后，"非典爱情"叙事大量涌现反映的是作家切入瘟疫的单一与肤浅。正是在这个意义上，当代文学瘟疫叙事理应面对这样的追问：宏大叙事如何安放瘟疫中的个体伤痛？胜利的必然和预期中如何直面个体的痛苦？"克服"模式是否在面对灾难时显得有点过度自信？

四、"病痛"或"战斗"：瘟疫体验的文学表达

　　作家并不是完全被动地反映时代，那么瘟疫的何种现实更值得被叙述，这无疑体现出作家对何种现实最为典型的判断，而作家的判断，与其体验密切相关。现代作家为何注重于底层瘟疫苦难，当代作家对于抗疫故事与瘟疫爱情故事的叙述冲动又从何而来？这又关涉不同时代作家的瘟疫体验。

在现代文学瘟疫叙事中,作家所集中表现的是农村患者的"病痛",也就是说"病痛"是其典型体验。我们看到,首先,现代瘟疫故事主人公多为疫病患者,他们是直接受病痛折磨的人;其次,现代瘟疫叙事往往展示的是瘟疫肆虐和笼罩的贫困落后农村,即"病痛"的乡村。现代作家将关注点聚焦于农村中的疫病患者,体现出其对于瘟疫前现代体验的深刻把握,也反映出现代文学以启蒙与人道为核心议题的时代特征。现代文学瘟疫叙事的病痛体验与20世纪前半叶中国社会底层生活现实的前现代状况,以及作家对这种状况的现代性批判有关。启蒙与人道主义精神是现代瘟疫小说最重要的主题,而底层民众在瘟疫中的痛苦以及愚昧,则是现代性批判的最好靶子。在动荡的民国时期,国家防疫体系尚未建立,底层民众生活水平低下,卫生意识淡薄,灾害连年,政府无力救助。有史料表明,"解放前仅血吸虫病即直接威胁长江流域10省市190个县的1亿多人口,受其感染的也高达1000万人以上"。[①]因此,社会底层现实的前现代状态导致和强化了瘟疫中民众的痛苦,反映在作品中,则是病痛与前现代性社会之间的隐喻关系。现代作家对于"农村"与"患者"的选择正基于此,因为农村是最能体现民国社会前现代状况的空间,环境肮脏、官富猖狂、民众痛苦且愚昧,这正是瘟疫肆虐的温床,此间的瘟疫"患者"则是典型的"受害者"。

当代文学瘟疫故事的主人公则多以"非患者"为主,瘟疫书写并不集中表现病痛的过程,即使如涉及"患者"形象的《花冠病毒》,其女主人公曾受到病毒攻击患上疫病,但其罹患与消除的过程都显得科幻和简单,主人公因疫疾而致的痛苦基本不占多少篇幅和分量,很显然作者书写的重心并非"病痛"。同时,当代文学的瘟疫故事几乎都发生在典型的现代城市,尤其是大都市,如张抗抗的

---

① 夏明芳:《民国时期自然灾害与乡村社会》,第51页,上海,中华书局,2000。

《流行病》中以字母代称的几大城市，柳建伟的《SARS危机》中的平阳市，徐坤的《爱你两周半》中的北京等，无不如此。瘟疫的扩散性、灾难性与发达的经济体系及精密的当代国家治理体系发生碰撞后所产生的现代性体验，在现代化都市中表现得更为明显。

由此可见，在当代文学瘟疫叙事中，"病痛"和农村几乎消失了。"消失"的原因在于，与现代防疫体系一同出现的以官员、医生、科研人员等为主的瘟疫"治理者"挤压乃至取消了以"患者"的痛苦表述瘟疫的空间。现代文学的瘟疫书写里，当防疫体系在瘟疫中缺席时，患者就成为直面瘟疫的唯一主体，因此，患者的痛苦在理解与表述瘟疫时就必然被凸显。而在当代文学瘟疫叙事中，国家防疫体系中的治理与疗救力量，成为面对与表述瘟疫体验的主体，直面瘟疫的人，由现代文学时期的"患者"，变成了当代的"治理者"。"治理者"或"抗疫者"的存在，将"患者"变为了这一主体的附属，削弱了痛苦在瘟疫中的表意功能。在强大的防疫体系主体面前，"患者"仅具有"被救"的客体意义，作为"治理者"的附属，"患者"不仅丧失了表述瘟疫、表达体验的主体地位，因其在表述功能上与"治理者"的优越性相差甚远，也难以在当代文学瘟疫叙事中占据重要位置。

防疫体系的存在与运行，不仅促成了当代文学叙事中直面瘟疫的主体由"患者"向"治理者"转换，随之而来的是瘟疫体验由"痛苦"向"战斗"的变迁。1949年后随着举国体制的建立，防疫体系得以确立，几类重要的传染病都得到了极好的控制，甚至被消灭。[1]改

---

[1] 1949年中华人民共和国成立，"新政权的目标，就是建立一个以社会主义为基础的现代化国家。从20世纪50年代至70年代，群众运动结合卫生保健的首要工作，就是去除迷信，倡导科学精神。除了利用中医或其他民族草药以解决医疗资源不足的问题之外，大多数的传统医疗体系，尤其是宗教仪式医疗，皆受到官方严厉的批评与禁止"。（见刘绍华：《我的凉山兄弟：毒品、艾滋与流动青年》，第184页，北京，中央编译出版社，2016）

革开放之后，国家经济与科技水平大幅提升，瘟疫中普遍存在的痛苦想象与死亡恐惧被现代医疗体系有效地缓解了。所以，我们可以看到，2003年后涌现的"非典"文学呈现出与现代瘟疫故事大相径庭的瘟疫体验。同时，瘟疫的流行性与当代社会的高度互联性使得社会在面对瘟疫时不得不采取大隔离的"休克疗法"，这一举措将无数远离瘟疫中心的普通民众纳入管控之中，使其具有了一种"非灾难中心"的灾难体验。体现之一，是当代文学中"瘟疫爱情"叙事作品"制造"出大量"非患者难民"。"瘟疫爱情"叙事表达的往往是处于瘟疫边缘的主体的感知，即一种被稀释了痛苦的瘟疫体验，无数普通的非患者在隔离下被稀释的灾难体验，为瘟疫的浪漫化叙事提供了条件，瘟疫爱情故事由此而生。

五、"瘟疫—个体"或"瘟疫—国家"：叙事伦理机制的转换

在今天看来，瘟疫被理解为一场集体灾难、一次社会危机，似乎理所当然，或者说这已被认为是瘟疫不言自明的社会性本质。文学对瘟疫进行想象并将其表述为一场灾难时，首先应解决这是"谁"的灾难的问题，这里的"谁"，必然隐含着对集体或个体的指认，这一指认又关涉到瘟疫与"谁"的关系的建立和确认问题。这个问题的提出本身就意味着文学中的瘟疫实质上是被深刻社会化了的瘟疫，而绝非单纯的生物学和病理学意义上的瘟疫，所以，现当代文学中的瘟疫与"谁"的关系，亦即瘟疫文学叙事的伦理机制问题。

现代文学中的瘟疫与人的关系，呈现的是"瘟疫—个体"关系，换言之，现代瘟疫文学内在地遵循着这种"瘟疫—个体"叙事伦理机制。前述现代瘟疫文学的苦难类型、挣扎模式、病痛体验等都受到"瘟疫—个体"叙事伦理机制的规约和影响。因此，在现代瘟疫小说中作家瘟疫描写的地理空间尽管限于乡村或村镇，但其对乡土空间内的整体受灾情况的描述比较罕见，其笔墨更多集中在个人苦

难的刻画上。因自然地缘关系形成的乡镇居民群体无法成为一个有机的、有意义的共同体，文学对瘟疫影响范围的想象难以外扩，对受灾集体的想象因此弱化，现代作家也就难以叙述一场整体性"灾难"，宏大叙事和"战斗"体验就与之无缘。因此，现代作家无法以国族为中介获得想象集体的能力，亦无法在宏观的政治意义上建构瘟疫叙事。

当代文学瘟疫叙事则遵循着"瘟疫—国家"的伦理机制。对当代作家来说，瘟疫的灾难性质是第一义的认知，作家对瘟疫灾难性质的先验理解，与"瘟疫—国家"关系在当代中国的确立是密不可分的，所以，当代瘟疫文学叙事诸种特点的形成与呈现，都与"瘟疫—国家"的伦理机制相关。当代国家防疫体制的建立与运行的现实，在其中起到了至关重要的推动作用。如前所述，一套较为完整的瘟疫防控体系于1949年后建立起来，以强有力的国家建制为依托的传染病治理体系的启动和运行，就意味着瘟疫将不再仅仅被理解为一种单纯的灾害，而是一种集体危机，甚至是国家事件。于是，对瘟疫的医学意义上的消杀，将转换为社会意义上的治理，在此转换过程中瘟疫获得了社会政治的内涵。在当代作家的想象和表述中，瘟疫也就不再是无数个体痛苦的简单叠加，而是一种有机的集体痛苦和社会危机。

理解了当代文学"瘟疫—国家"的叙事伦理机制，前文所述的当代作家"瘟疫—灾难"认知模式何以确立就更好理解了。当代作家有能力和意识将瘟疫想象成一场"灾难"，源自对瘟疫的集体性质的确认，进一步说，这种性质的确认更根本地还在于"瘟疫—国家"关系的确立、认同和内化，从而深刻地影响着当代文学瘟疫叙事的诸多方面。文学叙事指认瘟疫为灾难，并不仅仅依靠对瘟疫的社会破坏性的认知，而是建立在对国家这一政治和文化共同体的认同上。当代国家及其治理体系，让想象瘟疫的群体性变得不再困难，因为在这种治理体系与认知方式下，一切灾难都首先是国难，灾难的所有受害者均为国族意义下的同胞。故此,在当代作家将瘟疫指认为"灾难"而非单一的"苦难"的过程中,"瘟疫—国家"的伦理机制在发挥着至关重要的作用。

余 论

前述可见,中国现代文学瘟疫叙事与当代文学瘟疫叙事在瘟疫认知、瘟疫体验的文学表达、故事类型、叙事空间、叙事模式、叙事伦理等诸方面都发生了转型,显示出不同的特点,"瘟疫—国家"叙事伦理机制的确立在这一转型中起到至关重要的规约作用。基于此,当代文学也就有了诸多别样的掘进,但同时在反思的深度等方面也留下了遗憾,其中,个体痛觉的消失应是最需省思的写作症候。即使对痛觉有所触及,但也随着瘟疫被一举"克服"而消失于无形,一如加缪《鼠疫》中主人公里厄的不安已然被淹没于欢呼的声浪之中。① 在这方面,尽管有限的现代文学瘟疫叙事缺乏对灾难的多维度理解,但其对痛感的把握是敏锐和具体的,在今天来看,这仍不乏文学史的启示意义。在当代作家获得了对瘟疫作为群体灾难的认知后,复苏具体个人有关瘟疫的切身痛感,或许能在瘟疫的英雄叙事和爱情叙事之外开出另外的可能。

可以说,历史中的每一场灾难,都是对人性的试炼。鲁迅的表达至今依然令人悚动和深思:"自然赋予人们的不调和还很多,人们自己萎缩堕落退步的也还很多,然而生命决不因此回头。无论什么黑暗来防范思潮,什么悲惨来袭击社会,什么罪恶来亵渎人道,人

---

① "在倾听城里传来的欢呼声时,里厄也在回想往事,他认定,这样的普天同乐始终在受到威胁,因为欢乐的人群一无所知的事,他却明镜在心。"见〔法〕加缪:《鼠疫》,第233页,刘方译,上海,上海译文出版社,2011。

类的渴仰完全的潜力,总是踏了这些铁蒺藜向前进。"①人类在踏着铁蒺藜前进中,"疾病不仅是受难的史诗,而且也是某种形式的自我超越的契机"。②而这契机或许应从恢复对个体痛觉的敏感开启,其隐隐牵动着人类命运的暗枢,因为"一个意识到苦难是何等普遍的受难者,才能感觉到人类团结所带来的安慰"。③

本文原刊于《当代作家评论》2021年第1期

---

① 鲁迅:《生命的路》,《鲁迅全集》第1卷,第368页,北京,人民文学出版社,1981。
② 〔美〕苏珊·桑塔格:《疾病的隐喻》,第111-112页,程巍译,上海,上海译文出版社,2003。
③ 〔美〕埃里希·弗罗姆:《生命之爱》,第168页,王大鹏译,北京,国际文化出版公司,2001。

从网络性到交往性

——论中国网络文学的起源

黎杨全

中国网络文学的起点常被认为在1998年,但最近针对这一问题有了论争,起因在于学者邵燕君、吉云飞提出中国网络文学起源的新说法。他们认为1996年的"金庸客栈"才是起始点。[1]这吸引了欧阳友权、马季等人参与论争。马季强调"现象说",[2]仍坚持1998年"痞子蔡"的《第一次的亲密接触》等作品形成了网络文学这一"现象";欧阳友权则提出"网生起源说",认为"网络文学皆因网络而'生'",因此1991年海外留学生创立电子周刊《华夏文摘》才是中国网络文学的元年。[3]其后邵燕君又进行了反批评。[4]相关论争文章被

---

[1] 邵燕君、吉云飞:《为什么说中国网络文学的起始点是金庸客栈?》,《文艺报》2020年11月6日。

[2] 马季:《一个时代的文学坐标——中国网络文学缘起之我见》,《文艺报》2021年5月12日。

[3] 欧阳友权:《哪里才是中国网络文学的起点》,《文艺报》2021年2月26日。

[4] 邵燕君:《再论中国网络文学的源头是金庸客栈——兼应欧阳友权"网生起源说"》,《文艺报》2021年5月12日。

《新华文摘》转载，产生了较大反响。

网络文学的起源问题相当重要，这不仅涉及文学史的时间划定，更重要的是涉及界定何为网络文学这一根本问题。但关于网络文学的本质属性究竟是什么，一直以来学界众说纷纭，未有定论。本文试图在上述讨论的基础上对中国网络文学的起点进行追溯，并由此探讨网络文学的本质，对这一亟待解决的问题进行一些思考。

一、中国网络文学不能等同于通俗文学

1998年常被视为中国网络文学的起始年，标志性事件是"痞子蔡"创作的《第一次的亲密接触》引起强烈反响，以及美籍华人朱威廉创建的"榕树下"网站①的运行。对此，邵燕君、吉云飞认为这部作品和这个网络原创社区被作为标志，反映了学术界视野的局限性。不管是《第一次的亲密接触》还是"榕树下"，都呈现出过渡性质，其纸质文学基因相对更强一些。《第一次的亲密接触》在中国内地真正产生影响是在1999年简体版出版之后。"榕树下"素有"网上《收获》"之称，编审制度带有纸媒逻辑，它们的辐射范围也主要是在传统文学圈而不是网络文学圈。在此基础上，邵燕君、吉云飞提出一个观点，他们认为网络文学的起点不能以一部作品而应以一个原创社区的诞生为标志：

网络文学的起始点只能是一个网络原创社区，而不能是一部最早发生极大影响力的作品。即使是今天不少大神们共同认为源头的《风姿物语》，也只能算作网文的源头，而非网络文学的起始点。我们要找的起始点，应该是能够聚集无数个罗森，产生无数部《风姿

---

① "榕树下"创建于1997年12月25日，刚开始是个主页，1998年开始产生广泛影响。

物语》的地方。[1]

邵燕君、吉云飞的这一说法相当重要。在我看来，这会让起源问题的探讨有效摆脱一直困扰网络文学研究的印刷文学观念。后者在很大程度上正是基于作品客体这一不证自明的预设。这种客体观念与印刷文化紧密相关："一旦印刷术在相当程度上被内化之后，书给人的感觉就是一种物体，里面'装载'的是科学的或虚构的等等信息，而不是早些时候那种记录在案的话。"[2]从文学理论来看，现代印刷技术最终导致了形式主义与新批评的诞生。这两种理论认为，每一种语言艺术文本都封闭在自我空间里，成为一种"语言图像"。[3]在印刷文化语境中，这种观念具有合理性，因为我们面对的总是一个实体文本，但以这种观念来理解网络文学时，就会出现理论与实践上的困难。面对网络文学时，我们很难说它是一个固化的文本，其意义也不限于文本，更凸显了文本外的社区活动。它是不同于印刷文化的动态世界，是活态文化，它的消费类似于口头传统，现场的活动与氛围是文学经验的重要部分。在口头传统研究国际学会（ISSOT）发起人弗里（John Miles Foley）看来，将口头艺术转化为文本，其中丢失的元素是"一个令人惊讶的冗长和多维的目录"，如语音、表情、手势、可变的背景、观众的互动与贡献等。[4]如果只是从作品层面去理解网络文学，也存在这个问题。不管《第一次的亲密接触》究竟在哪一年产生影响，如果以这部作品作为起始点的依据，恰好说明人们对网络文学的理解仍受限于印刷文学思维。对

---

[1] 邵燕君、吉云飞：《为什么说中国网络文学的起始点是金庸客栈?》，《文艺报》2020年11月6日。

[2] 〔美〕沃尔特·翁：《口语文化与书面文化：语词的技术化》，第96页，何道宽译，北京，北京大学出版社，2008。

[3] 〔美〕沃尔特·翁：《口语文化与书面文化：语词的技术化》，第101页，何道宽译，北京，北京大学出版社，2008。

[4] John Miles Foley, *Oral Tradition and the Internet: Pathways of the Mind*, Urbana: University of Illinois Press, 2012, p.122.

网络文学来说，我们恰好要摆脱作品中心主义的陷阱。不过邵燕君、吉云飞强调网络原创社区的重要性并不是基于以上理由，而是受到了韩国学者崔宰溶所说的"网络性"的影响。后者正是借助"网络性"激烈地反对以作品观念去理解网络文学，而将其理解成文学网站。

既然要以某个原创社区的出现作为网络文学的起点，那么选择哪个社区更合理呢？在他们看来，"起始点应该是新动力机制的发生地"。这一新动力机制又是什么呢？两位学者认为，由于中国网络文学的主流形态是商业类型小说，新动力机制就是"起点中文网"于2003年10月开始运行的VIP付费阅读制度，以及在此基础上生成的"粉丝"经济模式与"爽文"模式。为此，他们反对网络文学的"概念推演"，强调应由这一基本事实回溯其源头。按照这一逻辑，虽然"榕树下"也是网络原创社区，并在1998年后产生了重要影响，但它的文学风格与动力机制显然与当下商业类型文学大相径庭，因此不能作为中国网络文学的起点。这一起点只能是某种大众性、通俗性的网络文学社区。由此，1996年的"金庸客栈"顺理成章地成为这个起始点，其依据在于三个方面：

其依据按重要性排序，首先是论坛模式的建立，为网络文学的发展提供了动力机制；其次是趣缘社区的开辟，聚集了文学力量，在类型小说发展方向上，取得了成绩，积蓄了能量；第三是论坛文化的形成，成为互联网早期自由精神的代表。①

可以看出，邵燕君、吉云飞是以当前网络文学的主流形态即商业类型文学来回溯源头，试图把"金庸客栈"与当下网络商业文学勾连起来。这里的三种依据各有所指，论坛模式为网络文学发展提供动力机制是指，"论坛的自由模式使千千万万的文学消费者被赋

---

① 邵燕君、吉云飞：《为什么说中国网络文学的起始点是金庸客栈？》，《文艺报》2020年11月6日。

权,成为后来网络文学商业模式建立的基础"。也就是说,论坛的特点在于摆脱了传统编审制度而获得某种自由,这就集聚了大量消费人群,从而为资本入局与商业文学的繁荣奠定了基础。论坛又形成了趣缘社群,这促成了后来蔚为大观的"类型文学"。论坛也形成了"天马行空的论坛文化",从而"焕发出巨大的创作活力"。这似乎是指论坛提供了源源不断的二次创作动力,并不断将业余爱好者转化为写手群体的后备力量,由此保持了商业文学的持续创作力。

邵燕君、吉云飞的探索是难能可贵的,是网络文学研究的重要突破。不过我认为这里存在两个问题:一是将网络文学窄化为商业类型文学,二是忽视了网络类型文学与传统通俗文学之间的重要区别。

首先,将网络文学直接等同于商业类型文学显然与事实不符,这会削减网络文学的丰富性,排斥实验性的网络文学,比如,集结在"榕树下""豆瓣"等网络社群中带有"文青"风格的创作群体,以及以"诗生活""诗江湖"为平台的网络诗歌创作等。网络如同一个浩瀚宇宙,它有太多可能性,最好从家族相似概念来理解网络文学。我认为这与他们采用的方法有关,邵燕君、吉云飞强调以事实去回溯源头,而不是概念推演。不过事实与观念的关系并不简单,他们并不能摆脱观念与预设。对这一事实认定的本身就蕴含着观念预设,他们已经先在地把网络文学等同于商业类型文学了。显然,对起源的梳理依赖于对网络文学本质属性的认定,而不是相反。

其次,强调"金庸客栈"的重要性,将当下网络类型文学与传统通俗文学相联系,试图完成文学谱系的接续与合法性认定,但忽视了两者之间的重要区别。实际上,将网络类型文学等同于传统通俗文学在网络时代的脉络发展,已经成为一个共识。比如通俗文学研究专家范伯群曾在演讲中将网络文学纳入通俗文学的发展脉络,认为清末民初以来,中国类型小说一直在发展,从"鸳鸯蝴蝶派"

的大众文学，到现在的网络类型小说之间存在一个链条。①不过，我们不能从通俗文学的层面去理解网络文学，即使是看上去通俗性、大众性特征相当显著的网络类型文学，也不能直接等同于是通俗文学的脉络延续。通俗文学是相对于精英文学而言，这种文学类型的自我区分与等级认定很大程度上属于书面文化逻辑。在口头传播阶段，还没有精英文学与大众文学的区分。这种区分是文学制度建构的结果，后者的完善与近现代印刷术、大众传播媒介、教育体制的发展相关。精英文学意味着一种等级次序，它无法自我确证，需要在与作为他者的通俗文学的区分中获得价值维度，与阶层结构存在联系。也就是说，精英文学不仅是一种美学判断，也是一种文化资本与合法性趣味。在根本意义上，不是经济财富，而是合法性趣味的拥有，成为阶级地位、阶层身份的最佳说明。通俗文学与精英文学由此形成二元对立关系。不过，尽管遵循不同的运行法则，精英文学与通俗文学仍蕴含着相同的书面文化基因。不管是金庸的小说还是卡夫卡的小说，它们的写作、阅读方式并无根本不同，都是个人化的孤独状态，用本雅明的话说，这是与现代社会个体的原子化相适应。尽管精英文学与通俗文学在文学受众上有人数多少的区别，但这些人群之间都只是想象性的关系，本质上都属于个人化的静态世界。网络文学，包括网络类型文学，却是相对于印刷文学而言，会在内容形式层面受到传统通俗文学的深刻影响，但生产、传播与接受机制上已经产生了重要变化。这是媒介文化的转型与文学的结构性变迁，不管是严肃性的还是娱乐性的文学，都不再是个人化活动，而会有大量的群体互动与交往。这种现场感与活态文化的有无，是网络类型文学与传统通俗文学的根本区别。它也不是传统通俗文学"移植"到了网上，因为这种现场交往本身会对写作内容与形式

---

① 胡一峰：《追忆范伯群先生关于网络文学的演讲》，引自 https：//www.sohu.com/a/211441697_692557。

构造产生直接而深入的制约。

邵燕君、吉云飞意识到不能将网络文学等同于作品,注意到原创社区的重要性,这有突破性的意义。但他们对社区的理解,主要是将其作为一个连通通俗文学与当下网络类型文学的中介。向下挖掘论坛蕴含的商业文学动力机制,向上追溯通俗文学传统,以通俗文学经典完成合法性认定与脉络接续。但是网络文学延续的并不是通俗文学传统,而是呈现媒介转型的后果,这就涉及对网络文学本质属性的认识了。

二、中国网络文学的本质:从网络性到交往性

邵燕君、吉云飞对网络文学起源的探讨实际上与他们对网络文学本质属性的认定有关,即网络性。

网络性的说法最早由许苗苗提出。2000年她在《与网相生——网络文学的现状与发展》中写道:"网络作品的文学性和网络性双重特点相互交织,密不可分。"[①]这种将文学性与网络性相提并论的说法具有突破性意义,不过遗憾的是她并未对此展开论述。此后对网络性展开较多论述的是韩国留学生崔宰溶。崔宰溶强调中国网络文学的特殊性,反思了早期研究中人们用超文本、多媒体或后现代等西方电子文学理论来阐发中国网络文学本质的弊端。他认为中国并不存在西方式的先锋网络文学,更多的是一种大众化的商业文学。为摆脱西方中心主义的影响,他提出了网络性的说法,将其作为中国网络文学的本质属性。不过,他理解的这种网络性仍然是一种超文本性,他认为中国网络文学的网络性(超文本性)不在于西方超文本式的个别作品之内,而是在考虑整个网络结构时才能看到。在文学网站里,一部小说

---

① 许苗苗:《与网相生——网络文学的现状与发展》,《文艺报》2000年9月12日。

不是以从头到尾一贯的、线性的叙事存在，而是以由该小说无数的碎片以及通往（或不通往）这些碎片的链接构成的结构而存在。比如，《第一次的亲密接触》本身不具有很强的超文本性，但它经历了一系列网络化过程，也只有在这个过程当中，它才变成了一部名副其实的网络文学作品。崔宰溶也试图以网络性摆脱传统作品概念的限制："'作品'概念不断地限制'超文本'概念的无限扩展运动。"①而在文学网站里，"网站的结构或网络本身优先于个别作品"。②崔宰溶的观念实际受曼诺维奇（Lev Manovich）的影响，后者强调印刷时代的叙事文化正走向网络时代的数据库文化，语言符号的纵聚合轴开始取代横组合轴，处于潜隐状态的"词法"接替了叙事文化的"句法"，世界应通过目录而非叙事来理解。③比如在网络上我们总是面临各种菜单选择，线性叙事遭遇挫折，网络的整体结构总是优于文本。不过崔宰溶也发现，网络性（超文本性）意味着无限的链接，当它大到无所不包时就很难作为一个对象为我们所把握。为此他对网络性加以限制，认为文学网站就是网络性代表性的例子，文学网站内外的区分可以说是物质性的，因为网站是以比特信息的形式存在于服务器的硬盘里，这样我们既摆脱了作品概念，体现了网络文学的超文本性，也为我们从对象角度去把握它奠定了基础。总之，他认为："中国网络文学'是'网络，或更具体地说，'是'文学网站。它是一个流动的文学空间，发生在该空间的所有活动都是网络文学。"④

---

① 崔宰溶：《中国网络文学研究的困境与突破》，第63、72、74页，北京大学博士学位论文，2011。
② 崔宰溶：《中国网络文学研究的困境与突破》，第63、72、74页，北京大学博士学位论文，2011。
③ Lev Manovich, "Database as a Symbolic Form", 引自 http://manovich.net/content/04-projects/022-database-as-a-symbolic-form/19_article_1998.pdf。英译汉由笔者译。
④ 崔宰溶：《中国网络文学研究的困境与突破》，第63、72、74页，北京大学博士学位论文，2011。

在崔宰溶的基础上，邵燕君对网络性进行了较大的拓展与丰富，让它成为一个网络文学研究界广泛接受的概念。她首先认为网络文学的本质属性就是网络性，并从几个方面对网络性做了阐释：（一）网络性表明网络文学是一种"超文本"，这是相对于作品概念而言；（二）网络性根植于消费社会"粉丝经济"；（三）网络性指向与ACG（Animation动画、Comic漫画、Game游戏）文化的连通性。[1]可以看出，第一点是源于崔宰溶的启发，第二、三点则是结合网络类型文学的特质做出的补充，强调了网络性的"粉丝经济"、ACG文化等属性。

网络性被看成是网络文学的本质属性，这在一定程度上把握住了网络文学与传统文学的区别，不过这一说法也存在一些问题。崔宰溶试图以网络性摆脱作品概念的束缚，同时又想避免其无限性而对网络性加以限定，将其等同于文学网站。但这并不符合实际情况，网友的阅读行为在文学网站确实是网络性（超文本性）的，但他并不会只局限于某个文学网站，而是不断地跨越各种网站或社区。比如他在"起点中文网"阅读，也会在"百度贴吧""龙的天空"等论坛参与讨论，这种超文本性显然无法被崔宰溶所说的网站之间的"物理区分"所限制。同时，超文本性描述的主要是文学主体的个人行为，未体现出中国网络文学的交往性、群体性这一根本属性。崔宰溶试图凸显中国网络文学的特殊性，不过他执着于超文本性这一概念，实际上也悖论式地将其与西方电子文学混同。对后者来说，当这些作品被置于网站这一流动空间时也会获得类似的超文本性。而邵燕君在此基础上将网络性与消费社会的"粉丝经济"、ACG文化相联系——这正是她在讨论网络文学起源时的观念预设。如前所述，这可能窄化了对网络文学外延的理解，也会忽视它与通俗文学的区别。

---

[1] 邵燕君：《网络文学的"网络性"与"经典性"》，《北京大学学报》（哲学社会科学版）2015年第1期。

那么什么是中国网络文学的本质属性呢？我认为确实如邵燕君、吉云飞所说，中国网络文学应该以某个原创社区而不是作品为起点。不过原创社区的重要性并不在于它聚集了消费人群，为资本入局及商业类型文学的兴起奠定了基础，而在于蕴含了中国网络文学的核心特征——交往性。交往性是指随着网络这种交流媒介的兴起，文学的生产、传播与阅读都在交往中进行，作家与读者之间、读者与读者之间形成了文学交往共同体，作品的内容与形式都受到交往的深刻影响。传统社会也会有海量的消费人群，但这些个体基本是分离的，而网络媒介的特殊性就在于促成了人群的连接与交往。当然，这并不排除有些作家或读者仍沿用传统个人化的文学活动模式，但从媒介转型背景下中国网络文学的特征及对世界文学的贡献来看，其重要性就在于这种交往性。

可以发现，从中国网络文学的历史来看，交往性是其贯穿始终的特征。互联网刚兴起时，BBS、聊天室是这个洪荒时代的绝对主角，逛BBS（Bulletin Board System，网络论坛）、进聊天室成为网友常见的生活方式，流行的说法是"逛板（版）"，这带来广泛的交往活动。早期网络文学作品基本都是从论坛中走出来的，《第一次的亲密接触》《风中玫瑰》是人们时常提到的代表作，它们充分体现了这种交往性。《第一次的亲密接触》其题材是关于网恋的，这种情感正是通过网络交往而产生，它在形式上也充满了源自BBS的风趣与简洁的口语化文风。《风中玫瑰》源自福建某BBS，2001年人民文学出版社出版这部作品时，在图书排版体例上前所未有地采用了BBS版式，保留了作者与读者的交往现场。这种奇特的形式在某种意义上标志了新文学时代的来临。除了普遍的论坛式存在，早期网络文学还有大量以聊天室为背景的小说，当时的知名网络文学评论家吴过主编的文集《沉浮聊天室》反映了这种文学状况。[①]这类作品在很大

---

① 见吴过主编：《沉浮聊天室》，武汉，长江文艺出版社，2000。

程度上都是网络交往的记录，文中充满了网聊的群说氛围、语言与表情。2003年网络文学开始商业化，BBS文学转换为"商业文学网站+书评区"模式。商业化后的网络文学成为大规模的"网络拟书场"。读者的"叫好""点赞""献花""吐槽""催更"，以及"脑补党""合理党"的大量评论与跟帖，与作者的互动交流，形成了热烈的交往氛围。当然这并不能概括所有情况，有些大神级作家不愿或无暇顾及交往，实际上回归了传统文学活动模式。但对多数作家来说，交往是他们积攒人气、听取意见与满足情感需要的重要手段。比如"晋江文学城"网站特别重视论坛与书评区建设，强化作者与读者之间的交流，这实际上为后续的IP改编提供了"粉丝"基础。随着移动媒体的兴起与社交媒体的广泛发展，这种交往互动得到进一步升级。为了迎合热衷互动的"Z世代"（"95后""00后"），文学网站与手机应用软件（APP）推出了"本章说"、书友圈等社交功能。"本章说"又称阅读弹幕，实际就是段评，由于网络小说每段字数较少，常常一句话就是一段，因此这种段评在小说中就呈现出星罗棋布的效果。相对传统章节之后的跟帖评论，"本章说"的特点就在于交往性更强。以前读者需要退出阅读界面转到书评区评论，现在则可根据剧情及时评论或分享。其带来的效果就是读者评论数量的大幅增长。截至2020年4月，据称"起点"平台上已累计产生了7700万条段评数据，这个互动量是非常惊人的。这种交往性带来的重要变化就是，文学网站或手机应用软件（APP）很大程度上成为一种社交软件，试图最大程度地实现社交功能，阅读生活成为社交生活的一个接入口。与此同时，读者的社交需求甚至超越了阅读需求，阅读手机应用软件（APP）的书友圈已经成为"Z世代"社交生活的聚集地。

中国网络文学的这种交往性不仅是文学现实，也构成了它独有的特征。这可以从双重视野来看，这既是它与印刷文学的区别，也是它与西方电子文学的区别。印刷文学当然也会强调文学交往，或者说文学本身就是交往行为,但主要是一种想象性的交往。在印刷文学语境中,作者与读者是割裂的,因为缺乏一个可以验证的语境,"作者的对象总是虚构的"。读者同样如此,"也不得不虚构他心中的作者"。这是一种延时的,甚至可以跨越数千年的阅读:"等到我的朋友捧读我的信时,我的心绪和写信时的心情可能已完全不同了,我甚至可能已经去世。文本传达讯息时,作者是死是活都没有关系了。"①不仅如此,印刷文学还有意识地屏蔽交往性,作者与读者之间的割裂成为艺术家的刻意追求。这是有效实现个人心灵独语、摆脱世界奴役的保证:"只要艺术家抱着严肃的态度,就会不断尝试切断他与观众之间的对话。""沉默是艺术家超脱尘俗的最后姿态:凭借沉默,他解除了自己与世界的奴役关系,这个世界对他的工作而言,是作为赞助商、客户、消费者、反对者、仲裁者和毁灭者出现的。"②这种孤独者的自我哲学,具有浓重的精英主义与先知者的身份想象,预设了读者的被动性与缄默,他们只是"沉默的大多数":"只要最上乘的艺术用本质上属于神职人员的目标来界定自己,那么就预设并证实了这样一批人的存在:他们是相对被动、未经充分启蒙、染有窥淫癖的门外汉,被定期召集起来观看、聆听、阅读和倾听——然后被打发走。"③

中国网络文学的交往性也与西方电子文学有重要区别。后者也注重互动,但突出的是主客之间"交互",而不是主体之间的"交往"。"交互"与"交往"存在词义交叉,但"交互"偏重主体与对象(文本/系统)的"操作—反馈"关系,被西方学者视为开放性文

---

① 〔美〕沃尔特·翁:《口语文化与书面文化:语词的技术化》,第77页,何道宽译,北京,北京大学出版社,2008。
② 〔美〕苏珊·桑塔格:《沉默的美学——苏珊·桑塔格论文选》,黄梅译,第52-53页,海口,南海出版公司,2006。
③ 〔美〕苏珊·桑塔格:《沉默的美学——苏珊·桑塔格论文选》,黄梅译,第54页,海口,南海出版公司,2006。

本、创造性读者的美学范式。与之相应的是，西方电子文学凸显技术主义："与互联网和文学写作同时相关的专业主要是那种实验性非常强的、注重媒体技术的、非线性'电子文学'。"①技术主义强化了文学的精英性，相比印刷文学来说，它的精英性更加突出，不仅有文学要求，也有技术要求，由此排除了那些不懂技术操作的传统作家；它也追求交互性（操作性），但实际上排斥了（大众的）交互性，读者需要非凡的努力才能"遍历"文本。西方的"电子文学协会"（ELO，the Electronic Literature Organization）在定义其新领域的核心主题时，提出利用计算机/网络的潜能开发重要的文学层面（important literary aspect）。海勒斯（N. Katherine Hayles）认为这个定义是同义反复的（tautological），因为它预设了对"重要的方面"的先在理解，而这种预设只能是源于印刷文化传统。②荷兰学者贺麦晓（Michel Hockx）深刻地指出，这实际上延续了将作者视为创造性天才的传统认知。③换句话说，西方电子文学在激烈反传统的同时也遵循了传统的个人化逻辑。与之相比，中国网络文学呈现的是网络媒介带来以社群交往为基础的文学活动形态。贺麦晓曾对中西网络诗歌做过一番比较，发现两者差异较大。中国网络诗歌主要是论坛、交流意义上的，西方网络诗歌则偏重技术，诗歌网站常被视为一个在线诗歌工作室（poetry workshop），而不是一个社交网络（social network），其主要目标是提高诗人的工作（work）与关键技能（critical skills）。④精英、小众的诗歌尚且有这种区别，以小说等其他文学

---

① 许苗苗：《网络文学研究：跨界与沟通——贺麦晓教授访谈录》，《文艺研究》2014年第9期。

② N. Katherine Hayles, *Electronic Literature: New Horizons for the Literary*, Notre Dame: University of Notre Dame Press, 2008, p.3。

③ Michel Hockx, *Internet Literature in China*, New York: Columbia University Press, 2015. p.6。

④ Michel Hockx, *Internet Literature in China*, New York: Columbia University Press, 2015. p.143-145。

体裁为主的网络文学就更是如此了。

可以看出,交往性是中国网络文学的独有特点,它呈现了互联网这一特殊交流媒介兴起后文学活动的深刻变迁,这成为一种中国经验,具有不可取代的世界意义。对中国网络文学的本质属性的认识应从网络性走向交往性。从交往性来理解中国网络文学,交往人群数量的多少、交往频率的密度大小,决定了它可以有多种类型、多种发展的可能性。网络类型文学会占据一定的优势,但并不是它的全部,以交往性为指向,中国网络文学呈现出"家族相似性"[①]特征。

三、ACT:中国网络文学的起点及其"中国性"

在这次论争中,欧阳友权的观点也值得注意。他主要从文学的首次触网入手,认为应追溯到海外华文网络文学,中国网络文学的起点应是1991年全球第一家中文电子周刊《华夏文摘》的建立。不过这一说法遭到邵燕君的质疑,认为《华夏文摘》最早是把纸质文学搬到网上,后来虽然有了部分原创,但仍然是一个以编辑审核制为中心的"网刊"。[②]总体来看,虽然《华夏文摘》是最早的电子期刊,但创作者是在电脑上写作,然后编辑通过邮件系统发布给读者,其封闭性的运作模式与纸媒无根本区别。不过我认为欧阳友权在论辩中提出的"生于北美—成于本土—走向世界"的模式是成立的。中国网络文学的源头正是在海外华文网络文学中。

在我看来,1993年的ACT构成了中国网络文学的起点。1992年,海外华人在Usenet上开设了ait.chinese.text(简称ACT)。这是国际网

---

① 家族相似性反对本质主义观念,笔者在这里只是借用此说法,表明不管是从历史还是现实来看,中国网络文学都存在多种类型。

② 邵燕君:《再论中国网络文学的源头是金庸客栈——兼应欧阳友权"网生起源说"》,《文艺报》2021年5月12日。

络中最早采用中文张贴的新闻组,可以说,有了ACT,才有了中文国际网络。新闻组,英文名为Usenet或NewsGroup,实际上是一个交往的电子论坛,不同用户通过软件连接到服务器,阅读并参与讨论。ACT在1992年夏天建成,但最初几个月均为测试帖和技术性文章,从1993年起开始形成一个国际交流网络,成为中国留学生的主要聚集点与海外华文网络文学的重镇。我之所以把它看成是中国网络文学的起点,就在于它形成了中国网络文学的本质属性——交往性,具体表现在这样几个方面:一是文学交往场域的形成。从1993年起,ACT进入了长达两年多的鼎盛期,人们在这里发表习作、讨论、聊天。这体现的正是网络媒介的交往性,表明作家、读者之间有充分的交流与互动,作品的生产、传播与阅读均产生于交往中。

二是这种交往性对创作及文本产生了相应影响。在网络文学刚兴起时,陶东风认为:"如果一个作家先把作品写好了,修改得非常整齐了,再发到网上,或者网站直接把纸媒体上的作品输入计算机再上网,都不是我理解的网络文学。因为这根本不能体现网络这个特殊的交流媒体的特性,也体现不出网络交流对于作家的思维活动与写作过程的内在影响。"[①]这种说法是有道理的,这是不能将上传到网络上的纸质文学看成网络文学的重要原因之一。当时ACT上网络文学写作的动机(交流、发泄)、文体(随笔、杂感)、内容(评论、日常)、特色(嬉笑怒骂)无不与交往性相关,这正是网络交流影响的结果。当然,这并不意味着当时人们意识到了网络文学的本质属性,人们仍受印刷文学观念的影响,没有意识到文学已经发生变化了,网刊实际带有浓重的纸媒逻辑,而这种体现了交往性,随写随发、聊天式的文字,才是真正的网络文学。

三是在这种交往场域中形成了读者群体、作家群体。当时ACT的读者数量保持在5万左右,并形成了有代表性的作者群。

---

① 陶东风:《网络交流的真实与虚幻》,《粤海风》2003年第5期。

综合上述三方面，我们可以认为中国网络文学的交往性起源于ACT。相比"金庸客栈"，它有三个理由作为起点：（一）1993年的ACT是更早的网络文学社区。（二）"金庸客栈"只是金庸粉丝聚集地，缺乏作者与读者的交往与写作现场。它当然有一定的交往性，不过这种交往性还不充分，是一种残缺的交往性。而ACT的交往场域已经成形，真正形成了读写互动的共同体。（三）"金庸客栈"侧重大众文学，ACT作为起点却包含了中国网络文学发展的多种可能性，既有精英创作，也有大众文学。首先，从精英向的写作来看，ACT孕育了后来的网络文学基因。据《三联生活周刊》主编朱伟回忆，朱威廉筹办"榕树下"时聘请陈村主持，原因之一就在于陈村跟网络论坛的契合性："（陈村）十年间写了几百上千篇随笔，提笔便来，又锻炼出他才思活泼如少年，足以与网上各路好事之徒花言巧语、打情骂俏、匕首投枪。"①这与ACT嬉笑怒骂的风格是一致的，并在此后各种BBS文学中得到了传承，"痞子蔡""今何在"都是其中的高手。其次，从大众向的写作来看，值得注意的是，ACT同样包含了大量对金庸的讨论。这种金庸讨论及其趣缘社群，显然也蕴含着邵燕君、吉云飞所说的商业文学基因。如果要把"金庸客栈"作为源头，ACT无疑是更早的"金庸客栈"，但与"金庸客栈"不同的地方在于，它孕育了网络文学发展的多种可能性。1993年的ACT作为一个起点，蕴含着网络文学的全部丰富性。网络文学的起点并不是由某一个时间点决定，而是其中蕴含的交流机制。这一机制孕育了网络文学与传统文学的区别，这实际上也是网络媒介革命的后果，不管是精英文学还是大众文学，都会面临活态化的转型。

邵燕君在反驳欧阳友权时，认为海外网络文学并不是中国网络文学的起源，提出中国网络文学的"中国性"，认为这是"中国人如

---

① 朱伟：《陈村：那就和自己好好玩一场》，《三联生活周刊》2016年第52期。

何在首发于欧美的全球化和互联网的文学浪潮中,以独特的方式创造出本土的回应和发明"。①她强调网络文学的"中国性"是重要的,不过她所说的"中国性"与"本土发明"主要是指当下蔚为大观的网络文学工业。而从ACT来看,它恰好呈现出了引人注目的"中国性"。当时英语网络世界普遍使用的是UNIX网络运行系统,在其中运行的电脑文件是被称为"美标"的ASCII(美国信息交换标准编码)。"美标"不能编写汉语,中国留学生魏亚桂等人开发了汉字处理软件和HZ(汉码)的编码法,解决了在UNIX系统中汉字输入、传输和显示的问题。与此同时,他们也专门创立了ACT——这个在成千上万的英语网络新闻组中唯一的中文交往网络。而它之所以成立,就在于海外留学生因怀念祖国与母语而产生的交往需要。出于对母语的热爱,每个人都会自觉地在ACT上写中文。在"五四"时期,海外留学生学习西方文化,以文学进化论理念全力介绍与引进西方文化。而在世界网络文学兴起的背景下,海外留学生并没有去尝试各种超文本、多媒体的西方电子文学实验,而纯粹出于交往的需要,产生了以交往性为本质特征的具有中国特色的网络文学。但这同样是一种开创,如果说"五四"文学开启了中国文学的现代性转型,以ACT为起点的中国网络文学,则在网络社会兴起后开创了一种具有"中国性"的网络文学传统。在我看来,也许这种"中国性"并不是网络文学工业,而是交往性,这是网络媒介带来的真正革命。网络文学工业是资本入局并充分利用交往性的结果,资本是重要因素,但交往性才是基础。网络文学的交往性也可以说重建了中国文学"诗可以群"的传统。借诗以言志是先秦外交中的常见行为,此后历代文人集会、宴饮、赠答、唱和、联句也成为重要的文化现象。钱锺书说:"从六朝到清代这个长时期里,诗歌愈来愈变成社交的必

---

① 邵燕君:《再论中国网络文学的源头是金庸客栈——兼应欧阳友权"网生起源说"》,《文艺报》2021年5月12日。

需品。"①这跟西方有些不同，朱光潜认为，"朋友的交情与君臣的恩谊在西方诗中不甚重要"，但中国诗歌中"赠答酬唱的作品，往往占其大半"。②对传统文人来说，文学既是抒发性灵的工具，也是维系公共关系的媒介。与之相比，网络文学进一步强化了交往性，随着社交媒体日渐深入发展，相比精英、小众与个人化的西方电子文学，以交往性为本质特征的中国网络文学会呈现出越来越重要的社会意义、文学价值与世界性因素。

本文原刊于《当代作家评论》2022年第4期

---

① 钱锺书：《宋诗选注》，第66页，北京，生活·读书·新知三联书店，2002。
② 朱光潜：《中西诗在情趣上的比较》，杨辛等编选：《朱光潜选集》，第55-56页，天津，天津人民出版社，1993。